T0343121

TODO MUERE

TODO MUERE

Juan Gómez-Jurado

Papel certificado por el Forest Stewardship Council®

Penguin
Random House
Grupo Editorial

Primera edición: noviembre de 2024

Printed in Spain – Impreso en España

ISBN: 978-84-666-7992-3
Depósito legal: B-14.551-2024

Compuesto en Llibresimes S. L.

Impreso en Rodesa
Villatuerta (Navarra)

BS79923

A la memoria de Antonia Kerrigan.
Madre, maestra, amiga.
Gracias de corazón

Un final

Todo lo que queda cuando has perdido —tus recuerdos, a tu familia, a ti misma— es rendirte.

Aura llora lágrimas de rabia. No hay posibilidad alguna de ganar, no la hubo nunca.

Las mejores historias tienen inicios humildes y finales trágicos. Un cumpleaños termina con un hobbit cayendo en lava. Una pelea en un bar acaba con un robot cayendo en metal fundido. Una visita a unas obras termina con un emperador cayendo al vacío.

Esta historia comenzó —como pocas— con un bote de champú del Mercadona (aunque en realidad se gestó mucho antes).

Esta historia termina —como muchas— con una muerte injusta y dolorosa.

PRIMERA PARTE

AURA

La vida sólo puede ser entendida
mirando hacia atrás,
pero tiene que ser vivida
mirando hacia delante.

SØREN KIERKEGAARD

Se preguntarán ustedes
cómo he llegado hasta aquí.

TROPECIENTAS PELÍCULAS

1

Un avión

Es sólo un punto en el cielo de la mañana.

Aún no ha amanecido cuando el Bombardier Global Express 8000 inicia el descenso por el oeste, sin tener que esperar turno para recibir el vector de aproximación. El aeródromo de Los Poyatos es una pista tan privada que no tiene tráfico, con la única excepción de este aparato.

Asomada a la tercera ventana de estribor, Aura Reyes (rubia, cuarentaynoteimporta, guapa que corta la respiración) contempla la larga extensión de asfalto como si fuera un cadalso, acostado sobre el seco paisaje andaluz.

Se pregunta si es aquí donde va a morir.

Al poner un pie en tierra, de un tiro en la nuca.

O quizás por efecto de un veneno que le hayan introducido en el refrigerio —escueto, pero delicioso— que le sirvió la auxiliar, ya sobrevolando suelo español. Con sabor a última comida de un condenado.

Se había comido todo. El jabugo Estirpe Manchado, el queso Moose House, el vino AurumRed. La felicidad convertida en una acumulación de carísimas mayúsculas. Un cálculo rápido le indicó que se acababa de engullir dos mil y pico euros.

El queso de alce (cuya procedencia venía indicada en una tarjeta en papel verjurado y letras doradas), del que había oído hablar maravillas, le pareció algo insípido, pero se lo zampó con corteza y todo.

—Si estaba envenenada, lo han hecho con un gusto exquisito —le dijo a la auxiliar cuando le retiró la bandeja.

La mujer le dedicó una mirada inexpresiva y desapareció en la parte delantera del jet privado, del que Aura era la única ocupante.

—Todo muy rico, ¿eh? ¡Gracias! —le dijo a la cortina, aún bamboleante, que la mujer acababa de atravesar.

Nerviosa, tamborileó con los dedos en el maletín que llevaba sobre el regazo. Su contenido era el único escudo que protegía a Aura de una muerte más que probable a manos de sus anfitriones.

Por enésima vez resonó en sus oídos la voz de Mari Paz.

Esto es una soberana estupidez, rubia.

No le dolió mucho darle la razón a su amiga, porque esto ya lo sabía antes de embarcarse.

Se engañó a sí misma —una vez más— diciéndose que la vida la había obligado.

Con tiempo por delante hasta el aterrizaje, repasó cómo.

Un maletín muy difícil de abrir —a Sere le había costado lo suyo— y con un manuscrito dentro (un montón de hojas llenas de tachones y explosivas revelaciones sobre la historia de los Dorr, una familia con un inmenso poder) había sido el desencadenante. Cuando Aura leyó el manuscrito —recordar ahora cómo había llegado a sus manos nos llevaría demasiado tiempo—, no le resultó difícil entender por qué todo el mundo quería hacerse con él.

Un tal Mentor le ofreció a Aura hacer desaparecer todos los cargos contra ellas si le entregaba el maletín, pero después hubo una segunda llamada, esta vez desde un número desconocido.

—No lo cojas —dijo Sere. Pero últimamente Aura no ha hecho demasiado caso a los consejos de sus amigas.

Al otro lado de la línea sonó la voz de Constanz Dorr.

Un monstruo que teje sus telarañas en las sombras.

La matriarca del clan también quería el manuscrito —cómo no lo iba a querer—, así que subió la oferta.

—Dame el maletín y te diré la verdad sobre la muerte de tu marido. Tu historia a cambio de la mía, Aura.

Y por eso está Aura ahora a bordo de ese avión. Aunque antes, por supuesto, habían pasado otras muchas cosas que también explicaban cómo.

Cuando era más joven se aproximaba a los peces gordos con la esperanza de convertirse algún día en uno de ellos y disfrutar del lujo de alimentarse de los peces pequeños. O, al menos, de jamón del bueno.

El día en que descubrió que esa vana ilusión era una red tendida por los peces gordos fue cuando uno de ellos ya la había engullido.

La Antigua Aura, la que murió hace cuatro años, era una gestora de fondos de inversión. Sueldo de seis cifras, chalet unifamiliar, dos BMW, dos hijas *ma-ra-vi-llo-sas* (ya sabes cómo pronunciarlo).

Una noche aciaga —en mitad de unos acontecimientos que Aura aún desconoce—, un extraño entró en su casa, asesinó a su marido y apuñaló a Aura dejándola al borde de la muerte.

Si aún sigue respirando es porque alguien taponó la herida en el último momento. No recuerda gran cosa de ella. Una mujer menuda, de pelo negro color medianoche. Las enfermeras en el hospital cuentan que fue a visitarla al día siguiente, acompañada de un policía enorme, y que le hizo muchas preguntas.

De eso, Aura no recuerda nada. Estaba medicada hasta las cejas.

De las semanas posteriores, recuerda poco. El sufrimiento de la rehabilitación, quizás. La soledad y la tristeza que dejó la pérdida de su marido. El dolor de dentro, amortiguado por el dolor de fuera, amortiguado por los analgésicos.

Y, finalmente, la traición.

Seis meses después del brutal ataque que sufrió en su casa, aún no había conseguido recuperarse. Su vida consistía en comer, hacer rehabilitación para recuperar la musculatura abdominal —allí donde el asesino la había rajado— y poner buena cara para las niñas. Todas ellas acciones vacías que intentaban revertir la matemática inexorable que había despojado a la vida de significado.

Aura era un jarrón roto que intentaba recomponer sus pedazos. Su jefe, el banquero Sebastián Ponzano, la tranquilizó.

—Tómate el tiempo que necesites. Cuando regreses, te quiero a pleno rendimiento. Eres como una hija para mí.

Lo cual era un alivio, porque su padre había muerto y su madre, con demencia, apenas la reconocía.

Ella empleaba sus mañanas en acompañarla. Le leía clásicos de su infancia. Los libros con los que su madre le había contagiado a ella la pasión por la lectura. *La Isla del Tesoro. El conde de Montecristo.* Historias que —aún no lo sabía— ella misma acabaría protagonizando.

—*Mi hija. Mi hija.*

Su madre interrumpió la lectura, señalando a la imagen en el telediario.

Aura levantó la mirada, sonriente, y se encontró a sí misma devolviéndole la sonrisa desde la tele.

La foto, extraída de la web del banco, mostraba a una Aura más joven, más feliz. Llena de confianza, de seguridad en sí misma.

«... Se cree que Aura Reyes es la única responsable del escándalo del fondo de inversión Premium del Value Bank que ha estallado esta mañana. Miles de pequeños inversores podrían perder sus ahorros. Así se manifestaba el presidente del banco, Sebastián Ponzano, hace unos minutos:

—*Es claramente una persona que ha traicionado nuestra confianza, actuando por su cuenta...»*.

Por supuesto, lo primero que hizo Aura —en un claro reflejo del siglo XXI— fue coger el móvil y llamar a Ponzano.

Daba señal.

Nadie descolgaba.

Aura Reyes lo perdió todo. Su credibilidad profesional, sus amigas, su dinero. Su casa.

Después de mudarse al diminuto piso de su madre, con sus dos hijas, y luchar por sacarlas adelante y seguir pagando las crecientes facturas de la residencia, tuvo una crisis por culpa de un bote de champú del Mercadona.

Una mala tarde la tiene cualquiera, piensa Aura.

Salvo que esta consistió en

a) arrasar una perfumería de alto standing destruyendo decenas de miles de euros en cremas,

b) lanzar una papelera a través del escaparate dejando la acera de Serrano sembrada de cristales rotos y

c) acabar en la parte de atrás de un coche patrulla, esposada a una legionaria gallega borracha, rumbo a los calabozos de Plaza Castilla.

La mala tarde se convirtió en una mala noche en la que tomó la peor decisión de su vida. Le salvó la vida a la legionaria, a la que unas salvadoreñas querían estrangular. La legionaria resultó llamarse Mari Paz Celeiro, criatura fiel como un golden retriever y cómplice en el plan maestro de Aura: robar tres millones de euros para demostrar que no era una ladrona.

Aura no se paró a reflexionar cómo sonaba eso entonces, ni cómo suena ahora.

Cuando te montas tu propio «En episodios anteriores», con música de Hans Zimmer y montaje del director, todo se vuelve epiquísimo, inevitable. Conocer a Sere Quijano, una hacker que está como un cencerro. Aliarse con unos legionarios jubilados y disfuncionales. Robar un casino ilegal regentado por un francés baboso, valga la redundancia.

Que te roben a ti los tres millones de euros.

Resultó que Ponzano, su antiguo jefe, había mandado tras sus huellas a la comisaria Romero. Andaluza, corrupta, sin sentido del humor. Ponzano quería la foto de Aura entrando en prisión en primera plana de los periódicos, y estaba dispuesto a matar para conseguirla.

O pagar para que Romero matase, que es casi lo mismo.

Ponzano quería a toda costa una fusión entre su entidad y el Banco Atlántico de Laura Trueba. Sería su canto de cisne, la culminación de la obra de su vida, conseguir lo que ni su padre ni el padre de Trueba habían logrado.

Aura lo arruinó todo en el último instante, de un modo espectacular, chapucero y milagroso al mismo tiempo.

Un clímax por el que merecería la pena pagar, si formara parte de una novela, piensa Aura.

Una fuerte sacudida y un crujido interrumpen sus pensamientos y hacen bambolear el fuselaje del avión. Aura siente un vacío en la boca del estómago y en una parte del cuerpo muy parecida a los testículos mientras el avión cae a plomo.

2

Una pista

—Abróchese el cinturón para el aterrizaje, por favor. Estamos experimentando fuertes turbulencias —aclara el piloto, muy oportunamente, el altavoz opacado por los crujidos del fuselaje.

Aura se pelea con la hebilla metálica, a medio camino entre la risa y el miedo. Siempre le han producido una risa nerviosa las obviedades que tienen que ver con la posibilidad de su propia muerte. Que, a juzgar por cómo se agita el aparato, no parece muy lejana ni improbable. Ni toda la madera de caoba ni toda la piel de potro del mundo camuflan el hecho de que está encerrada en un trozo de metal a ocho mil metros de altura.

Por un instante Aura cree que todo es una pantomima, parte de un juego de poder de Constanz Dorr para atemorizarla antes de aterrizar. Pero entonces, a través de los pliegues de la cortina que se ha recogido a medias por las sacudidas, ve a la auxiliar saliendo de la cabina del piloto y se le antojan dos posibilidades.

O bien la auxiliar es una actriz de Óscar.

O bien está pasando algo realmente grave.

La mujer, con el rostro demudado por el pánico, se asoma brevemente a la zona noble mientras recoge la cortina. Apenas le dedica una mirada —reglamentaria, apresurada— a Aura antes de sentarse en el asiento de seguridad. Cuyo cinturón no es una simple tira de cordura, sino un arnés completo que aparenta ser bastante más seguro.

Aura observa con envidia el arnés, y de repente su propio asiento de piel de potro ya no le resulta tan lujoso.

A través de la ventana, el ala del avión parece vibrar más de lo normal, un espectáculo que le intriga y alarma a partes iguales. Aura sabe que los aviones están diseñados para soportar mucho —viajó en más de una ocasión en el de Ponzano, un modelo más antiguo—, pero la visión del ala oscilando con tanta violencia le encoge aún más el estómago.

Las luces del techo parpadean inquietas mientras el avión se tambalea e inclina.

Aura vuelve a mirar por la ventana. El motor de estribor apenas es visible desde su posición. Los motores situados junto a la cola contribuyen a la metáfora fálica visual. Pero estirando mucho el cuello se puede atisbar el cilindro exterior.

¿Eso es humo?

Pega la frente al cristal y entrecierra los ojos tratando de discernir mejor lo que ve. Efectivamente, una fina columna de humo se desprende del motor derecho, una visión que le hiela la sangre.

—¡Oiga! ¡Eh!

Trata de llamar la atención de la auxiliar. Situada frente a ella, pero en el lado de babor. La mujer desvía un momento la atención de su propia ventana, observa a Aura señalar a través del cristal.

Y después hace el gesto más aterrador que Aura ha visto en su vida.

Sacudiendo la cabeza, levanta el dedo y señala, a su vez, a la ventana por la que estaba mirando.

Antes de ser ladrona, fugitiva y forajida, Aura Reyes se ganaba la vida haciendo ganar obscenas cantidades de dinero a su jefe. Sin ser una genio de la matemática, sabía calcular dos y dos.

O el resultado de dos motores menos dos motores.

En ese momento, un pitido insistente comienza a sonar por todo el aparato. El horizonte se ha girado en un ángulo antinatural y peligroso.

—Agárrense para el impacto —dice el piloto por los altavoces.

Aura apenas le oye —sus oídos se han taponado por el cambio de presión, el corazón le retumba en el pecho—, pero deduce enseguida el mensaje. La auxiliar de vuelo se suelta un momento el arnés del pecho, se abraza las rodillas y vuelve a colocarse el arnés, gritándole algo a su pasajera.

Aura traga saliva e imita el gesto que acaban de mostrarle. Que ha visto en un centenar de películas. Lo ha contemplado siempre desde fuera.

Caos, ruido, gente chillando o rezando. Un oso de peluche en manos de una niña, para subrayar la tragedia.

La verdad es mucho más aterradora.

Con la cabeza entre las piernas, los ojos cerrados y los brazos entrelazados, el cuerpo de Aura se convierte en una antena. Cada fibra de su ser se vuelve un angustioso emisor de información. Los dientes que le castañetean, la pleura presionando contra la cara interior de la cavidad torácica, el estómago cuyo contenido parece elevarse e intentar atravesarle la columna en dirección al techo.

A medida que el avión continúa su caída a tierra, oídos y vista ceden el espacio a sentidos que antes no importaban. Con el equilibrio perdido, el tacto, el espacio, incluso el sentido del gusto —la boca le sabe a bilis y vómito— parecen competir por su atención, intentando ayudarla a sobrevivir.

Treinta y siete segundos antes, Aura era una madre que había interpuesto su cuerpo entre sus hijas y un cuchillo de caza. Que había mandado matar para recuperar a una de ellas. Era una viuda dispuesta a todo para conocer quién asesinó a su marido.

Ahora es un animal a merced de sus instintos.

Cada uno de ellos le hace sentir la aproximación inevitable al contacto con la tierra, esa fracción de momento antes del impacto que parece durar una eternidad.

Y entonces, como si el tiempo mismo se rindiera ante la inminencia del desastre, todo se detiene. Un instante suspendido entre la promesa de la vida y la amenaza del final.

El impacto, cuando llega, es menos una explosión que un crescendo de sonidos que se agolpan en el aire. El estruendo metálico de la estructura del avión contorsionándose bajo la fuerza bruta del aterrizaje forzoso, el lamento de los neumáticos explotando bajo la presión implacable, el grito del acero contra el asfalto. Destrucción *a capella*, cada nota resonando con el temblor de la muerte.

Aura, con la cabeza aún entre las rodillas, siente cómo su cuerpo es zarandeado sin piedad. Los cinturones de seguridad tiran de ella, cortan a través de la ropa, imprimen su forma en la piel, recordatorios dolorosos de fragilidad. Alrededor, los últimos vestigios de la apariencia del avión se desmoronan; compartimentos abiertos vomitan sus contenidos en un desfile caótico. Restos de lo que una vez fue un refugio seguro se desperdigan en el aire.

En medio de este caos, un pensamiento sorprendentemente claro atraviesa la mente de Aura.

Sigo viva.

Este pensamiento se convierte en un mantra, una oración silenciosa que repite con cada sacudida, cada vuelco del avión, mientras éste lucha por detenerse.

Sigo viva.

El tren de aterrizaje delantero se parte en dos. El morro del Bombardier se desploma dejando una mancha negruzca tras de sí y un reguero de chispas en el aire.

Sigo viva.

Durante ochocientas milésimas de segundo, la inercia del avión amenaza con levantarlo desde atrás y hacerlo girar sobre sí mismo, lo que supondría la muerte segura para sus ocupantes. Pero el tren de aterrizaje de estribor se parte a su vez, equilibrando las fuerzas.

Sigo viva.

El avión, ahora una bestia moribunda, traza un arco y abandona la pista por la derecha.

Sigo viva.

El ala de estribor se parte.

Sus restos rasgan el suelo, arrojando terrones rojizos contra las ventanas que, milagro, resisten. Aura, aún con la cabeza entre las piernas, siente cómo su cuerpo es lanzado hacia delante con cada estremecimiento.

La desaceleración brutal hace que el tiempo se dilate. Cada segundo se siente como minutos; cada fracción de segundo, una pequeña vida llena del puro y desesperado deseo de seguir respirando. Las luces de la cabina parpadean, zumbando y chisporroteando en su agonía eléctrica antes de rendirse a la oscuridad.

El avión se detiene. El ruido desaparece dejando en su lugar un vacío que retumba en los oídos de Aura, un silencio que es bendición y presagio.

Despacio, con cuidado, levanta la cabeza permitiendo que la sangre vuelva a circular por su cuerpo dolorido.

Sigo viva.

Abre los ojos.

Se desabrocha el cinturón, su cuerpo entero temblando por la adrenalina y el shock. Al incorporarse, su equilibrio es incierto, el suelo parece moverse aún. Mira hacia la auxiliar, que tiene la cabeza desplomada sobre el pecho. Su pelo, antes rubio (pajizo, dos tonos más claro que el de Aura), está ahora casi negro, empapado de sangre que le chorrea lentamente por la frente inclinada, dibujando una pintura trágica sobre la camisa blanca de su uniforme.

El miedo da paso a la adrenalina del superviviente.

Aura se pone en pie con dificultad. El suelo forma un ángulo de treinta grados con respecto a la horizontal.

Agarrándose como puede a los asientos, alcanza a la auxiliar y, con manos temblorosas, le levanta la cabeza. Los ojos de la mujer están cerrados, y su respiración es un susurro, tan frágil como la brisa que se cuela por las rendijas del avión destrozado. Aura palpa el pulso en la garganta. Late, irregular pero persistente, una promesa de vida en el caos.

—¡Ayuda! ¡Ayuda!

No hay respuesta desde la cabina a su grito quebradizo y desesperado.

Aura le suelta a la mujer el arnés, y su cuerpo se derrumba sobre ella. La abraza justo a tiempo. Huele a cedro y sándalo, y a sangre y humo.

Arrastra suavemente el cuerpo hacia la entrada, hasta ocupar un espacio en el pasillo aún no colonizado por la destrucción. Vuelve la cabeza de la auxiliar, asegurándose de que las vías respiratorias estén despejadas, una técnica que también ha visto en las películas y que ahora aplica con torpeza.

Mirando a su alrededor, busca algo con que improvisar un vendaje. Su mirada se detiene en una manta desechada entre los asientos, probablemente caída durante la turbulencia inicial. Se mueve con rapidez para recogerla, rasgando luego trozos con sus propias manos. Con estos improvisados vendajes, aplica presión sobre las heridas más sangrantes de la cabeza de la auxiliar tratando de contener la hemorragia que mancha de rojo la moqueta.

Mientras trabaja, Aura siente la soledad del silencio que los envuelve. No hay gritos de ayuda, no hay sonido de sirenas; sólo el viento que murmura a través de las estructuras retorcidas del avión.

—Vamos a salir de esta —susurra Aura, más para sí misma que para la mujer inconsciente.

Tras asegurarse de que la auxiliar está lo más cómoda y segura posible, Aura se levanta y va a la cabina.

Está cerrada.

Nadie responde.

Confusa, regresa junto a la mujer, que se agita levemente.

Está volviendo en sí.

—La puerta —dice, entre toses.

Aura mira a través de la ventana destrozada hacia el amanecer que se cierne sobre el aeródromo de Los Poyatos. El cielo, teñido con las primeras luces del alba, ofrece un contraste surrealista al escenario de desolación.

Gira la palanca, que responde a la primera, para sorpresa de Aura. Incluso después del aterrizaje forzoso y de la soberana paliza que ha recibido, la puerta se abre con un suave zumbido.

Al final, la calidad se paga, piensa Aura.

3

Un coche

La puerta del Mercedes-Maybach se cierra sin apenas hacer ruido.

La calidad se paga, vuelve a pensar Aura, echando la cabeza atrás con un suspiro.

Entre cerrarse una puerta y abrirse otra había pasado media hora.

Cuando asomó por la del avión, lo hizo con extrañeza rayana en el asombro.

No había sirenas, ni policías, ni ambulancias, ni personal de servicio corriendo asustados.

Ni gritos, ni coches acelerando.

Ni música de Hans Zimmer. Ninguna de las emociones, sensaciones o sonidos que uno esperaría tras un aterrizaje forzoso.

Tan sólo una larga lámina de asfalto solitaria en un paisaje pedregoso y desértico. Trescientos metros de restregón marrón oscuro marcaban una cicatriz curva en la tierra, allá donde el aparato se había salido de la pista hasta lograr detenerse.

Aura consiguió sacar medio cuerpo por el hueco de la puerta y echó una mirada atónita.

Ay, mi madre.

El avión había dejado un reguero de trozos blancos de metal salpicados por el paisaje, como Hansel y Gretel sus miguitas de pan. Una buena parte del ala de estribor había desaparecido.

El suelo estaba a tan sólo un par de metros, nada que alguien en buena forma —y Aura lo está, vaya si lo está, como ya veremos luego— y botas de piel no pudiera salvar de un salto. Justo antes de bajarse, recordó su maletín. Volvió al interior del avión, pasó por encima de la azafata —que seguía respirando— y lo buscó entre los asientos.

En un vuelo comercial, habría sido otro cantar. En un avión privado de setenta millones de euros hay que apartar menos basura y efectos personales. Y hay menos sitios donde mirar.

El maletín había volado hacia atrás y se había quedado encajado en la siguiente fila, de las seis que había. El resto de lo que ahora era un trozo de metal arruinado se dividía en una pequeña zona de reuniones y un dormitorio al fondo

(que Aura había cotilleado convenientemente, porque una cosa es tener miedo por la propia existencia y otra muy distinta es privarse de las necesidades básicas)

además de los baños, la cocina y la cabina de los pilotos.

Todo ello inclinado en un ángulo antinatural y peligroso, que no invitaba a quedarse.

Cuando volvió a asomarse, recibió una bofetada de aire fresco, que traía consigo el olor seco y polvoriento del desierto que rodeaba el aeródromo. Se envolvió más en su gabardina. La sangre de la auxiliar había comenzado a secarse formando una capa pegajosa contra la tela.

El silencio profundo —que pesaba tanto como el estrépito del impacto aún retumbando en sus oídos— volvía todo si cabe más irreal.

Aura miró al suelo, al ala destrozada del avión, de donde justo en ese momento brotó una llama.

Pequeña, de medio metro de altura.

Nada espectacular.

Pero.

Por un momento, el pánico se apoderó de ella de nuevo, recordándole lo cerca que había estado del desastre total. El fuego parecía autocontenerse, como si el avión, ya exhausto de drama, se negara a dar más espectáculo.

Suficiente daban los motores, ennegrecidos y calcinados, de los que seguían brotando sendas columnas de humo.

Aura no sabe gran cosa de motores aeronáuticos, pero sabe que que falle uno es posible, aunque poco probable. Un error humano, un mal mantenimiento, ahorro de costes. Ninguna de las causas parecía plausible. Hasta una paloma volando a treinta mil pies de altura y metiéndose en el motor le parecía más fácil de imaginar que a Constanz Dorr escatimando en un aparato como éste.

Una superpaloma…

Improbable.

¿Que fallen dos motores al mismo tiempo?

Imposible.

No sin ayuda.

El suave ronroneo de otro motor entró en escena, como pidiendo permiso para interrumpir la aterradora conclusión a la que estaba a punto de llegar.

Aura giró su cabeza hacia la fuente del sonido y vio cómo un Mercedes-Maybach GLS 600 se acercaba lentamente. El vehículo era un contraste llamativo con el desorden del avión destrozado.

Impecable, elegante, con un brillo que reflejaba el sol naciente.

Como un anuncio.

El coche se detuvo a su altura, sin abandonar la pista.

La puerta del conductor se abrió y un hombre de aspecto serio y vestimenta formal apareció en el hueco. Exudaba un aire acre, como a loción para después del afeitado. Le abrió la puerta trasera. Sin palabras, impasible el ademán, tan sólo señalando al interior.

Aura agarró fuerte el maletín y se dejó caer sobre el suelo pedregoso.

Avanzó hacia el coche con pasos inseguros. Cada movimiento le recordaba la fragilidad de su situación.

Cuando alcanzó al hombre (ya bautizado como Don Serio), hizo un gesto en dirección al avión siniestrado.

—La auxiliar...

—Ya vienen.

—Los pilotos...

—Ya vienen.

Mientras se deslizaba en el asiento de cuero blanco la realidad de su entorno cambió abruptamente: del caos frío y metálico de un avión siniestrado al aislamiento silencioso y controlado de un vehículo de ultralujo.

Soltó una carcajada, sin poder evitarlo.

La risa que salió de su garganta iba patrocinada por Mari Paz Celeiro.

Esto es una soberana estupidez, rubia.

Te quedaste corta, Emepé.

—Voy a dejar el asiento perdido —le dice al conductor del Mercedes, cuando éste entra.

Tiene la gabardina empapada en sangre de la auxiliar, y la tapicería es de un cuero blanquísimo. Del tipo de cuero que desaconseja incluso sentarse con unos vaqueros.

Don Serio lanza una ojeada fugaz hacia Aura a través del espejo retrovisor.

—No se preocupe —responde con una voz que carece de calor—. Tengo un producto ahí atrás.

Un producto ahí atrás.

No hay amenaza ni ironía, sólo desapasionamiento profesional. Aura sospecha que no es la primera vez que tiene que limpiar manchas de esta naturaleza.

Se estremece.

Su cuerpo, aunque alejado del inminente peligro, todavía resuena con la vibración del terror recién vivido. El coche arranca con suavidad encapsulándolos en una burbuja de silencio artificial, el quedo ronroneo del motor como una promesa distante de movimiento y escape.

—¿Hay mucha distancia a la finca?

—Ocho minutos —precisa Don Serio.

Ocho minutos.

Para otras personas, ocho minutos podrían ser un periodo minúsculo.

No para Aura Reyes.

Para Aura Reyes ocho minutos son tiempo suficiente para recordar cómo fue su primera visita a Los Poyatos.

4

Un trayecto

Pídele a Aura Reyes que le ponga nombre al infierno, verás lo poco que tarda.

Prisión de alta seguridad de Matasnos, te diría.

Imagina la forma de la cárcel, con sus tejados permanentemente iluminados recortándose contra un cielo negro y sin estrellas. Un lugar tan cruel y aterrador que quedó clausurado hace medio siglo. Un lugar donde toda incomodidad tiene su asiento y todo triste ruido tiene su habitación. Un lugar que, comparado con las cárceles modernas —humanas y democráticas—, es una cámara de los horrores. Y que sólo la estupidez de los políticos y lo abarrotado de las prisiones terminó por reabrir.

Imagina la más sádica versión del Castillo de If que puedas, y sabrás lo que sigue causando las pesadillas de Aura Reyes.

Ocho minutos tiene ella para revisar su vida y sus errores, antes de enfrentarse de nuevo a Irma Dorr.

Ocho meses pasó ella encarcelada ahí dentro.

Por un crimen que no había cometido.

Logró fugarse de la prisión en la que se hallaba recluida.

¿Cómo?

De la misma forma que había vivido la Antigua Aura. Atándose hilos a las muñecas. Convirtiéndose en una marioneta del poder.

Un hombre con acento andaluz —que dijo llamarse Mentor— quería recuperar un objeto que le habían robado. La ladrona era una antigua empleada suya. Una médico forense llamada Aguado.

Conseguir el maletín era un precio barato por su libertad.

¿El problema?

No saber dónde están sus hijas.

Cuando Aura aceptó entrar en la cárcel, dejó a sus hijas con Mari Paz Celeiro. Exlegionaria, exalcohólica. Sin techo, sin trabajo.

No era la guardiana que las niñas se merecían. Pero sí la que necesitaban.

Aura tenía muchas cosas por las que preocuparse. Pero la seguridad de sus hijas no era una de ellas. Lo último que le dijo Mari Paz antes de que Aura entrase en la cárcel:

—*Mientras yo viva, rubia. Ni un pelo les tocan, ¿oíste? Ni un pelo.*

El problema de hacer promesas, según descubrirían a las malas, es que hay que cumplirlas.

Sebastián Ponzano no había olvidado la que le hizo a Aura cuando ésta arruinó su proyecto de fusión con la Banca Atlántica de Laura Trueba. Y él le había hecho, a su vez, una promesa:

—*Zorra de los cojones. Me las pagarás. Las tres me las pagaréis.*

¿Qué ocurre cuando se oponen la voluntad de una sintecho y la del multimillonario presidente de un banco? ¿La fuerza imparable y el objeto inamovible, todo ese rollo?

Ponzano envió asesinos tras Aura y las niñas. Aura consiguió librarse de los que le habían caído en suerte. Mari Paz huyó con las pequeñas y consiguió evitar a sus propios asesinos durante días, hasta que se le acabó la suerte y terminó derrotada y rota, al fondo de un barranco.

Resultó que había más de un interés en la persecución de Alex, Cris y la legionaria. Irma Dorr quería recuperar a toda costa el manuscrito que Mentor le había exigido a Aura como precio por su libertad. Así que envió a su propio asesino, que se libró de los de Ponzano.

Un hombre llamado Bruno, el hijo de Irma Dorr (y nieto de Constanz) raptó a Cris y se la llevó a Los Poyatos, la misma finca a la que está ahora dirigiéndose. Un latifundio al norte de Andalucía, un vergel en mitad del desierto, hecho florecer a base de millones.

El precio de recuperar a su hija era lo que Aura sostenía sobre el regazo, en el elegante maletín de piel.

Aura pasa la mano por la superficie, reflexionando sobre su contenido. Una biografía no autorizada de la familia Dorr, que le había costado la vida a su autor. En esas páginas, censuradas e incompletas, salpicadas —literal— de sangre, se detallaba una historia reciente de España en extremo distinta a la que Aura creía conocer.

Contaba cómo un grupo secreto de hombres y mujeres, de enorme riqueza e influencia, gobernaban en la sombra, sin oposición ni control alguno.

El Círculo.

Un nombre aburrido, sin imaginación.

Plano. Adrede.

Nadie había oído hablar de ellos, más allá de algún cuento de viejas entre asesores borrachos y vetustos periodistas con peluquín. Susurrado, nunca dicho en voz alta. Nunca escrito.

Hasta ahora.

Los nombres que aparecían al final del manuscrito eran todos pertenecientes a la élite. Laura Trueba, Ponzano, Ramón Ortiz. Por supuesto, Irma Dorr, cuyo padre había sido el fundador de El Círculo.

Aura había tenido que luchar con uñas y dientes por recuperar ese manuscrito, para conquistar su libertad. Se lo arrebató a la doctora Aguado, junto con una fortuna en diamantes. Cuando lo tuvo por fin en su poder y se reunió de nuevo con Mari Paz, la horrible verdad se abrió camino.

Irma Dorr tenía a su hija.

En los meses que siguieron a este momento, Aura se ha preguntado si éste fue el momento definitorio de su vida. El momento en el que dijo de verdad, sintiéndolo: «Hasta aquí».

No el momento en el que la apuñalaron en su casa, ni

cuando decidió tomar el camino más difícil para limpiar su nombre.

Sino el momento en el que vio a Mari Paz aguardando una respuesta.

Y ella se la dio.

El momento en el que supo que si el mismo Lucifer trazara una línea en la arena, Mari Paz estaría con ella, cualquiera que fuera el lado que Aura eligiera.

—Haré lo que me pidas —le había dicho Mari Paz—. Y se lo haré a quien sea.

Hizo una pausa.

—Pero tienes que decirlo en voz alta.

Aura tembló por dentro antes de responder, pero lo escondió bien. Deseaba egoístamente que le ahorrase el mal trago, pero comprendió que era justo que se lo pidiera.

Había dignidad en su postura. El pulso firme, la cabeza erguida, los ojos resueltos. Tanta como en su respuesta breve y escueta.

—Mátalos a todos.

Y eso hizo.

Eso hicieron.

Entraron en Los Poyatos, y rescataron a Cris.

Mari Paz dejó una pila de cadáveres a su paso.

Y sin embargo, todo podría haber resultado un absoluto fracaso de no haberse alineado una serie de circunstancias. Vidas muy distintas convergieron en la escalinata de piedra que da acceso a la mansión principal en Los Poyatos:

a) una niña que en su corta existencia había conocido el amor incondicional, pero también la muerte, la persecución y el miedo,

b) una mujer sin escrúpulos, que la sostenía como escudo mientras la apuntaba con un arma,

c) otras tres mujeres que la contemplaban atónitas y desarmadas y

d) luego estaba Bruno.

Bruno, que descubrió —demasiado tarde— que Irma Dorr le había estado mintiendo toda su vida. Y recompensó esas mentiras con una bala en la cabeza.

Y ése hubiese sido el final de la historia de Aura. Recuperando a sus hijas, con una fortuna en diamantes y la promesa de Mentor de limpiar su historial a cambio del maletín.

The End, fundido a negro. Música triunfal. Créditos.

Salvo que no.

Salvo que en este caso entró en juego algo más. Quizás su conciencia. Quizás el compromiso que había adquirido con Mentor, o su deseo de ser libre. Quizás la necesidad de no sentirse una marioneta.

Necesitaban poder comunicarse con Mentor, para limpiar el nombre de Aura (el de las tres, en realidad, ya que había unos cuantos cargos que se les habían ido acumulando). Mentor les había prometido inmunidad a cambio del maletín (del que ahora sabemos su contenido, pero entonces aún no).

Y a Aura ya la habían engañado antes. Esta vez iba a jugar según sus normas.

Lo cual generó dos problemas.

Necesitaba abrir el maletín, cuya cerradura contenía varias trampas que activarían una geolocalización (mal) o destruirían el contenido (peor).

Y necesitaba llamar a Mentor sin que éste les localizase al encender el teléfono (peor aún).

En el refugio que habían creado las cinco mujeres en una remota aldea escocesa, Sere se peleó con el maletín y su imposible cerradura. No podía usar tecnología moderna, así que tuvo a Mari Paz dando vueltas por las bibliotecas y los centros públicos, comprando a precio de saldo ordenadores viejos y cascados y haciendo felices a muchos bibliotecarios abandonados por sus alcaldes.

Resolver el acertijo del maletín le llevó seis meses.

Resolver el del teléfono, seis horas.

—*Son tecnologías muy parecidas* —había dicho, asombrada—. *Es casi como si los hubieran fabricado las mismas personas.*

—*¿Espías?*

—*No* —había respondido Sere—. *Es algo distinto. Una clase de animal diferente. Algo que nunca había visto.*

Aura se detiene un instante a considerar esas palabras —y su propia estupidez—. La poca importancia que les concedió en su momento, y cómo lo que podría haber sido tan sólo el fin de su historia —al menos de las partes dignas de una novela— se convirtió en una bifurcación, como la que está tomando ahora mismo el Mercedes en su aproximación a Los Poyatos.

Me volví blanda. O descuidada, piensa.

O las dos cosas.

Los ocho meses que había pasado en la cárcel le habían encallecido el alma por dentro. Pero la cabra tira al monte, y Aura tenía una tendencia al amor y al optimismo. Sus dos mayores debilidades. Los meses en Escocia habían deshecho el trabajo de la cárcel. Había sido una etapa de felicidad como no había conocido antes. Al menos desde la muerte de Jaume, y quizás desde siempre.

Había formado una nueva familia, la mejor posible.

Mari Paz.

Lo que había pasado entre ellas. Las palabras aún no dichas. Los sentimientos cruzados.

Sacude la cabeza. No puede pensar en eso ahora.

Sólo puede —y debe— pensar en cómo no prestó la suficiente atención a las palabras de Sere.

En cómo había cedido a la ilusión de control.

Se subieron a una furgoneta, se alejaron un buen puñado de kilómetros y encendieron el teléfono de Mentor.

Aura cerró el trato.

El contenido del maletín a cambio del borrado de unos cuantos historiales. El suyo y el de sus amigas. Incluyó, a última hora, a cierto grupo de legionarios descastados, con los que aún estaba en deuda.

Pensaba reparar esa deuda, con intereses.

Colgó con una sonrisa de oreja a oreja.

Justo cuando Aura se guardó el aparato en el bolsillo y abrió la puerta de la furgoneta, el teléfono sonó de nue-

vo. Aura, con medio cuerpo dentro y el bolsillo del abrigo zumbando, miró a Mari Paz, que le devolvió la mirada intrigada.

—No lo cojas —dijo Sere desde el asiento de atrás.

Tenía los ojos aún más saltones y asustadizos de lo habitual.

—¿Por qué?

—Porque creerás que es el tipo ese con el que acabas de hablar, y le cogerás con una frase del estilo «¿Qué se le ha olvidado?» y resultará que será alguien con quien no quieres hablar.

Aura tenía la sensación de que Sere sabía mucho más de lo que le estaba contando. Mucho, mucho más. Pero ahora no podía abordar este asunto. Porque el teléfono seguía sonando. En la pantalla ponía «Desconocido».

Cuando descolgó, escuchó una voz de mujer. Suave, como de caramelo.

—¿Sabes quién soy?

Aura lo sabía. No sabía cómo era posible —aunque a estas alturas intentaba no dejarse sorprender—, pero la voz que escuchaba era muy parecida a la de una mujer que vio morir ante sus ojos. Mayor, por supuesto. Más tenebrosa.

—Constanz Dorr —dijo Aura.

Mari Paz entrecerró los ojos, abrió y cerró los dedos. Sus manos imitaban a pájaros enjaulados. Sere agitó la cabeza en un preocupante te lo dije.

—No sé si me sorprende más que haya conseguido burlar a la muerte o que haya conseguido contactar con nosotras tan rápido —añadió.

—Querida, no hay nada que yo no pueda conseguir si me lo propongo.

—Eso me han dicho. Levantar un imperio, convertirse en... ¿cómo era? «Un monstruo que teje su telaraña en las sombras».

Constanz rio. Sonaba tersa. Poderosa y frágil al mismo tiempo.

—Ah, sí. El famoso manuscrito. Enseguida iremos a los negocios, querida. Aún estamos conociéndonos.

—No me imaginaba así su voz.

—¿Cómo entonces? ¿Como una bruja de cuento de hadas?

—No, tampoco. No lo sé. Supuse que sonaría usted... distinta.

—Tutéame, querida, por favor. ¿Quejumbrosa y cascada, como una anciana de un asilo, entonces?

—Muerta —aclaró Aura.

—Comprendo. Llevo una vida entera defraudando expectativas sobre ese asunto, querida. La verdad es que me encuentro estupendamente. Mejor que nunca, diría. Ése sería el primer motivo de mi llamada.

—¿Decirme que se encuentra bien?

—Aún seguiría atada a una cama de no ser por ti, querida. Drogada y secuestrada por mi propia hija desagradecida.

Y tu hija seguiría viva, de no ser por mí, pensó Aura. Y el maletín que sostenía en las manos estaría en las tuyas, de no ser por mí. Y sé lo de tu pequeño club secreto. Por si te faltaran motivos para encontrarnos y matarnos a las cinco.

—No te he dado las gracias —añadió Constanz.

—No tiene por qué hacerlo.

—Considera entonces esto como un regalo innecesario.

El móvil de Aura vibró dos veces. Acababa de llegar un mensaje. Se apartó el aparato de la cara y abrió la aplicación. Era un vídeo. Pinchó. Tardó muy poco en arrepentirse.

El vídeo mostraba a alguien que reconocía. Chaqueta azul marino abotonada, nudo de la corbata prieto como el puño de un avaro. Pelo blanco peinado hacia atrás, formando caracolillos en la nuca. Pelo de rico. Reconocía el escenario. El Jaguar XF del que tan orgulloso se sentía. Que presumía de conducir él mismo tan pronto como tenía ocasión. Reconocía los ojos de Ponzano, mirando a la cámara del móvil con terror puro. En la sien, la pistola era visible.

Aura no apartó la mirada cuando se produjo el disparo. Ni cuando la tapicería blanca del Jaguar cambió de color, y la sangre y los sesos del hombre que había decretado su muerte y la de sus hijas salpicaron la ventanilla del conductor.

Aura se bajó para que las niñas no vieran su reacción. Tenía el estómago encogido, de miedo y de angustia. Y había algo más. Caminó seis pasos, siete, luchando con esa sensación. Tan natural como indeseada. Las cosas naturales son repugnantes. *Alivio. Se dobló sobre sí misma y lloró, durante unos segundos, para lavarse de dentro afuera. Se llevó el teléfono a la oreja e intentó hablar, pero no le salieron las palabras. Tuvo que tomarse un segundo para recomponerse. Cuando habló, la voz le salió como un espagueti seco al romperse.*

—¿Por qué?

—Porque nunca me ha gustado empezar los negocios con una deuda. Mi vida por la tuya.

—¿Qué le hace pensar que vamos a hacer negocios?

—*Que tienes algo que quiero.*

Aura apretó los labios durante un segundo insobornable.

Eres rico sólo si el dinero que rehúsas sabe mejor que el que aceptas, *le había dicho una vez su madre. Y Aura se sentía ahora mismo millonaria, de manera literal y figurada. Pero su siguiente frase no tenía que ver con el sabor, sino con el miedo.* No se hacen tratos con el Demonio.

—*Usted no tiene nada que quiera yo.*

—*En eso te equivocas, querida.*

Hubo una tos, ligera y educada al otro lado de la línea. El tipo de tos que llegaba amortiguada por un pañuelo de hilo bordado con iniciales.

—*Y no me gustaría que cerraras el trato con la otra parte.*

—*La oferta de la otra parte es recuperar mi vida y mi libertad* —dijo Aura—. *Y ahora, gracias a usted, ya no tendré que mirar por encima del hombro.*

—*Yo puedo ofrecerte lo mismo.*

—*A igualdad de condiciones, estoy obligada a aceptar la primera oferta, señora Dorr.*

Constanz rio, con una educación exquisita.

—*Permíteme entonces subir la oferta. Mi historia por la tuya.*

Hizo una pausa teatral.

—*Entrégame el maletín a mí, y yo te diré la verdad sobre la muerte de tu marido.*

Aura se estremeció, como si algo hubiera estado a punto de aplastarla. En algún lugar, muy lejos —e insoportablemente cerca—, encajó una pieza en su sitio. La penúltima de un gigantesco dominó que comenzó a caer hace muchos años.

—Hemos llegado —la voz del conductor le arranca de su recuerdo.

Aura alza la cabeza y mira a través de la ventanilla tintada. La mansión de los Dorr se perfila varios cientos de metros más allá. El coche se ha detenido junto a un edificio bajo, con aspecto de rústico. Las paredes están blanqueadas con cal. Las puertas, verdes, de metal acanalado.

Entreabiertas.

Ella aguarda, dudando, con la mano en el tirador.

No era lo que había imaginado. Ni para lo que se había preparado.

—A la señora no le gusta esperar —le insta el conductor a través del retrovisor.

Aura suspira, y abre la puerta.

La última pieza del dominó, ahora sí, comienza a caer.

5

Un establo

Por encima de todo, huele a sexo y a muerte.

Ambos olores se imponen al del heno y el cuero envejecido. Al de la mierda de caballo y el metal chirriante.

Aura arruga la nariz al entrar, sólo un instante, por instinto. Después respira, con buen juicio. Cuanto antes se llene las fosas nasales, antes se acostumbrará.

El suelo del pasillo está lleno de paja.

Las caballerizas, a un lado, están casi todas vacías. Las pocas ocupadas albergan bestias que resoplan con nerviosismo, como si percibieran la tensión que flota en el aire. Sus crines brillan bajo la luz mortecina, y sus patas golpean el suelo, inquietas. Los ojos de los animales, reflejando una mezcla de temor y alerta, siguen a Aura mientras avanza.

Previniéndola.

Al fondo, a contraluz, hay un espacio abierto, del que viene una cacofonía primitiva.

Uña, piel y pulmones. Cascos, látigo y gritos.

Las sombras de figuras que se mueven frenéticamente crean un aguafuerte goyesco, delineando una escena que parece arrancada de un pasado olvidado.

Aura acorta la distancia con el espectáculo, abriéndose paso en la atmósfera casi sólida. Ahora los demás olores han desaparecido. Incluso el de la muerte.

Sólo queda el sexo, flotando en el aire, tiñéndolo de un naranja radiactivo, tóxico. Hay que apartarlo con las manos para andar, como una cortina.

Hay siete hombres al fondo.

Uno sujeta a una yegua por el bocado, intentando tranquilizarla. Los otros seis rodean a un caballo dorado, el más hermoso que Aura ha visto en su vida, que piafa y se agita, inquieto y salvaje.

Aura no les presta atención.

Sólo tiene ojos para Constanz Dorr.

Siente un estremecimiento.

Las crónicas de sociedad de su época admiraban su pelo rubio plomo y sus cejas afiladas, pero Aura aprecia sobre todo su estructura ósea. El mentón bien alineado, los pómulos angulosos, todo ello apuntando a una boca recta y ancha.

El caballo sigue agitándose, sin que los hombres parezcan ser capaces de dominarlo. Quinientos kilos de músculo y hueso se revuelven intentando liberarse. El espacio abierto en el establo, que medirá unos cuarenta metros cuadrados, parece diminuto y desprotegido ante una bestia de ese tamaño.

Sus pezuñas patean, rebuscan, intentan zafarse. Aplastan el suelo a pocos centímetros del lugar junto a la pared en el que aguarda la señora de la casa.

Inmutable.

Tiene la postura de una bailarina clásica. Pantalones color crema, chaqueta verde, ajustada.

Impasible.

—Acércate, querida —la llama Constanz, a su lado. Habla como si estuviera convencida de que obtendrá todo aquello que desea.

—¿Sabe lo que ha pasado con su...? —Aura deja salir los nervios y el miedo de lo sucedido. Hace menos de una hora estaba en un avión que tenía que hacer un aterrizaje de emergencia, muy probablemente por haber sufrido un sabotaje.

Haber perdido un jet de setenta millones de euros parece un tema de conversación que introducir cuanto antes.

—Chisss —la reprende ella, contribuyendo a su creciente sensación de irrealidad—. ¿Estás aquí, no? Ya hablaremos del avión. No me prives del espectáculo.

Sonríe.

Aura siempre ha pensado en la vejez como un atacante inesperado. Un día te miras al espejo y te descubres vieja. De golpe. De forma inevitable, como el que abre la puerta de casa y se encuentra a un testigo de Jehová con el dedo pegado al timbre.

Constanz Dorr ha esquivado la mayoría de los ataques.

Es delgada y nervuda. No hay rastro de cirugía en su rostro, salvo la certeza empírica de que, a su edad, es imposible tener ese aspecto sin la ayuda de un bisturí. A Aura le recuerda a la Katharine Hepburn de *En el estanque dorado*.

Su piel —casi transparente— resplandece, incluso en la penumbra del establo. Las mejillas algo caídas y las venas varicosas en las manos son los únicos lugares por los que el tiempo parece hacerle justicia.

—Ochenta y cinco años, querida —dice Constanz, con su voz de caramelo tostado, sonriendo ante el evidente escrutinio de su visitante—. ¿Una taza de té?

Le indica una mesita alta y redonda, de madera lacada. Sobre ella hay un servicio de té en bandeja de plata. La tetera de porcelana humea, lista para servir.

Aura no sabe qué le asombra más. Si la precisión impecable de tener el agua a punto para cuando apareciese ella, o la incongruencia del lujoso conjunto en la esquina de un establo.

—Si yo tuviese su edad, también presumiría.

Constanz menea la cabeza, divertida, mientras prepara la infusión.

—Tonterías. Una mujer tiene que decir su edad sin miedo. Los hombres esperan que te quites años, ¿te has dado cuenta? Asumen la mentira venial como algo natural en nosotras.

Pone una bolsita en cada taza y echa un par de terrones en ambas sin preguntarle a Aura. Después vierte el agua con delicadeza, sin derramar una gota.

—Es una concesión paternalista y vulgar. Una de tantas en las que caemos con frecuencia —continúa, dejando la tetera de nuevo en la bandeja—. Como las niñas que creen que somos.

Le alarga a Aura su taza, sujetando el platillo con ambas manos.

Aura ha conocido a muchos hombres poderosos en su vida. Conoce íntimamente los juegos de poder. La infinita combinatoria de elementos en los que aquellos que desean algo de forma fehaciente se presentan a sí mismos. Perfumes carísimos, escenarios diseñados al milímetro para meterse en tus ojos y provocar ceguera.

El despliegue de Constanz hace palidecer a todos.

Ponzano le había regalado a Aura un diccionario de la RAE, con varias palabras subrayadas. Una de ellas era

Carisma: m. Especial capacidad de algunas personas para atraer o fascinar.

Al lado, en lápiz, había anotado «no se puede comprar ni fingir».

Mientras coge la taza de manos de Constanz Dorr, Aura tiene que recordarse —no sin esfuerzo— que aquella criatura bellísima con aires de estrella de cine es una asesina sin escrúpulos.

Que mandó matar a quien me enseñó lo del carisma, ya que estamos.

—Yo voy a seguir diciendo que tengo cuarenta y pocos, si no le importa.

Constanz se ríe con exquisitez indulgente.

—Ya llegarás a mi edad, querida, y lo comprenderás.

—Si usted lo dice.

—No voy a poder convencerte de que me tutees, ¿verdad?

—¿Voy a convencerla yo de que continuemos la conversación en otro sitio? —dice, señalando al maletín, que ha dejado en el suelo junto a ella.

Constanz no sigue la dirección en la que apunta Aura. Ladea un poco la cabeza y le da un sorbo diminuto a su té, y señala a su vez con la mirada.

—Nada carece de significado en esta historia, querida. Nada.

Aura se vuelve —enésimo juego de poder perdido desde que llegó— a tiempo de ver cómo los hombres cada vez tienen más problemas para sujetar al caballo. El pene del animal está completamente erecto, sus ojos bailotean, las fosas nasales parecen un ventilador.

Ha llegado el momento de analizar la escena.

A un lado del establo, la yegua.

Joven, en celo. De color negro, o de un castaño muy oscuro, Aura no sabría distinguirlo con tan poca luz. Lo que sí se ve son los genitales de la hembra, que levanta la cola y los muestra al caballo. Se abren y se cierran como una boca hambrienta.

—Se llama guiñar —dice Constanz, con suavidad—. Lo hacen cuando están a punto.

El caballo reacciona de forma casi inmediata, agitándose con mayor fiereza. Uno de los hombres cae al suelo, empujado por la grupa. Los demás tienen que pugnar para compensar su ausencia mientras se levanta.

—Ahora —ordena Constanz.

Su voz apenas se ha dejado oír en el estruendo, pero desata una oleada de actividad. Un segundo grupo de seis hombres entra en el establo por una puerta lateral. Llevan consigo un maniquí con forma de caballo, sostenido en unas ruedas metálicas, y lo interponen entre el caballo y la yegua.

—Este señuelo se llama fantasma, querida. Verás enseguida su utilidad.

Aura tiene la utilidad bastante clara, pero está demasiado fascinada como para decir nada.

Los hombres del segundo grupo se unen a los del primero para retener al caballo. Falta hacen. Los guiños de la hembra y el olor, cada vez más concentrado, han llevado al animal al paroxismo.

Uno de ellos se separa del resto y busca bajo el maniquí hasta sacar un paño, que impregna con el contenido de un frasco que lleva en el bolsillo.

—¿Para qué es eso?

—Hay que limpiar el miembro de bacterias. Podrían contaminar el semen —aclara Constanz, apurando su taza.

Aura piensa que habría que estar completamente loco para meterse entre las patas del animal, y entonces ve la cara del hombre.

Un rostro angelical. Una sonrisa capaz de engatusar a una piedra. Una piel muy clara, como si no reflejara en los espejos. Un pelo rubio ceniza, inconfundible.

Como el de su madre.

Como el de su abuela.

Bruno.

6

Una monta

Aura, que ya tenía el miedo en el cuerpo, se da cuenta de que el semental frenético no es el animal más peligroso de esa habitación. Ese honor le corresponde al hombre alto y musculoso que se introduce bajo el caballo como el que mira bajo el capó de un coche. La misma fría indiferencia con la que le voló la cabeza a su propia madre de un disparo.

La escenografía está completa, ahora sí.

No necesita girarse para saber que Constanz está pendiente del más mínimo detalle de su reacción.

Bruno termina de limpiar el miembro del caballo —redondeando aún más el significado de la palabra «mamporrero»—, y se retira, dejando el espacio libre para que otro hombre se aproxime con un dispositivo metálico. Pero Aura no puede apartar los ojos de Bruno, sintiendo una mezcla de ira y miedo que amenaza con paralizarla.

Ése es el monstruo que secuestró a su hija.

—Os conocéis, ¿verdad, querida? —pregunta Constanz, con un tono que no esconde su diversión.

Aura traga saliva intentando recuperar la compostura. Le da igual ir perdiendo el partido por goleada. No va a darle el gusto de derrumbarse.

—No hemos sido presentados formalmente —responde, aunque su voz traiciona una ligera vacilación—. Lo entrenó usted misma, según he leído.

—Demasiado bien, sí.

Aura no responde.

—Bruno es muy eficiente en su trabajo —continúa Constanz saboreando el evidente malestar de su visitante—. Es una lástima que no puedas apreciarlo con la misma calma que yo.

—Pude poner a prueba su eficiencia, muchas gracias.

—Tuvo un pequeño desliz permitiendo que te hicieras con los diamantes. Pero en general no suele cometer errores.

—No va a pedirme que se los devuelva, ¿verdad?

Constanz mueve la mano como para espantar una mosca.

—¿Esa fruslería? No merece la pena. He de reconocer que me molesta pagar por las cosas dos veces. Pero hay tantas variables en nuestra relación que voy a pasarlo por alto, querida.

Aura aprieta los labios, observando cómo los hombres colocan el dispositivo alrededor del miembro del caballo, conectándolo a una especie de tubo. El animal relincha y se agita, pero la presión de los trabajadores lo mantiene bajo precario control. El proceso, aunque clínico y preciso, tiene un aire de violencia que hace que el estómago de Aura se revuelva.

—Esto es parte del ciclo natural —dice Constanz—.

No todo lo que parece cruel lo es realmente. Hay una razón para todo, incluso para el sufrimiento.

Aura se vuelve hacia ella, sus ojos ardiendo de preguntas sin respuesta. La serenidad inquebrantable de la anciana es desconcertante.

—¿Por qué me ha traído aquí?

—Porque necesitas entender, querida —responde Constanz, tras tomar un sorbo de su té—. Y porque necesito probarte.

Aura lanza el ataque con voz neutra, apenas un leve deje de sarcasmo al final de la frase. Consciente, como es, de que su vida está por completo en manos de la anciana. Harta del miedo que lleva sintiendo desde que se subió al Bombardier, convertido en pavor cuando estuvo a punto de estrellarse.

Y porque se ha levantado con el coño fruncido, qué se le va a hacer.

—Su hija ya se encargó de eso —escupe.

Pausa.

El efecto es casi imperceptible.

Un pequeño temblor de la mano, al mencionar a *su hija*.

Un ligero tintineo de porcelana, inaudible en el estruendo de gritos y resoplidos.

Un destello de rabia.

Aura siente un pequeño triunfo al ver la furia en los ojos de Constanz. Es un resquicio en la armadura, el primer gesto de humanidad en la fachada inquebrantable de la anciana. Sin embargo, la tensión en el aire se vuelve aún más palpable.

—Me recuerdas mucho a ella, ¿sabes? Hoy en día se estila tener autoestima antes de tener motivos.

—Puede matarme si quiere —dice Aura, muy seria—. Pero no me dé el coñazo, señora.

Constanz abre la boca, sólo un poco, asombrada. Luego estalla en una risa franca, que no se parece en nada al sonido exquisito de antes.

Éste es más crudo.

Como un picahielos de plata apuñalando escarcha.

—Ahora sí que me recuerdas a ella, Aura. Eres una mujer tenaz. Capaz de hacer un árbol con unos muebles. Llena de fe.

Deja la taza sobre la mesita alta. Hay un fino rastro de carmín en el borde de la porcelana.

—Pero la fe no sirve de nada si está basada en la ignorancia —añade Constanz, antes de hacerle un gesto a su nieto.

Bruno ladra órdenes precisas. La yegua en celo es conducida fuera del establo, dejando atrás al maniquí.

La puerta se cierra.

Los hombres que rodean al semental lo sueltan de golpe, y se apartan de él, aplastándose contra las paredes en busca de refugio.

El semental, liberado de repente, se revuelve con una furia incontrolable, sus músculos tensándose y ondulando bajo la piel dorada. Sus ojos, llenos de un brillo salvaje, buscan desesperadamente a la yegua que ha sido retirada, los orbes negros desbordando rabia y confusión. Siente la traición, la ausencia. Responde con una energía frenética, una tormenta en una caja.

Se pone de manos, caracolea, se encabrita.

Palabras preciosas. Si estás dentro de la caja, te lo parecen menos.

Uno de los aparceros —bajo y ancho, de mediana edad— es demasiado lento en su huida, recibe un brutal impacto en la cabeza por uno de los cascos del caballo. El sonido del cráneo fracturándose resuena en el establo, un eco macabro que se mezcla con el grito de dolor del herido, un alarido que corta el aire y hace que los demás hombres retrocedan instintivamente, sus rostros palideciendo de terror. La sangre brota de la herida y se derrama por el suelo, escurriéndose entre la paja, formando barro con las bostas y los orines.

Otro hombre, intentando esquivar al animal, es golpeado en el estómago con una fuerza que lo dobla como un folio dentro de un sobre, el aire escapándose de sus pulmones en un gemido ahogado. Cae de rodillas, las manos apretando el abdomen, el rostro contorsionado por el dolor. El establo se convierte en un escenario de caos y pánico, los hombres acorralados por la furia indomable del semental.

El caballo, atrapado en su tormento, gira sobre sí mismo, levantando nubes de polvo y paja que se arremolinan en el aire viciado del establo.

Resuella.

Resuella.

El semental, ahora sin barreras, fija su atención en el maniquí, su última conexión con el deseo insatisfecho. Con un relincho que resuena como un trueno, se lanza en dirección al reclamo, sus cascos golpeando el suelo con una fuerza que parece hacer temblar las paredes del establo. Monta al señuelo con una furia desatada, sus movimientos son salvajes, primitivos, cada embestida un estallido de energía contenida durante demasiado tiempo.

Su quijada lanza bocados al lomo del señuelo, a las crines falsas, luchando por equilibrarse.

El miembro del caballo, completamente erecto, se introduce en el dispositivo situado a la altura adecuada. Los músculos del animal se tensan en espasmos rítmicos. Sus relinchos reverberan en las paredes de madera y metal.

Aura nota cómo el suelo tiembla bajo sus pies. Siente una mezcla de náusea y fascinación, incapaz de desviar la mirada. La escena es grotesca, una parodia de la naturaleza. El caballo, dominado por su instinto, empuja con más fuerza, la grupa ondulando con cada embestida. El dispositivo metálico captura cada movimiento, cada espasmo.

El tiempo parece detenerse mientras el semental llega al clímax. Sus músculos se tensan aún más, abre mucho los ojos, y un relincho desgarrador llena el aire. El dispositivo, meticulosamente diseñado, recolecta el esperma en un tubo, mientras el animal empieza a calmarse, su energía agotada.

Aura siente un nudo en el estómago. La violencia, la eficiencia, el sacrificio de los hombres que la rodean —está segura de que el primero está muerto, o a punto de estarlo, y el otro, malherido—, todo forma una imagen cuyo significado se le escapa.

Esto es más que un acto físico. Ha visto la crueldad inherente en el control y la dominación.

El caballo se aparta del maniquí y recula hasta el centro del establo. Tras el estallido de violencia y la liberación del orgasmo, parece mudar su naturaleza, despojado de sus urgencias. Mira a su alrededor, casi como pidiendo disculpas, inclinando la cabeza y agitando la cola.

A su alrededor, los hombres comienzan a moverse. Arrastran fuera al maniquí, retiran a los heridos, liberan al caballo del dispositivo que habían acoplado a su miembro.

Todo ello sin mediar palabra.

En un par de minutos, el establo se despeja, como si la escena a la que han asistido hubiera sido sólo una pesadilla de la que acaban de despertar.

Tan sólo queda Bruno, en una esquina. Ellas en otra. Y el caballo en el centro, hocicando el suelo.

—Su nombre es Justify —explica Constanz, con voz suave—. Su línea de sangre desciende directamente de los Ajal-Teké, los caballos turcomanos.

Se adelanta hacia el animal, sin vacilar, y le indica a Aura que le siga.

Ésta lo hace, un par de pasos más atrás.

—Sus ancestros dominaron el Asia Central. Los guerreros que los montaban se consideraban imparables, como el viento en la estepa.

Constanz alza la mano, presentándosela al caballo, que inclina la cerviz ante su dueña y se deja acariciar. Su respiración va calmándose. El fuelle descontrolado se va convirtiendo en un suave compás.

—Los chinos los llamaban *tianma*, los caballos celestiales. Los pocos que conseguían los reservaban al emperador. Por su altiva nobleza y por su pelaje dorado.

Aura observa la tonalidad metálica que cubre al animal. Incluso en la oscuridad del establo parece captar la luz.

—Acarícialo, querida.

Aura extiende un poco la mano, la retira, temerosa, y luego la extiende de nuevo.

¿Quieres jugar? Juguemos, bruja. No voy a dejarme avasallar.

El tacto del lomo es suave y sedoso. Bajo él bulle la vida y la energía. El corazón de la bestia, aún acelerado, vibra bajo la palma de su mano.

—Lo que acabas de ver es algo único. Este ejemplar ha recibido cientos de peticiones de monta, pero no he atendido ninguna.

Hace una breve pausa.

—Y, por suerte, durante el breve tiempo en que estuve... indispuesta... mi hija tampoco cedió a la tentación.

Indispuesta.

El eufemismo del siglo.

Estar secuestrada y drogada durante tres años por su propia hija.

Indispuesta.

—¿Por qué tantas peticiones? —dice intentando cambiar de tema.

—Justify es un caballo famoso. A sus nueve años ha ganado más títulos que ningún otro caballo en la historia reciente. Nadie sabe que es mío, por supuesto. La enseña con la que compite pertenece a una empresa pantalla.

Mientras acaricia el lomo, un vago recuerdo llega a la mente de Aura desde años atrás. Una noticia en el telediario hablando de un caballo excepcional que había batido récords.

—Tiene que estar muy orgullosa.

—Lo estoy. Su raza está casi extinta. Apenas quedan ejemplares en el mundo. Todos prefieren los purasangre ingleses. Yo crie a su abuelo y a su padre. Elegí meticulosamente las hembras con las que debían aparearse, seleccionadas con cuidado para preservar la pureza y la fortaleza del Ajal-Teké.

La voz de Constanz se suaviza al hablar de la historia y linaje de Justify, como si la nobleza del animal fuera un reflejo de sus propias aspiraciones y logros.

—Este proceso ha tomado generaciones, Aura. Justify es el pináculo de ese esfuerzo, un testimonio viviente de la perseverancia y la dedicación.

Aura siente una punzada de admiración involuntaria. A pesar del horror y la violencia que acaba de presenciar, no puede negar la magnificencia del animal y la meticulosa planificación que lo ha creado. El pelaje dorado de Justify, brillante incluso en la penumbra, parece casi sobrenatural. Hay una belleza apabullante en su porte, una elegancia feroz imposible de ignorar.

—Es impresionante —admite Aura, aunque sus palabras están cargadas de una amarga ironía—. Un logro notable.

—Lo es —asiente Constanz, observando a Justify con ojos que revelan un raro destello de orgullo genuino—. Pero el verdadero logro no es sólo criar un caballo de esta calidad. Es controlarlo, dominar su espíritu indomable, y canalizar su poder hacia un propósito mayor. Eso, querida, es la verdadera maestría.

La palabra «control» reverbera en la mente de Aura, tocando un nervio sensible. Constanz no está hablando sólo del caballo; está hablando de ella, de su hija, de todos aquellos que han caído bajo su influencia. Esta percepción envuelve a Aura como una marea oscura. Constanz ve a las personas de la misma manera que ve a sus caballos: algo que debe ser moldeado, dominado y utilizado para sus propios fines.

—¿Y cuál es el propósito mayor de Justify? —pregunta Aura, incapaz de ocultar la dureza en su tono.

Constanz sonríe, un gesto que no alcanza sus ojos.

—Estaba deseando que lo preguntaras, querida.

Inclina la cabeza en dirección a Bruno, que surge desde su esquina en penumbra. Lleva algo en la mano.

Una escopeta.

Aura siente cómo el pánico se apodera de ella. El tiempo parece ralentizarse mientras observa, con horror creciente, cómo Bruno se acerca a Justify. Este, ajeno al peligro, sigue con sus ojos —ahora serenos, bondadosos— clavados en Constanz.

—¿Qué estás haciendo? —grita Aura, su voz resonando en el establo—. ¡Detente!

Pero Bruno no se detiene. Su rostro permanece impasible, su mirada fija en su objetivo. Se sitúa junto a Constanz, apartándola un poco. En un movimiento rápido y calculado, levanta la escopeta y apunta a la cabeza del animal. Aura no tiene tiempo de reaccionar, de apartarse, antes de que Bruno apriete el cañón contra la cerviz de Justify.

—No —susurra Aura.

7

Dos jardines

El estruendo del disparo reverbera en las paredes del establo. Aura siente la vibración en sus huesos, una sacudida que parece detener su corazón por un instante. El cuerpo de Justify se desploma pesadamente, sus patas ceden bajo el peso muerto, su vida se extingue en un instante brutal.

El establo se queda en silencio.

Aura, paralizada por el shock, no puede apartar la mirada del cadáver de Justify, su pelaje dorado manchado de sangre. La magnificencia que una vez había admirado ahora yace inerte y mutilada ante ella.

Bruno baja la escopeta, su sonrisa. Constanz, observando todo con una calma inquietante, se aproxima a Aura. Sus ojos, fríos y calculadores, se clavan en los de ella, hambrienta de su reacción.

—¿Por qué? —susurra Aura.

—Te lo dije. Para probarte.

—Es usted un monstruo —dice dando un paso hacia delante.

Bruno reacciona al instante, girando la escopeta hacia ella, con una fluidez gélida, por encima del hombro de Constanz.

La anciana ignora los cañones junto a su oreja. Ignora el cadáver del suelo, la sangre que resbala hacia ellos y ya les empapa las suelas.

—Te estoy mostrando el control.

—Esto no es control —dice Aura, su voz temblando pero firme—. Está usted loca.

Constanz sonríe, un gesto que no tiene calidez.

—Llámalo como quieras. Ahora mismo hay ciento diez mililitros de esperma del caballo más valioso del mundo en una nevera en mi casa. Hace un minuto podría haber pedido medio millón de euros por monta. Ahora que la fuente se ha secado, su valor se ha multiplicado por cien. Muerto, este activo generará muchos más ingresos que todos los premios que ha ganado.

Aura da un paso atrás, intentando recuperarse. Camina alrededor del caballo, intentando alejarse de la cabeza destrozada. Intentando entender.

Bruno, mientras, vuelve a bajar la escopeta, saca el móvil y hace varias fotos a los destrozos. El flash del teléfono destella sobre la sangre, volviéndola negra durante un instante, convirtiendo el establo en el escenario de una película de terror.

—Porque claro, a usted le hace falta el dinero.

Constanz respira hondo. Como armándose de paciencia.

Como quien tiene que explicarle la regla de tres a un niño algo más lento de lo normal.

—Acompáñame. Quiero mostrarte algo.

La luz del sol derrama años sobre la anciana. Enturbia el blanco de sus ojos, desvela las venas azuladas bajo la piel. Aura recuerda a su madre. La misma textura suave y apergaminada que tarda en recuperar su forma tras un movimiento.

Aun así. Sigue manteniendo su belleza sobrecogedora.

A juego con el lugar.

Ante Aura aparece el jardín más perfecto que haya visto nunca. Ni una sola flor silvestre, ni una sola rama rebelde. El lugar es un mosaico imperturbable de arriates semicirculares a lo largo de un sendero concéntrico de líneas impecables. Las flores brotan obedientes y radiantes. Las estatuas de mármol apartan la mirada indiferente, el corte del césped es milimétrico como la barba de un hípster recién divorciado. Una fuente cercana borbotea educada, con susurro de museo.

Aura siente deseos de gritar, de pisotear el césped, de arrancar un parterre. Cualquier cosa que sirva para alterar el lugar, o a su anfitriona, que la encamina en silencio hacia la mansión.

Aura mira por encima del hombro. Bruno les sigue, a corta distancia. Ha recogido el maletín, que Aura había olvidado en el caos de lo sucedido en el establo.

Cuando se gira, algo llama su atención.

En el centro del sendero hay un templete renacentista que habría despertado la envidia del propio Cosme el Viejo de los Médicis.

Mientras pasan a su lado, se pregunta durante un instante si será original.

La respuesta viene sola.

Aura reflexiona, admirada, acerca de la mentalidad necesaria para edificar un lugar como Los Poyatos en mitad de la nada, antes de que las distancias fueran las que facilita el siglo XXI. Y, sobre todo, qué mentalidad requiere ahora para mantenerlo.

Hay una suerte de bula en esa clase de aislamiento. Una facilidad para hacer y deshacer al propio antojo. Para germinar ese antojo y que de él broten los dulces frutos de la justificación.

Aura imagina lo que ha tenido que ser crear un lugar como éste, crecer en un lugar como éste. Un lugar en el que la respuesta a un deseo, por descabellado que sea, no es una negativa, sino un precio.

«El precio no siempre es una cifra», habría dicho Ponzano.

Un poco más adelante ve algo que le reconcilia un poco con el mundo. Una calva en el césped.

—Lamento el estado del jardín, querida —se disculpa Constanz, con sinceridad. O sonando sincera, al menos.

—No tiene por qué.

La anciana se detiene junto al claro en el verdor, y lo contempla como quien ve un cadáver.

—Lo cierto es que cada vez cuesta más mantener este lugar. Antes todo era más fácil.

—Los viejos tiempos, ¿eh?

—Cuando la gente dice que las cosas eran mejores, quieren decir que eran mejores para *ellos*, porque eran jóvenes y mantenían intactas todas sus esperanzas. El mundo comienza a ser un lugar más oscuro a medida que uno comienza a deslizarse hacia la tumba.

Vuelve a ponerse en marcha.

Los pasos de la anciana rodean un estanque y las encaminan hacia unas escaleras que no ha olvidado.

Trece escalones, fabricadas en piedra de Colmenar de Oreja.

Constanz las sube por el centro. Al llegar al decimosegundo escalón, gira a su derecha, evitando algo.

Aura ve de qué se trata unos segundos después.

La piedra de Colmenar es muy porosa. Sobre su textura de color crema, las manchas oscuras no salen con facilidad.

Incluso seis meses después.

La sangre de Irma Dorr aún permanece ahí.

Aura evita mirar, y sigue a Constanz al interior.

En el instante en el que cruza el umbral de la mansión siente que un sudario la cubre de pies a cabeza. La presencia de esta riqueza absurda le produce una timidez absurda. Tiene la impresión de haber sido adiestrada desde niña para postrarse ante lo que representan el mármol, el bronce y el wengué.

Aura conoce bien los caminos a la riqueza. Siempre que se ha encontrado en un sitio —remotamente— similar a éste, ha calculado la ruta que ha conducido a sus dueños a amasar una fortuna capaz de pagarla. Casi siempre el trayecto hace parada y fonda en lugares oscuros e ilegales. Sin embargo, Los Poyatos es distinto. El suelo y las paredes, la luz que entra por las vidrieras, cada rincón de la mansión pregona su propia legitimidad.

Arrodíllate, proclama el lugar. *Quita las sandalias de tus pies, porque el lugar en el que tú estás es tierra santa.*

Al avanzar por el pasillo, aumenta el asombro de Aura.

Nunca ha sido muy aficionada a la pintura. Lo suyo son los libros. Pero no hay que ser crítico de arte para reconocer un Van Gogh.

Y menos éste, piensa Aura, deteniéndose frente a él.

—Tenemos prisa —la apremia Bruno, siempre un par de pasos por detrás.

—No tanta —responde Aura, sin quitar sus ojos de la obra.

El lienzo retrata a un hombre vestido con gorra de marinero, chaqueta azul, la cabeza apoyada en la mano derecha. Sus ojos tristes miran por encima del hombro de Aura. Lamentando, quizás, la soledad.

El *Retrato del doctor Gachet* es el mayor misterio del mundo del arte. Desapareció hace tres décadas, comprado, se dice, por un misterioso empresario japonés.

Nadie ha vuelto a verlo desde entonces.

Aura ni siquiera se plantea si es el original. La energía que desprende el lienzo es casi física.

El antojo y el precio.

Lo quiero, dice una voz en su cabeza. *¿Para qué? Para exponerlo en el pasillo de mi casa. Para mandar un mensaje.*

Teniendo en cuenta el reducido número de personas que debían de visitar a Constanz, la ecuación entre precio y antojo se estrecha mucho.

—Vamos, querida.

Aura sigue a la anfitriona al despacho que hay al final del largo pasillo.

La anciana lo cruza sin detenerse.

Al final hay una puerta secreta.

Detrás de ella, un jardín secreto de exquisita belleza.

Al fondo del jardín hay una casita. Construida en madera de keyaki, un árbol en peligro de extinción. El tejado inclinado se extiende hasta cubrir el acceso.

Dentro la espera Constanz.

Durante el resto de su vida, Aura recordará el momento de entrar en esa casita.

Uno más que añadir a los muchos *sinohubierahechoestoyaquello* que pueblan su biografía.

Lo que no sabe aún es que éste será el mayor de todos.

8

Un propósito mayor

El interior es pequeño.

Una cama de hospital.

Una silla de ruedas.

Una butaca colocada frente a ella.

Aura siente un escalofrío, incluso antes de que Constanz pronuncie en voz alta

—Aquí fue donde mi hija me tuvo encerrada durante tres años.

La casita, tan delicadamente construida, guarda un secreto de horror y crueldad. La pequeña estancia está impregnada de una atmósfera de sufrimiento y desesperanza. Cada tablón parece haber absorbido las agonías pasadas de Constanz, de la misma forma que las piedras del acceso a la mansión absorbieron la sangre de Irma.

—¿Por qué me muestra esto? —pregunta Aura, la voz apenas un murmullo.

—Siéntate, por favor.

Constanz ocupa la butaca, con un suspiro de dolor y crujido de los viejos huesos.

El único lugar libre es la silla de ruedas.

Aura preferiría permanecer de pie.

Se sienta, de todas formas.

—¿Puedo ofrecerte algo más de beber? ¿Tienes hambre?

—Estoy bien, gracias.

Constanz se inclina un poco en la butaca.

—Creo que ha llegado el momento de conocernos un poco, querida.

—Ya le he dado lo que quiere —dice Aura señalando hacia fuera, donde aguarda Bruno, aún con el maletín en la mano—. Tan sólo dígame lo que quiero saber.

Constanz menea la cabeza.

—No se hacen negocios con desconocidos. ¿Es que Mauricio no te enseñó nada?

Aura parpadea un momento, sin entender, hasta que cae en la cuenta.

—Quiere decir Sebastián. Sebastián Ponzano. Mauricio era su padre.

La anciana se ruboriza. Una mancha de color aparece en sus pálidas mejillas. Un destello de incomodidad atraviesa su rostro antes de rehacerse.

—Sí, claro, Sebastián. —Constanz hace un gesto con la muñeca, como restándole importancia al lapsus, y produciendo el efecto contrario—. A veces los nombres se mezclan en mi mente. Los años y los recuerdos se entrelazan.

Aura asiente, intranquila.

—Mauricio era un gran hombre —asevera Constanz—. Nada que ver con su hijo. Sebastián era un veleta. *Abklatsch*, diría mi madre. Una copia barata.

—Como comprenderá, no guardo un gran recuerdo de él.

Y el último que guardo es aún menos agradable, piensa Aura. Hace una mueca al rememorar el vídeo que le había mandado Constanz.

—Fue un placer mandar a Bruno a hacerle una visita —dice ésta, casi leyéndole el pensamiento—. Hacía mucho que se merecía ese final.

—Parece que su pequeño club está menos avenido de lo deseable.

Constanz sonríe, enigmática, y no dice nada.

—¿No espera… repercusiones? —insiste Aura.

—Es posible que ya hayan llegado, querida. Es posible que tú las hayas sufrido esta misma mañana.

Aura siente un estremecimiento. Mira su reloj, pasmada de que hace un par de horas estuviese a bordo de un trozo de metal en llamas que luchaba por detenerse. Las palabras de la anciana terminan de refrendar sus sospechas.

—No me parecía usted de las que ahorran costes.

—Fue un sabotaje —dice Constanz, fría y directa.

—¿Contra usted?

—Quizás sí. Quizás alguien quería impedir que me entregaras el manuscrito.

Hace una pausa, eterna. Como cuando uno contiene la respiración bajo el agua.

—Quizás contra ti.

Aura nota el suelo temblar bajo sus pies, como si el mundo estuviera a punto de desmoronarse.

—¿Quién?

—Ponzano tenía muchos enemigos, pero también muchos aliados dispuestos —dice Constanz—. Y no olvidemos a aquellos que te han estado observando. Entre ellos, yo.

Aura siente una mezcla de miedo y confusión.

—¿Por qué me está contando todo esto? ¿Qué quiere de mí?

—Quiero que entiendas los peligros que te rodean —responde Constanz, con suavidad—. Y quiero que sepas lo que realmente está en juego. Para ti. Para tus amigas. Y para tus hijas.

Aura toma aire, tratando de calmar sus pensamientos y organizar las preguntas que surgen en su mente.

—Ponzano está muerto. Ya no hay nadie buscándonos —es todo lo que logra decir.

—Sigues sin comprender. Pensé que el pequeño espectáculo en el establo serviría de algo. Vuelvo a preguntarte. ¿Es que Sebastián no te enseñó nada?

Aura hace un esfuerzo para recordar. Para traer de vuelta a la Antigua Aura. La que cada día se reunía con Ponzano, no para hablar de negocios, de cifras y de objetivos, sino para hablar de arte, de ciencia, de filosofía. De la naturaleza del poder. La Antigua Aura amaba a aquel hombre que poseía una visión profunda y cínica del mundo, una visión que compartía generosamente con su protegida.

Le extraña que, nada más escuchar su nombre, ha sentido una especie de calorcillo casero. La punzada de felicidad que uno siente al descubrir el rostro de un amigo en medio de mucha gente.

—Me enseñó que el verdadero poder reside en la percepción, en cómo los demás te ven y cómo puedes manipular esa percepción a tu favor —dice Aura, casi para sí misma, como si reviviera aquellas lecciones diarias.

Constanz asiente, un destello de aprobación en sus ojos.

—Algo hizo bien, entonces.

—Antes, al pasar por el despacho de su hija —dice Aura, haciendo un gesto hacia el exterior—, he visto un ajedrez. Con las piezas blancas y rojas.

Constanz le sostiene la mirada, sin responder.

—Sebastián tenía uno igual.

Ponzano le había hablado de su origen milenario, y Aura había memorizado cada uno de los detalles que le confieren ese diseño tan particular. Las piezas, de estilo románico, están talladas en marfil de morsa y diente de ballena. Réplicas exactas del original, que se conserva en un museo en Edimburgo.

—Solía sentarse junto a él cuando me hablaba.

Constanz guarda silencio.

—Tenía algún significado especial, supongo.

El silencio continúa.

—Siempre me pregunté por qué se tomaba tantas molestias.

A eso sí responde.

—Porque eres más que una simple peón, querida. Eres una mujer con potencial. Con fuerza y, sobre todo, con un pasado que te hace valiosa.

Aura menea la cabeza, rechazando los sentimientos que

las palabras de Constanz han traído. Sentimientos que pertenecen a la Antigua Aura.

Antes de la muerte de Jaume.

Antes de la traición.

Antes de la cárcel.

Antes de lo sucedido en este mismo lugar.

—Ponzano me tiró a la basura.

—Ponzano era un idiota. Otros no cometeríamos ese error. He seguido tu carrera con gran interés, querida. Sé de lo que eres capaz y sé que, con la guía adecuada, puedes llegar muy lejos.

Una nueva pausa, aún más intencionada.

—Alcanzar un propósito mayor.

Y Aura comprende, por fin, por qué está aquí.

Por qué Constanz se ha tomado, también, tantas molestias.

Esto no es un juego de poder.

Es una entrevista de trabajo.

—¿Qué es lo que quiere? —pregunta, esta vez con miedo.

Constanz sonríe, con el orgulloso alivio del maestro que ha conseguido meter en la cabeza del niño la dichosa regla de tres.

—¿No es obvio? Quiero que ocupes el lugar de mi hija.

INTERLUDIO

ROMERO

Somos lo que hacemos repetidamente.
La excelencia no es un acto, es un hábito.

Y aún me parece mentira
que se escape mi vida
imaginando que vuelves
a pasarte por aquí.

LA OREJA DE VAN GOGH

1

Una tubería

(Hace catorce meses)

—¡Joder!

Romero ha perdido la cuenta de las patadas que le ha dado a la tubería a la que los amigos de Celeiro la han esposado. Más de cien, seguro. Igual hasta doscientas. La comisaria suda como si estuviese en una sauna con un plumas. Patea el tubo de cobre una y otra vez con la pierna sana, y como no ceda pronto, va a acabar pidiéndole prestada la silla de ruedas al medio-hombre que la tiró al suelo de un placaje.

¿Cómo me he podido dejar ganar por esa panda de zarra-pastrosos?

De fondo, para colmo de males, suena música latina. El legionario gordo ha dejado puesto un transistor de los de once euros cerca de Romero (por supuesto, fuera de su alcance) para que se entretenga mientras pelea a muerte con la tubería, y no se puede decir que haya acertado con la emisora.

El único descanso de Romero es a las horas en punto, cuando emiten un corto noticiero que apenas dura unos minutos.

La tubería, por fin, se quiebra con un *crack* que suena a triunfo, pero la felicidad de Romero dura la centésima de segundo que tarda el conducto roto en vomitarle un chorro de agua a presión en plena cara.

En un alarde de xenoglosia que justificaría un exorcismo, Romero jura y blasfema en una lengua ininteligible, mientras trata de taponar la fuga con las manos. Las esposas bailan al ritmo de su ataque de nervios. La rabia que siente contra los legionarios, sumada a la desesperación que le causa la inundación inminente, le nublan la mente y le impiden recordar dónde está ubicada la llave de paso. El agua se cuela con fuerza entre sus dedos, lo salpica todo con alegría y amenaza con convertir el aseo en un parque acuático.

El parque acuático más latino del mundo mundial.

El ritmo despiadado del reguetón compone la banda sonora de su fracaso.

Calada hasta el tuétano, temblando de frío, Romero se acuerda de que la llave se encuentra en el cuarto adyacente, que hace las funciones de lavadero, justo al lado de la lavadora y la secadora. Cuando retira las manos de la tubería rota, el géiser llega al techo. En su carrera hacia la llave de paso, Romero casi se cae al pisar la bandeja que contiene el paquete de galletas de chocolate y la botella de agua que le dejó el Chavea, antes de que él y sus compañeros se largaran con la pistola marcada con las huellas de Celeiro.

Media vuelta de llave, y la paz vuelve al sótano en forma de silencio.

La música ha dejado de sonar para dar paso a una voz bien modulada.

«Última hora: Conmoción en el mundo bancario tras la agitada jornada de ayer, en la que las acciones del Value Bank subieron espectacularmente. Su presidente, Sebastián Ponzano, ha rechazado las acusaciones de prácticas irregulares y no ha hecho más declaraciones...».

Romero siente que le tiemblan las piernas. Se apoya en la pared y deja resbalar la espalda hasta quedar sentada sobre el suelo, que por suerte, está más seco que su ropa.

Pero no se vayan, amigos, aún hay más.

«Se ha hecho viral un vídeo de una paracaidista desconocida que saltó ayer desde la Torre Colón, cruzando la Castellana. El vídeo, que acumula ya más de cincuenta mil likes, muestra a la mujer aterrizando en la azotea del edificio del Value Bank...».

Romero decide que ya es suficiente y estrella la radio contra el suelo antes de que la noticia termine y vuelvan a Sonar Feid o Javini. El primer sentimiento que tiene, con el flequillo mojado sobre la cara, de incredulidad.

La incredulidad da paso al pasmo.

Y cuando el pasmo pasa, le cede el lugar a la ira, que regresa al galope sobre un corcel desbocado.

Romero ha perdido la batalla.

Pero no está dispuesta a perder la guerra.

2

Unos cañamones

A Romero le ha bastado una mañana para localizar la guarida de los legionarios.

Por la edad y por las trazas, están en la reserva o retirados. Por la vieja Vito y por la ropa barata que visten, son más pobres que las ratas. Si son amigos de Mari Paz Celeiro, que duerme en su coche, lo más probable es que estén alojados en un piso de acogida del ejército.

Con su placa de comisaria de la UDYCO por delante, se planta en el Ministerio de Defensa, en el 109 de la Castellana. Justifica su visita alegando que se encuentra en mitad de una investigación por un caso de venta continuada de estupefacientes a alumnos de un instituto de enseñanza media. Un joven capitán del Cuerpo Jurídico la recibe en su despacho, y Romero le describe al dúo más identificable de la cuadrilla.

—Un exlegionario de complexión fuerte, alrededor de cincuenta años, con ambas piernas amputadas. Su cómplice es alto y delgado, unos sesenta años y bigote tipo lápiz. Según los testigos, suele empujar su silla de ruedas. También legionario —añade.

—¿Está segura de que son legionarios? —pregunta el capitán, con suspicacia.

—Dos madres de menores a los que les vendieron hachís aseguran que lo son.

Al capitán, que es abogado, no le cuadran algunas cosas.

—¿Y por un caso de menudeo de hachís, viene usted personalmente?

—Lamento no poder darle más datos, pero entenderá que intuimos que hay algo más grave detrás.

El capitán guarda un silencio incómodo durante unos segundos y decide ayudarla.

—Mire, si busca a un mutilado del ejército, pregunte en el ISFAS.

—¿El ISFAS?

—El Instituto Social de las Fuerzas Armadas. Está en la calle Huesca, 32. Pregunte por el sargento primero Báez y dígale que va de parte del capitán Martorell.

Romero le da las gracias y coge un taxi en dirección a la sede del ISFAS. A los diez minutos de llegar, el sargento primero Báez se pone, literalmente, a sus órdenes.

—Así que me dice que tiene ambas piernas amputadas y unos cuarenta y muchos o cincuenta y pocos... —canturrea Báez, que es andaluz, como Romero, pero éste con gracia, no como ella—. Veamos, veamos, veamos... —El sargento primero comprueba los datos que aparecen en la pantalla—. Me salen seis, pero ninguno vive en Madrid ni está dentro de ese rango de edad. ¿Lo reconocería si lo ve en una foto? Tenga en cuenta que pueden haber pasado años...

—Hagamos la prueba.

Báez gira la pantalla del ordenador hacia la comisaria y va pasando las fichas de los mutilados conforme ella se lo indica. Ninguno de ellos se parece, ni remotamente, al que le hizo a Romero la «bola de cañón».

Ella niega con la cabeza.

—Y ha dicho usted que eran legionarios.

—Sí.

Sobre la cabeza de Báez se enciende una bombilla imaginaria.

—Déjeme que llame al DIAPER.

Romero no domina el inglés, pero después de tantos años en la Costa del Sol, sabe que *diaper* significa pañal.

—Son las siglas de la Dirección de Asistencia al Personal del Ejército de Tierra —le aclara Báez, que tapa el auricular del teléfono fijo por el que acaba de llamar—. Un segundo, por favor... Pérez, hola, mira, te llamaba por un asunto de la policía. La militar no, la de verdad.

El sargento le explica el caso al tal Pérez y acompaña la conversación con un montón de «aaah», «vale», «ajá», «de acuerdo», varios síes, pocos noes y al final un «¡Ya me acuerdo, coño! Gracias, Pérez, a ver si nos tomamos unas cañas».

Báez le guiña el ojo a Romero (al parecer, hay buenas noticias) y escribe algo en un pósit.

—Mi amigo Pérez se ha acordado de un antiguo legionario al que se le cayó encima un BMR mientras estaba con una *tajá* como un piano. El tribunal le concedió la invalidez, pero no en el grado de mutilado de guerra, como él pretendía. No se conformó y montó un circo en algunos medios de comunicación. Es todo un personaje: afirmaba ser italiano, pero era tan andaluz como usted y como yo. Que le he *pillao* el acento —le dice a Romero con otro guiño, que ella, por supuesto, finge no ver.

Arranca el pósit y se lo tiende a Romero, que alza las cejas al más puro estilo Roger Moore.

—Para fingir ser italiano, tiene apellidos muy asiáticos.

—Manuel Japón Japón —recita Báez—. Seguro que es de Coria, allí *to* dios se llama así.

—¿Podemos averiguar su domicilio actual?

—Mire usted, por lo que me cuenta, si anda trapicheando con costo en una silla de ruedas herrumbrosa, estará más tieso que un palo. Yo de usted llamaría por teléfono a la Fundación Tercio de Extranjeros, en Málaga, y preguntaría por él. No diga que es policía, los del Tercio son muy de pasarse cualquier norma que no sea el credo legionario por el forro de... ya me entiende. Si Japón Japón está alojado en algún piso de acogida, figurará en sus archivos.

El sargento primero le escribe el número de la institución debajo del nombre real de Ángelo, y Romero abandona la oficina del ISFAS con un cosquilleo en las tripas.

Intuye que está cerca de conseguir su objetivo.

En cuanto pisa la acera de la calle, llama a la Fundación Tercio de Extranjeros.

Pregunta por Manuel Japón Japón.

—Soy su prima Marta, sí... Mi madre ha muerto, le ha dejado un pellizco, y no soy capaz de localizarlo.

Cuatro minutos después, tiene una dirección.

Romero llama al timbre del cuarto derecha del antiguo Pabellón de Suboficiales del Paseo Alabarderos.

En la otra mano empuña la pistola, que esconde de inmediato cuando un anciano, que parece que acaba de abrir el arca perdida, sale de su casa y echa la llave a ritmo de Parkinson. Romero apuesta consigo misma que el viejo no vería el arma aunque se la restregara por la cara.

—Habrán ido a comprar —aventura el anciano, que lleva una bolsa reutilizable del Carrefour colgada del brazo—, porque no se oye de *cantá*. Espere usted un ratillo, que en *na* empezarán a *hasé* de *comé*, que no vea *usté* lo bien que *güele tor* descansillo.

Romero agradece la información y abandona el edificio, como Elvis Presley. Avista la vieja Mercedes Vito aparcada a pocos metros del portal. Echa un vistazo a su interior. Vacía. Se aposta detrás de ella y vigila ambos extremos de la calle.

Dieciséis minutos después, la adrenalina se dispara.

Romero divisa a los cuatro legionarios bajando Alabarderos, como si tal cosa. Cuenta con la ventaja del factor sorpresa, pero ignora que los legionarios viven en un perpetuo estado de alerta —mejor llamarlo paranoia— desde que se llevaron de su casa la pistola con las huellas de Celeiro.

Así que el factor sorpresa se esfuma en cuanto el Chavea la ve venir.

Uno de ellos (Romero no sabe cuál) da la alarma al grito de:

—¡¡¡LA COJA!!!

Y echan a correr a toda pastilla, silla de ruedas oxidada incluida, por una transversal del paseo.

Romero aprieta el paso lo que puede, pero entre que tiene una pierna mala y la otra le duele a rabiar por las patadas a la tubería, su ritmo persecutorio hace que Michael Myers parezca Usain Bolt.

Aunque al final, ese tío siempre pilla a sus víctimas, se consuela.

Llega cojeando y dando saltitos al principio de la calle por la que han desaparecido los legionarios, saca su pistola de la funda sobaquera y avanza con la placa por delante. Los pocos transeúntes que se cruzan con ella retroceden como vampiros ante la visión de un crucifijo. Sus objetivos se han parado a menos de cincuenta metros. Romero piensa que son idiotas, porque al ritmo al que corrían, los habría perdido de vista en un santiamén. Puede que se hayan dado por vencidos: uno es un viejo flaco que empuja la silla de ruedas de un tipo sin piernas, el otro vejestorio está gordo como un lechón preparado para la matanza y al más joven todavía tienen que dolerle los correazos que le dio en la furgoneta.

Para su sorpresa, entran en un bar. Romero se dice que acaban de firmar su sentencia de muerte, aunque no es tan idiota como para cargárselos en público. Los obligará, ya verá cómo, a ir a punta de pistola hasta su propia casa, y allí les devolverá el interrogatorio con creces. No piensa parar hasta que no le cuenten lo que ella quiere oír. Cuando está lo bastante cerca del establecimiento, la comisaria es capaz de leer el nombre escrito con letras adhesivas sobre un luminoso redondo de Mahou.

BAR EL SERRALLO

A pesar del dolor que le tortura las piernas, Romero hace el esfuerzo de aligerar el paso, previendo que el local tenga una puerta trasera que les sirva a los lejías para salir por patas. Cuando llega a la entrada del bar, lo encuentra cerrado y con el cartel correspondiente girado.

Dentro del local, el típico Casa Manolo, hay alrededor de una docena de hombres.

Ninguno cumple los cincuenta.

Ni una sola mujer en el horizonte.

Al fondo del todo, detrás de una mesa de billar y acurrucados junto a una máquina tragaperras, los cuatro legionarios están acorralados, como conejos. El que va en silla de ruedas tiene los brazos adelantados y los puños en una ridícula postura de boxeo, como si eso pudiera servirle de algo.

Genio y figura, hasta la sepultura.

Romero empuja la puerta un par de veces, y el que parece ser el dueño, un tipo de unos sesenta años, con un bigote a lo Pancho Villa y más tatuajes en los brazos que un maorí, señala el cartel de cerrado.

Ella le muestra la placa. Furiosa.

Él le saca el dedo corazón. Impávido.

Romero le enseña la pistola y le apunta con ella. Los dientes apretados. Una cara de posesa que asusta.

Él hace un gesto de paz con las manos sin mover un músculo de su rostro, da un paso atrás y gira el pestillo de la puerta.

Ella entra en el local, decidida a ir directa a por sus presas.

Craso error.

Punto 4 del *Credo legionario*: El espíritu de unión y socorro.

A la voz de «¡A mí la Legión!», sea donde sea, acudirán todos y, con razón o sin ella, defenderán al legionario que pida auxilio.

Y eso fue justo lo que gritaron los lejías nada más entrar a El Serrallo.

El taco de billar golpea con tal fuerza la muñeca de Romero que la pistola acaba en el suelo. Ésta sale de su campo de visión en dos patadas. El legionario uno se la pasa al legionario dos, éste le da un taconazo y la recoge el legionario cinco, que la hace desaparecer en un pis pas. Ni la Roja.

Cuando menos se lo espera, unos brazos como piernas de luchador de sumo inmovilizan a Romero desde atrás.

Ni los cabezazos ni las patadas surten efecto alguno.

Otra vez no, piensa, desesperada.

—¡Suéltame, cabrón! —grita, con la muñeca todavía más dolorida que la pierna—. ¡Que me sueltes, soy policía!

Ni Dios le hace caso.

—¡Cañamones! —aúlla el dueño del bar en dirección al camarero que hay detrás de la barra, un tipo enjuto como una momia inca, con unos dientes postizos que cantan a una legua.

—¡Cañamones! —corean los antiguos caballeros legionarios, como un mantra.

—¡Marchando unos cañamones! —vocea el camarero, que comienza a sacar ingredientes de debajo de la barra y a machacarlos con un mortero en el fondo de un tazón de desayuno. Su concentración es de alquimista.

—Venía cargada —dice uno, poniendo la pistola encima de la mesa.

—«Nunca lleves nada que te impida nadar a la hora de meterte en un río», solía decir el viejo Urrutia —sentencia el dueño del bar.

—¿Qué fue de él? —pregunta uno.

—Creo que se ahogó.

—Os vais a cagar —amenaza Romero, incapaz de soltarse del abrazo de oso y con los papeles totalmente perdidos.

—Por favor, señora, no nos lo ponga más difícil —le ruega el dueño del bar con educación exquisita—. Encima que ha llegado borracha y violenta, le vamos a invitar a un trago.

—¿Yo? ¿Borracha y violenta?

—¡CAÑAMONES!

En el fondo del local, uno de los parroquianos calma al Málaga y compañía con un gesto tranquilizador y una sonrisa.

—Todo está bajo control —asegura.

El camarero llena el tazón hasta arriba de brandy Soberano, y diluye con el dedo la mezcla que ha hecho con cañamones de cannabis, aceite y polen de hachís, además de un ingrediente secreto, todo procedente de Ketama. Le pasa el cóctel al dueño, y éste se lo ofrece a Romero con una sonrisa.

—Venga, mujer, verás qué bueno está.

—Se va a pudrir en la cárcel, desgraciado.

—Pero si sólo le estamos invitando a beber.

—Antes muerta que beberme eso.

—Usted manda. Gorila, aprieta.

El abrazo de oso vacía de golpe los pulmones de Romero. Otra mano legionaria, no identificada, le aprieta las mejillas con los dedos.

El dueño de El Serrallo la obliga a beberse el contenido del tazón.

A Romero, que es incapaz de toser, le sorprende el sabor. Está bueno.

Es lo último que recuerda.

Romero recobra la consciencia cuando alguien le da dos toques en el hombro.

Cuando abre los ojos, se percata de tres cosas.

Es de noche.

Está en el asiento trasero de un vehículo.

El que está sentado a su lado y acaba de despertarla es un policía local de veintitantos años.

Hay otro agente, más o menos de la misma edad que el que la acompaña, al volante del BMW Active Tourer híbrido de la Policía Municipal de Madrid.

—Comisaria Romero…, ya hemos llegado.

Ella piensa que va a morir de un momento a otro. El mundo le da vueltas y quiere bajarse de él.

—¿Dónde… dónde estoy?

—Enfrente de su casa. Si quiere, la acompaño.

Romero lucha contra las ganas de vomitar y mira a través de la ventanilla del coche patrulla.

En efecto, está frente a la cancela de su adosado de la calle Loriga.

Sus recuerdos regresan zozobrando en una nube tóxica.

—Esos legionarios… me drogaron.

La expresión del joven policía es de circunstancias.

—Esos legionarios cuidaron de usted, comisaria. No debería beber yendo armada.

—¿Qué dice? —La voz todavía es de borracha, drogada o ambas cosas—. ¡Esos tipos me agredieron!

—Señora, y con razón. Está todo grabado.

—¿Qué?

—Me han pasado los vídeos, pero tranquila, he hecho que los borren y yo haré lo mismo en cuanto usted los vea.

Romero siente la cabeza a punto de estallar. No da crédito.

—Enséñemelos.

La comisaria ve al agente que conduce reflejado en el retrovisor. Aguanta la risa como puede. Es evidente que ha visto las imágenes.

También es evidente que le han parecido graciosas.

O peor aún: patéticas.

El agente sentado a su lado da al play en la pantalla de su móvil.

En el vídeo aparece Romero, con el rostro desquiciado, amenazando con el arma reglamentaria al dueño del bar desde fuera. Su cara da miedo. Mucho miedo.

«Joder, abre, Cosme, que esa tía te va a pegar un tiro», dice una voz cercana al móvil que está grabando.

Cosme obedece, y ella entra en el bar como una exhalación, con la pistola por delante.

Alguien la desarma con un taco de billar, y un tipo gigantesco la agarra por detrás.

Ella se lía a cabezazos, codazos y patadas.

Fin de la grabación.

—¿Ve? ¿Ve? ¡Me han agredido!

—Esos señores estaban aterrorizados, comisaria.

—¡Les estaba mostrando la placa!

—Pero no actuando como debe actuar un policía —la reprende—. Don Cosme, el dueño, me dijo que usted presentaba signos visibles de embriaguez, y que pensó, en todo momento, que la placa era falsa.

—¿Embriaguez?

—Mire el segundo vídeo, comisaria Romero.

En las siguientes imágenes, la comisaria aparece sentada en un taburete de la barra, murmurando incongruencias e insultando al éter. De vez en cuando, se ríe y exige que le pongan una copa. La imagen es lamentable.

—No bebo —se defiende, pero su entonación ebria la traiciona—. Me drogaron y me emborracharon.

—Usted estaba bebida cuando llegó —afirma el policía local—. Hay trece testigos que lo afirman. Trece —repite.

Romero se da cuenta de que está de mierda hasta el cuello. Nadie la creerá.

—¿Y mi pistola? Me han robado la pistola.

—La tenemos nosotros, comisaria. Don Cosme, el dueño del bar, nos la entregó en cuanto llegamos. Él fue quien nos llamó. A usted la acomodaron sobre unas cajas en el almacén cuando perdió el conocimiento, pasó horas allí dentro. No quisieron llamar a una ambulancia ni a nosotros para evitar el escándalo y que este episodio no trascendiera a sus superiores. Como dijo don Cosme, una mala borrachera la tiene cualquiera. Al final, como usted no despertaba, decidieron llamarnos y nos pidieron, por favor, que no la lleváramos al hospital si no era imprescindible. Dé gracias a que se topó con antiguos oficiales y suboficiales de la Legión, comisaria. Imagine que llega a entrar en ese estado en un bar de bandas latinas.

—Al final, tengo que estar agradecida a esa panda de salvajes.

—Debería.

—Devuélvame la pistola.

—No en el estado en que se encuentra. —El agente fuerza una sonrisa—. Mire, comisaria, ni don Cosme quiere presentar una denuncia ni nosotros tampoco. Mañana, cuando esté mejor, pase a recogerla a las cuatro de la tarde al cuartel de la Policía Municipal de Tetuán, avenida de Asturias, 68, y pregunte por mí: Fede Valles. Yo mismo se la devolveré en una bolsa cerrada, nadie sabrá lo que contiene.

—Fede Valles —repite Romero, derrotada.

Sabe que es su palabra contra la de trece testigos, avalados por vídeos explícitos.

Todos exmilitares, oficiales y suboficiales del Ejército de Tierra.

Gente respetable, por muy legionarios que sean y a pesar de la jugarreta que le han hecho.

Un arma reglamentaria de por medio. Embriaguez.

Por mucho que la hayan agredido, retenido y drogado en contra de su voluntad —sólo Dios sabe con qué—, ni un loco se empeñaría en defender la situación. Podría exigir que la llevaran a un hospital, hacerse pruebas toxicológicas... Pero si los parroquianos de ese antro testificaban que ya había llegado borracha y drogada, ningún juez la creería.

Mejor asumir que ha perdido. Habrá más días para luchar.

—Mañana pasaré por el cuartel. ¿Borrará esos vídeos?

Fede Valles los elimina delante de ella. El agente que conduce el coche patrulla se vuelve hacia ella y le dedica una sonrisa.

—Vaya a descansar, comisaria. Mañana será otro día.

Romero les obsequia con un agradecimiento desganado y se apea del BMW. Da un par de traspiés antes de llegar a la cancela de su adosado, pero llega. Le hace un gesto a los policías sin volverse.

—Estoy bien —dice, pero nadie la oye.

El coche se aleja calle abajo en cuanto ella entra en casa.

Maldita Celeiro.

Maldita Loca del Coño.

Malditos legionarios. Todos.

Y sobre todo, maldita Aura Reyes.

En la soledad de su salón, Romero grita de rabia.

Se tropieza con la alfombra y cae de bruces en el sofá.

Vuelve a cerrar los ojos, y el espíritu de los cañamones la sumerge en un sueño profundo hasta las once de la mañana del día siguiente.

3

Un allanamiento

Romero sigue a bordo del USS Resaca, en mitad de una tormenta.

Y van a dar las cinco de la tarde.

Ay, los putos cañamones...

Hace un rato que recogió su arma reglamentaria en el cuartel de la Policía Municipal. Entró en las dependencias con gafas de sol de estrella de Hollywood (compradas esa misma mañana, que el brebaje legionario le ha dejado los ojos como los de Anakin en un mal día) y preguntó por Fede Valles nada más llegar. Le pareció que todos la miraban y cuchicheaban a su alrededor mientras esperaba, pero lo achacó a la paranoia estupefaciente. Las ganas de potar tampoco se le pasaron, pero Romero es mucho de tragar quina. El joven policía apareció con una sonrisa paternalista en la cara y una caja de Amazon en la mano. Al igual que la de palitos de merluza Pescanova que escondía en su congelador, esta pesa como si hubiera una pistola dentro.

—¿Cómo se encuentra, comisaria? —le preguntó Fede al entregársela.

Ni siquiera Romero, curtida en mil mentiras, fue capaz de decir que estaba bien.

—Estoy mejor.

Tampoco fue demasiado sincera en su respuesta.

Ay, los putos cañamones…

—Cuídese —la despidió Fede—. Y no se meta en líos.

Los cojones.

Lo primero que hace Romero en cuanto recupera la pistola es ir directa a Cuatro Vientos.

La bolsa de plástico que se balancea en su mano izquierda (la derecha todavía le duele del tacazo) revela que ha hecho una parada en Ferretería Cardoso e Hijos, fundada en 1968. La comisaria se planta en la intersección de la calle donde está el bar El Serrallo y...

Uno, dos, un, dos, tres… ¡MAAAAMBOOO!

Romero irrumpe en el antro con dos pistolas y empieza a disparar con una precisión sobrehumana: primero al Popeye de los brazos de mortadela, que sangra y grita como un gorrino en la matanza; el siguiente en caer es Cosme, con esa jeta de don Ramón del Chavo del 8 que se gasta; después acribilla al coctelero tóxico, que al recibir las balas hace añicos con la espalda la colección de botellas baratas de la estantería de cristal. Por último, envía a los Novios de la Muerte, uno detrás de otro, a la cita que tienen pendiente con su prometida.

Ha sido divertido.

Y ojalá hubiera sido verdad.

Pero tendrá que conformarse con imaginar la escena.

Ha estado bien.

Ay, los putos cañamones...

Decide hacerle un poquito de caso al agente Valles, y al menos, en ese lío, no se va a meter.

En otro distinto, por supuesto que sí.

Cruza la entrada del portal del viejo pabellón (que está siempre abierto, como si estuviéramos en los setenta) y sube las escaleras hasta el cuarto derecha. Examina la puerta, que es de todo menos blindada. De hecho, podría ser una de las peores de *Los Tres Cerditos*.

Soplaré, soplaré...

Y con la palanqueta que acabo de comprar en Cardoso e Hijos te reventaré.

El sonido de la madera al astillarse, acompañado por el de la cerradura vieja al caer al suelo, es una sonata a la fragilidad. Se podría haber ahorrado los 10,95 euros que ha pagado en la ferretería.

Con el soplido habría bastado.

De todos modos, el latido de la muñeca golpeada por el taco de billar le recuerda que no está para derribar puertas.

A pesar del dolor, Romero saca la pistola (esta vez, sí) y empuja la puerta rota con el pie medio sano.

No se oyen ni los grillos.

Registra el piso, que está más limpio y ordenado de lo que había previsto, habitación por habitación. Lo único que los legionarios han dejado atrás es un aroma a guiso añejo —muy agradable, por cierto— mezclado con un olor rancio, en blanco y negro, a nicotina. Olor de otros tiempos, en los que se fumaba hasta en los autobuses escolares.

Justo cuando está a punto de irse, descubre una nota escrita en el reverso de una factura del Canal Isabel II, pegada en la puerta de la nevera con un imán desconchado del Atlético de Madrid. Está escrita a bolígrafo, con una caligrafía de Segundo de Primaria.

Para la señora que nos quiere de matar:
Por fabor no nos busque más
Nos hemos ido al estrangero para no molestar
Usted se olbida de nosotros y
nosotros de usted y estamos en paz y que
Dios la guarde muchos años

La nota habría quedado infinitamente mejor si la hubiera escrito el Caballa, que está muy leído y estudiado, pero la idea se le ocurrió al Chavea en el último minuto, después de fumarse un par de porros y despedirse de su hogar.

Romero relee la nota por tercera vez.

Y rompe a reír a carcajadas.

Ay, los putos cañamones…

—Al final, hasta me va a dar pena torturarlos otra vez —ríe.

La comisaria devuelve la pistola a la sobaquera, la palanqueta a la bolsa, y deja la puerta de la calle lo más cerrada que puede. Baja los cuatro pisos y sale al paseo de Alabarderos. Recorre la calle en busca de la Vito, sin esperanza alguna de encontrarla. Seguro que los fugitivos la han usado para irse al *estrangero*.

Ni rastro.

Nada.

Sólo seis o siete cursos de acción que podría haber tomado, en lugar de otros tantos que tomó y que la han traído hasta esta derrota.

La ira, la impulsividad, la vehemencia.

Eso te pasa por actuar más como delincuente que como policía, se recrimina con amargura.

Luego se echa a reír otra vez.

Ay, los putos cañamones...

Justo en ese momento, un teléfono móvil vibra en el bolso.

No es el que utiliza habitualmente.

Éste es el de color rojo y sólo lo usa en ciertas ocasiones.

Las iniciales SPVB aparecen en pantalla.

Unas iniciales con las que ella misma bautizó al contacto.

Sebastián Ponzano, Value Bank.

Romero se da cuenta de que no ha hablado con su empleador desde el descalabro financiero que sufrió hace dos días. Y que el tumulto había suscitado muchas dudas en ciertos sectores. No sabe si está libre, preso, imputado...

Puteado seguro que sí.

De lo que sí que está segura es de que la mano le tiembla cuando descuelga.

Ay, los putos cañamones...

También: *ay, los putos nervios.*

—Buenas tardes...

Ponzano la interrumpe en un tono que hace evidente que el doctor Jekyll es ahora el señor Hyde.

—Serán para usted, comisaria. Seguro que está al corriente de lo que ha pasado.

—Sí, algo he oído...

—«Algo he oído» —la remeda Ponzano sin compasión, imitando una voz aguda muy distinta a la de Romero; está claro que quiere hacer sangre—. ¿Y dónde estaba usted, comisaria?

—Unos compinches de Celeiro me redujeron y me esposaron a una tubería, en mi propia casa. Estoy detrás de su pista...

—A buenas horas, mangas verdes —bufa Ponzano—. Si hubiera hecho bien su trabajo, si hubiera sido tan eficaz como usted se cree, habría impedido... impedido... ¡Esto!

Romero trata de armar una excusa, pero sus intentos mentales se desmoronan como castillos de naipes. Después de un silencio atragantado, lo único que se le ocurre es articular una combinación de palabras que, a pesar de ser muy corta, le cuesta un mundo pronunciar.

Para colmo, lo hace dos veces.

—Lo siento —murmura—. Lo siento.

En la línea se produce un silencio calmo, con la respiración de Ponzano de fondo.

Al menos, ya no parece resoplar como un Miura.

—No sé qué va a pasar a partir de ahora conmigo —confiesa el banquero, mucho más tranquilo; lo cierto es que suena apesadumbrado—. Todo va a cambiar, eso seguro. Por lo pronto, lamento informarle de que voy a prescindir de sus servicios, comisaria.

—Pero yo... yo podría...

—Silencio —la vuelve a interrumpir Ponzano, en un tono que consigue sonar autoritario y educado a la vez—. No quiero volver a verla ni oírla nunca más, pero tampoco pretendo dejarla en la estacada. Me ha servido bien durante un tiempo, y me considero un hombre agradecido, así que todos los meses recibirá una compensación económica a cambio de su silencio… mientras yo pueda pagarla, claro —añade—. No cuente con que sea mucho tiempo, teniendo en cuenta lo jodido que me han dejado Reyes y compañía.

—Yo…

—No hace falta que me dé las gracias, comisaria. Y considérese afortunada.

Fin de la llamada, con sutiles flecos de amenaza.

Y aquí termina todo, se dice Romero, con un *clic* imaginario, que ni siquiera suena.

Lo que sí suena es un *ding-dong* en el teléfono.

Una notificación de la app del Value Bank.

INGRESO RECIBIDO

Romero la abre y descubre que su cuenta corriente ha engordado tres mil euros.

No es que sea una cifra apabullante, la comisaria ha recibido mordidas más gordas, pero calcula que, entre esa cantidad y su sueldo, podrá tirar mes a mes sin estrecheces.

¿Para qué seguir jugándosela?

Su madre siempre lo decía: «Más te vale comer menos y digerir mejor».

Romero alza la mirada donde supone que estará la ventana del cuarto derecha.

Se marea de inmediato y tiene que apoyarse en un coche.

Ay, los putos cañamones…

En ese preciso momento, decide que es hora de tocarse las gónadas hasta que se acabe el chollo.

Que le den por saco a Aura Reyes.

Que le den por saco a la loca de los rizos.

Que le den por saco a la bollera.

Y que le den por saco a los legionarios muertos de hambre.

Ojalá se mueran todos.

Pero que los mate otro.

Así que se encamina al paseo de Extremadura, donde parará al primer taxi que vea. En cuanto llegue a casa, se dará de alta en todas las plataformas de *streaming* habidas y por haber, y pasará los días comiendo palomitas y bebiendo Coca-Cola hasta que su madre, desde el más allá, la felicite por haber conseguido engordar de una vez por todas.

Y con esa idea en mente, la comisaria Romero decide colgar el hábito de la delincuencia en el perchero del olvido y se aleja de Cuatro Vientos.

Por primera vez en años, permite que una ola de tranquilidad le invada el alma.

Si es que tiene.

Por primera vez en años, Romero espera que las cosas le empiecen a salir como ella quiere.

Que me dure la suerte, piensa.

4

Una caída

(Hace seis meses)

En la misma semana, mataron a Ponzano y a Romero la echaron del Cuerpo.

Casualidades de la vida, la suerte le ha durado ocho meses justos. La misma cantidad que Aura pasó en prisión.

Qué cosas, ¿eh?

5

Un infierno

Dicen que hay que tener amigos hasta en el infierno.

Romero no los tiene en ningún sitio.

Nunca los ha necesitado.

Hasta hoy.

La excomisaria ha bajado al infierno con anterioridad.

Siempre como un ángel. Exterminador, casi siempre.

Un ángel omnipotente, con autoridad divina y absoluta, que con su mera presencia hace temblar a los demonios.

Pero eso era antes, hoy es distinto.

Su dios ha muerto y el cielo le ha cortado las alas.

Es un ángel caído, y tiene que hacerse sitio en el infierno.

Y en ese lugar oscuro y pestilente, Romero no cae nada bien.

La excomisaria ha tardado días en decidirse a bajar a la inmundicia.

Porque tiene que elegir: inmundicia o indigencia.

La muerte de Ponzano le ha traído doble ruina: no sólo la ha dejado sin un extra de tres mil euros al mes.

También ha perdido su protección, aunque ya no trabajara para él.

A los pocos días de hacerse pública la muerte del banquero, el director adjunto operativo de la Policía Nacional informó a Romero de que habían revisado su expediente. La superioridad decidió otorgarle (como si fuera un premio) la incapacidad laboral por las secuelas del disparo recibido en la pierna. «Lesión permanente no invalidante», leyó el DAO. «Para que puedas trabajar en otro sector a la vez que cobras la pensión», añadió con cierto retintín.

Todas las alegaciones y súplicas de Romero fueron polvo en el viento.

Visto para sentencia.

Por lo cual, tenemos a nuestra excomisaria corrupta favorita cobrando menos de dos mil euros al mes, con una hipoteca de mil seiscientos que no perdona.

No hay duda de que debería saltar de alegría por la suerte que tiene y dar gracias a Dios por seguir viva y libre, pero no le es fácil mostrarse agradecida. A fin de cuentas, la gratitud y el resentimiento son hermanos inseparables.

Y es por eso por lo que Romero tiene que buscar trabajo. Uno en el que le paguen bien.

Que suelen ser los más turbios.

Tampoco es que sepa hacer otra cosa.

Es de noche, llueve sobre Madrid, y en el callejón perdido de Usera hay poca actividad.

O eso parece.

Porque a muchos metros bajo el asfalto de las calles, la actividad no cesa.

Ni de día ni de noche.

Romero busca una puerta en particular. Una que ha cruzado en más de una ocasión, pero siempre protegida por el campo de fuerza invisible que la rodeaba y la hacía invulnerable.

Si su baja como policía ha trascendido, se puede considerar muerta.

El local comercial que se alza frente a ella es el cadáver incorrupto de un centro de manicura chino. Un *collage* caótico de restos de carteles empapela su escaparate, y una cadena con un candado de seguridad asegura de forma adicional la puerta cerrada con llave.

Romero da ocho golpes con los nudillos sobre el cristal empapelado. Ella sabe que una cámara de seguridad, discretamente camuflada, la vigila. No le sonríe al objetivo porque ella no es muy de sonreír, no se le vaya a arrugar la cara. La cámara gira en dirección al callejón, y cuando comprueba que no hay nadie más, el operador que la maneja pulsa un botón dentro del local.

La falsa fachada, con su escaparate, su puerta encadenada y los carteles cochambrosos, se eleva como una sola pieza, dando paso a lo que jamás fue un spa de uñas.

—Adentro —exige una voz desde las sombras.

La puerta camuflada baja de nuevo en cuanto Romero en-

tra en el local a oscuras. Ella no se mueve, conoce el protocolo. En cuanto la puerta termina de cerrarse, la estancia se ilumina como por arte de magia, revelando un cuarto con dos
desfasados sillones de oreja, un portátil abierto que hace las
veces de televisor, una nevera vieja y un microondas sobre
una mesa con cajones desvencijados. Justo delante de la única
puerta que hay al fondo del local, Romero descubre a un
hombre y una mujer, ambos armados con pistolas. La chica,
una mulata de rasgos atractivos y algo crueles, le apunta a la
cabeza. El hombre, de alrededor de cuarenta años y rasgos
indefinidos, podría ser de Algeciras o de Vladivostok. Se
acerca a Romero y cuando habla, rompe el encanto que le
rodea al revelar un acento tan asturiano que a Romero se
le antojan unas fabes.

El tipo no se anda por las ramas.

—¿Qué quieres? —pregunta a bocajarro.

—Vengo a hablar con Tamariz.

—¿Tienes cita? —pregunta la mulata sin bajar el arma.

—No, pero seguro que me recibe. Decidle que Romero
pregunta por él.

—¿Nombre de pila? —pregunta el asturiano.

—Romero. Sólo Romero.

El asturiano expele algo parecido a una risa sardónica.

—Como Han… —El hombre pulsa el botón de un viejo
intercomunicador y habla al micrófono integrado—. Una tal
Romero, sólo Romero, pregunta por Tamariz.

—Momento —contesta una voz robotizada.

—Ya ha oído. —El asturiano apunta a la expolicía con el
arma y le da una orden a su compañera—. Regístrala.

Romero levanta los brazos y se deja hacer. La mulata encuentra la pistola reglamentaria (que conserva, aunque ya no sea reglamentaria) en la sobaquera y una navaja de mariposa en el bolsillo.

—Le devolveremos todo si Tamariz acepta recibirla —dice el asturiano, que guarda las armas de Romero en un cajón de la mesa.

—¿Y si decide no recibirme?

—Entonces, le pegaremos un tiro con su propia pistola —informa la mulata, que para sorpresa de Romero, habla un español neutro con una dicción digna de actriz de doblaje.

El asturiano le dedica a la visitante una sonrisa que alterna una caries en un canino con un premolar de oro. La mulata le guiña el ojo a su compañero, y las fosas nasales, adornadas con un piercing de diamante, se abren como las de un toro a punto de embestir.

Romero se encoge de hombros y se arma de paciencia.

En el infierno, el tiempo tiene otro ritmo.

Y otro valor.

Efectivamente: lo de Tamariz es un apodo.

José López Betanzos, Pepe Betanzos para los amigos, no es un nombre digno para un delincuente de altos vuelos, y eso que sonó a menudo en los medios a finales de los noventa, cuando el Texas Hold'em se puso de moda en televisión. Pepe Betanzos participó en varios campeonatos nacionales, luego dio el salto a Europa y de ahí a Estados Unidos, allá por 2004.

Era un jugador que se la jugaba por partida doble —valga la redundancia—, porque aparte de dominar el póquer, no dudaba en usar su asombrosa destreza manual para hacer trampas cuando la situación lo requería. Haciendo gala de unos huevos de titanio, abandonó el circuito profesional para meterse de cabeza en timbas ilegales, controladas por la mafia, en las que las apuestas se disparaban a cifras astronómicas.

Imposible calcular la cantidad de nombres famosos a los que desplumó.

Por supuesto, con algunos de ellos hizo trampas.

Por supuesto, al final terminaron pillándole. Dos veces.

La primera, en Reno, le costó una paliza que casi lo manda al otro barrio.

En Las Vegas no se anduvieron con hostias y le pegaron un tiro en la cabeza.

No, no en la pierna, ni en el hombro. Un tiro en la cabeza.

Milagrosamente, sobrevivió.

Hubo quien dijo que por tener el cerebro más pequeño que los cojones, pero eso no es cierto.

Pepe Betanzos, alias Tamariz, es inteligente y —más importante— listo como un zorro.

La única secuela física que le quedó del disparo fue un tic facial que le obliga, cada pocos segundos, a elevar el labio superior y enseñar los dientes, como uno de esos perros que sonríen en Instagram a cambio de una chuche.

En cuanto se recuperó del balazo, cruzó el Atlántico de vuelta. De América se trajo una fortuna bien colocada en paraísos fiscales y un doctorado en crimen organizado que aprendió (tanto por las buenas, como por las malas) de las compañías poco recomendables que frecuentó al otro lado del océano. Así que aprovechó ese conocimiento para establecerse en Madrid, donde empezó a ejercer un oficio muy típico del hampa estadounidense.

Allí lo llaman *fixer*. Podríamos traducirlo como una especie de intermediario mercantil entre dos partes, siempre que el negocio sea ilegal y altamente lucrativo.

La magia de Pepe Betanzos para negociar acuerdos entre mafias rivales, organizar hojas de ruta para contrabando y narcotráfico, manejar un plantel de asesinos a sueldo y mantener contactos hasta con la isla más remota de la Micronesia, unido a su habilidad con los naipes, lo hicieron merecedor de un apodo que acabó gustándole.

La puerta de su despacho privado se abre. Es Juanpe, su lugarteniente.

—Tamariz, Romero pregunta por ti.

—¿Romero Romero?

—Romero Romero.

Tamariz suelta una risa cargada de desidia.

—No ha tardado ni un día en venir, la muy zorra —musita—. Tráela aquí.

Juanpe pastorea a Romero en cuanto cruzan la puerta del fondo del gabinete de manicura.

La expolicía recuerda el pasadizo que se abre frente a ella. Juanpe, que camina justo detrás, le propina golpecitos innecesarios en la espalda y los brazos para que avance.

La música comienza a llegar a través del túnel artificial por el que transitan. Las luces degeneran de bombillas incandescentes normales a casquillos coloreados que tiñen todo de color sangre.

Es el infierno bajo Usera.

Un corredor lleva a un burdel secreto, donde sólo unos pocos privilegiados disfrutan de placeres que aterrorizarían al actor porno más curtido. Los aullidos de dolor superan el volumen de la música atronadora que proviene de una sala enorme que hace las veces de estación central, disfrazada de discoteca y amenizada con tecno rompetímpanos. Las tres barras y la pista de baile están abarrotadas de hombres y mujeres, la mayoría de ellos borrachos y drogados. Los menos afortunados no saben ni cómo han llegado allí. Los más suertudos, y astutos, son los que los han arrastrado hasta el local clandestino a base de promesas, alcohol, burundanga y *savoir faire*. De la parodia de discoteca parten varios pasillos, como si fueran hilos de una telaraña mortal. Juanpe y Romero se abren paso entre la multitud que baila en trance, obviando las entradas, custodiadas por porteros gigantes, que conducen a locales donde se celebran peleas a muerte de gallos, perros y seres humanos. Otro corredor lleva a un estudio de cine donde el cliente puede rodar su propia película, previo pago de una suma astronómica.

La casa proporciona actores y actrices, aunque casi ninguno de ellos saben que lo son.

Los más afortunados sólo descubren su faceta artística en un vídeo pornográfico *amateur* en la deep web. Los menos no sobreviven a la *snuff movie* de turno.

Pero no todo es sangre y muerte en el infierno bajo Usera. También hay salas en las que los clientes más pudientes pueden disfrutar de un sexo más convencional, con chicas conocidas.

No es que sean famosas por ser modelos, cantantes o actrices.

Muchas han salido en los telediarios, desaparecidas y dadas por muertas. Los carteles con su nombre y rostro son de sobra conocidos. También hay chicos, que en esas mazmorras no se discrimina ni por raza, ni por edad, ni por sexo: hay sufrimiento y desesperación suficientes para todos los públicos.

El infierno bajo Usera haría vomitar al mismísimo Satanás.

Y si bien el Tamariz no tiene nada que ver con ese universo del mal en el que habita, tiene su despacho en el pasillo más alejado de todo.

Su despacho, en realidad, es un mensaje.

Si has tenido cojones de llegar hasta aquí, o tienes algo interesante que ofrecerme, o buscas algo interesante que comprar.

Juanpe se detiene al final del pasillo, que vuelve a estar iluminado por bombillas convencionales de luz cálida, como si los dominios del mal hubieran quedado atrás y la oficina del mejor *fixer* de Europa representara un oasis celestial. El lugarteniente abre la puerta e invita a Romero a entrar. El despacho es de contable de parroquia, lo más simple que uno pueda imaginar.

Tamariz no necesita más.

—Romero, ¡qué sorpresa! —exclama levantándose de su sillón de cuero con ruedas y haciendo un gesto a la expolicía para que ocupe una de las sillas de diseño que hay frente a su mesa—. Siéntate, por favor. Juanpe, que no nos molesten —ordena, y muestra los dientes superiores un par de veces en un gesto involuntario y repelente.

La puerta se cierra, y Romero y Tamariz quedan sentados frente a frente. Los dos son más o menos de la misma quinta, y hace años que se conocen. Tamariz no sólo es un mago con las cartas y los negocios, también es un as manejando información. Y ésa es su moneda de cambio para que la policía y lo que hay por encima de la policía lo dejen en paz.

El silencio entre los dos es de duelo de western.

Tamariz dispara primero, y lo hace con una sonrisa.

—Tú dirás.

—Ponzano ha muerto —dice Romero sin rastro de emoción en el rostro.

Tamariz abre las manos, alza las cejas (con histrionismo) y el labio inferior cuatro veces (sin querer).

—Lo sé. Todo el mundo lo sabe.

—Pues entonces entenderás que me he quedado sin… ingresos extra.

La expresión del Tamariz trata de ser indescifrable, pero el tic nervioso lo traiciona.

A Romero le parece repulsivo.

—No me digas que has venido a mí en busca de trabajo.

—¿Tienes algo interesante?

El *fixer* guarda unos segundos de silencio escénico, se inclina hacia delante y une los dedos de ambas manos en un gesto que a Romero le parece condescendiente.

—Romero, Romero, Romero… ¿con quién te crees que estás hablando?

Ella se pone tensa. De repente, la conversación ha experimentado un giro que no esperaba.

O sí, a quién quiere engañar.

Romero ha penetrado en las entrañas de Madrid consciente de que era posible que la cosa se torciera. Tiene todas las papeletas.

—Estoy al tanto de que Ponzano te despidió hace meses —revela Tamariz—. No sé en qué asuntos estuvisteis metidos, ni me importa, créeme…, pero me llegaron noticias de una cagada tuya monumental, de esas que cuestan un dineral.

—Una cosa es lo que cuentan, y otra cosa es la verdad.

—Cuando la mentira suena más que la verdad, ésta pierde su valor, Romero.

—¿Ahora eres filósofo?

—¿Y tú? ¿Sigues siendo policía? —El Tamariz lee en el rostro de su invitada que la estocada ha pinchado un órgano vital.

Ejecuta una exhibición automática de incisivos.

Romero traga saliva y rabia.

—Me han retirado del servicio activo —dice en voz baja.

El *fixer* le guiña un ojo.

—Venga, te la doy por buena. Te han concedido una invalidez parcial, una excusa para quitarte de en medio y no volver a ver esa cara de estreñida que tienes.

El muy hijo de puta está informado, piensa Romero, que se fríe a 190º en aceite de rencor.

—Sigo siendo útil —escupe.

Tamariz suelta una risita y agacha la mirada por un instante, para elevarla de nuevo y clavarla en los ojos de la expolicía.

—Te voy a ser muy franco, Romero —comienza a decir

despacio, como si intentara medir cada palabra para no soltar un despropósito—. En las altas esferas, estás acabada desde hace tiempo. Nadie confiará en una expolicía corrupta que trabajó para alguien tan poderoso como Ponzano y que le hizo perder una millonada inasumible. Para más inri, a Ponzano se lo han cargado.

—¿Me estás culpando de la muerte de Ponzano?

—En absoluto, Romero, pero he hablado con algunos contactos de esos que tú y yo sabemos y todos coinciden en que eres gafe. Además, estás señalada por la policía, todo el Cuerpo Nacional sabe que hay más mierda en tu expediente que en el rabo de una vaca. Si descendemos de nivel en el escalafón del hampa, después del caso Orlov, ninguna mafia querrá trabajar contigo. Es más, no te han molestado hasta ahora porque de un modo u otro sabían que eras policía y que te relacionabas con peces muy gordos.

—O sea, que no hay trabajo para mí.

—No sólo eso, Romero. Ése es tu menor problema. El mayor es que ya no te protege nadie, y durante estos años has hecho un montón de amigos.

El Tamariz recalca la última palabra dibujando unas comillas en el aire.

Un gesto que Romero odia tanto como el tic labial del *fixer*.

—¿Es una amenaza?

—Yo no tengo nada contra ti, Romero, te doy mi palabra de honor. Sólo soy un intermediario. Pero en cuanto corra la voz entre los malos de que ya no eres poli y que ya no cuentas con el apoyo de los grandes, alguien se acordará de aquella putadita que le hiciste hace diez años y querrá meterte una bala en la cabeza. O algo peor.

Romero agacha la cabeza y se pregunta dónde quedó su orgullo.

Quiere pensar que le queda un poco. Una pizca, aunque sea.

Ya lo decía su madre.

«Como mejor se vive es sin sacar los pies del tiesto».

Cuánta razón tenía.

—¿Me aceptas un consejo, Romero?

La única respuesta de la expolicía es una mirada vacía que intenta no brillar a causa de las lágrimas.

—Coge lo que puedas, mientras puedas, y lárgate de España. Mira, puedo hacerte un último favor y conseguirte una nueva identidad. Te lo haré gratis, como regalo de despedida.

Romero inspira hondo y espira esa última pizca de orgullo que le queda.

—Gracias, pero no.

Se levanta de la silla, da media vuelta y se dirige a la puerta del despacho del Tamariz.

—Adiós, Romero.

Ella no contesta. Juanpe la espera fuera.

—La escoltaré hasta la salida.

La escoltaré.

Romero se da cuenta de que se ha convertido en un blanco. No puede parar de pensar en eso mientras vuelve a recorrer la siniestra cueva de vicio, dolor y muerte que es la antesala del despacho del Tamariz. Cada codazo fortuito que recibe es una ofensa, cada mirada una amenaza, cada roce una advertencia. Con los ojos fijos en el suelo, el camino de vuelta se le hace más corto, hasta que la atmósfera roja del subterráneo se aclara con las bombillas de cuarenta vatios de luz amarilla.

El asturiano y la mulata le devuelven las armas cuando Juanpe lo indica con un gesto.

—Suerte.

La despedida del lugarteniente del Tamariz suena a epitafio.

Ha dejado de llover.

Romero echa un último vistazo a la puerta falsa, que se cierra para disfrazar la entrada del infierno de gabinete de uñas, cerrado *in aeternum*.

El callejón que se abre frente a ella está vacío.

Pero su mente dibuja sombras.

Si me tienen que matar, que sea por la espalda, en la cabeza, que no me entere.

Así han cambiado sus plegarias.

Oraciones paganas de resignación y derrota.

Romero corre por la calzada mojada y ve una luz verde que se acerca por la calle principal.

Levanta la mano con ímpetu exagerado, y grita «¡taxi!» con desesperación.

Cuando se desliza en el asiento trasero del Prius y cierra la puerta, tiene la misma sensación de cuando jugaba a pilla-pilla de pequeña y tocaba «casa».

Salvada.

—Buenas noches, señora.

—A casa.

—¿Perdone?

Romero sacude la cabeza y le proporciona la dirección correcta al taxista.

Apoyado en unos contenedores, un hombre sigue al Toyota con la mirada, da una última calada a un cigarrillo y habla a través de unos auriculares bluetooth.

Sólo pronuncia seis palabras.

—Acaba de subir a un taxi.

La voz al otro lado de la línea responde con un escueto «ok».

El taxi y el desconocido toman direcciones opuestas y desaparecen en la noche.

Mientras tanto, en el infierno bajo Usera, la vida y la muerte bailan a ritmo de tecno.

6

Unas iniciales

Romero cierra la puerta de su casa nada más entrar.

Lo hace muy deprisa, cualquiera diría que la persigue una jauría de perros rabiosos.

Da dos vueltas a la llave de alta seguridad, corre el cerrojo acorazado FAC y, de propina, echa la cadena de acero, que no recuerda haber usado jamás.

Lo cierto es que nunca ha estado tan asustada como ahora.

Nadie tiene más miedo que un cazador cuando se convierte en presa.

Revisa las ventanas, una por una, todas cerradas.

Sube al piso de arriba y se asoma a una de las que dan a la calle principal. Está tranquila, como de costumbre. Un vecino cruza de acera con una bolsa de basura en cada mano. Se deshace de la que contiene los envases de plástico y las latas a través de una de las aberturas redondas de la tapa amarilla.

Pisa el pedal del contenedor de residuos normales y lanza dentro la bolsa azul, que pesa más que una condena. Romero, desde la ventana, no le quita el ojo de encima.

En cuanto el vecino desaparece de la escena, la expolicía da por concluida su labor de vieja del visillo y regresa a la planta baja.

Consulta su reloj de pulsera. Las 00.15. El hoy se ha convertido en mañana.

Pasa por la cocina, coge un agua con gas, tan insulsa como ella misma, y se sienta delante del televisor, a ver qué mierda ponen.

Justo en ese momento, su smartphone cobra vida con un zumbido.

Número oculto

No puede tratarse de un comercial. No son horas, ni siquiera para ellos.

Deja que la llamada se extinga por sí sola.

Contempla el teléfono en silencio, como si fuera una bomba a punto de explotar.

Cuando vuelve a sonar, pega un respingo y suelta una maldición.

Número oculto

Pulsa el botón rojo de colgar e intenta desconectar el móvil del todo, pero la combinación de teclas para hacerlo es tan endiabladamente complicada que no lo consigue.

De repente, suena otro teléfono, pero no es el que le está jodiendo la vida.

Es otro, uno que yace olvidado en un cajón del aparador de la entrada.

Es de color rojo y la comisaria no se explica cómo conserva batería después de tanto tiempo.

Romero apaga el televisor, salta del sofá y rescata el móvil del cajón.

No da crédito a las iniciales que aparecen en pantalla.

SPVB

—No puede ser —dice en el mismo tono que emplearía si acabara de ver al fantasma de su abuela perreando en mitad del salón.

Sin pensárselo dos veces, Romero contesta la llamada con un nudo en el estómago.

—Dígame…

—Buenas noches, señora Romero. —El saludo suena metálico, asexual; es evidente que está siendo procesado a través de un sintetizador de voz—. Disculpe lo intempestivo de la hora, pero creo que la molestia le parecerá una nimiedad después de escuchar nuestra propuesta.

—¿Quién es usted? Porque usted no es Ponzano. Ponzano está muerto.

—No hemos tenido más remedio que usar el número de Ponzano y llamarla al teléfono que él le entregó en su momento, señora Romero. Es la única forma que se nos ha ocurrido para que usted conteste la llamada.

—Así que se lo robó usted, después de asesinarlo —deduce.

—Nosotros no asesinamos a Ponzano. Además, eso es irrelevante, créame, agua pasada. Lo importante es que nos gustaría recuperarla como activo.

—¿Activo? Mire, si es una broma...

—No es una broma. Permítame un minuto...

—Le permito diez segundos, que es lo que tardaré en colgar.

—Necesitaré un poco más. —Una pausa—. Un momento... —Otra pausa—. Ya. ¿Sería tan amable de comprobar la aplicación de su cuenta bancaria?

Romero se echa a reír sin ganas.

—Si lo que pretenden es hackearme, están ustedes listos. Buenas noches, y muéranse.

Cuelga.

Justo después, recibe una notificación de la app del Value Bank.

—No me jodas...

La abre como si fuera la puerta de un coche bomba, pero cuando lee el mensaje que aparece en el área de «notificaciones», agradece estar sentada en el sofá, porque las piernas le tiemblan hasta el punto de perder la fuerza.

Recuerda un vídeo que vio hace muchos años: una señora andaluza pasada de peso, sentada al borde de una cama, que decía que estaba lacia, y luego pedía a gritos una casa a un *arcarde*.

El teléfono vuelve a sonar. Esta vez es un número oculto.

Pero la voz robótica es la misma de antes.

—Considérelo una muestra de buena voluntad por nuestra parte —dice la voz, al otro lado de la línea.

—Acaban ustedes de liquidar el préstamo hipotecario de mi casa…

—Así es. No es mucho, sólo un detalle, para que compruebe que vamos en serio.

—Trescientos ochenta y cuatro mil seiscientos tres euros, con treinta y dos céntimos.

—La casa es suya. Enhorabuena.

Romero se recuesta en el sofá.

Está lacia.

El viejo vídeo de *Callejeros* viene solo a su mente.

Arcarde… *ya tengo una casa,* arcarde…

—¿Quién es usted? O ustedes…

—Por ahora, mantendremos nuestra identidad en secreto. No se ofenda, pero mis superiores no quieren mostrar su rostro por razones obvias.

Peces gordos, y puede que rostros conocidos, adivina Romero.

—¿Qué quieren de mí?

—Justo que termine el trabajo que le encargó Ponzano.

—Sea más preciso.

—Aura Reyes, Irene Quijano y Mari Paz Celeiro.

Romero tuerce el gesto, aunque su interlocutor no puede verlo.

—Ojalá supiera dónde están esas tres. Se esfumaron sin dejar rastro.

—Lo sabemos. Ni siquiera nosotros hemos sido capaces de localizarlas, pero se nos ha ocurrido que tal vez usted sí que pueda.

—¿Yo? Pues le agradecería que me lo explicara.

—Seguro que recuerda el asalto al casino ilegal de Henri Toulour, el marchante de arte.

—Para no olvidarlo. Le devolví una fortuna. A veces me arrepiento —confiesa, en un arranque involuntario de sinceridad.

—La policía encontró restos de nitrato de amonio en los coches que se incendiaron esa noche. Está claro que el festival de fuegos artificiales fue provocado, pero ni Reyes ni Quijano entienden de explosivos. Tampoco nos consta que Mari Paz Celeiro sea artificiera.

—Unos compañeros de Celeiro, exlegionarios como ella, ayudaron a esas zorras esa noche —informa Romero—. Fui a por ellos hace meses, pero me tendieron una trampa y se escaparon. Están igual de desaparecidos que las otras, no he sido capaz de encontrarlos. Tampoco los he buscado, no merece la pena.

—¿Y si le dijéramos que sabemos dónde están?

Romero recibe la noticia con una mezcla de escepticismo y estupefacción.

—¿Dónde?

—Un contacto de la Guardia Civil nos informó de que cogieron el ferry de Algeciras a Ceuta hace meses. Pueden estar allí, o haber cruzado la frontera. Eso le corresponde averiguarlo a usted.

—¿Y por qué no se ocupan ustedes de ellos?

—Porque queremos que sea usted quien se encargue, Romero. Considérelo una prueba. Además, estamos seguros de que le encantaría darle su merecido a esos cuatro.

Romero exhibe una sonrisa lobuna.

Por supuesto que le encantaría. Ya puestos…

—¿Qué quiere exactamente de mí?

—Queremos que encuentre y elimine a Reyes, Quijano y Celeiro. Esta última es el objetivo principal: sabe manejar un arma y no le tiembla el pulso si tiene que hacerlo. Es el músculo de la bestia, es posible que sus amigos legionarios conozcan su paradero… Y sabemos que nadie es mejor que usted a la hora de arrancar una confesión.

Romero reflexiona unos segundos. Había decidido pasar página, olvidarlo todo. Pero el señor (o señora) de voz robótica tiene razón. Si tira de ese hilo, igual encuentra al final a la legionaria. O si les hace el daño suficiente a sus amigos, tal vez la haga salir de su escondrijo. Porque es evidente que entre esos tipos y Celeiro hay una buena amistad. Y entre legionarios, ya se sabe.

Son los novios de la muerte. Camaradas hasta el final.

Pero necesita un incentivo, eso lo tiene claro.

—Ahora la pregunta del millón. ¿Qué obtengo yo de esto?

—Nuestra respuesta vale más que su pregunta: dos millones de euros limpios por cada baja. Hablamos de las tres mujeres; con los legionarios puede hacer lo que le plazca. Si cumple este encargo, podrá trabajar para nosotros hasta que se sienta demasiado cansada para seguir. En unos años, podrá jubilarse en el paraíso que más le guste y disfrutar de una vejez plagada de comodidades. —Al otro lado de la línea, suena un suspiro robotizado—. Romero, usted es un activo valioso, no deje que su mala experiencia con Ponzano la desanime. Ponzano la subestimó y puso sobre sus hombros el peso de sus propios fallos.

Romero está a punto de pronunciar un «gracias».

Acaba de oír lo que necesitaba oír.

—¿Podemos decir que está usted a bordo? —dice el robot, deseoso de cerrar el trato.

—Una cosa antes…

—Dígame.

—Sabe que ya no soy policía, ¿verdad?

—Lo sabemos.

—Sabe que tengo enemigos ahí fuera…

La voz la interrumpe.

—Acepte nuestra oferta, y nadie se atreverá a tocarle un pelo.

El tono de seguridad es tal, que a Romero no le cabe duda.

—Acepto.

—No sabe cuánto nos alegra la decisión que acaba de tomar. Viaje a Ceuta lo antes que pueda. Si tiene que comunicarse conmigo, utilice el mismo teléfono con el que hablaba con Sebastián Ponzano. Seré yo quien conteste a sus llamadas.

Romero está a punto de preguntarle si fueron ellos quienes asesinaron a su antiguo jefe, pero opta por la prudencia.

Sean o no sean, no se lo van a decir.

Y en el fondo, tampoco le importa.

—De acuerdo. ¿Cómo tengo que referirme a usted?

—Como desee. Póngame un nombre.

—Se me ha ocurrido uno: Mr. Robot.

Suena una risita sintetizada.

—Me encanta, Romero —vuelve a reír, y suena sincero—. Manténganos informados.

—Eso haré.

—Ah, y vuelva a revisar su cuenta corriente… considérelo un anticipo.

La comunicación se corta, y el smartphone emite una vibración.

Romero abre la app del Value Bank y descubre que es ciento cincuenta mil euros más rica.

Se levanta del sofá y se frota la cara, como si acabara de despertar de un mal sueño.

En realidad, puede que haya vuelto a nacer.

Decide que tomará el tren que sale de Atocha hacia Algeciras a las 15.14 del día siguiente.

Se zampa un Valium de 10 mg, está demasiado excitada para dormir y necesita un buen descanso.

El día siguiente es el primero del resto de su vida.

Y le queda mucho trabajo por delante.

SEGUNDA PARTE

BÚSQUEDAS

See the man with the lonely eyes
Take his hand
You'll be surprised.

<small>SUPERTRAMP</small>

Soñar con peces
significa la muerte,
ya lo sabes.

<small>SERE</small>

1

Un reencuentro

Es una verdad universal: no es fácil estar en el medio.

Eso Sere ya lo sabía. Sere sabe muchas cosas.

Algunas, las más importantes, las más oscuras, se las calla.

Por la paz en Occidente, y por su propio bien.

Es un error. Uno más que añadir a los muchos *sinohubie-rahechoestoyaquello* que pueblan su biografía.

Pero como no lo sabe, y el silencio le ha resultado más llevadero hasta ahora, sigue cometiéndolo.

—Estar en el medio es lo peor —dice, en voz alta, a la calle vacía.

La calle en cuestión es la suya, Duquesa de Castrejón, en Madrid. Aún conserva las llaves de su antiguo piso, el que abandonaron cuando dejaron todo atrás y se fueron a Escocia a vivir la vida pirata.

No se ha atrevido a subir.

Sola, no.

Consulta la hora en el móvil.

Aún quedan unos minutos para que llegue.

Se dedica a tirar los dados sobre el capó del coche —es de alquiler— para calmar los nervios. Ha dibujado un sigilo sencillo sobre la pintura negra, usando tiza blanca.

El siete sale a la primera, muy buena señal. A la segunda, ya es más raro.

Va a tirar los dados otra vez, pero se contiene.

Dos sietes seguidos son un problema.

Un siete activa el sigilo. Un segundo siete refuerza el hechizo. Un tercer siete hace que toda la magia del hechizo se vuelva contra su portador.

Tiene que sacar de todo menos siete.

El hechizo que ha trazado es muy sencillo. Nada que ver con el que trazó hace catorce meses en la encimera de la cocina. Aquella tarde, aburrida en su casa, pidió al Universo tener amigas. Algo muy muy difícil, considerando que no había tenido nunca amigas en su vida.

La magia del caos se lo concedió. Salió un siete y llamaron a la puerta Aura y Mari Paz.

Que mira que podía haber llamado gente a la puerta, ¿eh? Pues no. Aura Reyes, precisamente.

Reconoció su nombre a la primera, claro.

Pero no le dijo nada. La siguió, desde entonces, sin cuestionarse nada. Siempre en silencio. Siempre sin contarle la verdad.

Los mejores catorce meses de su vida.

Después de todo, la normalidad es una estrategia, un cebo, una trampa para gente incauta.

Cierto es que el tal Mentor ese, para el que se suponía que habían hecho un trabajo, había amenazado a Sere con soltárselo todo a Aura. Ah, y la comisaria Romero también. Poniéndole una pistola en la boca.

Detalles.

Sere mira su reflejo de reojo en el parabrisas del coche. Tiene unos ojos azules saltones y vivaces, y el pelo rojo y rizado. Lleva ropa concebida, no ya para camuflar la silueta, sino para ocultarla por completo. Es bonita, de ese tipo de belleza elegante que, justo con la luz incorrecta, puede resultar fea. Para ella misma, todas las luces son incorrectas.

Entre su baja autoestima, su tendencia antisocial y lo de estar —en términos clínicos— como una regadera del todo a cien, Sere Quijano no ha tenido amigas en toda su vida.

Por eso —y por más cosas que sólo sabe ella—, esta situación le está generando una horrible ansiedad.

—Estar en el medio es lo peor —repite.

Porque, para una vez que tiene amigas, lleva muy mal la tensión que hay entre ellas.

Mira de nuevo el sigilo. Y los dados.

Sólo tiene que tirarlos una vez más.

El hechizo que ha encomendado a la magia del caos es muy sencillo.

(Nada tan complicado como tener amigas, no)

Tan sólo pide deshacer lo que ha pasado una semana antes.

Una semana antes

—Esto es una soberana estupidez, rubia —dijo Mari Paz, subrayando la frase con una patada en el suelo.

—Soy consciente.

—La vas a cagar hasta el fondo.

—Es posible.

—Es que me cago en todo. Tienes todo ya *enfiladiño*, joder. Con lo que nos ha costado. Tienes los cuartos. Tienes el maletín. Tienes a don Misterios comiendo en la palma de tu mano. Y te lo vas a jugar todo por…

Lo tenía en la punta de la lengua, y no llegó a decirlo. Pero quedó entremedias, flotando en los puntos suspensivos, como hielos en un vaso de veneno. Casi fue peor que no lo dijera.

Lo malo de los huecos libres es que suelen rellenarlos los miedos.

—Tengo que saberlo —respondió Aura.

Tras una pausa larguísima e incomodísima.

—¿Y...?

Mari Paz señaló al interior de la casa. Las niñas se habían ido a la cama sabiendo que algo pasaba. Por mucho que Aura y ella hubiesen tratado de ocultarlo.

Cuánta intimidad entre ambas, como hermanas, para que las niñas no notasen nada. Gran parte de su esfuerzo conjunto discurrió sin avisos previos, ni una sola mirada de advertencia. Simplemente se dedicaron a fingir que no pasaba nada, hasta que las niñas cayeron rendidas.

Entonces salieron al relente. Hacía frío para esa época del año. Llovía suave, y la diminuta casa parecía perdida en mitad del páramo escocés, como un barco a la deriva.

Salieron y se metieron en el cobertizo, de piedra y tejado de aluminio, en el que las gotas de lluvia repiqueteaban con un murmullo metálico.

Sere recuerda ese momento tenso como una mueca. Fue quizás la última cosa que hicieron al unísono. Antes de esa conversación.

—Ellas también merecen saber la verdad. Saber quién mató a su padre. Quién les robó todo.

—¿Y te las vas a llevar a casa de Constanz? A lo mejor se pueden quedar jugando con Bruno mientras vosotras os contáis vuestras movidas.

A Aura se le encogió el estómago. Llevarse a las niñas con ella no sería la última cosa que se le pasara por la cabeza, pero sí la penúltima, después de limpiarse el culo con un cepillo de alambre.

—Hay que esconderlas. Lejos de nosotras. Si voy a hacer esto... no puedo volver a ponerlas en riesgo.

—Un internado en Irlanda —dijo Sere, que se ha colocado en un lado del cobertizo, jugando con unos alicates.

—¿A estas alturas de curso?

—Puede hacerse —dijo encogiéndose de hombros.

Lo cierto es que, después de haber desbloqueado el maletín, se cree capaz de todo. Y más de algo tan sencillo como falsificar expedientes escolares.

—Las niñas… el inglés lo tienen de adorno.

—No entenderán gran cosa, pero estarán a salvo unos meses.

Mari Paz asistió al intercambio sobre las gemelas como el que mira un accidente de tren.

—Bueno, *carallo*, bueno. ¿Sí? ¿Te vas a poner de su parte?

No, Sere no quería ponerse de su parte.

No había nada que quisiese menos que Aura descubriese la verdad.

—Sabes que esto es una estupidez, locatis —insistió Mari Paz.

Sere sabe muchas cosas. Una de ellas es que Aura es Aura. Se limitó a apretar los labios, dándole la razón de un modo descarriado. Aquellas escenas la hastiaban.

—Lo va a hacer, queramos o no.

—Pues me temo que va a tener que hacerlo sin mi ayuda. —La legionaria cruzó los brazos, su expresión dura—. No pienso ser parte de esta locura. Te vas a cargar todo lo que hemos conseguido.

—Lo siento, Mari Paz. Necesito esto. Si no, nunca podré seguir adelante.

—Tan sólo tienes que darle el maletín a Mentor —pidió ella con terquedad.

—Eso ya no es posible —dice Aura.

Se aparta un poco de la mesa de trabajo de Sere, en la que estaba apoyada.

Sobre la madera yace el teléfono con ese logo, tan parecido a un tridente. O a una corona formada por dos erres.

El teléfono se reconoce a duras penas, después de que Aura lo haya reducido a ínfimos pedazos. Aura ha quemado sus naves, pero a martillazos.

El aparato era el único modo en el que Mentor podía localizarlas. Y ellas a él.

Mari Paz le dedica una ojeada atónita, y luego mira a Aura.

—Podíamos haber sido libres.

—No. Nunca lo habríamos sido.

Aura pronunció ese plural bastante cargado de singular.

—Y, además, la libertad está bastante sobrevalorada. Todos tenemos nuestras responsabilidades. Todos le debemos algo a alguien. Sólo los perfectos inútiles son perfectamente libres. Los inútiles y los muertos.

Mari Paz soltó un suspiro exasperado.

—¿De dónde *carallo* te has sacado eso? ¿De uno de tus libros?

Aura bajó la mirada luchando contra las lágrimas. Sabía que Mari Paz tenía razón, pero la necesidad de justicia y de respuestas era más fuerte.

—Si vives en un acertijo, sólo hay una forma de resolverlo.

Mari Paz ha visto muchos acertijos resueltos. Con un tiro en la espalda o en la nuca. Con la barriga abierta y las tripas por fuera.

Lo pensó, pero no lo dijo.

En su lugar, miró de frente a Aura.

Hubo un silencio gélido, larguísimo.

Sere abrió la boca, y la volvió a cerrar, sin decir nada que modificara el escenario, pues atravesar algunos silencios requería de trámites.

Trámites que no le apetecía emprender.

Si hubiera dicho algo entonces, quizás todo hubiese sido distinto.

No lo hizo.

Dejó que fuera Aura quien hablase.

—Sabes que te quiero —dijo ésta.

Mari Paz dudó, no por primera vez, hasta dónde confunde Aura el amor con la utilidad, y no dijo nada.

—¿Me ayudarás? —preguntó Aura.

Tendió la mano hacia Mari Paz.

La legionaria llevaba toda su vida haciendo lo que le decían. Nunca se había planteado hacer otra cosa.

Pero en ese mismo instante, como si le hubieran chasqueado unos dedos bajo la nariz, decidió que ya bastaba.

—No —respondió.

Hubo algo definitivo en esa admisión, algo irreparable.

—Me encargaré de llevar a las niñas al internado. Quiero despedirme de ellas.

Mari Paz se dirigió hacia la puerta del cobertizo. Sus pasos sonaban calcando la música de los cristales al triturarlos.

—Buena suerte, rubia —dijo.

Sere se estremeció con el portazo que dio al salir, que casi arrancó la puerta de sus goznes.

Aunque la discusión que habían tenido había sido en su mayoría en voz baja, para evitar que las gemelas se enteraran de nada —discreción arruinada al final—, la marcha de la legionaria dejó tras de sí la perturbadora sensación que uno tiene al salir de una discoteca de madrugada, cuando la ausencia de ruido se vuelve amenaza.

Volverá, pensó.

Siempre vuelve.

2

Un internado

—¡Es como Hogwarts en pequeñito!

Alex y Cris desembarcan de un salto de la furgoneta de sexta mano en la que Mari Paz las ha traído desde Escocia al internado donde vivirán los próximos meses. La legionaria se apea del vehículo, y los tres ventanales redondos de la fachada del edificio le devuelven una mirada solemne y centenaria. A Mari Paz le recuerda a uno de los viejos cuarteles en los que ha servido a lo largo de su carrera militar, pero si Aura ha elegido este colegio, pudiendo elegir entre muchos otros, sus razones tendrá. Tal vez considere que las afueras de Cork, la joya de la costa sur de Irlanda, son mucho más tranquilas (y menos salvajes) que las Tierras Altas.

O puede que piense que sus hijas estarán más seguras —o mejor escondidas— lejos de allí donde han estado ellas tantos meses.

—Mola mucho —dice Alex, incapaz de disimular su entusiasmo.

La legionaria tuerce el gesto por un instante y se encoge de hombros.

—Pues a mí me parece la casa de Drácula, qué queréis que os diga, pero si os gusta, tendréis tiempo de disfrutarla hasta el verano que viene.

Mari Paz saca de la parte trasera de la furgoneta las cuatro maletas mastodónticas que Aura ha abarrotado de todo lo imaginable —y más— que las gemelas puedan necesitar para el curso escolar. Las coge a pulso, de dos en dos, y escala los seis peldaños que ascienden hasta la puerta principal. Sobre ésta, puede leerse una placa en mármol:

Midleton College
Founded 1696

Justo cuando está a punto de llamar con los nudillos, una de las dos hojas de madera se abre para dar paso a una sonrisa de siete mil euros en carillas daVinci que casi obliga a Mari Paz a ponerse las gafas de sol. La legionaria no está segura de si las carillas tienen ese nombre por la función que cumplen o por lo que cuestan.

Ya puede permitirse una piñata así, a más de cincuenta mil euros por rapaza y año, piensa Mari Paz, que no sabe calcular el montante de la dentadura de la paisana, pero que tiene idea de que es muy cara.

—Bienvenidas a Midleton College —las saluda en un español más que correcto; la mujer ronda los cincuenta y conserva casi intacto un atractivo acentuado por una espesa melena rubia que la coronó como reina del instituto treinta años atrás.

—Vosotras debéis de ser Amelia y Paula.

Las niñas asienten sin dejar de sonreír, a pesar de que les descompone oír sus nombres falsos. Su madre les advirtió de que no podrían usar sus nombres reales (Amanda y Patricia) ni sus nombres elegidos (Alex y Cris), así que tendrán que acostumbrarse a usar los que aparecen en los documentos falsos que les consiguió Sere, al menos mientras estén entre sus muros.

—Y usted debe de ser Pilar Boiro. Su... institutriz —dice, echando una ojeada a las botas militares con un cordón rojo y el otro verde.

Marchando otra de pasaporte falso.

—Para servirla a Dios y a usted —declama Mari Paz a la vez que estrecha la mano de la subdirectora del internado; el anillo de esmeraldas que lleva en el anular, junto a la alianza de casada, es una introducción inmejorable a la categoría del establecimiento—. Qué susto, pensé que tendría que hablar en inglés, y a mí, que me cuesta trabajo hacerlo en castellano...

La subdirectora suelta una risa estudiada, ni demasiado floja, ni demasiado estridente. *Una carcajada impostada, propia de una señorita como Dios manda*, piensa Mari Paz, que se la imagina tomando el té de las cinco con las rodillas juntas y el meñique estirado. Aunque es incapaz de asegurar si eso es costumbre irlandesa o británica. Para ella, que se ha relacionado poco con la fauna isleña (a pesar de haber pasado meses en Escocia), ingleses, irlandeses y escoceses son la misma cosa con distinto nombre.

—Pues estas muchachitas dejarán de oír español en cuanto usted se despida de ellas —promete la mujer de la sonrisa de porcelana—. Soy Joan Gallagher, la subdirectora del colegio. Puede llamarme Joan. Para vosotras, soy miss Gallagher —aclara a las niñas, y vuelve a dirigirse a la legionaria—. La señora Royo dejó toda la documentación en orden, por lo que sólo nos queda firmar la entrega de las niñas.

Cris le da un codazo a su hermana, y Alex pone cara de aguantar la risa. Por una centésima de segundo, Mari Paz teme que las niñas se echen a reír al oír el apellido falso de su madre. Sere encargó los documentos de las cinco basándose en tiradas de dados y sigilos, por lo que no dio opción a nadie a la hora de elegir sus nuevas identidades. Su madre se pasó tres días protestando por el apellido (de mierda, según ella) que le había tocado en el sorteo.

Pero por fortuna, el rollo —valga la redundancia— no va por allí. Lo que les pasa a las gemelas es que se han hartado de gominolas durante el viaje y tienen una sobredosis de azúcar suficiente para poner en coma a una coral de diabéticos.

—Nos van a entregar —susurra Cris con los ojos muy abiertos—. Somos delincuentes.

—O un paquete de Amazon —replica Alex aguantando la risa.

Miss Gallagher les dedica una sonrisa que promete que los chascarrillos futuros no serán aceptados con tanta indolencia. La subdirectora se hace cargo de la maleta de Hello Kitty y de Pikachu, y Mari Paz de la del escudo del Capitán América y de la Viuda Negra, todas flamantes, recién compradas para la ocasión. Las gemelas la siguen, recorriendo con la mirada lo más alto de los pasillos, con ese asombro en el descubrimiento que los niños disfrutan como nadie. El eco del corredor les devuelve el sonido del traqueteo de las ruedas mientras se dirigen al ascensor. El aspecto del edificio por dentro, moderno y funcional, desentona con la solera del exterior. Algunos alumnos mayores, vestidos con chaqueta y corbata azul rayada sobre camisa blanca, se cruzan con ellas y les dirigen saludos discretos mientras toman el ascensor que las llevará a la planta superior, donde están los dormitorios. El curso ha empezado hace semanas, pero la dirección del centro les ha asegurado que se encargarán de poner a las niñas al día en tiempo récord.

—Vamos a llevar uniformes, como en *Harry Potter* —insiste Cris, entusiasmada.

Mari Paz guarda silencio mientras el ascensor las conduce a la planta superior. A pesar de todo el horror que han vivido en los últimos años, Alex y Cris no han dejado de ser niñas. Niñas fuertes y valientes, auténticas legionarias, aunque no lleven chapiri ni hayan jurado bandera. Se siente orgullosa de ellas, de su capacidad para no perder nunca la sonrisa, para seguir adelante con férrea determinación y un par de ovarios. Y para afrontar un año que será el arranque del resto de sus vidas, en el que estarán separadas de su madre y de la que desde hace meses consideran su nueva familia.

Y lo hacen sin mostrar ni una pizca de miedo, piensa Mari Paz, que no puede admirar más a esas dos renacuajas que tantos sentimientos impensables le han hecho aflorar.

Lo más duro es que la legionaria no está segura de que

esas niñas vuelvan a ver a su madre, que se ha empeñado en meterse en la boca del lobo sola y por su propio pie.

Esto es una soberana estupidez, rubia.

—Ésta es la habitación —anuncia miss Gallagher, que se echa a un lado para dejar diáfana la puerta—. Habéis tenido suerte en la asignación, vais a estar las dos solas y los baños están a dos puertas de aquí.

—¡Me pido la cama de arriba! —exclama Alex, que trepa por la escalera de la litera con agilidad simiesca.

—¡Jo, yo quería ésa! —protesta Cris, aunque ella misma desconoce por qué prefiere la superior.

Mari Paz examina la habitación, iluminada por un enorme ventanal y dotada de dos mesas de estudio, armarios empotrados y de todo lo necesario para dos estudiantes preadolescentes. Ojalá ella tuviera un espacio así, de su propiedad. Se jura a sí misma que en cuanto llegue a España empezará a buscar en las webs inmobiliarias. Miss Gallagher le dedica otra de sus sonrisas carísimas antes de marcharse.

—Las dejo a solas para que se despidan. Tranquila, señora Boiro —añade—, aquí estarán bien.

—Si no tuviera que hacer yo cosas en España, me quedaba, se lo juro.

La subdirectora cierra la puerta al salir. Alex y Cris siguen discutiendo por la adjudicación de la litera superior, y Mari Paz las interrumpe con un silbido que hace que todos los border collies a dos millas a la redonda vuelvan la cabeza hacia el internado.

—Luego os matáis, ¿oísteis? Ahora, hacedme caso un minuto.

—¡Ar! —replica Alex.

Las gemelas saltan de la cama al suelo y se plantan frente a la legionaria. Cuando a Mari Paz le sale la vena cuartelera, les divierte fingir que son soldados. Les falta ponerse en posición de firmes.

—¿De verdad tienes que irte, Emepé? —pregunta Cris, con cara de cachorrito.

—Sí, porque se ha peleado con mamá —aclara Alex, siempre dispuesta a ayudar.

Mari Paz traga saliva para ganar tiempo.

Son tantas cosas las que los niños saben sobre ti...

Tus fallos como madre, sobre todo.

Y ella tiene unos cuantos. La envidia, por ejemplo. Cómo se han volcado las niñas con Aura desde que ésta regresó.

Ausencia, presencia.

No es de extrañar, no debería dolerle, las criaturas necesitan querer a su madre de verdad. Aunque haya sido ella la que ha estado ahí los últimos meses.

Una vez que eres madre, no hay vuelta atrás. Una vez que el amor sale a borbotones como una arteria que ha reventado, no hay vuelta atrás.

Se pregunta cuánto peso ha tenido en su decisión de dejar atrás a Aura.

—Hay muchas casas alrededor de ésta, igual hay alguna vacía que puedas alquilar —insiste Cris.

A Alex también le parece una idea estupenda.

—Eso. Cuando termines tus asuntos en Madrid, te vienes.

Aunque está absolutamente segura de que eso no ocurrirá, Mari Paz opta por dejar abierta una rendija a la esperanza.

—Ya veremos. Por lo pronto, tengo que visitar a mis compañeros legionarios, a ver si puedo hacerles la vida un poco mejor. Ellos nos ayudaron mucho a vuestra madre y a mí, y hace siglos que no sé nada de ellos.

—Pues despés te vienes —zanja Cris—. Y Sere también podría venir.

—Si viniera Sere, ya sería la…

—Ni se te ocurra decir que sería la hostia —la interrumpe Mari Paz con vehemencia.

—Iba a decir que sería la pera —miente Alex.

—Venid las dos a vivir aquí, y cuando se arreglen las cosas y mamá regrese, nos volvemos a Madrid.

Mari Paz hace el gesto de tiempo muerto.

—Despés de cumplir con mis amigos, que me llevará un rato, tengo que ver si encuentro una casita decente para mí, que ya está bien de vivir de prestado. Luego ya veremos.

Alex le propina un puñetazo en el bíceps, que aunque no duele, arranca un quejido a la legionaria.

—¡Ouch!

—¡Tú no vives de prestado con nosotras! ¡Tú ya eres de la familia!

—¡Eso! —grita Cris—. ¿Y si le pasa algo a mamá?

Mari Paz se frota el brazo, aunque el golpe de Alex ha sido más un arranque de amor que de furia. Se pone en cuclillas, las coge de un hombro a cada una y les dedica una mirada tierna, muy poco acorde con su aspecto de soldado de operaciones especiales.

Abre la boca para decirles:

A vuestra madre no le va a pasar nada, pero en el caso re-

moto, remotísimo, que le pasara cualquier cosa, estaré a vuestro lado siempre. ¿Oísteis? Siempre. Pero miraos: ya no sois unas niñas. Pronto os saldrán las tetas, y cuando os salgan las tetas, ya no pensaréis en los adultos, sino que vosotras mismas empezaréis a ser adultas, y a pensar como adultas. Unas adultas mucho más preparadas que los rapaces de vuestra edad, que lloran a moco tendido cuando se les va internet y reniegan hasta de Cristo porque sus zapatillas de marca no son el último modelo, con cámara de aire y no sé qué cojones más. Vosotras ya os curtisteis, ya pasasteis por mucho, y os prometo que seréis unas fuera de serie.

Quiso hablarles de todo eso, pero no supo. Porque las palabras, incluso las de alguien que sepa hilvanarlas, trazar con ellas líneas en el aire y formar mensajes valiosos y significativos, llegan hasta donde llegan. Porque hace falta un hacha muy grande para romper el mar helado que le cubre el corazón, donde se custodian esos momentos que morirán con ella, sin haberlos compartido nunca.

Y tampoco dijo:

Nunca os voy a faltar porque yo soy vuestra madre también.

Porque hay cosas que son como son, y se entienden sin decirlas, o no se entienden si las dices, o se dicen sin entenderlas, pero siguen siendo. Mari Paz se entiende, aunque no se haga entender. En el nudo que tiene en la garganta se le queda todo, bien apretado y lleno de ideas y sentimientos que acaban regresando por donde han venido.

Así que sólo dijo:

—Vosotras estudiad mucho, ¿vale?

Las gemelas corean un «vale», y Mari Paz las abraza más fuerte.

—Os llamaré a diario, rapazas, no os quepa la menor duda.

Treinta minutos después, una vez dirimido el pleito de la litera de arriba (Cris lo ha ganado a base de chantaje emocional) y de soltar sus mil y un consejos para una estancia civilizada en un internado extranjero, Mari Paz se despide de las niñas y pasa por la secretaría del internado. Allí firma (con el mismo garabato del pasaporte falso) el documento de entrega de las estudiantes, se despide de miss Gallagher y regresa a la furgoneta. Cuando se sienta en el asiento de la izquierda, se pregunta quién le ha robado el volante.

—Cago en Dios, que a esto no me acostumbro… menos mal que marcho a tierras más civilizadas.

Mientras rodea el vehículo para sentarse en el asiento correcto, echa un vistazo a la planta superior del internado, por si las niñas estuvieran en la ventana, pero se da cuenta de que la habitación de las gemelas da a la parte trasera del edificio.

—Aquí todo está al lado contrario —determina.

Arranca la furgo y se aleja del internado a través de calles medio desiertas en un entorno dominado por el verde irlandés. Se detiene cerca del Midleton Distillery Experience, una vieja destilería de whisky del siglo XVIII, y sonríe al edificio sin darse cuenta. Ojalá sus amigos estuvieran allí, para echarse unos *pelotaso*, sin la ese final, como diría el Málaga.

Siente la tentación de llamar a alguno de ellos por el teléfono nuevo que le consiguió Sere, pero decide extremar las precauciones y no hacerlo hasta que llegue a España.

Repasa la agenda de su antiguo smartphone y le enternece ver los cuatro nombres que tiene guardados en ella: Ángelo, Caballa, Chavea y Málaga. Entre estos dos nombres hay un quinto contacto, que ella designó como «La Bandera», que es el número fijo del piso de acogida en el que viven los lejías.

¿Dejará rastro una llamada de móvil a fijo? Decide no arriesgarse, pero lo primero que hará en cuanto pise el aeropuerto Adolfo Suárez será llamarlos, aunque sea de madrugada.

Mari Paz abre la guantera y revisa el billete de avión con destino a Madrid que Sere le sacó horas después de que la legionaria discutiera con Aura y se largara con un portazo de esos que suenan a fin del mundo. Mari Paz tiene billete para un vuelo que sale esa misma noche del aeropuerto de Dublín, destino Madrid. Según el navegador del coche, le quedan doscientos setenta kilómetros hasta el aeropuerto.

Conduce rumbo este, y encuentra un letrero que anuncia Park South.

—Manda *carallo*, que todavía me encuentro al Cartman y compañía por aquí, no jodas...

Enciende la radio, suenan The Cranberries y Mari Paz resopla.

—¿Pero es que aquí no existen más que estos, los U2 y las guapas de los violines con nombre de cerveza?

Hambrienta de José Luis Perales, pisa el acelerador.

Su estado anímico habitual —gritarle hasta al hombre del tiempo cuando entran chubascos— se ha suavizado un poco con las expectativas del futuro.

Los ojos se le achinan al pensar que dentro de unas horas

hablará con sus amigos desde su móvil de siempre. Se muere de ganas de decirles que todo está saliendo más o menos bien.

Que sólo quedan unos flecos y que la próxima vez que se vean les llevará una bolsa cargada de billetes de cincuenta euros que ella misma se encargará de sacar, poco a poco, de cada sucursal bancaria que encuentre, como quien recorre los sagrarios.

El Málaga podrá montar un chiringuito en el pedazo de Costa del Sol que quiera, el Ángelo echará carreras con Echenique en su nueva silla motorizada, el Chavea se pondrá una dentadura como la de miss Gallagher y el Caballa podrá comprarse una planta entera de la Casa del Libro de Gran Vía.

—Cuánto quiero a esos cabrones —dice en voz alta.

Lo que no sabe es que no encontrará a sus amigos en Madrid.

A los lejías.

Y a las amigas que ha dejado atrás.

3

Un reencuentro

Mari Paz no volvió.

Hace tan sólo una semana de la escena.

Y el desasosiego y el desamparo han seguido haciendo presa en Sere. La misma sensación de opresivo silencio que todos los dados y los sigilos y los hechizos del mundo no podrían aliviar en absoluto.

No tira los dados una tercera vez.

No hay manera de deshacer lo que ha hecho.

Ha pasado una semana horrible, cargada de ansiedad y desvelo. Se ha dejado llevar por la determinación de Aura, siguiendo al pie de la letra cada una de sus instrucciones. Las noches han sido más largas y tortuosas de lo habitual, con los recuerdos y las dudas acechando en cada rincón oscuro de su mente.

Los ordenadores son su fuerte. Un espacio donde se siente segura, con el control en sus manos. Pero esta vez, el peso de la tarea ha sido más aplastante que nunca. Hackear los sistemas de seguridad del Ministerio del Interior y del Ministerio de Educación españoles no fue una tarea sencilla, ni segura. Cada clic del ratón, cada línea de código, ha sido una batalla contra el miedo y la paranoia.

Sere ha estado ocupada esta semana. Ha comprado nuevos teléfonos móviles para todas, los ha protegido como ha podido.

También ha creado nuevas identidades para las niñas. Falsificó expedientes escolares, manipuló bases de datos gubernamentales y tejió una red de mentiras que, espera, sea lo suficientemente sólida como para protegerlas. Y encargó en la deep web los pasaportes falsos, a veinte mil euros cada uno. Bastante aceptables, la verdad. Al menos el dinero ha dejado de ser un problema inmediato, gracias a los diamantes de los Dorr que Aura le quitó a la doctora Aguado.

Las gemelas, aún confundidas y asustadas, protestaron vehementemente cuando se les informó de su traslado.

—¿Por qué tenemos que irnos? —había preguntado Cris con lágrimas en los ojos.

—Es sólo por un tiempo —respondió Aura intentando sonar convincente—. Es para manteneros a salvo.

—Y el chocolate allí es buenísimo —añadió Sere, como el que pone el beicon sobre una servilleta después de freírlo, esperando que absorba toda la culpa.

—No llores —le dijo Alex sin dejar de llorar ella—. Tú nunca lloras, y por eso te quiero.

El adiós fue un trago amargo para las cuatro.

Al menos habían tenido uno, ya que Mari Paz se había llevado a las niñas sin dirigirles la palabra.

Las niñas, con sus maletas a cuestas, subieron a la furgoneta con miradas de reproche y miedo. Aura las abrazó con fuerza, prometiéndoles que todo estaría bien, aunque sus propias manos temblaban.

Y después se fue Sere.

—Espérame en Madrid —la despidió Aura, en el aeropuerto—. Te avisaré pronto.

Ojalá, pensó Sere.

Un coche aparece al final de la calle. Un lujoso Maybach, grande como la casa de un pobre.

Sere se endereza un poco.

Alguien se baja.

La reconoce al instante, a pesar de la distancia. La postura erguida, la forma decidida de caminar. Aura siempre ha sido una fuerza de la naturaleza, y hoy no es diferente. Siente un nudo en el estómago al verla acercarse, una mezcla de nerviosismo y alivio.

—Estar en el medio es lo peor —murmura Sere una vez más, casi como un mantra.

Ver a Aura después aquellos días le causa la misma sensación que cuando la vio por primera vez. La muy cabrona posee una belleza avasalladora, que se impone como un mazazo.

Es imposible no mirarla embobado durante un instante, cuestionando los límites entre lo real y lo irreal.

Transmite tanta energía que puedes apropiarte de una poca cada vez que hablas con ella sin que se dé cuenta.

Sere borra el sigilo del capó del coche con una rápida pasada de la mano y se guarda los dados en el bolsillo.

—Parece que vengas de la guerra —saluda al verla acercarse—. O peor, de una mudanza.

—Ah, pues estoy estupendamente.

De aspecto, quizás. Pero no en los ojos.

Tiene la mirada absorta, una especie de distancia. La mirada de un piloto mientras calcula cuándo lanzar las bombas.

—¿Esa chaqueta es nueva? Es muy chula. No te hacía amiga del ante. Nunca te he visto nada de ante. El verde te queda bien, chocho.

Su amiga se encoge de hombros, rechazando el intento de conversación liviana con cautela.

—Has visto a la vieja —afirma Sere al fin.

—La he visto.

Sere tarda un segundo más de la cuenta en preguntar.

—¿Qué es lo que te ha dicho?

Aura tarda un segundo más de la cuenta en responder.

Seis horas antes,
en Los Poyatos

—¿No es obvio? Quiero que ocupes el lugar de mi hija.

Aura siente un golpe de incredulidad, mezclado con un rechazo visceral.

No es sólo la propuesta. O el sitio donde ha sido realizada, en aquella cámara de tortura con forma de jardín japonés.

La idea de llenar el espacio de alguien capaz de tales extremos le repugna. Sin embargo, en algún lugar, la propuesta despierta una extraña curiosidad. Siempre había querido cambiar las cosas, influir en el mundo, pero ¿a este costo?

Sabe que los hombres poderosos son arrastrados por un apetito tan inexorable como extravagante que los conduce hacia su propia ruina. Sabe que roban a las personas a cuyo servicio deberían estar, que se sobornan entre ellos, que corrompen las leyes que ellos mismos escriben. Que mandan matar a quienes se alzan contra ellos. Que ocupan los puestos más altos y son, a pesar de todo, la escoria de este mundo.

—¿Por qué yo?

—Has leído el manuscrito con la historia de mi familia. Con la historia de El Círculo.

Aura frunce el ceño, sintiendo un nudo en el estómago. Recuerda cada página de ese manuscrito, cada palabra escrita con una precisión clínica, porque lo ha leído y releído día tras día desde que cayó en su poder. La historia de poder y traición, de decisiones que destruyeron vidas enteras, empezando por la del autor del propio libro, cuya sangre aún tiñe sus páginas.

—La he leído.

—La has leído y aun así estás aquí.

—¿Qué se supone que significa eso? —pregunta tratando de mantener la compostura, con la dificultad añadida de que la silla de ruedas le está haciendo polvo el culo.

Constanz se engríe un poco.

—¿No me tienes miedo?

Aura sostiene la mirada de la anciana intentando no mostrar el temblor que siente en su interior. Su voz, sin embargo, sale con una firmeza inesperada.

—Mucho.

—Pero también te atrae este lugar.

—También.

Constanz esboza una sonrisa sutil, casi imperceptible.

—No se equivoque —advierte Aura-. Que me atraiga algo no significa que me domine.

—Tienes razón. El poder revela la verdadera naturaleza de las personas. Y tú, Aura, tienes una fortaleza que pocas poseen. Has sobrevivido a la pérdida, al dolor, a la traición.

—¿Por qué yo?

—Porque eres valiosa.

—No sé si me gusta esa palabra viniendo de usted.

—La valía no depende del punto de vista. Es una condición interna. Tiene que ver con ser capaz de cumplir objetivos. Sin importarle las normas.

Aura piensa un momento en el caballo. Se pregunta si su cuerpo aún seguirá en el suelo del establo, empapando la tierra con su sangre.

—Su definición se parece mucho a la maldad, señora Dorr.

Constanz sonríe con suavidad.

—Cuando le das el poder a los virtuosos, todo el mundo se muere de hambre. Y no sólo de hambre.

—Mejor entonces a los malvados —dice Aura.

Constanz menea la cabeza con displicencia.

—No dialoga el cirujano con el cáncer, ni deja de cortar por lástima de la sangre que se va a derramar. El poder sólo entiende de números. Yo te ofrezco los números. Y algo más.

—¿Y si yo lo rechazo? —Su voz es firme, pero su corazón late a toda velocidad.

—Entonces, eres libre de irte. No te obligaré a quedarte ni a aceptar. Pero considera lo que esto significa, querida. La oportunidad de influir realmente, de hacer un cambio significativo, aunque no de la manera que siempre imaginaste.

Constanz se inclina más hacia ella, su mirada intensa trata de perforar las defensas de Aura.

—Piénsalo, querida. Podrías tener el poder para moldear el mundo, para dirigir el curso de los acontecimientos a una escala que la mayoría sólo puede soñar.

«No necesitas sueños de grandeza», solía decirle su madre

en los raros momentos en que estaba de buen humor, «con un sueño pequeño te bastará».

Mamá nunca tuvo ni puta idea de nada.

Por un instante, Aura se siente culpable.

Por el pensamiento negativo, y porque lleva más de un año sin verla. Sigue en la residencia, cada día más devorada por el Alzheimer. Correos asépticos sobre su progresivo empeoramiento llegan una vez al mes a una cuenta de Gmail que Aura dejó por todo contacto.

—Lo que te ofrezco no es sólo poder, sino conocimiento. Sabiduría que pocos llegan a poseer. Mi hija falló porque se dejó llevar por su ambición desmedida y su falta de juicio. Tú eres diferente, lo veo en ti.

Aura siente aumentar la presión en el pecho. La responsabilidad que conllevaría aceptar esa oferta es inmensa. Pero también lo es el riesgo de rechazarla.

—Necesito pensarlo —dice finalmente intentando ganar algo de espacio para respirar y procesar lo que le está siendo ofrecido—. Aunque debo ser sincera: la respuesta será no.

Constanz mantiene su expresión imperturbable, pero sus ojos revelan un destello de comprensión, incluso de respeto.

—Por supuesto —responde Constanz más amable—. Entiendo. Tómate unos días para pensarlo. Aunque debo avisarte. Tú tienes tiempo por delante. Yo no.

El silencio que sigue es pesado y grave.

—¿Cáncer? —La pregunta sale de los labios de Aura antes de que pueda detenerse.

Constanz sonríe. Es una sonrisa despojada de alegría, como un campo yermo.

—¿Qué más da? Lo que importa es que he llegado al final. He sobrevivido a muchas cosas. A esta no. Sólo lo estoy retrasando. Si supieras todo lo que han tenido que pincharme para pasar este rato contigo...

Alza las manos frente a su rostro, que quedan iluminadas por la luz que entra por la ventana. Las contempla durante un buen rato, como si se hubiera olvidado de que Aura está con ella en la habitación.

—Señora Dorr —dice Aura, con suavidad.

Constanz parpadea, muy despacio. Como si buceara de vuelta a la superficie desde un abismo.

—Su parte del trato —pide Aura, cuando los ojos de la anciana se vuelven a posar en ella.

—Cierto.

Se lleva la mano al bolsillo, donde guarda un sobre pequeño, de papel verjurado color marfil.

Aura lo toma con manos temblorosas.

Es el momento que ha estado esperando, pero también temía.

—Encontrarás un nombre escrito en ese sobre. Ese nombre abrirá un camino que te conducirá a un callejón sin salida.

—Pero...

Constanz hace un gesto para interrumpirla.

—Abrirás un segundo camino. También será un callejón sin salida.

—Ése no era el trato —dice Aura con voz ronca.

—El trato era que te diría quién mató a tu marido. El nombre de su asesino está en ese sobre.

Aura asiente, despacio.

—No hay respuestas fáciles con usted, ¿verdad?

—No hay respuestas fáciles en ningún sitio, querida.

Se pone en pie y camina hacia la puerta.

Aura duda un momento y después camina tras ella.

La belleza del jardín japonés y una brisa suave son como una burla cruel, una paz que se da de soberanas bofetadas con la tormenta que se arremolina en el interior de su corazón.

—Lo que no está escrito ahí es por qué —dice Constanz mientras camina. Su paso es algo torpe, después del rato que han pasado sentadas en el interior de la cabaña.

—Me hace un flaco favor, entonces.

—Siempre puedes aceptar mi propuesta.

—Eso no va a suceder —responde Aura, firme, aunque su mente aún batalla con las implicaciones de la oferta.

Constanz se vuelve y la observa con una mirada escrutadora, como si intentara desentrañar cada uno de los pensamientos de Aura. Luego, asiente lentamente.

—No hay respuestas fáciles contigo tampoco, Aura Reyes. Lo contrario me habría decepcionado.

Regresan al interior del despacho, en el que se ha acumulado el calor del mediodía. La atmósfera es pesada, densa.

Constanz se apoya en el escritorio, como si necesitase recobrar el aliento. Tose. Y sin embargo, en la penumbra del despacho parece de nuevo una mujer mucho más joven.

—Encontrarás un tercer camino, cuando agotes los dos anteriores —dice tras una pausa asmática—. No quieres recorrer ese camino.

—¿Cómo sabe todo esto? —pregunta Aura tratando de mantener su voz firme.

—Porque lo he recorrido —responde Constanz con un susurro áspero—. Y es un camino que no deseo ni a mi peor enemigo. Pero sé que tú no te detendrás hasta encontrar todas las respuestas. Si es que sobrevives.

—¿Qué quiere decir con eso?

—Piensa en el avión. Alguien se ha tomado muchas molestias contigo. ¿De verdad crees que van a parar, ahora que saben dónde estás?

Aura siente que la furia y la impotencia burbujean en su interior, amenazando con desbordarse. La oferta de Constanz, sus evasivas y sus medias verdades la están empujando al límite.

Aprieta los puños.

Por un momento desea abofetear a la anciana, arrancarle las respuestas a hostias, Mari Paz *style*.

—Será mejor que me vaya, antes de que...

Se da la vuelta, a mitad de frase, y se dirige hacia la salida.

—Espera un momento, querida —dice Constanz detrás de ella—. No puedes irte así.

Aura se detiene, temiendo lo peor.

Constanz se pone en pie y sale al pasillo.

—Acompáñame.

Aura mira hacia la izquierda, tentada de correr pasillo adelante, pero Bruno —salido de la nada, al parecer— está apenas a un par de pasos, mirándola con esa expresión neutra de depredador al acecho.

Aura sigue a Constanz, que gira a la izquierda y atraviesa una puerta.

—Esto pertenecía a mi hija —anuncia haciendo un gesto.

El vestidor es una habitación fastuosa de más de cincuenta metros cuadrados. Al entrar, Aura se queda sin aliento. Las paredes están revestidas con armarios de caoba oscura, cada uno repleto de ropa lujosa de primeras marcas. Las prendas están organizadas por color y tipo, creando un espectáculo visual opulento y elegante.

En el centro del vestidor hay una isla de mármol blanco, con joyeros de cristal repletos de brillantes collares, pulseras y anillos. A un lado, una zona de maquillaje con un enorme espejo enmarcado en luces LED, y una silla de terciopelo rosa pálido. Perfumes caros están dispuestos sobre una bandeja de plata, cada uno en un frasco que parece una obra de arte.

Aura siente una punzada de envidia y de rabia.

Recuerda una época, no muy lejana.

Cuando lo perdió todo.

Cuando para seguir manteniendo a las niñas y a su madre tuvo que vender hasta el último de sus bolsos de marca en Wallapop.

El más caro de los accesorios que tuvo que cambiar por macarrones no le llega a la suela de los zapatos a un Birkin en tonos metálicos que atisba en uno de los estantes.

El asa tiene marcas de desgaste y pequeñas rozaduras del uso.

Señal de que a su dueña se la sudaba ampliamente usar a diario un bolso de seis cifras.

Avanza lentamente, pasando la mano por los vestidos de seda, los abrigos de lana y las blusas de satén. Se siente abrumada por la cantidad de riqueza concentrada en ese espacio.

—Escoge algo —dice Constanz observándola con aten-ción—. No puedes irte con esa gabardina ensangrentada.

Aura asiente, sintiéndose fuera de lugar en medio de tanta opulencia. Sin pensar demasiado, toma una prenda casi al azar. Es una chaqueta de ante verde, suave al tacto, con un diseño sencillo pero elegante. Al probársela, descubre que le queda como un guante, como si hubiera sido hecha a medida para ella.

—Ésa era de sus favoritas —comenta Constanz con una sonrisa nostálgica—. Te queda perfecta.

—Gracias —murmura intentando mantener la calma.

Bruno se hace a un lado, franqueándole la salida del vestidor.

—Adiós, señora Dorr.

—Hasta pronto, querida —responde Constanz con una sonrisa.

4

Un sobre

—Nada. La vieja no me ha dicho nada. Pero me ha dado esto —dice sacando un sobre arrugado del bolsillo de la chaqueta de ante.

Sere frunce el ceño, sus ojos saltones fijos en el sobre como los de un chihuahua en un trozo de pollo. Estira la mano y Aura se lo entrega con un leve temblor.

—¿Lo has abierto? —pregunta Sere examinando el sobre con curiosidad.

—No. No me atreví. Quería... quería que lo viéramos juntas.

Lo que Aura pretende decir es que no quería estar sola cuando lo abriese. Que se parece, pero no es lo mismo.

Sere asiente y, con cuidado, rompe el sello. Desliza el contenido fuera del sobre y encuentra una tarjeta de visita con un nombre escrito a mano en el reverso.

—¿Te suena el nombre de Noah Chase? —pregunta Sere mirando a Aura con expectación.

—No —responde Aura, la voz apenas un susurro.

Es la primera vez que escucha en alto el nombre del asesino de su marido.

Hasta ese momento, y según el inspector de policía que asignaron a su casa, era sólo «el asaltante no identificado».

El impacto de escuchar un nombre real, de tener una identidad tangible, provoca una oleada de emociones en su interior. Su corazón late con fuerza, la garganta se le cierra y siente un temblor que le recorre el cuerpo.

Noah Chase. Dos palabras que ahora llevan el peso de toda su tragedia. Es como si, al pronunciar ese nombre, se abriese una puerta a una realidad que había intentado mantener cerrada. La imagen del «hombre del cuchillo» se concreta en una figura más definida, más humana, y sin embargo, aún más monstruosa. Este nombre le da un rostro, una historia, una vida paralela a la suya que se entrelazó con la de su familia de la manera más brutal y definitiva.

El dolor es tan intenso que por un momento Aura siente que no puede respirar. Su mente la arrastra de vuelta a esa noche, a los gritos sofocados, a la sensación del cuchillo hundiéndose en su estómago, al rostro ensangrentado de Jaume. Su sacrificio, su lucha inútil para proteger a sus hijas, todo vuelve a ella con una claridad devastadora.

Noah Chase. Noah Chase.

Repite el nombre en su mente, como si hacerlo pudiera

ayudar a controlar el tsunami emocional que amenaza con arrastrarla. Se aferra a la frialdad del nombre, intenta afilarlo, convertirlo en una herramienta. Pero por ahora es sólo sal en una herida que lleva demasiado tiempo abierta.

Sere observa el rostro de su amiga y ve la tormenta que se desata en sus ojos. Sin decir nada, coloca una mano en su hombro.

Aura se siente al borde del abismo, pero la presencia de Sere la ancla a la realidad. Necesita respuestas, necesita comprender por qué Noah Chase hizo lo que hizo y quién lo envió. Pero sobre todo necesita asegurarse de que nunca podrá volver a hacer daño a nadie más.

—¿Has visto el meme ese de los pollos?

Aura mira a Sere con extrañeza.

—¿Qué?

—El meme de los pollos de goma con una polea en medio. El de Instagram.

Aura menea la cabeza.

—No miro las redes. Ya lo sabes.

—Es una pena. Te pierdes mucho. Tu cara de ahora, por ejemplo...

—¿Parezco un pollo de goma?

—No, no te pareces en nada.

—¿Entonces?

—Chica, no sé, me he acordado de pronto. ¿Quieres que te busque el vídeo? Es que te meas viva.

Aura aguarda un instante antes de suspirar. Era el turno de Mari Paz de rematar el *non sequitur* con alguna frase desdeñosa, probablemente tras alguna calada a su cigarro, o pisando una colilla con la bota o algo así. Dándole a Aura espacio para pensar qué hacer a continuación.

Es Sere la que se encarga de eso, dándole la vuelta a la tarjeta de visita.

Al otro lado hay un número de teléfono. Y, escrito en la misma elegante y anticuada caligrafía, la frase

Para cuando te hayas decidido

—Mira tú qué curioso —dice Sere—. ¿Has visto esto?

Aura mira la tarjeta poniendo cara de póquer.

—¿Qué significa esto, Aura? ¿Qué es lo que te dijo Constanz exactamente?

Ella traga saliva tratando de encontrar una respuesta que suene convincente.

—No gran cosa.

Sere lee la tarjeta de nuevo, despacio, con el ceño fruncido.

Hace un par de años, un comercial de Iberdrola apareció en su casa sin previo aviso. El hombre —perfume barato, traje de poliéster, sonrisa plastificada— había intentado convencerla de cambiarse de compañía eléctrica. Mientras lo hacía, se comió casi toda la bandeja inferior del Surtido Cuétara que Sere sacaba en ocasiones tan especiales. Al final, cuando quedó claro que Sere no tenía intención alguna de cambiarse a Iberdrola, el hombre se marchó dejando tras él sólo las galletas capricho de coco —quién podría culparle— y una tarjeta de visita.

«Para cuando usted se decida, señora», dijo.

Sere frunce el ceño aún más.

O bien Constanz Dorr tiene una oferta irrechazable para el megavatio hora, o bien Aura le está mintiendo a la cara.

Y eso sería la primera vez, que ella sepa.

Por otro lado, Sere lleva mintiéndole a Aura desde antes siquiera de verle el rostro.

Recapitulando, si cometiéramos la imprudencia de pedirle a Sere que resumiera lo que sabe Aura de ella en una frase, ¿cuál sería?

Pues que yo era una humilde programadora informática que estaba tranquilamente en su casa sin salir de ella por lo de mi fobia social y porque mi marido se folló a la muy zorra de mi hermana y me dejó por ella, y yo pues me ganaba el pan y los Legos haciendo trabajos freelance de programación avanzada y tal, y estando yo tranquilamente en mi casa pues me llegó un encargo para hacer un hackeo en el programa de control central de un fondo de inversiones y claro, yo dije que no de primeras porque el trabajo era presencial y a mí el trabajo presencial pues me lo paso por el arco del triunfo muy ampliamente por lo de mi fobia social y porque total para qué coño quieren que vayas a cualquier sitio si con Internet no hace puta falta. Pero los empresarios quieren que hagas tus horas y tal, menudos jetas como si no echáramos muchas más horas que el otorrino de Dumbo, así que iba a decir que no, claro, qué coño, pero dije que sí, porque era mucha pasta y porque el encargo venía de alguien de confianza, y claro, en este curro nos conocemos todos entre otros motivos porque somos literalmente siete en este país los que somos capaces de hacer algo tan difícil como lo que me estaban pidiendo, bueno, ahora seis porque a Jaume lo mataron, claro, eso pues Aura no lo lleva bien y es normal y por eso estamos aquí, si yo la entiendo, si al fin y al cabo cuando me encontré a mi hermana con la polla de mi marido en la boca le quemé el coche, si te tocan al marido pues una se pone como se pone, y si yo le quemé el coche pues qué no va a hacer ella si le han matao *al marido, me hago cargo, y encima ella es tirando a supervengativa que te cagas, aunque las cosas como son, cuando vino a casa y me obligó a confesar que había sido yo la que había diseñado el programa con el que le jodí la vida, lo cual es verdad, pero no toda la verdad, no es ni el cinco por ciento de la verdad, pero claro, después de todo este tiempo a ver quién le pone el cascabel al gato, a ver quién le echa bemoles, a ver quién le cuenta que no nos conocimos por casualidad, que en esta historia nada es casualidad, y por qué me ofrecieron eso a mí, y por qué yo acepté con tanta facilidad ayudarla a destaparlo todo aparte del hecho incontrovertible de que no tengo amigas y que estoy de aburrirme sola hasta el papo y de hacer Legos hasta el repapo, que cada vez son más caros y no hay dónde ponerlos, las cosas como son, decía, cuando vino a mi casa y yo le conté lo que le conté me perdonó y desde entonces somos superamigas, biefefs pasiempre, nos vamos a hacer tatus gemelos, Aura Sere y Emepé, salvo que Emepé ya no está y menos mal porque al final todo se va a acabar sabiendo y Aura me va a matar pero Emepé me destriparía lentamente con una cuchara de madera y eso tiene que doler.*

Cometida la imprudencia, lo que sucede a continuación es completamente comprensible.

Porque si Aura se tragó sobre ella una mentira —o verdad

muy parcial— como la que Sere le contó cuando se conocieron, recubierta de virutas de coco, Sere está dispuesta a su vez a tragarse ese *no gran cosa* que Aura le acaba de soltar sobre la frase de Constanz. Con la misma fruición que si fuera la galleta Suprema, que es la primera que todo el mundo coge del Surtido Cuétara y la única que está buena, para qué nos vamos a engañar.

—Toma tu tarjeta —le dice alargándosela—, no sea que vaya a hacerte falta para algo.

Aura la coge, intentando disimular su incomodidad.

—¿Qué vamos a hacer ahora? —pregunta Sere rompiendo el silencio que se había instalado entre ellas.

Aura respira hondo. Sabe que necesita centrarse en lo inmediato, en lo tangible.

—Ahora necesitamos averiguar quién es Noah Chase —responde tratando de sonar firme—. Eso es lo que importa.

Ceuta

Ceuta son diecinueve kilómetros cuadrados de España en el norte de África, justo enfrente del peñón de Gibraltar.

Todo el mundo sabe que existe, pero es muy distinta a como uno la imagina.

Ceuta sorprende.

De lo primero que uno se da cuenta al llegar es de que es una tierra gobernada por dos dioses.

Uno bondadoso.

Otro malévolo.

El primero se llama Poniente y recompensa a los moradores de Ceuta con brisas dulces y reconfortantes, con un sol que no quema y noches apacibles de terraza y estrellas.

El segundo es Levante, que pinta de gris el cielo, humedece los huesos y, si ese día se despierta enfadado, agita el estrecho hasta el punto de no dejar salir los barcos que comunican Ceuta con la Península. Es un dios que esclaviza, encierra y hace sudar, aunque el termómetro marque veintiún grados.

La arteria principal de Ceuta está formada por tres calles consecutivas que el tiempo y la vagancia han reducido a un nombre: la calle Real. Paralelas a éstas corren varias vías: las de la izquierda, según subimos, dan a la Bahía Norte, desde la que se ve Gibraltar y la costa peninsular; las de la derecha, a la Bahía Sur, con un paisaje atlántico alfombrado por la línea de la costa marroquí.

Si tomamos la calle Padilla desde la calle Real, hasta que podamos oler el mar (son menos de cien metros, no es una gran caminata), nos daremos de bruces con el Museo de la Legión. Justo a la izquierda está la entrada del Casinillo de la Legión, un club social militar fundado en 1917 que empezó siendo exclusivo para oficiales caballeros legionarios. Años después, abrió sus puertas a militares de todos los cuerpos, y, allá por los cincuenta, incluso civiles podían usar sus instalaciones, siempre que obtuvieran un carnet gratuito otorgado por recomendación de amistades legionarias.

Con una terraza inmensa que sobrevuela unas vistas privilegiadas a la Bahía Sur, en el Casinillo se tapea y se come de lujo. Y tuvo una época todavía más dorada, cuando el Málaga se proclamó dueño y señor del restaurante. Eso fue hace más de dos décadas, pero los más viejos del lugar aún recuerdan esa era con nostalgia, en la ignorancia de que tienen a cincuenta metros de la barra en la que charlan al gran héroe de las cazuelas.

Porque hay otra entrada, justo al lado de la del Casinillo, que mucha menos gente conoce.

Es la Hermandad de Antiguos Caballeros Legionarios de Ceuta.

Y ahí se come todavía mejor.

Porque la leyenda ha vuelto a los fogones.

El Málaga ya toca el timbre del club de los sesenta, es más ancho que alto y tiene la boca medio oculta por un bigote negro que no se tiñe, y una barba blanca de varios días que siempre luce igual. En ese momento, imparte órdenes en la cocina de la Hermandad, porque hoy tiene una comida de altos mandos que suman entre ellos más estrellas que el paseo de la fama de Hollywood.

Al Málaga no le asustan los mandos.

Qué coño, si se pilló una curda del quince con el rey emérito y casi lo mata a chistes verdes.

Lo que al Málaga le pone de los nervios son las mujeres de esos mandos.

—Niño, que ésas ponen firmes a los que nos ponen firmes a nosotros.

Eso le dice al subteniente Emilito, su exyerno, que es el encargado de la Hermandad y el que ha dado cobertura a él y a sus amigos, aunque de eso hablaremos después, no vaya a ser que se le quemen las patatas panaderas al Málaga y los juramentos lleguen a oídos de Romero en la Península.

El Málaga se ha levantado a las cuatro de la madrugada para ir a la lonja de Ceuta y, como a quien madruga Dios le ayuda, ha pujado a muerte por un atún de almadraba de treinta kilos, de esos que podrían rodar las escenas peligrosas del *Tiburón* de Spielberg. Se llevó al Chavea para que lo ayudara y entre los dos lo metieron en la parte trasera de la furgoneta refrigerada que comparte el Casinillo, como quien oculta un cadáver en el maletero de un coche.

Al Málaga no le hables de tarantelo, de tartar o de tataki, porque lo más probable es que te mande a la mierda de la manera más ingeniosa que puedas imaginar, que la estocada de su lengua es imparable, como si la hubiera afilado Arturo Pérez-Reverte.

Lo va a preparar a la andaluza, como Dios manda, con cebolla, pimentón (él lo llama «*colorao*»), vino blanco y algunos ingredientes extra que no revelaría jamás. Ni bajo tortura.

—¡Chavea, coño! —increpa el Málaga a su pinche—. ¿Quieres dejar de mirarle el culo a la Sora y cortarme seis cebollas?

Sora, que tiene treinta años y se ha criado entre legionarios, se ríe a carcajadas y se da dos palmetazos provocadores en un culo que necesitaría dos asientos de un cine luxury para encajar. Trabaja en la cocina de la Hermandad desde que se mudaron al local anejo al Casinillo. Es más bajita que el Málaga y todavía más ancha, pero su simpatía, desparpajo y poca vergüenza, reforzada por una cara *mu salá*, le proporcionan un peculiar *sex appeal* que al Chavea lo trae loco.

—Es que me lo pone ahí, mi sargento... —rezonga el Chavea, que recoge la caja de cebollas que Sora le pasa con un guiño.

Sora lleva media vida en Ceuta, pero el acento de Castillejos no lo pierde.

—*Ti* pone dientes, *ti* pone pelo en Turquía, *ti* arregla nariz y *ti* haces *serujía* estética, y yo, a lo *mijor*, *ti* folla. —Coloca el pulgar en la falange distal del índice y se lo enseña—. Ni medio segundo *mi dura*, palabra.

Y es que, recordemos, el Chavea es feo de peli de Wes Craven. Calvo, canijo y, como dice el Málaga, con menos dientes que una serpiente de plástico. El estrés que soportó los primeros meses, desde que decidieron huir de Madrid y refugiarse en Ceuta, le hizo perder tres de los cuatro que le quedaban. Ahora sólo tiene uno. Según Ángelo, es para abrir las latas de cerveza cuando se le rompe la anilla.

La cocina de la Hermandad es pequeña pero bien equipada, y tiene un mostrador que da a la barra, por lo que la actividad entre los fogones queda a la vista. El local está a rebosar de parroquianos, la mayoría antiguos legionarios y amigos. Porque si eres amigo de un legionario, las puertas de la Hermandad están abiertas para ti, siempre que estés dispuesto a escuchar frases capaces de ofender a seis colectivos diferentes en sólo doce palabras. Y ¡ay de ti como te ofendas!

Mejor te vas cantando bajito.

Las paredes están completamente forradas de fotos antiguas de la guerra de África. Franco y Millán Astray protagonizan unas cuantas, además de recortes de prensa y documentos históricos que harían que muchos se dieran media vuelta, asqueados. Pero en ese reducto legionario, la política no existe. Allí todo es origen, guerra, coraje, valentía y hazañas bélicas, como las de Boixcar. No ven a Franco —al que muchos de los que van allí conocieron de niños— como un dictador, sino como su general, y a Millán Astray como el fundador. Allí no son de derechas ni de izquierdas.

Son legionarios. Novios de la muerte. Sin más.

El subteniente Emilito —en diminutivo, para distinguirlo de otro subteniente del acuartelamiento de El Serrallo, que según él es un parguela— controla la cocina y la sala con su sempiterna lata negra de Lander Bräu, una birra holandesa que cuesta cincuenta céntimos de euro en cualquier tienda de barrio. En el local sirve Estrella Galicia y Mahou, pero para su consumo personal prefiere la más barata porque asegura que es más suave, la Cruzcampo de los Países Bajos.

—¿Todo bien por aquí? —pregunta a una mesa que se acaba de terminar media ración de calamares fritos.

—De lujo, Emilito —responde uno de los clientes, que echa un vistazo a la única mesa, gigante y redonda, que preside la terraza; hace rato que está montada, con vasos, cubiertos y servilletas de papel dobladas con precisión—. ¿Hay sitio para nosotros hoy?

—Lo tengo todo reservado —se lamenta el subteniente—. Viene el coronel del Tercio con el de Regulares, con el teniente coronel Chaves y unos cuantos más, con las parientas. Han invitado a comer al antiguo general de la quinta región militar, que está pasando unos días de vacaciones en la ciudad. —Baja la voz—. Estuvo en Ceuta de capitán, en tiempos de Adolfo Suárez. Dicen que el tío es simpático y campechano, pero ya me han *chivao* que la mujer es un coñazo. —Baja la voz todavía más—. Es vasca —susurra, como si eso lo explicara todo.

—Pues lo que sea que esté haciendo el Málaga huele de muerte.

—Atún a la andaluza. Venirse mañana, que ha comprado el pescado entero y me da que vamos a tener atún de segundo de aquí a Navidad.

—Permiso...

El Moquete aparece para retirar los platos y cambiar las servilletas de papel. Tiene sesenta y ocho años, pero aparenta cincuenta y tantos. Puede que la cerveza con la que Emilito le paga sus servicios le siente como la leche de burra a Cleopatra. El Moquete fue el primer musulmán que entró en el Tercio Duque de Alba. Pasó veintitrés días con sus noches en la puerta del cuartel, al más puro estilo Kwai Chang Caine frente al templo Shaolin, y le encanta recordarlo. Harto de un padrastro que lo curtía a palos por deporte, y de una madre que se prostituía de sol a sol, decidió que necesitaba otra familia. Se empeñó en ser legionario, y la Legión le abrió los brazos.

Tenía trece años.

Cargado con vasos, servilletas, platos y cubiertos usados, entra en la cocina y los deja en una pila para fregarlos luego. El Málaga señala una bolsa de plástico que contiene un par de tápers con raciones generosas de atún con papas panaderas, pan, dos manzanas, seis latas de cerveza heladas y dos botellas de agua mineral.

—Moquete, artista, llévale eso al Caballa y al Ángelo, que están donde tú sabes.

—¿Y a cambio, qué?

El Moquete, como buen legionario, es mercenario hasta la muerte.

El Málaga le dedica a la Virgen una blasfemia con todo el cariño del mundo, rebusca debajo del delantal, que parece de camuflaje por los lamparones que luce, y le suelta tres euros.

—Toma, quinientas pesetas, *pa* que te vayas de putas.

—¡Ahí, ahí, ahí! —exclama el Moquete, que trinca la pasta y la bolsa y sale de la Hermandad para enfilar la misma acera.

Su destino está a menos de ciento cincuenta metros, la antigua residencia de oficiales del Casinillo, adyacente al Museo de la Legión, donde uno puede contemplar recuerdos entrañables del Tercio, como el ojo disecado de Millán Astray dentro de un frasco, por ejemplo.

El Moquete llama con los nudillos.

El Caballa entorna la puerta y, en cuanto ve al antiguo legionario, recoge la bolsa y lo invita a pasar.

—Una cervecita, ¿no? —pide el machaca.

—¿Pero tú no eres moro, me cago en tu puta madre? —espeta Ángelo, que hace rodar la silla hasta la mesa de comedor que preside la sala—. ¿Cómo vas a entrar en el paraíso, si bebes más que los peces en el río?

El Moquete se desabotona la camisa y aparece una cadena chapada en oro de la que cuelgan una mano de Fátima, una estrella de David y un crucifijo.

—¿Tú qué sabes qué vamos a encontrar allí arriba? —dice—. Yo rezo a todo dios, por si acaso. Si no me dejan entrar en el paraíso, me dejarán entrar en otro cielo, que soy buena gente.

—Te falta algún símbolo hindú —repara el Caballa, que le regala una de las cervezas heladas.

El Moquete encoge la cabeza entre los hombros, como si hubiera oído disparos.

—¡*Wili wili wili wili wili wili wili wili!* —exclama a toda velocidad—. ¿Qué dices? Para ver elefantes, monstruos y mujeres con dientes y muchos brazos… prefiero infierno, te lo juro.

—Ahí es donde irás, por borracho —sentencia Ángelo.

El Moquete abre la cerveza (sexta del día, y no son ni las dos de la tarde) y se despide con un desenfadado saludo militar.

—Me voy, que tengo que trabajar, no como otros...

El Caballa y el Ángelo se quedan solos y se sientan a comer. La paranoia de hace meses, cuando llegaron a Ceuta huyendo de Romero, se ha diluido poco a poco hasta desaparecer. Pasaron muchas noches en vela, haciendo guardia a través de la ventana enrejada del pequeño apartamento que ocupan a pie de calle. Justo enfrente está la comisaría de policía de Colón, lo que les proporciona cierta sensación de seguridad. Aunque después de la entrada de Romero en el bar El Serrallo, es capaz de liarse a tiros delante de sus compañeros.

Pero como dice el Caballa desde que encontró la palabra en internet —pasa mucho tiempo en la Biblioteca Militar y le encanta trastear en el ordenador que le prestan—: *Nankurunaisa*. Todo pasa. Y si Romero hubiera querido encontrarlos, seguro que lo habría hecho.

Los cuatro camaradas viven tranquilos en Ceuta, y han decidido seguir allí, con la gente que los quiere, respirando Tercio a todas horas.

El miedo ha quedado atrás.

Para todos, menos para el Málaga, que se está fumando un cigarro en la terraza justo cuando el general retirado, el coronel de la Legión, y los otros cinco jefes con sus respectivas esposas bajan por la escalera de la Hermandad. Suelta el pitillo como si le quemara los dedos y se refugia en la cocina.

—Chavea, Sora, ¡Ya están aquí...!

—... los toreros muertos —responde el Chavea cantando una versión aflamencada de la canción.

Se desata la actividad en la cocina y en la sala. Emilito da la bienvenida a los comensales y los invita a sentarse a la mesa redonda que hay en medio de la terraza. Los saluda uno por uno con educación exquisita, y también a sus respectivas. El Moquete, que ya lleva una tajada importante, se presenta también y les cuenta, con todo lujo de detalles, que fue el primer moro que entró en el Tercio de Ceuta y cómo consiguió que lo admitieran. Mientras los invitados escuchan la historia del Moquete con sonrisas de cera, Sora sirve las bebidas y el propio Emilito los entrantes: unas papas bravas (que son muy españolas), ensaladilla nacional —como la llama el Málaga, que odia a Rusia desde tiempos de los zares— y unos chicharrones que un tendero de comestibles le trae de estraperlo de La Línea.

El Málaga le mete un golpe de fuego al guiso, que huele que alimenta. Los comensales que ocupan las mesas de la sala interior, junto a la cocina, le mendigan una ración y el sargento les promete que a partir del día siguiente habrá hasta para los inmigrantes del CETI, que el bicho pesa media tonelada, según él. Emilito se asoma a la cocina.

—Tranquilo, Málaga, que todo está bajo control. Están alucinados con los entrantes. ¿Te he dicho que te quería más que lo que nunca quise a tu hija?

—A mi hija es difícil quererla, ha salido a su puta madre. ¡Chavea! Echa un ojo a las papas.

El subteniente ventea el aire como un corzo. El guiso del Málaga es de *MasterChef*.

—Tendríamos que haberles puesto algo peor de comer —reflexiona Emilito, con un gesto de arrepentimiento que el Málaga pilla al vuelo.

—También es verdad —rezonga—. Como les guste, los vamos a tener dando por culo aquí todos los días, y menudo coñazo. En fin, esto ya está —dice poniendo el gas al mínimo—. Chavea, saca las papas panaderas del horno.

Cinco minutos después, la cazuela entera de atún a la andaluza reina en medio de la enorme mesa redonda. Emilito y Sora sirven las raciones en platos hondos. Una vez cumplida su misión, el hombre regresa al local y espía las caras de los comensales a través de la ventana. El Málaga se le une.

—Les está gustando, ¿no? —deja caer.

—Eso parece.

—¿Quién es la parienta del general? La malaje…

—Ésa de ahí, la rubia delgada y bien *peiná*.

—Parece la Pitita Ridruejo —comenta el Málaga—. Uf, niño, que está torciendo el bigote.

—Es que es vasca —apunta Emilito.

La esposa del general retirado habla con su marido, señala el plato, y luego comenta algo con el resto de los comensales. La mayoría niega con la cabeza, y sus caras parecen expresar su disconformidad con lo que sea que la señora ha dicho. En la mesa se inicia un debate en voz muy baja que incomoda al subteniente Emilito y pone al Málaga a hervir a fuego lento.

—Voy a ver cómo va la cosa —se aventura el exyerno, que se santigua.

Emilito se acerca a la mesa y pregunta qué les está pareciendo el plato principal. El Málaga aprecia que todos dan su aprobación, sonrientes, menos la Pitita, que vuelve a señalar el plato e intercambia unas palabras con el subteniente. Éste asiente y entra en el local.

—Málaga, que dice la mujer del general que eso no es atún.

Los ojos del Málaga miran cada uno a un lado opuesto de la Tierra y el cuello se le proyecta hacia delante como una tortuga caimán soliviantada.

—¿¿¿Cómo???

—No la vayas a montar, Málaga, por tus muertos.

—Con educación —responde como un mantra, tratando de controlar la respiración—, me voy a cagar en su puta madre con educación.

El Málaga sale echando humo por las orejas, como una locomotora del lejano oeste. Se planta justo al lado del general y esboza una sonrisa dedicada a la Pitita, que ésta no puede ver porque el bigote se lo impide. El coronel del Tercio y los mandos destinados en Ceuta, que conocen al Málaga y cómo se las gasta, se dan codazos y aguantan la risa, porque la tormenta está a punto de desencadenarse en la mesa comunal de la Hermandad.

—A la orden, mi general —saluda en posición de firmes el Málaga, para hacer extensivo el saludo al resto de la mesa—. Dígame usted, señora, que me han transmitido una queja.

—No, no, si el guiso está muy bueno —se defiende ésta marcando bien las eses, con un potente acento guiputxi—, pero es que esto no es atún.

El Málaga hace bocina con la mano y grita.

—¡Chaveaaaa! ¡Trae aquí el bicho!

La señora empieza a ponerse nerviosa, y su marido, que ya ha captado las risas que sus compañeros de mesa intentan reprimir, se muerde el labio para no contagiarse.

—Que no, a ver —balbucea ella—, que me ha parecido a mí.

—¡El bicho! —grita más fuerte el Málaga.

Procedente de la cocina, el Chavea, Sora y el Moquete aparecen con el atún, que conserva la cabeza entera y esa mirada de resignación por haber mordido el anzuelo. Al pescado gigante le falta el pedazo que el Málaga ha usado para el guiso. La procesión se para en seco junto a la mesa, como si esperaran una saeta, con la boca abierta del pez a medio metro de la mujer.

—Señora, le voy a presentar al bicho que usted se está comiendo. Atún, te presento a la señora... señora, le presento al *descansao* del atún.

La mujer no sabe qué excusa esgrimir y comete la torpeza de escoger la más pija.

—Bueno, sí, es atún... pero no es del Cantábrico.

El Málaga se encoge de hombros y abre las manos en son de paz.

—Señora, usted perdone, pero la carta de navegación no se la he pedido al animal.

La mesa, incluido el general, estalla en carcajadas y en aplausos.

El cortejo funerario del atún regresa a la cocina con paso solemne y a la señora no le queda otra que disfrazar de risa su vergüenza.

El coronel de la Legión se pone de pie y le pasa el brazo por encima al sargento.

—Coño, Málaga, que no pierdes el arte —lo halaga—. Si has terminado, siéntate con nosotros y le cuentas al general tus historias de cuando estabas de encargado del Casinillo.

Un teniente coronel de ingenieros, visiblemente achispado, interviene.

—Málaga, cuéntales lo que hacías cuando venía el cobrador de Comercial Bárcenas con la letra del horno.

El sargento suelta una risa seca al recordar la anécdota.

—Le decía que se las mandara al maestro Quiroga, para que les pusiera música.

La mesa vuelve a estallar en carcajadas y el Málaga se embala.

—Es que me se averió el horno, que estaba en garantía, y el tío no hacía más que decirme que la pieza venía la semana que viene. Yo le dije al dueño que me iba a ir al cementerio, a hacerme una hoguera con los huesos de sus muertos, para asar las costillas.

—Pero siéntate, coño —insiste el coronel del Tercio—. Y tómate un cubata.

—A la orden, mi coronel. Y si usted lo ve apropiado, cuando termine su trabajo en la cocina, llamamos también al Chavea, que ése les canta por todos los palos del flamenco que ustedes quieran. —Se dirige de nuevo a la esposa del general—. Y usted no se vaya a asustar, señora, que ése es más feo que el atún sin papeles. Bueno, ya lo ha visto, era uno de los que lo traía.

La señora fuerza una sonrisa, le mete un último trago a su copa de Rueda y decide guardar sus impertinencias de generala en el bolso que tiene colgado en el respaldo de la silla de plástico.

—¡Pues que traigan esos cubatas! —exclama el general, que le sirve una copa de vino al Málaga, que de repente está en su salsa—. Esto para hacer la cama, que ya has trabajado bastante por hoy.

El Málaga y el Chavea acabaron esa noche a las dos de la madrugada, entre anécdotas, cantes y cubatas. El Caballa pasó la tarde leyendo a Tolstoi en la playa de la Ribera, para irse a dormir temprano, que él ya tiene una edad. El Ángelo se replegó alrededor de las once después de echar la tarde en una terraza de la plaza de Correos, donde ya ha hecho un grupito de amigos con los que se pone de cervezas hasta las cejas y juega al dominó.

Los lejías son felices.

Lo único que echan en falta es tener alguna noticia de Mari Paz, pero están seguros de que su amiga está bien. Celeiro sabe cuidarse sola.

Así que el miedo y la angustia han quedado atrás.

Es una pena que, en esta historia, la alegría dure poco.

5

Un muerto

Eso es lo que es Noah Chase. Un muerto.

Aunque eso ya lo sabíamos, y Aura no, lo sabrá dentro de un par de minutos.

Por ahora está sentada en una silla incómoda en el antiguo piso de Sere que, tras tantos meses cerrado, huele a polvo y a Cheetos pasados de fecha. El lugar no ha cambiado gran cosa desde que Aura lo recuerda. Salón comedor cocina unidos, todos los muebles de Ikea.

Sigue habiendo una enorme cantidad de cacharros destripados sobre la mesa del comedor. Una auténtica morgue de electrodomésticos, en la que Aura reconoce una air fryer, dos yogurteras, una Roomba y algo que, está segura, en su día fue un exprimidor de naranjas. Todos ellos en distintas fases de despiece. A su alrededor hay placas base, varios soldadores, rollos de hilo de cobre y toda clase de destornilladores.

En mitad de todo ese caos, un portátil en el que su amiga lleva tecleando desde hace una hora.

Hasta que hace un ruido como el de los hornos cuando terminan —Sere, no el ordenador— y vuelve la pantalla del ordenador hacia Aura.

—¿Lo reconoces?

Aura mira la imagen, los ojos fijos en el rostro que aparece en el monitor. Es una foto de carnet, el clásico retrato de frente. El hombre tiene una expresión neutra, pero hay algo en sus ojos que envía un escalofrío por la columna de Aura.

Son amables.

Ojos amables, casi divertidos.

¿Cómo se reconcilian esos ojos con los del hombre del cuchillo, con los del asesino que entró en su casa, subió las escaleras sin hacer ruido y les apuñaló a su marido y a ella?

Aura no lo sabe.

Esos ojos son los de alguien simpático, un amable turista británico, dispuesto a pagar mucho por un calimocho y quizás a ganar algún campeonato de *balconing*.

No son los ojos de un monstruo.

—No —concluye Aura, y no miente.

—Pues es él —dice Sere, inclinándose hacia delante, incrédula—. Noah Chase. Un amable y tranquilo profesor de inglés de cuarenta y ocho años, residente en España desde hace veintidós.

—Amplía eso.

Sere hace clic en una esquina de la ficha, donde vienen las características antropométricas.

—El amable y tranquilo profesor de inglés mide metro

noventa y pesa ochenta y siete kilos. Amplía la foto ahora, por favor.

Sere hace clic en la esquina contraria.

—Y, a juzgar por esos trapecios, está bastante cachas.

—A lo mejor es gay y se cuida mucho. Vivía en Chueca.

—Hay mucha gente que vive en Chueca y no es gay.

—Ya, pero ésos no cuentan.

Aura se pregunta para qué no cuentan.

—Yo qué sé. A lo mejor se cuida.

—O se cuidaba, porque está muertísimo, según esta ficha.

Aura contiene el asombro.

—¿No podías haber empezado por ahí?

Sere se encoge de hombros.

—Quería darte la información en orden.

Aura se siente mareada.

El hombre que destruyó su vida, que asesinó a su marido, está muerto.

No hay justicia que pueda perseguir, no hay venganza que pueda satisfacer.

Toda su rabia, toda esa sed de respuestas, chocan contra un muro insuperable.

Encontrarás un callejón sin salida, resuena una voz dulce de anciana en su cabeza.

—Pero... entonces ¿por qué Constanz...? —pregunta Aura, más para sí misma que para Sere.

Se detiene, justo a tiempo. Mira de reojo a Sere, pero ésta hace como que no ha escuchado nada.

—¿Hay algo más en su ficha? —pregunta Aura, tratando de aferrarse a cualquier cosa que pueda darle respuestas.

Sere hace clic en la pantalla y abre un documento adjunto. Es un informe de autopsia, con detalles clínicos y fríos sobre la causa de la muerte de Noah Chase.

—Lo encontraron muerto hace tres años —explica Sere, señalando el informe—. Un atropello y fuga, dicen.

La fecha es demasiada casualidad.

Tan sólo un par de días después de la muerte de Jaume.

—No es posible…

—Espera, hay algo aquí. —Sere hace una búsqueda en internet y le enseña a Aura el titular de un periódico digital.

Aparece el cadáver de Noah Chase, profesor británico, en un aparente caso de atropello y fuga

—El artículo dice que fue atropellado por un conductor a quien nunca encontraron. Su cuerpo fue hallado a las afueras de Madrid, en una carretera poco transitada.

—Esto no tiene sentido… —murmura Aura, sintiendo que las piezas del rompecabezas no encajan—. ¿Qué más sabemos de él?

Otro artículo del mismo periódico ofrece más detalles sobre la vida de Noah Chase.

—Aquí dice que era muy querido en su comunidad —informa Sere, leyendo en voz alta—. Profesor de inglés en una academia, participaba en actividades benéficas, tenía muchos amigos… Seguro que saludaba todos los días.

—No puede ser él… —repite Aura, más para sí misma que para Sere.

De pronto se da cuenta de algo.

Ni el artículo del periódico sobre la muerte ni el perfil sobre el «querido profesor de academia» incluyen fotografías. Lo cual no tiene sentido. Además ese diario online no es precisamente famoso por su credibilidad.

—¿Hay fotos en el informe forense?

Sere regresa al PDF, que tiene un enlace en uno de los recuadros.

Va a pincharlo pero antes se vuelve hacia Aura.

—¿Estás segura?

Por supuesto que no.

—Estoy segura.

Sere hace clic en el enlace y se despliegan una serie de fotos de la escena del crimen. Aura se inclina hacia delante, sus ojos recorren las imágenes con una mezcla de ansiedad y repulsión. Las fotos muestran un cuerpo tendido en una cuneta, su rostro desfigurado por el impacto.

—No puede ser él —susurra, sacudiendo la cabeza—. El hombre que me atacó… era diferente.

—A veces la gente es diferente de lo que parece, ¿no? —comenta Sere, sin apartar la vista de la pantalla—. Sobre todo de noche. De noche todos los gatos son pardos. Y además está lo de tu trauma, el shock por la pérdida de sangre y tal.

Aura siente un nudo en el estómago.

Nada tiene sentido.

Las imágenes de la autopsia, los informes, la realidad de un Noah Chase muerto hace tres años parecen una suma perfecta e impecable.

Demasiado impecable.

—Esto no cuadra, Sere —dice Aura con rabia—. Hay algo que no estamos viendo.

Sere la observa con cautela.

Ha visto a Aura así antes, con esa mirada decidida que no acepta la derrota. Esa tenacidad es lo que las ha mantenido en pie a lo largo de situaciones que hubieran tumbado a cualquier otro.

—No voy a rendirme —le dice, con suavidad—. Pero necesito un hilo del que tirar.

—Estoy segura de que el informe forense es falso.

—Ojalá conociéramos a una forense para preguntarle. Una a la que no hubieras tirado desde un decimocuarto piso.

Aura le da en el hombro, siguiendo la broma.

—Haz el favor. Que se cayó sola.

—Recordamos Zaragoza de forma diferente, chocho.

Las dos se quedan pensando un momento, hasta que Aura pregunta.

—La academia de idiomas en la que trabajaba. ¿El artículo dice cuál es?

Sere vuelve a revisar el artículo, desplazándose hacia abajo con rapidez.

—Sí, aquí está. «Academia London Bridge Language School». Pues menuda puta mierda de nombre.

—Mira a ver qué puedes averiguar sobre esa gente.

—¿Cosas como empleados, facturación y esas vainas?

—Lo que puedas.

—Eso es más fácil. Esos datos son públicos. Con una tarjeta de crédito te lo saco en media hora.

La media hora resulta ser casi una entera. Aura aprovecha para refugiarse en el baño del dormitorio principal mientras la dueña de la casa se entretiene con su teclado.

Se queda de pie frente al espejo por un momento, observando su reflejo. Los ojos que la miran desde el cristal están llenos de agotamiento. Comienza a quitarse la chaqueta de ante verde que perteneció a Irma, deslizándola por sus hombros con movimientos mecánicos, hasta que la tiene en la mano. Busca dónde colgarla, y no encuentra.

El baño de Sere contrasta con el resto de la casa, que es un caos. Sin embargo éste es un espacio blanco, limpio, impoluto. No hay perchas. La toalla está doblada sobre la mampara. Sólo hay un cepillo de dientes sobre la encimera, un tubo de pasta, un bote de gel y otro de champú.

También blancos, de esos que puedes rellenar con tus propios productos.

Los dos últimos, Aura puede llegar a entenderlo.

Pero... ¿quién se molestaría en cambiar de sitio la pasta de dientes a un tubo blanco?

Al final la deja sobre la cama. Sere ha dejado encima las maletas de ambas, donde han quedado como dos ballenas varadas en la playa, agonizando juntas, sus esquinas rozándose en una despedida final.

Al final, todo muere.

Regresa al baño, desabrochándose la blusa lentamente, sintiendo cómo el peso de cada botón parece estar conectado a un recuerdo doloroso. Al quitarse la blusa, nota algo extraño. La banda de su sujetador tiene manchas de sangre reseca. La sangre de la auxiliar, seguramente.

Se pregunta cómo estará.

Dónde estará.

Si habrá sobrevivido.

Piensa en el conductor del coche que fue a recogerla. En su fría calma.

Piensa en la carretera hasta Los Poyatos, en los minutos de trayecto, en los que no se cruzaron con nadie que fuera a ayudar a esa gente.

Vuelve a mirar la banda del sujetador.

Sus manos tiemblan ligeramente mientras aparta un poco la tela. La sangre reseca forma pequeñas manchas oscuras en las tiras y en la tela que rodea sus costillas.

Se deja el sujetador puesto y se quita el resto de la ropa, sintiendo cómo el aire frío del baño acaricia su piel desnuda. Abre la ducha. El vapor llena el pequeño espacio, envolviéndola en una especie de neblina protectora.

Cuando el agua caliente toca su piel, Aura experimenta una oleada de alivio. El agua corre sobre su cuerpo arrastrando el sudor, la suciedad y parte del peso emocional que lleva encima. Cierra los ojos. Se moja el rostro y siente el calor penetrando en sus músculos tensos.

Todo muere.

Todo muerte.

Pero ¿por qué tiene que salpicarme a mí siempre, coño?

Se frota la piel con fuerza, como si intentara borrar no sólo la suciedad física, sino también las cicatrices invisibles que marcan su cuerpo y su mente. Frota con especial ahínco las tiras del sujetador, donde la sangre seca parece haber dejado una marca imborrable.

Sigue aún, durante un buen rato, hasta que la voz de Sere acompañada de golpes en la puerta la arranca de su ensimismamiento.

—¿Tú sabes la escasez de agua que hay?

Aura se pasa la mano por la cara intentando volver a la realidad.

—¿Qué eres, mi madre?

—No, tu madre tiene Alzheimer. Y yo me acuerdo de que llevas ahí más de dos horas.

Pues parece mi madre, piensa Aura, cuya progenitora también tiende —tendía— a redondear el tiempo transcurrido y multiplicar por dos.

—¡Ya salgo!

—No tardes mucho, que no te vas a creer lo que me he encontrado.

Definitivamente, es mi madre.

6

Un inconveniente

Justo mientras prepara el equipaje, Romero recuerda un detalle muy importante.

Ya no es policía.

Conserva su placa de comisaria de la UDYCO, pero ésta tiene el mismo valor que las que vienen con las pistolas de plástico que venden para niños en las ferias.

También cuenta con su arma, pero no ha solicitado la licencia tipo B que necesita para conservarla, y tampoco dispone de tiempo para tramitarla. Eso si se la conceden, porque como tiren de historial e indaguen en su pasado, igual le retiran hasta el untador de la mantequilla que guarda en el cajón de la cocina.

En resumen, que su placa vale cero y su pistola no tiene papeles.

Podría viajar a Ceuta en coche. Ya sería mala suerte que la

parara un control de carreteras, y doble mala suerte si le pillaran el arma escondida en algún recoveco del auto.

Pero del control de seguridad del puerto de Algeciras no la libra ni Dios.

Así que Romero cierra la maleta y sale de su casa como hacía muchos años que no salía.

Desarmada.

Se siente desnuda, pero ya se las apañará en Ceuta. No necesita ni placa ni pistola para merendarse a dos vejestorios, un tullido y un drogadicto. Por muy legionarios que se sientan, son despojos.

Más que novios de la muerte, son los novios de la suerte.

Pero ésta se les ha acabado.

Y a lomos del optimismo, Romero pilla un taxi rumbo a Atocha.

Su aventura africana acaba de empezar.

7

Un surtido

Tres minutos después, con ropa limpia —y dejando atrás un sujetador empapado colgando de la alcachofa de la ducha—, Aura regresa a la mesa del comedor.

—Mira esto —dice Sere señalando la pantalla del portátil.

Aura se inclina y ve un archivo abierto que detalla información sobre la academia London Bridge Language School. Al principio, todo parece normal: datos de empleados, historial financiero, actividades extracurriculares. Pero hay algo que destaca.

—Fíjate en la plantilla de empleados —dice Sere ampliando una lista de nombres.

Aura observa la lista con detenimiento.

Once nombres.

—Todos hombres. ¿No es mucha casualidad?

—Todos ciudadanos británicos entre veinte y cuarenta y pico. Contratados con seis meses de diferencia.

Aura asiente, despacio.

—Fíjate ahora en la cuenta de resultados.

Cero.

Durante siete años seguidos.

No pérdidas, cero.

Lo cual, o tienes mucha, muchísima suerte a la hora de equilibrar los libros de cuentas, o quiere decir otra cosa.

—Quizás esta gente son peores empresarios que mi tío Jacinto, que patentó un retrovisor para las bicicletas estáticas de los gimnasios. Hipotecó la casa y todo.

—Es una tapadera —la ignora Aura—. Una empresa sin facturación. Con sede social en la Isla de Man, que es un paraíso fiscal. Sin propiedades en España. Tampoco es que se hayan molestado mucho en borrar sus huellas.

Encontrarás un callejón sin salida, había dicho Constanz.

Pero cada vez es más hondo.

—No es gran cosa. Por ahora sólo sabemos que Noah Chase no era quien decía ser.

Sere sonríe con suficiencia.

—Si de verdad crees que en las dos horas que te has tirado en el baño sólo he conseguido esto…

Aura le devuelve la sonrisa, con calidez. La primera en mucho tiempo.

—Sorpréndeme.

—He cruzado el resto de los nombres entre sí, a ver si conseguía relacionarlos de algún modo, además de en esta empresa. Ha costado un poco, pero... mira lo que me ha aparecido por aquí.

Sere señala un punto en la pantalla.

Nueve de los nombres aparecen en la misma lista, un Excel que ha creado ella.

—¿Ves ese código de ocho dígitos que hay al lado del nombre?

Aura asiente.

—Fíjate en Noah Chase.

El número de Noah es más largo, de diez dígitos. Comienza con una letra y termina con otra.

—Esto de aquí me extrañaba mucho. No he conseguido ninguna lista buscando en bases de datos digamos... fáciles. Las de chupete de hacker. La Seguridad Social española, la inglesa... En ningún sitio conseguía que aparecieran todos. Lo cual es normal, porque el Reino Unido son varios países, cada uno con sus movidas, y aunque algunos de los nombres estaban dados de alta para la Sanidad en España, no estaban todos a la vez...

Sere sigue hablando durante un rato.

Aura reacciona como una roca en la playa. La explicación la cubre ola tras ola, pero no le hace mella.

Intenta seguirle los pasos, aunque básicamente está contándole cómo ha cortado el pan Bimbo, y Aura lo que quiere es un puto sándwich.

—Polonio dijo que la brevedad es el alma del ingenio —prueba Aura, a ver.

—¿Polonio el de *Hamlet*?

—Ése.

—¿El que era una sucia rata que daba consejos de mierda y al que acaban asesinando por ello?

Aura medita un momento.

—Tómate el tiempo que necesites.

Sere sigue durante un rato.

—… y al final salió una lista en la que figuraban nueve de los once nombres. Nada más que sus nombres y estos códigos.

—¿Dónde? —pregunta Aura, casi por compromiso.

—No lo entenderías. Todo lo que viaja por la red acaba en sitios. Digamos que algo —dice Sere meneando la cabeza— se quedó pegado al zapato de alguien.

Aura respira aliviada.

—Lo que me traía loca —continúa Sere— era que esta lista tenía números que no significaban nada, que no había visto nunca antes en ese orden. Y, sin embargo, el de Noah Chase era distinto. Tenía letras. Así que me pregunté… ¿qué hace diferente a Chase de los demás?

Aura estudia la lista una vez más.

—Era el mayor de los once.

—¡*Ding ding ding!* Premio para la belleza de cabellos dorados. Eso fue la clave. Todas estas personas tenían una nomenclatura común, salvo el mayor, que se regía por otra. ¡Y eso fue la pista!

Da tres golpes sobre la mesa, en rápida sucesión.

—Resulta que en el ejército inglés el personal tiene un código de ocho cifras…

Aura la interrumpe a mitad de frase.

—Espera, ¿todos estos de la academia son soldados?

Sere asiente, meneando su melena de rizos rojos.

—¿Quién coño metería a soldados en España como profesores de inglés? —pregunta Aura, perpleja.

—No sé la respuesta. Pero la que tengo te va a gustar muy poco.

Aura se sienta, procesando la información. Noah Chase no era un loco solitario. Era parte de algo mucho más grande, algo que involucraba a soldados británicos en una supuesta academia de idiomas en España. Una tapadera que ahora se revela como una pieza en un juego de intriga mucho más complejo y peligroso.

—Sigue, por favor.

—Resulta que en el ejército inglés el personal tiene un código de ocho cifras, decía... salvo aquellos que entraron en el servicio antes de 2007, que también tienen una letra al inicio que señala su estatus y una al final de comprobación electrónica.

—¿Como nuestros DNI, que si lo pones mal en una web te salta?

—Igualitamente.

Sere señala el código de Chase, y da con la uña en el monitor.

Q89563401P

—Esta Q fue la clave de todo. Porque es un comienzo muy escaso. Agárrate, ¿vale?

Sere minimiza el resto de las ventanas y muestra una nueva en su portátil.

En la pantalla se despliega una web en inglés con el encabezado «Ministerio de Defensa del Reino Unido» y una sección marcada como «Registro Histórico de Personal». Sere abre un archivo que parece ser una copia descargada de este registro.

—Después de hallar esa Q, comencé a buscar en registros militares antiguos —explica Sere, moviendo el cursor por la pantalla—. Encontré esto en una base de datos a la que no deberíamos tener acceso.

Baja la voz como si temiera ser escuchada incluso en la privacidad de su propio hogar.

—Y aquí tenemos a nuestro amigo, con su nombre de verdad.

Es una ficha militar.

La típica foto de carnet, de frente.

El hombre del cuchillo está mucho más joven. Su expresión sigue igual de neutra. Los ojos siguen siendo ojos amables, divertidos.

—Su nombre verdadero era Gerald Palmer. Operaciones especiales. Miembro del SAS británico. Experto en espionaje, tácticas de asalto y armas blancas. Once muertes en combate confirmadas.

Aura mira con incredulidad la pantalla, y luego mira a Sere. La idea de que alguien así haya estado involucrado en su vida, en la muerte de Jaume, es más de lo que puede procesar en ese momento.

—¿El puto Rambo? —dice Aura, casi en un susurro.

—El puto Rambo —confirma Sere, con una mezcla de fascinación y horror.

Aura se recuesta en la silla mirando fijamente la pantalla. Cada detalle de la ficha militar de Gerald Palmer está ahí, a plena vista. No sólo era un experto en espionaje y tácticas de asalto, sino también en armas blancas. Las mismas que usó para destrozar su vida.

—Entonces ¿qué hacía un operativo del SAS en mi casa? ¿Por qué atacarnos a Jaume y a mí?

Sere cierra la pantalla del portátil y se levanta a trastear en la alacena.

—Ésa es la gran pregunta, ¿verdad? ¿Quieres una galleta? Creo que en algún lado dejé un surtido sin abrir...

Aura se queda mirando fijamente la pantalla del portátil, incapaz de procesar completamente lo que ha descubierto. Sus pensamientos se arremolinan, tratando de encontrar alguna lógica en la maraña de hechos que han desenterrado.

—Está bien —dice, esbozando una débil sonrisa—. Pero que no sea de coco.

Sere regresa con la caja de galletas y la coloca en la mesa. Aura toma una, mordiéndola sin mucho interés por el sabor, que tira ya más bien al rancio.

—¿Esto es todo?

—Esto, o comida china. A estas horas...

Aura señala el portátil.

—Ah. Sí, me temo que no puedo hacer más hasta que no me des más datos.

Aura guarda silencio.

—Vas a tener que recordar, Aura —le dice Sere, mientras ataca a su vez la caja—. Por mucho que duela. Tienes que intentar recordar algo más de esa noche.

Aura lo sabe.

Y no quiere.

Como si no soñara con esa noche cada puta noche.

Un flashback necesario

(en forma de pesadilla recurrente)

Aura está a mitad de la escalera cuando se da cuenta de que algo sucede.

Algo malo.

Hay una diferencia importante entre las personas que viven en un piso y los que viven en una casa. Los primeros desarrollan un sentimiento de cercanía, de familiaridad. Tienen gente arriba, abajo y a los lados. Probablemente, también enfrente. Sus rutinas, sus movimientos, tienen eso en cuenta. También sus percepciones.

Aura ha vivido siempre en una casa. La de sus padres, primero, ésta, después. Dieciséis años viviendo en un lugar te habilitan una serie de certezas. De sentido del espacio. La temperatura, la luz, la distancia a las paredes. Son una extensión de ella.

No llega a oír nada. En las películas, siempre hay un chirrido, un golpe en el piso de arriba, el teléfono que suena y te pregunta si sabes cómo están los niños —*¡desde dentro de la casa!*—.

Aura sabe que hay algo que no va bien. Nota en los tobillos desnudos una suave corriente de aire que no debería estar ahí. Porque viene de la puerta del jardín, una puerta que ella se ha asegurado de cerrar personalmente. Como cada noche, desde hace dieciséis años. De lo contrario, no puede dormir.

Retrocede, despacio, por las escaleras. Poco a poco. Sin arrancar ni un solo crujido de la madera en su camino de vuelta al dormitorio principal.

Parte de ella (la parte racional, civilizada, la parte seria) le dice que no sea histérica, que seguramente se haya olvidado de cerrar la puerta, que no ha saltado la alarma del jardín ni la de las puertas, que está sugestionada por tantas novelas de misterio, que se vuelva a la cama.

La otra parte es la que aporrea el hombro de Jaume hasta que éste se despierta, sobresaltado.

—¿Qué pa...?

Aura le pone la mano en la boca, mientras se lleva un dedo a los labios. Durante unos instante, Jaume piensa que Aura le ha despertado para pedirle sexo —puede verlo en sus ojos, la lujuria, a través del sueño—. Aura está demasiado asustada como para colocar eso demasiado arriba en su bandeja de entrada mental. Es vagamente consciente de que han entrado un par de archivos, pero se quedan sepultados bajo el que pone, en letras rojas y en mayúsculas HAY UN INTRUSO EN NUESTRA CASA.

Aura forma una versión de ese mensaje con los labios y

con los gestos. Jaume parpadea y reacciona enseguida apartando el edredón y bajándose de la cama. Se dirige al vestidor y rebusca hasta encontrar un viejo palo de golf, que lleva ahí una década, por si acaso. Para un momento como éste.

En pijama, con su barriga algo más que incipiente, y unas entradas pronunciadas, con el palo de golf en la mano, desde fuera podría parecer ridículo. Aura tiene una opinión propia. Siente un ardor muy concreto, fruto del miedo, de la adrenalina y de su estado hormonal. Y se dice a sí misma que en cuanto pase esta falsa alarma piensa follarse a su marido como si lo fueran a prohibir.

Jaume avanza por el pasillo con el palo en ristre, seguido de Aura, que, en un claro reflejo del siglo XXI, ha agarrado su teléfono móvil. Piensa llamar a Emergencias a la mínima señal de peligro. No antes. Aura sigue temiendo, por encima de todo, hacer el ridículo. Un miedo que viene de muy atrás, de su educación conservadora, de ser la hermana de en medio. Poco importa.

Quizás si hubiese llamado inmediatamente al 112 el resultado habría sido diferente.

Es difícil saberlo. Y eso es lo jodido.

El intruso aparece en lo alto de la escalera, una sombra vestida de negro. No le han escuchado llegar. Es lo malo de la madera que no hace ruido, que no discrimina a los hombres armados que invaden tu hogar.

Jaume reacciona por puro instinto, dando un grito y lanzando un golpe con el palo de golf que alcanza al intruso en el hombro. Una vez, dos. El intruso suelta un grito de dolor y de sorpresa y alza el brazo para protegerse del tercer golpe, justo cuando Jaume lo está descargando. El palo de golf se parte en dos cerca del cabezal, que cae rodando y desaparece en un hueco entre los peldaños de la escalera.

No existe una fórmula matemática para expresar la valentía, ninguna clase de ecuación del tipo «inventario más atrevimiento multiplicado por inconsciencia, igual a». Pero si existiera, una de sus variables habría cambiado por completo. Una cosa es salir al pasillo de la planta superior de casa armado con un palo de golf para investigar una posible intrusión. Otra muy distinta es hacer frente a un asaltante armado con un cuchillo de caza, mientras tú sostienes un trozo de aluminio y plástico.

Jaume retrocede, empujando a Aura, que está detrás de él, pulsando el botón de llamada a Emergencias.

—¿Qué es lo que quiere? ¡Váyase de nuestra casa! —grita Jaume con la voz chillona y aguda, quebrada por el pánico. Escucha detrás de él cómo Aura está dándole su dirección a la operadora, pero lo que de verdad le gustaría es que saliese corriendo (y él con ella) y que los dos se encerraran en el baño. Pero ahora mismo sus cuerpos son lo único que se interpone entre el intruso y las habitaciones de sus hijas.

—He llamado a la policía —dice Aura, con tono triunfal, alzando el teléfono. Como si pudiera servir de barrera protectora contra todo mal el invocar el nombre de la Autoridad Suprema, que pone a los malvados en su sitio, que es fuera de las casas de la Gente Buena Con Trabajo y Que Paga Sus Impuestos Casi Siempre.

El conjuro no parece hacer mella alguna en el intruso, que da un paso hacia ellos, masajeándose el hombro donde ha golpeado Jaume con la mano derecha. La izquierda es la que sostiene el cuchillo, que puede ser con diferencia la visión más horrible que ha contemplado Jaume nunca. Un trozo de metal serrado en las proximidades del mango, curvado y puntiagudo en el extremo contrario de la hoja.

Jaume está seguro de haber visto uno así antes. Una imagen cruza su mente. Él mismo, sentado en el suelo del salón de casa de sus padres, merendando un bocadillo de mantequilla con azúcar, extasiado ante la visión de un héroe musculoso, de torso desnudo, que clava un cuchillo igualito a ése en uno de los malvados soldados del Vietcong. Todos los niños de su colegio querían un cuchillo como aquél, y sus padres le regalaron uno, justo a tiempo para que lo luciera en una excursión del colegio. Aquel cuchillo, sin embargo, era una imitación barata, plasticurrienta, que acabó en la basura enseguida.

Lo que tiene enfrente es real. Es lo más real que ha visto nunca.

En este punto de la pesadilla, Aura se despierta siempre. A veces, gritando.

8

Una llamada

Al día siguiente se levantan tarde. Lo que queda de la mañana se les va en dar vueltas en círculos, atrapadas en un laberinto de incertidumbre y frustración. Cada minuto que pasa sin una pista clara es una tortura para Aura, que siente el peso de la impotencia aplastándola.

Finalmente, la desesperación se vuelve insoportable. Aura, incapaz de soportar la inacción por más tiempo, se ausenta un momento del piso con una excusa débil y apenas creíble. Una vez en la calle, siente como si pudiera respirar un poco más libremente, aunque la opresión en su pecho no desaparece.

Saca la tarjeta de Constanz Dorr de su bolsillo, la mira por un momento con una mezcla de esperanza y resentimiento, y luego marca el número en su móvil con dedos temblorosos. Cada tono de llamada que suena en el auricular hace que su corazón lata con más fuerza, la ansiedad crece con cada segundo que pasa.

El teléfono suena dos veces antes de que una voz firme y educada responda al otro lado.

—¿Quién llama?

Aura traga saliva, luchando por mantener la compostura que siente resbalársele entre los dedos.

—Señora Dorr, soy Aura Reyes —logra decir, apenas con un susurro al principio, ganando fuerza con cada palabra.

Hay una pausa, una tensión palpable en el aire. Luego, la voz de Constanz se suaviza ligeramente aunque mantiene un tono de cautelosa curiosidad.

—Aura, ¿a qué debo el honor de tu llamada?

Aura siente un nudo en la garganta, pero se obliga a continuar. Sabe que no tiene más remedio.

—¿Por qué me dejó este número de teléfono?

Constanz se toma un momento para responder, el silencio entre ellas se alarga, cargado de significados y tensiones no expresadas.

—Por si cambiabas de opinión sobre mi oferta. ¿Has cambiado de opinión, querida?

El tono de Constanz es casi amistoso, pero hay una nota de ironía que hace que a Aura se le revuelva el estómago. No obstante, se arma de valor y responde con firmeza.

—No.

Hay otro silencio, éste más corto, pero no menos tenso.

—Entonces no tenemos nada más que hablar, ¿verdad? —dice Constanz, despidiéndose.

Aura siente el pánico empezar a subir por su garganta. No

puede dejar que la conversación termine así. Forzando las palabras a salir, habla rápidamente.

—Espere un momento…

El silencio al otro lado le indica que Constanz está escuchando, aunque por poco tiempo.

—Algo tiene que haber que usted quiera. Algo más, aparte de mí —dice Aura tratando de sonar más segura de lo que se siente.

Constanz medita durante un rato largo, el tipo de silencio que hace que los segundos se conviertan en horas.

—Supongamos que soy una vieja aburrida, y que no tengo mejores cosas en las que emplear el tiempo —dice Constanz con un tono travieso que Aura no puede evitar encontrar inquietante—. Si quieres que te responda a una pregunta, antes tendrás que responderme tú otra.

Aura siente una oleada de alivio mezclada con aprensión. Al menos, hay una oportunidad, aunque sea pequeña.

—¿Eso es todo? —pregunta tratando de no sonar demasiado esperanzada.

—Eso es todo —responde Constanz. Tranquila, casi amable.

Pero Aura no se fía ni un pelo.

Sabe que cualquier trato con Constanz Dorr tiene un precio, y probablemente uno muy alto.

No permitas que el Mal te haga creer que puedes tener secretos frente a él.

Y aun así responde.

—Está bien.

—Quiero que imagines algo —dice Constanz con tono de triunfo.

Y yo quiero un poni, piensa Aura, pero en lugar de eso dice:

—Adelante.

—Imagina un genio.

—¿Como el de Aladino? —pregunta Aura tratando de mantener un tono ligero, con poco éxito.

—Sí, si es lo que quieres. Un espíritu. Un demonio.

—Está bien —dice Aura con un suspiro.

—Imagina que aparece frente a tus ojos cansados, una noche. Tú tienes la cabeza apoyada en la almohada, no sabes si estás dormida o despierta. No tienes miedo.

Sin darse cuenta, Aura cierra los ojos, sumergiéndose en el relato.

—¿Puedo pedir un deseo? —pregunta Aura siguiendo el hilo de la historia, pero también sintiendo una creciente inquietud.

Constanz la ignora.

—El espíritu, el genio, te dice: «Tu vida, tu vida tal y como la vives y la has vivido, la tendrás que vivir otra vez y después incontables veces más. Y no habrá nada nuevo ni distinto en ella, sino que todos los dolores y placeres y tristezas y todas las cosas indeciblemente pequeñas y grandes de tu vida volverán a ti en el mismo orden y lugar; incluyendo esta almohada sobre la que posas la cabeza, incluyendo este momento, y a mí mismo».

Aura reflexiona antes de contestar.

La idea de revivir su vida, con todos sus dolores y pérdidas, una y otra vez, la llena de una angustia indescriptible. Las imágenes de los momentos más oscuros de su existencia se amontonan en su mente. La muerte de Jaume, la sensación de impotencia, el miedo constante.

¿Podría soportar una eternidad de esto?

Pero también hay momentos de amor y alegría, aunque lejanos y desvanecidos. Las risas de sus hijas, los días soleados sin preocupaciones, los breves instantes de paz.

¿Pueden esos momentos compensar el peso de todo lo demás?

—Es una visión aterradora —contesta al fin, temblando ligeramente—. No estoy segura de qué haría en esa situación.

—No es suficiente —dice Constanz, perentoria—. Necesito una respuesta. Tómate todo el tiempo que quieras.

—Sí —suelta Aura a bocajarro.

La palabra escapa de sus labios antes de que pueda reconsiderarla, una afirmación rápida y desesperada, como si de alguna manera liberarla de su mente pudiera aliviar el peso que siente en su pecho.

Al otro lado de la línea, Constanz ríe.

Es una risa suave, casi melódica, pero cargada de una satisfacción que envía un escalofrío por la columna de Aura.

—Muy bien, Aura —dice la anciana con un tono triunfal—. Ésa es la respuesta que buscaba.

Aura siente una mezcla de alivio y terror. Alivio por haber dado una respuesta y, al menos momentáneamente, silenciado la insistencia de Constanz. Pero el terror permanece, anidado en lo profundo de su ser, sabiendo que éste sí tiene implicaciones que aún no puede comprender del todo.

No permitas que el Mal te haga creer que puedes tener secretos frente a él.

La risa de Constanz parece seguir resonando, llenando el vacío de la llamada, recordándole que en este juego de poder siempre hay más de lo que se ve a simple vista.

—¿Va a ayudarme?

—Antes, tranquiliza mi corazón. ¿Estás a salvo, querida?

Aura se toma un instante. La pregunta no parece una amenaza. Ni en tono ni en forma. Aun así, se pone en modo Mari Paz Celeiro.

—¿Por qué lo pregunta?

Constanz baja la voz.

—¿Puedo confiarte algo?

Se responde a sí misma enseguida.

—Qué pregunta más tonta. Olvida que te la he hecho. Verás… He puesto a Bruno a trabajar en lo del *accidente* de avión.

—La auxiliar de vuelo…

—Se salvó. Gracias a ti. Los pilotos, me temo que no.

Aura contiene el aliento, aunque ya sabe lo que viene ahora.

—Y sí, se confirma que fue un sabotaje.

—¿Contra mí?

—Eso no lo sabemos. Pero mi intuición me dice que alguien que se ha tomado tantas molestias como para sabotear un avión, conocía bien su objetivo.

Aura traga saliva.

Muy muy despacio.

Le cuesta bastante.

—¿Su intuición le dice quién está detrás de esto?

—Me lo dice, sí. Otra cosa es que quiera compartirlo, querida.

—Alguien de El Círculo.

Constanz calla.

—Ustedes tienen una guerra interna —aventura Aura—. Una guerra por el poder.

Constanz calla.

—Y por eso quiere que me una a usted. Porque la muerte de su hija la ha dejado más débil que nunca.

Constanz calla.

—No puedo aceptar. Pero necesito que me ayude.

Constanz cuelga.

9

Una urgencia (o tres)

Mari Paz acelera el paso en cuanto se despide de la azafata en la puerta del avión, y adelanta por la derecha a los viajeros que avanzan por el túnel de desembarque a una velocidad que incomoda al resto del pasaje.

Los que tienen que apartarse para no ser arrollados achacan la prisa de la gallega a una posible gastroenteritis, a una conexión ajustada con otro vuelo, o a que lleva droga encima y está impaciente por salir del aeropuerto y celebrar que ha hecho el pase sin problemas.

Todas esas hipótesis son erróneas.

La legionaria lleva la maleta de cabina de Wonder Woman —elección de las gemelas— a pulso, para poder ir más rápido. Al ir medio vacía pesa poco. Aunque las finanzas de Mari Paz han mejorado de forma sustancial desde la venta de los diamantes de Aguado, todavía no es consciente de que es pudiente y viaja ligera de equipaje.

Como siempre ha vivido.

Su vida siempre ha cabido en un petate militar y en el maletero de un coche.

Consulta su reloj. Seis minutos para la medianoche.

Y Mari Paz Celeiro tiene una necesidad. O mejor dicho, una urgencia.

O dos, para ser exactos.

Pero una de ellas se le ha despertado durante el vuelo y no puede esperar, y al ser casi las doce de la noche, teme no poder satisfacerla.

Así que recorre los pasillos del aeropuerto con zancadas de siete leguas, y se encamina como un misil a la zona de restauración.

Cuando encuentra lo que necesita, reduce el paso, cierra los ojos y se muerde el labio inferior con una expresión de felicidad que sólo han visto en su cara las mujeres con las que ha compartido lecho.

Cada español parece nacer con la ilusión de que sería mejor persona tan sólo con ser de otro país. Y se le quita la tontería en cuanto sale y ve que en los demás sitios son igual de idiotas que nosotros, pero sin ingredientes esenciales.

Se acerca al mostrador de Enrique Tomás y se apoya en él. A la empleada, que limpia su zona de trabajo con un trapo húmedo, se le escapa una sonrisa de ternura ante la emoción que brilla en los ojos de su última clienta del día.

—Están abiertos, ¿verdad? —pregunta Mari Paz muy deprisa.

—Para usted sí. ¿Qué le pongo?

Mari Paz exhala un suspiro de alivio y eleva la mirada al

cielo raso del aeropuerto, en agradecimiento al dios de los hambrientos.

—Dos bocadillos de jamón ibérico del bueno y dos cervezas tan frías que me salgan disparados los ojos al beberlas.

—Marchando. Viene usted de Inglaterra o de Irlanda, ¿verdad?

—De por ahí vengo, sí. ¿Cómo *carallo* lo adivinó?

—Trabajo aquí desde hace seis años.

Mari Paz hurga en el bolsillo mientras la mujer trabaja. Lleva encima —repartidos por varios bolsillos— nueve mil novecientos euros en efectivo, el máximo que permite la ley aduanera. También un par de tarjetas de crédito anónimas, contratadas por Sere. Se van recargando automáticamente cuando se hace algún gasto. Una cuenta numerada en Suiza se encarga de que la tarjeta siempre tenga fondos.

—¿Cuánto me puedo gastar?

—El límite por transacción es de veinticinco mil euros, así que cuidadito, Emepé.

La legionaria silba, asombrada.

—*E canto é iso en pesetas?*

—Cuatro millones y pico. ¿Qué eres ahora, azafata del *Un, dos, tres*?

Puede que otras cosas no, pero esa parte la han hecho bien. Ahora, con este dinero, va a poder ayudar a sus amigos. Un deber largo tiempo pospuesto.

—Aquí tiene —le dice la mujer, presentando ante ella la comanda en una bandeja, como quien deposita las llaves del Reino de los Cielos.

Mari Paz le quita la anilla a la lata número uno de Estrella

Galicia y muerde el primero de los dos bocadillos. El pan cruje entre los dientes, con el punto justo de tomate y aceite, y el sabor del jamón inunda un universo en el que empieza a flotar. Le entran ganas de llorar.

¿Cómo se puede echar tanto de menos esto, joder?, se pregunta al borde del orgasmo gastronómico. Hasta barato, me parece.

Con el sabor de la cerveza, vuelve la Emepé más melancólica. La soledad puede volverse un alimento, y en su caso lo ha sido siempre.

Vuelves a ser ronin, piensa Mari Paz. *Otra vez.*

No sabe si alegrarse.

Sí lo sé.

Aura es el caos, y ya no quiere tener que ver nada con ella.

Aura es ese gesto en la piscina, cuando alguien se apoya en tus hombros para impulsarse, saltar y hundirte al mismo tiempo.

Aura es la locura y el fuego y la violencia y todo lo que Mari Paz se dice a sí misma que no quiere.

Pero la triste verdad es que cuando alguien no quiere una cosa, no tiene que repetírselo una y otra vez.

Al no estar Aura en la ecuación, puede vivir una vida tranquila y feliz, piensa, con un poso de nostalgia, que se sacude de encima enseguida con un trago de cerveza.

Es una mentira, y lo sabe, porque siempre ha estado buscando más peleas que nadie, sobre todo consigo misma, pero una buena mentira es mejor que una mala verdad, como la abuela Celeiro siempre solía decir.

Se pasa la lengua por los labios húmedos para recoger una

miga de pan, algo de espuma de cerveza y dejar de pensar en Aura, aunque es como si le hubiesen clavado una astilla debajo de la uña del pulgar.

Y además el alcohol y el vuelo han disparado su segunda urgencia.

Se muere por un cigarro.

El fuerte y maravilloso mordisco en los pulmones, el sabor del humo cuando sus volutas abandonan lentamente su boca, sus miembros que se hacen más pesados, el universo que parece hacerse más amable. La duda, el ansia, el miedo... que se desvanecen.

Se da cuenta del peligro enseguida. Volver a beber y la necesidad inmediata de fumar le ha recordado lo poco que le cuesta pasar del sorbo al trago, del trago a la botella y de la botella a despertarse oliendo a meados, con una pierna metida en un charco.

No es ninguna buena idea que esté sola.

Satisfecha su primera urgencia (y pospuesta su segunda), Mari Paz saca su teléfono de siempre del bolsillo interior de la chaqueta militar. Ha tenido la precaución de cargarlo durante el vuelo. Hace meses que ni siquiera lo enciende, y duda de que le quede saldo a la tarjeta prepago. Ya no es pobre, así que en cuanto pueda cambiará su tarjeta a contrato, como hace la gente de bien.

Para su sorpresa, a la tarjeta le queda saldo, y en cuanto Mari Paz se conecta al operador español, el pasado corre a su encuentro en forma de correos obsoletos —casi todo publicidad—, llamadas perdidas —muchas equivocadas— y algún mensaje de WhatsApp pasado de fecha.

La legionaria ignora la mayoría de las notificaciones y busca las que de verdad le interesan.

Su tercera urgencia de la noche.

Encuentra más de una veintena de llamadas perdidas. Las dos más antiguas proceden del teléfono fijo de La Bandera, las diecisiete siguientes del móvil del Málaga, y un par de ellas del Nokia antediluviano del Caballa, que se niega a usar cualquier aparato que incluya la palabra inteligente en su denominación.

La última llamada es de hace cuatro meses.

Pasan catorce minutos de la medianoche. Hora perfecta para sacar de la cama al Málaga y oírlo blasfemar en una colección de lenguas muertas.

«El teléfono al que llama está apagado o fuera de cobertura».

Intenta el del Caballa.

Mismo resultado.

Mari Paz da otro mordisco al bocadillo de jamón, pero apenas se deleita en él.

Comienza a estar preocupada.

Los teléfonos repentinamente apagados, o sin cobertura, le angustian. Es un trasto pensado para comunicarse, pero también para tenerte a la vez en vilo y a raya.

Sus pitidos y sus quejidos equivalen a reacciones del propio cuerpo, igual que la tos o el picor.

Y su uso genera expectativas. Cuando no suena, o cuando no responden, expande un *tictac* imaginario, maniaco, que despierta alertas incluso en una ciudadana del siglo pasado como Mari Paz Celeiro.

Llama a La Bandera.

Alguien cogerá.

A esa hora, el Chavea suele fumarse el *porritopadormir*.

El teléfono suena y suena. Mari Paz lo intenta tres veces más.

Los móviles de Ángelo y el Chavea tampoco están operativos.

No hace falta ser Sherlock Holmes para adivinar que algo raro pasa.

Lo malo de los móviles es que su silencio provoca algunas veces tanta o más alarma que su sonido.

Mari Paz se finiquita la Estrella Galicia de un trago, engulle lo que le queda de bocata a dos carrillos y pelota en medio, guarda el segundo en el bolsillo de la chaqueta militar y acelera hacia la salida del aeropuerto con la maleta en una mano y la segunda lata de cerveza en la otra.

Los pocos viajeros que hay en la terminal a esas horas de la noche la siguen con la mirada al pasar. Con sus botas militares con un cordón de cada color, su peinado rapado sobre la oreja derecha y lacio y caído sobre la izquierda.

Doy más el cante que la Massiel, no lo puedo evitar, se dice sin aminorar la marcha.

En cuanto respira el aire nocturno de Madrid, da rienda suelta a su tercera urgencia y se lía un cigarrillo que se fuma al lado del cementerio de colillas en el que se ha convertido el cenicero de la puerta de la terminal de llegadas.

Una vez que su nivel de nicotina alcanza un grado aceptable, Mari Paz recorre la fila de taxis hasta llegar al que ocupa la *pole position*.

Se mete en él sin pedir permiso y coloca la maleta de Wonder Woman junto a ella en el asiento. El taxista le da las buenas noches, baja la bandera y la mira a través del retrovisor central.

—A Cuatro Vientos, calle Alabarderos. —La legionaria saca el segundo bocata del bolsillo—. ¿Le importa que coma? Es jamón del bueno, le invito.

El taxista dobla el brazo hacia atrás, con la mano abierta, y Mari Paz pone en ella la mitad del bocadillo.

—Se agradece, que cené a las ocho —dice el taxista.

—Si se le hace tarugo, también tengo cerveza, pero no se me vaya a *estoupar* contra el arcén, ¿eh?

—Tranquila, estoy acostumbrado —rezonga el taxista, que pone el intermitente y abandona la parada—. Pues para Cuatro Vientos, que vamos.

Mari Paz muerde su mitad del bocadillo, pero éste no le sabe igual de bien que el anterior.

Hay un viejo sabor en su boca, uno que aparece de vez en cuando, y que ni siquiera la intensidad de un buen ibérico es capaz de superar.

El sabor a mal presentimiento.

10

Una sombra

Después de comer, Aura deja a Sere trabajando en los archivos de Noah. El cliqueteo constante del teclado es un recordatorio de que la investigación está en punto muerto pese a que Sere no se rinde. Pero Aura necesita un respiro, aunque sólo sea para ordenar sus pensamientos e intentar encontrar algo que darle a Sere para trabajar.

—No sé cómo aguantas.

—La que no está hecha a bragas, las costuras le hacen llagas —la despide Sere.

Aura sale del apartamento, el aire fresco golpeando su rostro como un alivio momentáneo.

Ahora tiene una tarea personal, largo tiempo pospuesta.

La residencia está a sólo un breve paseo andando desde la casa de Sere. Arrastra un poco los pies, como si la culpa fuera una carga física. No ha visitado a su madre en meses —más bien año y pico—, y el remordimiento la destroza por dentro. Cada día transcurrido sin acudir a verla ha sentido que está fallando a la única persona que siempre estuvo a su lado, incluso cuando todo se desmoronaba.

Llega a la residencia y se detiene frente a la entrada. Toma una respiración profunda antes de entrar, intentando prepararse para lo que encontrará. El olor a desinfectante y las voces suaves de las enfermeras la envuelven mientras recorre los pasillos. Conoce el camino de memoria.

La puerta de la habitación de su madre está entreabierta. Aura empuja suavemente y entra. Su madre está sentada en una silla junto a la ventana, mirando hacia fuera, perdida en sus propios pensamientos. La luz del sol baña su rostro, y por un momento, Aura la ve como era antes: fuerte, independiente, llena de vida. Pero esa imagen se desvanece rápidamente cuando su madre gira la cabeza y sus ojos vacíos se encuentran con los suyos.

Tiene los ojos morados de llorar, en una de esas soledades salvajes que ninguna compañía atraviesa. Parece que vayan a quedarse así, marchitos a perpetuidad, y probablemente lo hagan.

—Hola, mamá.

Su madre la mira sin reconocerla al principio. Luego, una leve sonrisa aparece en sus labios.

—¿Quién eres? —pregunta. Confusa, pero amable.

El corazón de Aura se quiebra un poco más. Cada vez

que esto sucede, siente como si la estuvieran apuñalando de nuevo.

Es falso que uno se acostumbre al dolor, como dicen por ahí. Cuando uno entra en colapso emocional, lo hace siempre por primera vez. No hay acostumbramiento. El dolor se renueva. Como Mario en ese videojuego que tanto les gusta a las niñas, cada vez que comienza un nivel después de que le arrolle una seta con patas.

Por eso, cada vez que tiene que pronunciar estas palabras, sufre más.

—Soy yo, mamá. Aura. Tu hija.

La sonrisa de su madre se desvanece y frunce el ceño, como si intentara recordar algo importante pero no pudiera.

—Aura… —murmura—. Sí, Aura. ¿Cómo estás, querida?

Aura se acerca y se arrodilla junto a su madre, tomando sus manos en las suyas. Las manos de su madre están frías y frágiles, un recordatorio constante de lo mucho que ha cambiado.

—Estoy bien, mamá. He estado ocupada, pero quería verte. Lo siento por no haber venido antes.

Su madre la mira con una mezcla de confusión y ternura.

—No te preocupes, querida. Siempre estás ocupada. Pero estoy contenta de verte.

Aura asiente, luchando contra las lágrimas. La culpabilidad la consume, una sensación de que nunca está haciendo lo suficiente, de que siempre está fallando a alguien.

Mientras observa a su madre, no puede evitar comparar su fragilidad con la presencia imponente de Constanz Dorr. Ambas mujeres están con un pie en la tumba, pero mientras su madre parece desmoronarse ante sus ojos, Constanz conserva una fuerza y una belleza que desmienten su avanzada edad. Aura se pregunta cómo es posible que dos mujeres tan mayores puedan ser tan diferentes en su deterioro. Constanz sigue siendo una figura enigmática y poderosa mientras que su madre se ha convertido en una sombra de sí misma.

Es otro motivo para sentir rabia.

Las mujeres mantienen una relación más íntima con el envejecimiento que los hombres, porque buena parte de su vida se la dejan en evitar que la cara y el cuerpo muestren los signos de la edad. Como su madre, Aura lleva décadas convertida en conserje de su rostro, en portero de fútbol que intenta que le metan los menos goles posibles antes de que el árbitro pite el final del partido.

Aquellas que tienen ventaja, como Constanz, le enfurecen.

No piensa, por supuesto, en su propia belleza, porque las ventajas propias no cotizan en el Excel de la envidia.

—¿Sabes, mamá? —comienza a decir tratando de mantener su voz firme—. He estado pensando mucho en ti. En todo lo que has hecho por mí.

Su madre sonríe ligeramente, aunque sus ojos siguen perdidos.

—Eras una niña maravillosa, Aura. Siempre tan inteligente y fuerte. Estoy orgullosa de ti. ¿Qué tal van los estudios?

Aura aprieta suavemente las manos de su madre, sintiendo la conexión frágil que aún las une.

—Ya terminé, mamá. Fui la primera de mi promoción, ¿sabes?

Su madre asiente, aunque Aura no está segura de que realmente entienda lo que está diciendo. Pero en ese momento, no importa. Lo que importa es estar ahí, hacerlo lo mejor que puede.

Pasa la siguiente hora hablando con su madre, recordándole historias del pasado —Torrevieja, el Retiro, un cumpleaños de las gemelas—, momentos felices que espera puedan traer algo de claridad a su mente confusa. Pero mientras su madre escucha, Aura sabe que la mayor parte de esos recuerdos están fuera de su alcance.

Sobre la mesilla de noche de su madre hay una foto de sus padres junto a ella, Jaume y las niñas. Unas vacaciones en Torrevieja, las últimas que pasaron en familia. Casi las únicas, también.

Así ha sido siempre la relación con sus padres desde que ella fue adulta: amor, gratitud, admiración... incluso generacional, sí. Evitación, sobre todo. Y esa oculta, inconsolable, íntima desdicha —y a la vez, íntimo deseo—, de no parecerse a ellos.

Durante mucho tiempo, tras su matrimonio, Aura se veía a sí misma como si tuviera dos mitades. Después de la muerte de Jaume, percibe que es una mitad de las niñas, y la otra, perdida. Una mitad de la que se siente arrancada, sin la cual se siente incompleta. Pero ahora, al ver esa foto de los seis juntos, con bañadores espantosos y peinados reprobables, parecen un grupo indivisible. Por un instante no se ve como mitad de una cosa y mitad de otra, sino como algo entero, de ellos.

Se ve querida.

Echa de menos a su padre.

Echa de menos a Jaume.

Los echa de menos todo el tiempo.

Y en momentos como ése, cuando está inmersa en este laberinto, desearía al menos poder hablar con alguno de ellos, pedirles consejo. Y que alguno pudiera responderle.

En un intento desesperado por encontrar respuestas, Aura decide preguntar de todas formas. Quizás, en algún rincón perdido de su mente, su madre tenga algún recuerdo que pueda ayudarla.

—Mamá, ¿recuerdas la noche en que Jaume murió? —pregunta suavemente—. ¿Recuerdas algo de esa noche?

Su madre frunce el ceño, sus ojos se llenan de una tristeza vaga.

—Jaume… —murmura—. ¿Tu marido? ¿Qué pasó con él?

El corazón de Aura se encoge. Las lágrimas amenazan con brotar, pero las contiene. No puede esperar que su madre recuerde detalles precisos cuando ni siquiera puede recordar quién es su hija.

—Sí, mamá, Jaume. ¿Recuerdas algo de esa noche? ¿Algo que pudiera ayudarnos a entender lo que pasó?

Su madre sacude la cabeza lentamente.

—No, querida. No recuerdo. Lo siento… todo es tan confuso.

Aura cierra los ojos por un momento permitiéndose sentir el peso de la desesperanza. No hay respuestas en este lugar, sólo más preguntas y más dolor. Pero al menos ha hecho lo correcto al venir, al estar aquí para su madre, aunque sólo sea por un breve momento.

Aura se pone en pie para irse cuando algo en la mesilla de su madre le llama la atención. Es un pequeño objeto que no reconoce de inmediato: un bolígrafo de oro, demasiado caro para pertenecer a la residencia. Lo coge, examinándolo con cuidado.

Algo no encaja.

Su madre dejó de utilizar bolígrafos hace años.

La artritis de sus manos le impide incluso comer sin ayuda.

—Mamá, ¿de quién es esto? —pregunta, procurando mantener la calma en su voz mientras muestra el bolígrafo a su madre.

Su madre lo mira con una expresión confusa, sus ojos vacíos tratando de enfocarse en el objeto.

—Brilla....

—Ya lo sé, mamá. Brilla. ¿Quién te lo ha dado?

—No lo sé, hija. Creo que alguien lo dejó aquí.

El corazón de Aura comienza a latir más rápido. La sensación de peligro se intensifica, como una sombra que se cierne sobre ella. Se inclina hacia su madre, intentando aparentar tranquilidad.

—¿Has visto a alguien extraño por aquí, mamá? ¿Alguien que no reconozcas?

La mirada de su madre se oscurece momentáneamente, un destello de algo que podría ser un recuerdo.

—El hombre de la parka marrón —murmura—. Lo he visto varias veces. Siempre está en los pasillos, mirando.

El estómago de Aura se revuelve.

—¿Cuándo fue la última vez que lo viste, mamá? —pregunta Aura con la voz baja y urgente.

Su madre se encoge de hombros, su expresión vuelve a la confusión.

—No lo sé, hija. Todo es muy confuso.

Aura aprieta el botón para llamar a la enfermera. Tras un larguísimo par de minutos, la mujer aparece. Una dominicana de sonrisa tibia, llamada Daisy. Aura la recuerda con afecto.

—Señora Reyes…, qué bueno verla por aquí después de tanto tiempo.

Aura ignora el ataque pasivo agresivo. El miedo que le ha entrado ayuda bastante.

—¿Sabe usted de quién es este bolígrafo?

La mujer lo mira con naturalidad.

—Sí, lo he visto desde hace varios meses en la habitación de su madre —responde Daisy mirando el bolígrafo—. Asumí que era de ella.

—No, no es de mi madre —replica Aura, con la voz tensa.

Daisy frunce el ceño, pensativa.

—Entonces quizás sea de uno de los médicos.

Aura se queda en silencio, considerando la posibilidad. Pero ha visto a los médicos que trabajan en la residencia, la mayoría inmigrantes que estudiaron la carrera en otros países, y sabe que ninguno podría permitirse perder un bolígrafo de cinco mil euros sin poner la residencia patas arriba. La idea de que este objeto pertenezca a uno de ellos no tiene sentido.

—Daisy, ¿alguien ha visitado a mi madre? Alguien que no conozca.

La mujer frunce el ceño, pensativa.

—No que yo recuerde, señora Reyes.

—Mi madre mencionó a un hombre de parka marrón. ¿Sabe algo de eso?

—Sí, claro que le he visto. Viene cada pocos días a ver a su madre. Creía que usted lo sabía.

—¿No dijo que no había visto a nadie desconocido?

Daisy menea la cabeza, con la misma cariñosa condescendencia que suele reservar para los pacientes con demencia senil.

—Pero señora Reyes, claro que le conozco.

—¿Dijo su nombre?

—Por supuesto. Dijo que se llamaba Jaume Soler.

El mundo de Aura se tambalea como si un gigante estuviera aporreando el suelo bajo sus pies.

—Daisy, ¿puedes describirme a ese hombre? —pregunta, tratando de mantener la compostura.

Daisy asiente.

—Claro, señora Reyes. Es alto y delgado, con el cabello gris y ojos claros. Siempre lleva una parka marrón y suele venir por las tardes, nunca se queda mucho rato.

El corazón de Aura late desbocado. Esa descripción no se parece en nada a Jaume, pero el uso de su nombre no puede ser una coincidencia. Aura siente que el peligro está más cerca de lo que había imaginado.

—¿Cuándo fue la última vez que vino? —insiste.

—Hace un par de días. No estuve mucho en ese turno, pero lo vi en el pasillo. Parecía muy tranquilo.

Aura asiente, intentando procesar la información.

—Gracias, Daisy. Si lo vuelves a ver, por favor, llámame de inmediato —dice, deslizándole un par de billetes de cincuenta euros en el bolsillo del uniforme.

Daisy le da las gracias, mostrando una expresión de preocupación.

—Por supuesto, señora Reyes. Estaré atenta.

Aura se inclina y besa la frente de su madre, tratando de ocultar el temblor en sus manos.

—Te prometo que te mantendré a salvo, mamá —susurra.

Sale de la habitación con el corazón en un puño, sintiendo la presión de los ojos de Daisy en su espalda. Cada paso que da por los pasillos de la residencia está cargado de la sensación de ser observada. Parka Marrón, quienquiera que sea, ha estado vigilando a su madre. Y si sabe tanto sobre su familia, seguramente esté cerca de ella también.

Aura toma su teléfono y llama a Sere mientras se aproxima a la puerta de la residencia, con la vista alerta, buscando cualquier señal de peligro.

—Sere, tenemos un grave problema.

Y entonces, junto a la entrada, le ve.

Un hombre alto, delgado. Cabello gris y ojos claros.

Con su parka marrón y todo.

11

Una visita

Mari Paz encuentra una mordedura de palanca en el quicio de la puerta del piso de Alabarderos.

La cerradura, en cambio, es nueva, y la llave que ella conserva no funciona.

La gallega considera que no son horas para despertar a Fidel, el anciano vecino de los lejías, un antiguo brigada de la Legión que tiene edad para haber sido asistente de Millán Astray. Pero justo está pensando en eso cuando oye el sonido de un cerrojo al descorrerse.

—¡Anda, la Mari Paz! —la saluda la esquelética figura de Fidel, que parece recién levantado del sarcófago; lo que es ver, ve poco, pero el oído que tiene es de perro pequinés—. ¡Cuánto tiempo! ¿*Ande* has *estao*?

—Fidel, *home*, qué alegría —exclama Mari Paz, que se abraza con fuerza al viejo legionario—. Precisamente pensaba en ti, que vi que cambiaron la llave. ¿Ocuparon la casa?

—No, no. —La tranquiliza el viejo—. Ahora te cuento… pero ¿quieres entrar? Tengo llave de la casa, fui yo quien cambió la cerradura —revela—. Espera, que te traigo una copia y unas cervezas. Son de marca blanca, ya sabes, la pensión no da *pa* más…

—Como si son de marca negra, Fidel, benditas sean.

Un minuto más tarde, los dos están sentados a la mesa de la cocina del Málaga y compañía, con sendas birras por delante. Fidel, aunque no suele beber a diario, considera que es una ocasión idónea para poner a prueba su analítica semestral, que le toca en unos días.

—Hace muchos meses, vino una mujer policía con una cara de mala sombra que tiraba *patrás*…

—Flaca, coja, con gabardina negra…

—¡Ésa! En lo de *cojeá* no me fijé, la verdad, que yo veo *mu* malamente, pero no me extraña ni una gota.

Romero.

—Pues vino preguntando por ellos —prosigue—. Yo le dije que no tardarían en volver, que habrían ido a comprar. Pues esa misma mañana, un rato después, *se hubo* un follón en El Serrallo. Según me contó Cosme, la misma que estuvo aquí les persiguió hasta el bar y les sacó una pistola y *to*.

Mari Paz casi se atraganta con la cerveza del Carrefour.

—¿Y qué pasó?

—Lo que pasa cuando alguien se mete con la Legión. Le quitaron el arma y le dieron cañamones.

—¿Cañamones? ¿Y sobrevivió?

—El Cosme, que tiene mucho arte, la endrogó hasta las cejas y otro lejía que había allí le hizo una película de vídeo. Luego llamó a la policía y se la llevaron, *to* borracha.

—¿Y qué pasó luego con el Málaga y los demás?

—Al día siguiente, por la tarde, vi que la puerta de la casa estaba rota. Entré y lo revisé *to*, pero no me pareció que se *fueran llevao na*. Fue la tía esa, tengo pruebas —afirma—. Menos mal que no me encontré con ella, si no, la habría tenido que *matá*... Pero bueno, llamé a un colega rumano, que es cerrajero de esos de pegatina en el portal, y me cambió la cerradura por cuatro perras. Porque si aquí se mete un okupa de ésos, también me lo cargo y que me lleven a la *cárse*, que me da lo mismo. Igual hasta estaba mejor que aquí.

—¿Dices que tienes pruebas de que fue ella la que forzó la puerta?

Fidel se levanta y abre el cajón donde el Málaga guarda los cubiertos.

—Encontré este papel encima de la mesa.

Mari Paz reconoce la penosa caligrafía del Chavea. Es la misma nota que encontró Romero pegada en la puerta de la nevera.

—Al extranjero —relee—. Pero si en Bosnia no aprendieron ni a decir buenos días en inglés, cago en mi puta vida.

—Puede que el Cosme sepa algo —aventura Fidel, que le mete un trago largo a su cerveza—. Abre a las siete, puede que a él le hayan dicho algo.

—Ojalá. ¿Puedo quedarme la llave? Visto lo visto, pasaré la noche aquí.

—Es tu casa, Mari Paz. Siempre lo ha sido.

En el rostro de la legionaria se dibuja una sonrisa cargada de ternura.

—Eres muy grande, Fidel —dice, agarrando el manojo de huesos nudosos que componen la mano del anciano—. Lo sabes, ¿verdad?

El exlegionario se termina la cerveza, se levanta y le da un par de cachetes en la mejilla.

—Si encuentras a esos bribones, diles que estoy cuidando de su casa. Y que mientras esté vivo, la cuidaré. Buenas noches, Mari Paz. Suerte con el Cosme.

—Buenas noches, Fidel.

Mari Paz se acaba su cerveza y mete las otras dos en la nevera, que está más pelada que cuando la sacaron de su embalaje original. En su día, Fidel se tomó la molestia de vaciarla, dejarla abierta para evitar malos olores, bajar los térmicos y cerrar la llave de paso del agua.

Esto es la Legión, piensa, *camaradería hasta la muerte*.

Aunque todas las camas están vacantes, Mari Paz no se atreve a usurpar ninguna sin permiso, así que saca una manta del armario del Caballa y se tumba en el sofá, como tantas y tantas veces ha hecho en el pasado. Pone la tele en el canal DMAX, donde emiten un documental sobre el ascenso de Hitler.

Se queda dormida mucho antes de que Adolfo salga de la cárcel y llegue al poder.

12

Un café doble

El corazón de Aura se detiene por un instante, su pulso martillea en sus sienes mientras su mente se acelera. Intenta evaluar la situación sin dejar que el miedo la paralice. Sabe que no puede retroceder sin llamar la atención y que tiene que salir de la residencia para alejar a ese hombre de su madre. Respira hondo y finge estar distraída con su teléfono.

—Sere, ¿puedes revisar el correo? Creo que olvidé confirmar algo importante —dice en voz alta, mientras ajusta la conversación para que parezca intrascendente. Su tono es ligero, pero sus palabras están cargadas de urgencia cifrada—. Necesito que lo mires ahora mismo, por favor.

El hombre de la parka marrón está junto a la recepción, su figura alta y delgada se recorta contra la luz fluorescente. Aura siente su mirada fija en ella, pero hace un esfuerzo consciente para no cruzar su mirada con la de él. Debe pasar a su lado, no hay otra salida. Con cada paso que da, la sensación de peligro se intensifica. Sus ojos se mueven nerviosos vigilando cualquier movimiento sospechoso.

—Ah, ya veo. Entiendo, sí, claro —continúa hablando con Sere tratando de mantener la calma—. Por cierto, ¿recordaste recoger las llaves de la otra casa? Podríamos necesitar mudarnos antes de lo previsto.

Sere, en el otro extremo de la línea, no parece captar la urgencia en las palabras de Aura y responde con su habitual tono despreocupado.

—Sí, sí, Aura. Pero ¿qué tiene que ver eso con el correo? ¿Es que te has vuelto loca de tanto trabajo? —Sere se ríe sin enterarse de nada.

Aura lucha por no perder la compostura. Se acerca más a la recepción y, por lo tanto, al hombre de la parka marrón. Sus ojos se enfocan en el mostrador, evitando con todas sus fuerzas girarse hacia él.

—No, no estoy loca. Simplemente creo que es mejor prevenir que lamentar. Nunca se sabe cuándo podríamos necesitar mudarnos rápidamente. —Su voz casi tiembla, pero logra mantenerla firme—. Podríamos hacer planes esta noche, si te parece bien. Sería bueno tener todo listo, ¿no crees?

El hombre de la parka marrón sigue inmóvil, pero Aura percibe que la está estudiando. Cruza por su lado, notando el sudor frío en la espalda, y la proximidad de su presencia la hace sentir como si estuviera caminando junto a una sombra amenazante. La recepción está a pocos metros de la puerta de salida, pero la distancia parece interminable.

—Sí, sí, claro, lo que tú digas. Pero oye, ¿y la pizza? ¿Vamos a pedir pizza? —Sere sigue sin captar la gravedad de la situación, despreocupada. Casi haciendo que Aura quiera gritar.

—Podrías bajar a la pizzería a buscarla. —Aura pasa finalmente por la recepción, manteniendo su paso constante y su mirada fija en la puerta. El aire fresco de la tarde la golpea en el rostro al salir, pero la sensación de peligro no disminuye.

El hombre de la parka marrón no se mueve de inmediato. Aura puede sentir su mirada en la espalda mientras se aleja del edificio, su mente en alerta máxima. Se obliga a no voltear la cabeza, a no correr. Tiene que mantener la calma.

—Voy para casa, Sere. Nos vemos pronto. —Cuelga el teléfono, jadeando por la tensión. Aprieta el móvil en su mano, notando cómo el metal frío y el plástico duro son su único punto de anclaje en una realidad que se siente cada vez más frágil.

Aura acelera el paso, pero no demasiado. Sabe que cualquier movimiento brusco podría atraer la atención de su perseguidor. Mientras camina por las tranquilas calles de Arturo Soria, sus pensamientos se arremolinan en un torbellino de miedo y estrategia. Busca con la mirada posibles vías de escape, pero la zona residencial no ofrece muchas opciones. Las tiendas están cerradas y no hay mucha gente en las calles.

Al llegar a la esquina, se atreve a echar un vistazo rápido sobre su hombro. El hombre de la parka marrón la sigue a una distancia prudente, su paso lento y deliberado. No parece tener prisa, como si supiera que eventualmente ella se agotará o cometerá un error.

Aura siente la presión aumentar. Su mente corre en todas direcciones, buscando una solución. Tiene que encontrar un lugar donde refugiarse, o al menos ganar tiempo. La idea de que alguien pueda estar observándola, siguiéndola, la hace sentir como un animal acorralado.

Acelera el paso un poco más, girando en otra esquina.

Un coche está a punto de atropellarla. Un Ibiza blanco, salido de ninguna parte.

Aura se aparta justo a tiempo.

Quiere pedirle ayuda al hombre, pero antes de que pueda llamar su atención, éste acelera y desaparece.

Aura sigue andando.

Salvo por el coche que se ha esfumado, las calles están desiertas, lo que hace que su situación sea aún más desesperada. Intenta mantener la calma, pero cada sonido, cada movimiento la hace sobresaltarse. La presencia del hombre detrás de ella es incesante, una sombra que no se desvanece.

Intenta recordar algún lugar seguro en la zona, algún sitio donde pueda esconderse o pedir ayuda. Su mente está nublada por el miedo, dificultando el proceso. Finalmente, ve una cafetería al final de la calle. Podría estar cerrada, pero es su única esperanza.

Aumenta el ritmo, casi corriendo, sus pasos resonando en la acera. El hombre sigue manteniendo la distancia, pero no parece tener intención de dejarla ir. Aura llega a la puerta de la cafetería, jadeante. Empuja la puerta, que por suerte se abre, y entra rápidamente.

El lugar está casi vacío. Sólo un par de clientes en las mesas del fondo y una camarera detrás del mostrador. Aura se acerca a la camarera, tratando de no parecer demasiado alterada.

—Disculpa, ¿puedo usar el baño? —pregunta, ansiosa.

La camarera la mira con hastío.

—Es sólo para clientes.

—Voy a tomar un café —responde Aura sacando un billete de cincuenta euros y poniéndolo en el mostrador—. Doble, por favor. ¿Ahora puedo usar el baño?

La camarera toma el billete, con un suspiro de resignación, y asiente hacia la parte trasera del establecimiento.

—Al fondo a la derecha.

Aura se dirige al baño, sus pasos apresurados. Entra y cierra la puerta, apoyándose contra ella mientras trata de recuperar el aliento. Saca el teléfono y llama a Sere de nuevo, esta vez sin tapujos.

—Sere, tengo problemas. Hay alguien que me está siguiendo. Estoy en una cafetería en Arturo Soria. Necesito que vengas a por mí, rápido.

La voz de Sere se vuelve seria al instante.

—Voy para allá, Aura. No te muevas de ahí.

Aura cuelga y se deja caer en el pequeño banco del baño. Sus pensamientos están enredados en una maraña de miedo y desesperación. Sabe que el hombre de la parka marrón podría estar esperando fuera, y no tiene idea de cuánto tiempo tardará Sere en llegar.

Cada sonido fuera del baño la hace estremecerse. El miedo la invade, cada pequeño crujido o murmullo la hace temblar. Escucha el eco de sus propios latidos, el temblor en sus manos mientras intenta pensar en un plan. Debe encontrar una manera de salir de esta situación sin llamar la atención del hombre de la parka marrón.

De repente, oye la puerta de la cafetería abrirse y cerrarse con un golpe seco. Se queda paralizada, conteniendo la respiración mientras sus sentidos se agudizan. Pasos lentos y deliberados resuenan en el pasillo, acercándose cada vez más. Aura siente su corazón martillear contra su pecho, su respiración se acelera mientras se esfuerza por mantener la calma.

Los pasos se detienen frente a la puerta del baño. Aura se inclina hacia delante, pegando el oído a la puerta, tratando de escuchar cualquier indicio de movimiento. El miedo la paraliza, cada segundo que pasa se siente eterno. La presencia del hombre es palpable, una sombra amenazante que parece impregnar el aire.

El sonido de la puerta del baño abriéndose hace que Aura retroceda rápidamente. Se esconde en uno de los cubículos, cerrando la puerta con suavidad mientras su corazón late con fuerza. Se agacha, sus ojos fijos en el espacio entre el suelo y la puerta, observando las sombras moverse.

El hombre de la parka marrón entra en el baño, sus pasos lentos y meticulosos. Aura puede ver sus pies moverse bajo la puerta del cubículo. Cada movimiento del hombre parece amplificado en la pequeña habitación, cada sonido reverbera en sus oídos.

El terror la inunda, su respiración se vuelve superficial mientras intenta mantenerse en silencio. Se pregunta con desesperación quién será ese hombre, qué querrá de ella. La imagen de sus ojos fríos y calculadores la persigue, haciéndola temblar aún más.

El hombre se detiene frente al escondite de Aura. Ella se queda inmóvil, apenas respirando, esperando que no intente abrir la puerta. El tiempo parece congelarse mientras el hombre permanece allí, como si estuviera deliberando su siguiente movimiento.

Aura escucha cómo el hombre golpea suavemente la puerta del primer cubículo, luego del segundo. Su mente corre a mil por hora, buscando una salida. La única opción que ve es deslizarse por debajo de la separación de los cubículos, aunque la idea de arrastrarse por el suelo sucio la repugna.

Reuniendo todo su valor, se agacha aún más, encogiendo las piernas para no ser vista. Siente el frío del suelo a través de su ropa mientras se prepara para moverse. El hombre golpea la puerta de su cubículo, y ella contiene la respiración, rezando para que no intente abrirla.

El hombre sigue su camino, golpeando la siguiente puerta. Aura aprovecha el momento, desliza su cuerpo hacia el suelo y empieza a arrastrarse bajo la separación. El suelo está pegajoso y sucio, un olor nauseabundo se mezcla con su miedo. Cada movimiento es un esfuerzo, cada segundo que pasa siente que el hombre podría descubrirla.

Mientras se arrastra, escucha los pasos del hombre acercándose nuevamente. Su corazón late con fuerza en sus oídos, el pánico amenaza con desbordarla. Pero sigue adelante, sus movimientos lentos y meticulosos, tratando de no hacer ruido.

Finalmente, logra deslizarse al siguiente cubículo justo cuando el hombre golpea la puerta del anterior. Aura se queda inmóvil, su cuerpo pegado al suelo, escuchando cada sonido. El hombre parece dudar, su respiración se vuelve pesada mientras se queda parado frente al cubículo.

Aura siente que el tiempo se detiene. Cada segundo se alarga mientras espera.

Finalmente, los pasos del hombre comienzan a alejarse. Aura espera unos momentos más, asegurándose de que realmente se ha ido.

Con un esfuerzo supremo, se levanta y sale del cubículo. Abre la puerta del baño con cuidado, asomándose para ver si el hombre sigue allí. No lo ve, pero sabe que no puede quedarse más tiempo. Sale del baño y se dirige rápidamente hacia la salida de la cafetería.

La camarera la ve pasar y grita:

—¡El café, las vueltas, señora!

Pero Aura no hace caso.

13

Un bar

Toque de diana.

Mari Paz se levanta pronto, hace su ritual de belleza —mear, lavarse la cara, los dientes— y sale al descansillo.

Saca trescientos pavos del bolsillo y se los echa a Fidel por debajo de la puerta.

Para que tenga un despertar alegre.

Se persona en el bar El Serrallo a las siete de la mañana.

Ni un solo cliente.

Mejor.

Cosme y el especialista en cañamones, que la conocen desde hace años, la saludan con cariño. Ella les pregunta por los lejías, y ellos le narran lo sucedido el día de autos.

—Tengo algo para ti —recuerda Cosme, una vez que da por concluido el parte de guerra.

El exlegionario entra en la cocina y rescata del interior de un bote de Cola Cao un sobre cerrado. Sacude el polvo de cacao antes de entregárselo a su destinataria.

—El Caballa me dijo que te diera esto si venías por aquí.

—¿Qué hay aquí dentro?

—Ni idea, Mari Paz. Si hasta lo sellaron con papel celo.

La legionaria coge el sobre, les da las gracias a ambos y rechaza tres veces la invitación a desayunar. Acelera el paso hacia Alabarderos, como el día anterior en la pasarela del avión, y regresa a la seguridad de la casa de acogida.

De nuevo en la cocina, desprecinta el sobre y lee la nota que hay en el interior.

—Joder...

Devuelve la nota al sobre, recoge su maleta de Wonder Woman, y se congratula de no haber deshecho el equipaje.

—Menudos días de mierda llevo —se lamenta en voz alta mientras cierra con llave desde fuera la puerta de la casa—. Por tierra, mar y aire, cago en la puta de oros...

Al menos, ya sabe dónde están los legionarios.

Ceuta.

También tiene un nombre y un sitio.

Subteniente Emilito y la Hermandad de la Legión.

(Al lado de la Glorieta del Teniente Reinoso, ha apuntado el Caballa).

Lo que ignora es que Romero le lleva un día de ventaja, y que está a quince minutos de desembarcar en el puerto de Ceuta.

14

Una reliquia

Romero es previsora.

La excomisaria no había llegado aún al trasbordo ferroviario de Antequera-Santa Ana, cuando ya había alquilado un apartamento en Airbnb. Alojarse en un hotel no entra dentro de sus planes. Necesita soledad, intimidad, un cuartel general, como todo buen malvado.

Una guarida.

La web lo describe como un apartamento luminoso con dos habitaciones, baño, cocina completamente equipada y a trescientos metros del centro, en la calle Molino.

Pero como ya hemos dicho antes, Ceuta sorprende.

Lo que omite el anuncio es que esos trescientos metros son unos cuantos más, en la cima de la cuesta del Recinto —que da para tramo estrella de montaña rusa—, o subiendo por la calle Canalejas desde la Plaza Azcárate, en una pendiente sinuosa y estrecha que convalida tres etapas del Camino de Santiago.

Sumemos a eso la cojera y la maleta —que es de las medianas, con una rueda que no gira del todo bien—, y obtenemos a Romero sudada, echando el bofe y cagándose en el santoral por estricto orden alfabético.

Al menos, las vistas sobre la Bahía Sur son impresionantes y la bajada al centro le será más llevadera.

Y la wifi va como un tiro.

Romero necesita un arma. Lo ideal sería una de fuego, pero carece de contactos en Ceuta para conseguir una sin papeles. Tendrá que conformarse con algo más sencillo y que no la comprometa demasiado si sus antiguos compañeros de profesión la atropellan con el carrito de los helados.

Descarta la única armería que encuentra en Ceuta, dedicada casi por completo a la pesca, en todas sus disciplinas. Se rasca el mentón, pensativa. La ciudad autónoma es una plaza castrense, por lo que seguro que habrá una tienda de efectos militares. Romero sabe que ninguno de esos negocios subsiste de vender sólo galones de tela, estrellas de plástico, gorras de repuesto y artículos de uso exclusivo del ejército. Normalmente, lo que más venden es cuchillería, artículos de supervivencia y acampada... y réplicas de armas.

Romero localiza en internet una tienda con el pomposo nombre de Survival Commando. Comprueba lo lejos que queda la calle Antíoco, donde está ubicada, y descubre que en Ceuta todo queda a tiro de piedra.

Como la excomisaria esperaba, la bajada por la calle Canalejas ha sido mucho mejor que la subida. Ya le tocará volver y repasar de nuevo el santoral.

Camina por la calle Real en estado de alerta. La ciudad es pequeña, y la probabilidad de tropezarse con alguno de los legionarios, alta. La manera escrutadora en la que mira a uno y otro lado provoca que más de un viandante se la quede observando. Los ojos de Romero son mates, vigilantes y, a la vez, inexpresivos. Se pregunta qué hará si se tropieza con uno de ellos. No es cuestión de montar una escena en una calle hirviente de actividad.

El leopardo sólo tiene éxito en un cinco por ciento de sus intentos de caza, y es imprescindible que la presa no detecte su presencia hasta que lo tenga encima.

Así que decide ser cauta y no desperdiciar el factor sorpresa.

Siguiendo las robóticas indicaciones de Nikki García, baja por Agustina de Aragón y enfila la paralela a la vía principal, una calle estrecha que apenas tiene tráfico humano y que la llevará directa a Survival Commando.

El escaparate de la tienda es un sindiós.

Ropa de camuflaje, emblemas militares, banderines, cuchillos, navajas, linternas, metopas, camping gas, hachas, sacos de dormir, mochilas, soldados de plomo, revistas de armas, réplicas de fusiles de asalto, pistolas de airsoft, katanas, gorras, zapatos de trekking, sillas plegables, botijos, botas de vino y un maremagno de cachivaches de todo tipo y pelaje, incluyendo un montón de consoladores de oferta, apilados en un ilógico montón que forma torre en una esquina, junto a un expositor de gafas de sol baratas y una máscara de plástico que recuerda a la de Bane.

Al fondo del local, tan espacioso como abarrotado de expositores y mercancía, hay un hombre de unos treinta y cinco años, que repasa unos catálogos detrás de un mostrador de cristal y aluminio. Por el corte de pelo al uno y la estética que gasta, Romero sospecha que oculta tatuajes de esos que prohibieron hace tiempo en Alemania.

La cara del fulano, en cambio, es de pardillo.

Un cordero con piel de lobo.

Romero lo saluda con una sonrisa de hielo y le muestra su placa de comisaria, más caducada que un yogur de Continente. El hombre, que es el dueño de la tienda, disimula una maldición en arameo. No es la primera vez que la policía lo visita para calentarle la cabeza a cuenta de algún delito cometido con una de las réplicas que vende, como si él tuviera alguna culpa. Revisión de facturas, inspección de almacén, exhibición de permisos y una mañana perdida.

Cuando habla, hace lo posible para que no le tiemble la voz.

—Usted dirá, comisaria.

—Necesito una pistola de fogueo —dice Romero, que ha olido el miedo a la primera—. Una réplica de la Heckler & Koch reglamentaria.

—La USP de 9mm —recita el tendero, que está a la última—. Tengo una muy parecida, un momento, por favor.

El hombre entra en el pequeño almacén que hay detrás del mostrador, y Romero aprovecha para dar una vuelta y echar un vistazo a los expositores y vitrinas desperdigados por la tienda. De repente, sus ojos encuentran un objeto que hacía muchos años que no veía.

Un vergajo. También conocido como picha de toro.

Una fusta nudosa de cuero que provoca un dolor similar al que produce un látigo, pero con la ventaja de que no hace falta saber manejarla.

Con atizar, basta.

Además, este vergajo, en particular, cuenta con un grosor y una longitud interesantes.

Romero, como estudiosa que es de las formas de hacer daño —cada persona tiene su pasión, lo mismo que cada fruta su gusano—, reconoce en el vergajo un símbolo de dominación y tortura.

Su abuelo, que trabajó como sereno, le contó que lo usaba para sacudir a borrachos a altas horas de la noche. Al primer vergajazo, el tipo se doblaba. Al segundo, se cubría con brazos y piernas como podía, aterrorizado por el siguiente golpe. Al tercero o cuarto, le diera donde le diera, el desgraciado perdía el conocimiento de puro dolor.

—Tengo la réplica de la VP9 —dice el dueño de la tienda, que acaba de regresar del almacén con una caja rectangular—. Está tuneada. Sin cogerla en la mano es imposible notar la diferencia.

—Me vale —responde Romero, que no quita ojo de la vitrina donde está expuesta la picha de toro—. Me llevo también la fusta.

—Si es para un caballo, tengo otras más apropiadas. Esa hace demasiado daño.

—Es para regalo.

—Entonces sí. Ese chisme es una reliquia.

Mientras el hombre saca el vergajo de la vitrina, Romero

examina la detonadora. Da el pego, como ha dicho el tendero. Las modificaciones estéticas son antirreglamentarias —por no decir ilegales—, pero a ella le vienen bien.

—La caja de munición se la regalo, comisaria.

Romero descuelga una funda de cordura negra de un expositor.

—Póngame también esta sobaquera.

—Muy bien. Necesito su DNI para venderle la detonadora.

Una centella de amenaza brilla durante medio segundo en las pupilas de Romero. Cuando habla, no aparta la mirada de los ojos asustados del tendero.

—No lo llevo encima, aunque me lo sé de memoria.

El hombre duda, pero no va a ponerle trabas a una comisaria de la UDYCO. Si no confía en ella, ¿en quién va a confiar? Así que apunta el nombre y el DNI imaginario que Romero le dicta sin titubear.

Es el mismo que ha usado otras veces, siempre con éxito.

La excomisaria abandona la tienda con la pistola puesta y el vergajo encajado en la sobaquera.

Ya no se siente desnuda.

Ahora está lista para afrontar su misión principal.

Localizar a los legionarios.

15

Unas consecuencias

—He dicho que no.

Sere y Aura están sentadas en el pequeño salón del apartamento de Sere, las sombras alargadas por la luz tenue de la lámpara del rincón.

El sonido constante del teclado se ha ido de viaje, dejando en su lugar un pesado silencio que apenas deja espacio para respirar.

Aura se inclina hacia delante, con las manos temblorosas y la mirada fija en el suelo. La persecución ha impreso su huella, y el miedo aún da vueltas por el interior de su pecho como una bailarina en una caja de música.

—Tenemos que marcharnos, Sere —dice finalmente rompiendo el silencio—. No podemos quedarnos aquí. No es seguro.

Sere, sentada en el sofá con los brazos cruzados, la mira

con una mezcla de frustración y cansancio. La tensión en el aire es palpable.

—¿Y adónde quieres que vayamos, Aura? —pregunta, resentida—. No quiero volver a vivir como una fugitiva. Ya pasé por eso una vez, y no pienso hacerlo de nuevo.

Aura se pasa las manos por el cabello, intentando calmarse. Pero la urgencia en su voz no se puede camuflar.

—Sere, nos están siguiendo. Ya sabes lo que eso significa. Si nos quedamos aquí, nos encontrarán. No podemos arriesgarnos.

—¿Y crees que me importa? —responde Sere, con la voz más alta y temblorosa—. Éste es mi hogar, Aura. He pasado años construyendo una vida aquí. No voy a irme otra vez.

Aura la mira con incredulidad, sus ojos llenos de preocupación.

—¿No tienes miedo?

Sere sorbe por la nariz para evitar llorar. ¿Miedo? Ella se considera una tipa común y corriente, esa clase de persona que cuando cruza por el paso de peatones pisa en las franjas blancas porque, si no, sabe que caerá al vacío y morirá.

—Hay muchas cosas que me dan miedo. Me da miedo Rusia. Me dan miedo los marcianos, de los que nadie habla. Me da miedo el interior de un tomate. Pero me da más miedo volver a irme de aquí.

Aura aprieta los puños, los suelta, los aprieta, los suelta.

—Sere, no tenemos otra opción. Es cuestión de vida o muerte. No puedes quedarte aquí sabiendo que estamos en peligro.

Sere se levanta del sofá, dando un paso hacia Aura, con el resentimiento evidente en su rostro.

—¿Sabes lo que realmente me duele, Aura? —dice, con una amargura apenas contenida—. Tus decisiones del pasado son las que nos han llevado a esta situación. Podrías haberte comido la cárcel, y no estaríamos así. Pero no, tenías que huir. Tenías que ir detrás de Ponzano. Y ahora estamos pagando las consecuencias.

Aura siente los reproches de Sere como una daga en el corazón. Se queda en silencio por un momento, tratando de encontrar las palabras adecuadas.

—En efecto. Podría haber dejado estar las cosas. Yo estaría muerta, y tú estarías sola —responde finalmente, con suavidad.

—Eso por un lado —admite Sere.

—¿Crees que fue fácil para mí tomar esa decisión? ¿Crees que no pensé en las consecuencias? Hice lo que tenía que hacer para sobrevivir, para que ambas pudiéramos seguir adelante.

Sere suspira, sintiendo el peso de la verdad en las palabras de Aura. Y de la manipulación, también. Pero Aura Reyes es Aura Reyes.

Se da la vuelta y se aleja unos pasos, con las manos en la cabeza, tratando de ordenar —es un decir— sus pensamientos.

—No sé si puedo hacer esto de nuevo, Aura —dice en voz baja, con un tono derrotado—. No sé si tengo la fuerza suficiente para seguir huyendo.

Aura se acerca a ella, poniendo una mano en su hombro, intentando ofrecer consuelo.

—No tienes que hacerlo sola, Sere. Estoy aquí contigo. Pero necesitamos estar seguras. Si nos quedamos en tu casa, no tendremos ninguna oportunidad.

Sere cierra los ojos por un momento, respirando profundamente.

Ella siempre tiene miedo.

El miedo es una suma fija, piensa.

El amor es un conjunto infinito de soluciones.

El problema es que el amor se está acabando hace tiempo.

Finalmente, se vuelve hacia Aura, con los labios apretados.

—Si nos han encontrado tan fácil, nos volverán a encontrar. No es sólo que hayas cometido un error yendo a ver a tu madre. Es que es lo que quieren. Saben dónde vivo. Saben dónde está ella. Parka Marrón podría haberte matado hoy si quisiera.

—¿Qué es lo que quieren, entonces?

—¿Asustarnos? No lo sé. Sé que no vamos a ganar nada yéndonos a un hotel.

Aura asiente, entendiendo la lógica detrás de las palabras de Sere, pero la inquietud sigue presente.

El aire se hace un poco más pesado que antes, y Sere decide aliviarlo un poco.

—¿Por qué coño has tenido que ir a ver a tu madre?

Aura suspira con delicadeza.

—Claro, como toda tu familia está muerta...

—Mi familia no está muerta, vive en Guadalajara.

—En la práctica es lo mismo.

Otro silencio, algo más liviano.

—Entonces ¿qué hacemos? —pregunta Aura con un susurro.

Sere le dedica una sonrisa tensa.

—¿Podemos volvernos a Escocia y que le den por culo a tu marido muerto?

Ojalá.

—Sabes que no puedo.

—Pues seguimos, pero aquí. Pintamos una raya en el suelo. Y que pase lo que tenga que pasar.

Aura respira hondo, su mirada fija en el suelo, sin ver la raya. Las palabras de Sere resuenan en su mente, cargadas de verdad y dolor. A veces, la vida no deja más opción que enfrentarse a los problemas de frente, sin huir.

Se deja caer en el sofá, sintiendo el peso del mundo sobre sus hombros. Sabe que Sere tiene razón. Huir no es una opción para ella. Pero quedarse y luchar también parece una tarea abrumadora.

Consciente de sus limitaciones, decide ignorarlas.

—Echo mucho de menos a Mari Paz —dice Aura de repente.

Sere, que había estado observando el suelo, levanta la mirada y asiente lentamente. Sin la legionaria son como dos personas torpes en una piragua que se hunde, luchando por manejar unos remos demasiado grandes.

—Yo también. Es la única persona del mundo con la que estaría dispuesta a discutir toda la vida.

Aura sonríe ligeramente.

—¿Aunque te llame loca?

Sere se ríe, un sonido seco y breve.

—No estoy loca, tengo un informe médico que lo prueba.

De repente, una idea cruza la mente de Aura como un rayo. Se queda paralizada por un momento, procesando lo que acaba de ocurrírsele.

—¡Eso es! —exclama, con los ojos brillantes.

Sere la mira, desconcertada.

—¿Qué pasa?

—Los informes médicos —responde Aura, su mente trabajando rápidamente—. Los informes médicos de los hospitales de Madrid. Noah Chase supuestamente murió en un atropello, pero hay algo que no cuadra. Si podemos acceder a esos informes, quizás encontremos algo que se nos ha pasado por alto.

Sere frunce el ceño, intentando seguir el hilo de pensamiento de Aura.

—¿Quieres decir que busquemos los registros médicos de los hospitales?

Aura asiente, su mente ya en marcha con el nuevo plan.

—Exacto. Si podemos encontrar su historial médico, puede que descubramos algo que nos ayude a entender quién era realmente y por qué murió. Quizás incluso encontremos alguna conexión con lo que estamos investigando.

Sere se queda en silencio por un momento, considerando la idea. Finalmente, asiente.

—Tiene sentido. Podría haber algo en esos informes que nos dé una pista.

Aura siente una renovada esperanza, aunque sea tenue.

—Vamos a necesitar acceso a las bases de datos de los hospitales. ¿Crees que puedes hacerlo?

Sere se estira y exhibe una sonrisa traviesa.

—¿Acceder a bases de datos restringidas de hospitales? ¿Qué es esto, Peppa Pig? Dame diez minutos, anda.

Sere se acomoda frente al portátil, se arremanga el kimono de estar por casa, su expresión se transforma en una máscara de concentración absoluta. Sus dedos vuelven a bailar sobre el teclado con una agilidad casi hipnótica.

—El cielo está enladrillado, quién lo desenladrillará... —murmura Sere mientras sus ojos recorren la pantalla, buscando los accesos adecuados.

Aura se pasea por el salón, incapaz de quedarse quieta. De vez en cuando se vuelve hacia su amiga con una mezcla de admiración y nerviosismo. Desde el encuentro con Parka Marrón, ya no se siente segura en esa casa.

No es la primera vez que se arrepiente de haberse subido al avión de Constanz. Ni de haber hecho un pacto con el diablo. Se arrepiente cada poco rato, en eso es campeona del mundo. En lo que es subcampeona es en lo de hacer algo al respecto.

—Hecho. Ya estamos dentro —anuncia Sere, con un floreo de su melena pelirroja—. Y esto es raro, raro de pelotas.

Sere le enseña a Aura de nuevo el informe de autopsia de Noah Chase, detallando las circunstancias de su muerte.

—Aquí está. Atropello y fuga, como decía el artículo —dice Sere, leyendo en voz alta—. Traumatismos múltiples, hemorragia interna... Hasta aquí bien.

—¿Pero?

—El informe dice que el cuerpo fue trasladado al Hospital Universitario Gregorio Marañón, pero no hay ningún registro de admisión en ese hospital —responde Sere frunciendo el ceño—. Es como si el cuerpo hubiera desaparecido en algún punto del traslado.

El corazón de Aura late con fuerza. Esta discrepancia podría ser la pista que necesitaban.

Después de varios minutos de búsqueda intensiva, Sere suspira y se aparta del portátil.

—No hay ninguna admisión con el nombre de Noah Chase ni Gerald Palmer en las morgues o los hospitales de Madrid esa noche —dice Sere, frustrada.

Aura siente cómo el desánimo se instala en su pecho. Otro callejón sin salida. Se pasa una mano por el cabello, intentando pensar en una solución.

—¿Tienes todas las listas de admisiones de ese día? —pregunta de pronto. Una idea comienza a formarse en su mente.

Sere asiente y vuelve a teclear buscando las listas completas de admisiones. Los resultados empiezan a aparecer en la pantalla, una relación interminable de nombres y detalles médicos.

—Son muchos —dice Sere mientras desliza la pantalla—. Más de mil resultados. Pero ninguno es Chase.

Aura se inclina hacia delante, su mente trabaja a toda velocidad.

—Prueba a ver si hay algún desconocido —sugiere con la esperanza de encontrar algo que se haya pasado por alto.

Sere ajusta los filtros de búsqueda y, después de unos segundos, una nueva —y mucho más corta— lista aparece en la pantalla. Sus ojos se abren de par en par mientras encuentra lo que estaban buscando.

—Pero qué lista eres, chocho mío —dice, dando con la uña en la pantalla—. Desconocido. Varón blanco, metro noventa de altura, rubio, ojos azules.

—Tú sí que eres lista, coño.

Se agacha y le planta un beso en la frente, intentando leer de reojo.

—¿Motivo de la admisión?

—Espera...

Sere traga saliva antes de responder.

—Traumatismo torácico —lee, con un tono de incredulidad— por herida de bala.

Aura siente un nudo en el estómago.

—Así que no le atropelló un coche.

—O eso o ahora los fabrican mucho más pequeños.

Mientras observa las imágenes en la pantalla, no puede evitar reflexionar sobre el esfuerzo ingente y la cantidad de recursos que ha tenido que emplear alguien para ocultar la verdad.

Un disparo en el pecho.

Camuflado de atropello.

La falsificación del informe forense de Noah Chase, que oculta el verdadero motivo de su muerte y su supuesta identidad.

Todo requiere una red de complicidad y un nivel de poder que va mucho más allá de lo que había imaginado. Esto no es obra de un simple asesino; es una conspiración cuidadosamente orquestada.

—¿Fecha de la muerte? —pregunta Aura, cuando logra recuperarse.

Sere amplía la casilla correspondiente.

Que está vacía.

—Éste es el último registro —dice señalando una anotación a mano—. Procura que no te dé un parraque, aviso.

La anotación dice, con letra sorprendentemente legible, para ser de un médico de Urgencias:

Paciente estabilizado, traslado a UCI.

Y ahora sí que Aura siente que está a punto de darle un parraque.

Porque resulta que Noah Chase, o Gerald Palmer, o como quiera que se llame el asesino de su marido…

—… está vivo. Ese hijo de puta está vivo.

16

Otra llamada

Más tarde, con Sere dormida, Aura sale al descansillo y llama de nuevo.

—Es muy tarde —responde Constanz Dorr, al sexto tono—. Y no me encuentro bien.

—Hay gente persiguiéndome —se apresura Aura, cargada de urgencia y miedo.

Pausa. Impaciente.

—¿Quiénes? ¿Los has visto? —responde Constanz, con frialdad.

—Un hombre con una parka marrón. Alto, de pelo canoso —explica Aura recordando cada detalle del rostro de su perseguidor.

Segunda pausa. Valorativa.

Aura puede imaginar a Constanz, con su expresión calculadora, sopesando la información.

—No sé quién es —admite la anciana—. Conozco a algunos de los habituales. Los que ocupan el lugar de Bruno a las órdenes de otros miembros de El Círculo. Pero a veces se recurre a personal externo. Y, a decir verdad, llevo demasiado tiempo fuera de juego.

—Están acechando a mi madre. Y ahora a mí —continúa Aura con rabia. La idea de su madre en peligro la consume.

—Tienes muy fácil que te proteja. A ti y a tus hijas —responde Constanz con un matiz casi condescendiente.

—Eso no va a suceder.

—¿Estás a salvo?

De nuevo la pregunta.

—Eso creo —dice Aura—. Al menos por ahora. Pero también estoy perdida.

Tercera pausa. Larguísima.

—Pregunta lo que quieras —concede la anciana.

Aura se aclara la garganta tratando de encontrar sus palabras.

—He estado investigando —empieza, vacilante—. Llegué al primer callejón sin salida.

—Gerald Palmer —interrumpe Constanz, su tono lleno de una certeza que le da a Aura un escalofrío.

—Sé que desapareció. Que se lo llevaron de la UCI —continúa Aura sintiendo cómo su determinación se tambalea ante la frialdad implacable de Constanz.

—Vaya. —Constanz emite un sonido de aprobación que suena más como un juez sentenciando que como una simple confirmación—. ¿Te preocupa eso? ¿Que siga vivo y en paradero desconocido?

La pregunta cae sobre Aura como un peso inesperado. Siente el estómago encogerse, la ansiedad creciendo en su interior. Su mente corre en todas direcciones buscando una respuesta que sea a la vez honesta y protectora. No tiene mucho tiempo para pensar; Constanz no es alguien a quien se le pueda hacer esperar.

Aura responde enseguida, y casi a la vez, sus palabras se atropellan mientras intenta articular sus sentimientos conflictivos.

—Sí. No.

El silencio que sigue es casi tangible. Es un silencio pesado, lleno de la expectativa educada pero cortante de Constanz. Aura siente el calor subiendo por su cuello, una mezcla de vergüenza y frustración.

—No, no me preocupa —repite Aura, esta vez con más firmeza—. Sólo es una herramienta.

Cada palabra parece un intento desesperado por convencerse a sí misma tanto como a Constanz. El recuerdo de Noah Chase y el daño que le ha hecho es una sombra constante en su mente, una herida que nunca termina de cicatrizar. Pero sabe que mostrar debilidad ante Constanz no es una opción.

—Pero una que te ha hecho daño —recuerda Constanz con calma inquietante. Es una declaración más que una pregunta, una afirmación que pone al descubierto las vulnerabilidades de Aura.

Aura siente un nudo en la garganta. Las imágenes de aquel ataque, el dolor físico y emocional del cuchillo de acero atravesando su estómago, pasan rápidamente por su mente. Respira hondo, tratando de mantener el control sobre sus emociones. No puede permitir que Constanz vea cuánto le duele recordar el dolor.

—Cierto. Pero no creo que ya pueda volver a hacerlo —dice Aura esforzándose por sonar más segura de lo que realmente se siente. Cada palabra es un escudo que levanta para protegerse de la marea de recuerdos y emociones que amenaza con abrumarla.

—Piedad y cobardía son la misma cosa —declara Constanz, su voz como un filo cortante que atraviesa las defensas de Aura.

El corazón de Aura late con fuerza, casi dolorosamente.

—No quiero venganza. Lo que quiero es la verdad. Por eso la he llamado.

—Te explicaré por qué me has llamado —dice Constanz con un tono de voz ligeramente didáctico, como si fuera un profesor sentado en su sillón de cuero hablando con una alumna confusa—. Me has llamado porque sabes algo.

—Ha ocurrido tal y como usted dijo. Llegué al segundo callejón sin salida.

Constanz hace un sonido gutural de asentimiento.

—Lo que sabes no lo puedes explicar. Pero lo percibes. Lo has sentido desde la muerte de Jaume. Que algo va horriblemente mal en el mundo.

Aura traga saliva con fuerza, intentando no romper a llorar. Las lágrimas arden en sus ojos, pero se niega a dejar que caigan. No frente a Constanz.

—No sabes lo que es, pero ahí está, como una astilla clavada en tu mente. Y te está enloqueciendo. Es este sentimiento el que te impulsa hacia delante. ¿Sabes de lo que estoy hablando? —La voz de Constanz se vuelve más suave, casi maternal, pero cada palabra es una gota de ácido en la conciencia de Aura.

—Sólo quiero saber la verdad —responde Aura, su voz quebrada por la desesperación contenida.

—No, en realidad no quieres. La verdad es una de esas palabras relacionadas con las creencias. La gente defiende una serie de profundas creencias que tienen que ver con el mundo, pero que, a la hora de aplicar a sus propias vidas, encuentran de lo más inconveniente. Muy pocos encuentran oportuna la verdad. Ni siquiera conveniente.

Aura siente cómo las lágrimas se le vuelven de plomo fundido, y de pronto algo en su interior —ese algo que tiende a hacer crac cuando menos conviene— le dice que ya tiene bastante.

—Se cree muy especial, Dorr. Ahí, arriba del todo. Quizá debería recordar que incluso en el trono más elevado del mundo, estamos sentados sobre nuestro propio culo.

—Aura...

—Que es por donde le aconsejo que se meta su ayuda.

—Esa presuntuosa hija de puta lo sabe todo... Lástima que no sepa nada más —dice para sí misma Aura, cuando Constanz cuelga.

En voz muy baja.

Lo cierto es que ha actuado de una forma muy estúpida, por una satisfacción muy breve, tirando a vil y bastante mezquina. Y además, ¿por qué? Cuando actúa así, se daría de bofetadas.

Pero no le gustaba nada lo que le estaba diciendo Constanz. Ni cómo le hace sentir. Ni en lo que le hace pensar.

Puedo sola, se dice. *Podemos solas*.

CONSTANZ

Que la vida iba en serio
uno lo empieza a comprender más tarde
—como todos los jóvenes, yo vine
a llevarme la vida por delante.

Dejar huella quería
y marcharme entre aplausos
—envejecer, morir, eran tan sólo
las dimensiones del teatro.

Pero ha pasado el tiempo
y la verdad desagradable asoma:
envejecer, morir,
es el único argumento de la obra.

JAIME GIL DE BIEDMA

1

Cinco semanas antes del accidente de avión

Desde que despertó del coma inducido, a Constanz Dorr le duelen los huesos.

A la mayoría de los ancianos les duelen.

Y ella ha permanecido inmóvil en una cama durante años. Es un milagro que haya podido volver a andar.

Por eso no presta demasiada atención al dolor persistente de su pierna derecha.

Hasta que le falla justo en la misma escalinata en la que Bruno acabó con su hija.

Amortigua la caída de forma instintiva con las manos.

El dolor que siente en la muñeca izquierda es agudo.

El de la pierna es de paroxismo.

Así y todo, no grita.

Constanz muerde con fuerza su orgullo e intenta levantarse.

Arriba, le ordena a su cuerpo.

Se asusta cuando se da cuenta de que éste no responde órdenes.

En su mente resuena la pregunta —cruel— que le hizo al marido de su amiga Mia König cuando ésta acabó en un hospital tras una rotura de cadera.

¿Se cayó y se rompió la cadera, o se rompió la cadera y se cayó?

Nunca obtuvo respuesta a esa pregunta, pero Mia König murió doce días más tarde.

Constanz Dorr se hace la misma pregunta.

Tampoco obtiene respuesta.

Así que mastica su orgullo varias veces y se lo traga.

La única opción que le queda es hacer algo que nunca en su vida había hecho.

Pedir auxilio a gritos.

2

Hay siete personas sentadas en los sofás de la lujosa sala de espera de la Clínica Universidad de Navarra de Madrid.

Bruno ocupa el más alejado de todos desde hace siete horas.

No se ha levantado ni para ir al baño.

Parece que duerme, pero no.

Las palabras de Roald Dahl fluyen a través de los auriculares bluetooth. Estar al lado de su abuela le deja mucho tiempo libre, y ha descubierto que puede leer sin saber interpretar el lenguaje escrito. Los audiolibros son un invento maravilloso y un descubrimiento tardío.

Ahora, lee mientras entrena en soledad en Los Poyatos, lee mientras pasea por el campo y lee cuando no está con su abuela.

Por culpa de su nueva afición a la lectura, no oyó los gritos de socorro de Constanz. Fueron dos empleados de la finca quienes la recogieron de la escalinata, la acomodaron en un sofá próximo y le avisaron de que su abuela había tenido un accidente.

Jamás olvidará la expresión crispada de su rostro.

De dolor extremo.

Por culpa de su nueva afición a la lectura —hoy, *James y el melocotón gigante*— no escucha que le están llamando.

Bruno abre los ojos cuando nota un toque delicado en el hombro.

Al abrir los ojos, se encuentra con la mirada de la doctora Alicia Fonseca.

Tiene una cara alargada, de sorprendente aspecto juvenil, que aún guarda huellas del combate adolescente contra el acné. No es muy alta, como máximo un metro sesenta y cinco. Lleva un peinado *tomboy*, y el pelo se le levanta en el cogote, como a los niños.

La sonrisa de la oncóloga es de ruleta de tómbola de feria. Imposible saber si va a caer en la casilla de «premio gordo» o de «pierde turno».

—¿Puede acompañarme? —pregunta en cuanto Bruno se quita los auriculares.

La doctora precede la marcha en un silencio de mal augurio y Bruno la sigue en procesión hasta una consulta. Ella le invita a sentarse en una de las dos sillas que hay frente a la mesa y cierra la puerta sin pronunciar palabra. Fonseca se sienta en el sillón giratorio que hay detrás y clava la mirada en Bruno. A éste le entran ganas de estrangularla, pero sabe que esa solemnidad es parte del protocolo médico, al igual que la sonrisa de Gioconda de la oncóloga.

—¿Su abuela nunca se ha quejado de dolor de huesos?

Bruno tampoco mueve un músculo facial al responder.

—No.

—¿Nunca?

—No. Es una mujer muy fuerte —añade.

—¿Ha recibido tratamiento de radioterapia en el pasado?

—Que yo sepa, nunca ha estado enferma.

—Ya. —La doctora Fonseca no se anda por las ramas—. Su abuela ha sufrido microfracturas en el fémur y en la cabeza del cúbito. Unas lesiones que no se corresponden a la caída que nos ha descrito con total lucidez. Le hemos hecho varias pruebas: analítica completa, radiografías, un TC y una biopsia de la que tendremos resultados mañana por la tarde...

—¿Qué tiene? —la interrumpe Bruno.

—No me atrevería a efectuar un diagnóstico. Tendríamos que esperar el resultado...

La vuelve a interrumpir.

—¿Qué tiene?

La doctora detecta amenaza en los ojos de Bruno. Antes de trabajar en el mejor hospital privado de Madrid, pasó doce años en uno público, donde experimentó en sus propias carnes la agresividad de algunos familiares de pacientes ante un mal diagnóstico. Conoce esa mirada, aunque la expresión hierática del adonis rubio que tiene enfrente no evidencie furia de forma explícita.

En cierto modo, le recuerda a una versión hermosa de la máscara de Michael Myers, de *Halloween*.

—Por las tumoraciones que han aparecido en el TC, todo apunta a que podría tratarse de un fibrohistiocitoma, pero necesitamos conocer el resultado de la biopsia.

—¿Podría explicarlo para alguien que no sea médico?

—Un tipo de cáncer óseo. Maligno —puntualiza—, y por lo que revelan las pruebas, extendido a varias zonas del cuerpo.

Bruno juguetea abriendo y cerrando el estuche de sus auriculares bluetooth.

Clap, clap, clap, clap.

—¿Cuánto le queda?

—Eso es algo que no podemos saber.

¡CLAP*!*

Silencio.

—¿Cuánto le queda?

—Si la biopsia concluye que es un fibrohistiocitoma maligno, semanas. Con suerte.

Clap.

Clap.

Clap.

3

Constanz está sentada en la cama, estudiando los informes médicos que sostiene en sus manos avejentadas. La luz del sol de la tarde entra suavemente por la ventana, iluminando su rostro lleno de arrugas y haciéndole brillar los ojos, que aún retienen una chispa de vitalidad.

A Constanz siempre le han encantado los informes. Le gusta tocarlos, barajarlos, releer los documentos, estudiar las fotos. Eso le da una sensación de solidez, de algo familiar y conocido. Los informes son como mantas protectoras. Es cierto que no son funcionales en sentido estricto, puesto que no sirven para abrigarla físicamente, pero sí mitigan con su presencia el miedo a lo desconocido.

Éste no le gusta nada.

La puerta se abre suavemente y la doctora Fonseca entra, con su bata blanca impecable y una expresión profesional pero preocupada. Constanz levanta la vista de los papeles y la observa con una mezcla de desafío y resignación.

—Doctora Fonseca —dice Constanz, firme a pesar del cansancio y el dolor—. Tiene malas noticias.

La doctora apresta el gesto.

—Los resultados de la biopsia confirman nuestras sospechas —dice con un tono grave—. Es un fibrohistiocitoma maligno. Está muy avanzado y se ha extendido a varias zonas del cuerpo.

Constanz asiente, sin miedo.

Al fin y al cabo, ya ha estado muerta.

Y no ha sido para tanto.

—Dígamelo sin rodeos. ¿Cuánto?

La doctora toma aire, y lo suelta despacio por la nariz.

—Semanas.

—¿Cuántas semanas?

—Tres. A lo sumo.

—Bien —dice, como si hubiera recibido una información esperada—. Quiero que me acompañe a Los Poyatos. Necesito su ayuda para mantenerme con vida hasta que termine mi tarea.

La doctora Fonseca se queda quieta, sus ojos se agrandan ligeramente por la sorpresa. Niega con la cabeza, sus labios se aprietan en una línea delgada.

—No puedo hacer eso, señora Dorr —responde con firmeza—. Mi deber es con la ética médica y con mis pacientes aquí. No puedo abandonarlos.

Constanz la mira de hito en hito, sus ojos se estrechan.

—Ponga una cifra —dice Constanz, con dureza—. Dígame cuánto necesita para considerar mi petición.

La doctora Fonseca vuelve a negar con la cabeza, más enérgica esta vez.

—No es cuestión de dinero, señora D…

—Cincuenta millones de euros. Si me consigue que esas tres semanas se conviertan en seis.

La doctora duda un instante.

Luego vuelve a menear la cabeza.

—No puedo, ni quiero, comprometer mi integridad profesional por un precio.

Constanz no se altera, no se inmuta. Ha estado al teléfono con varios médicos, tanto aquí como en Múnich y Frankfurt. Los mejores especialistas del mundo le han confirmado lo que ya sabía antes de venir.

Fonseca es la mejor.

Es, de hecho, la única.

Y ella necesita el tiempo.

Conseguir que la gente haga lo que quieres pasa por comprender qué es lo que necesitan.

—Doctora, considere cuántas vidas podría salvar con los recursos que estoy dispuesta a proporcionarle —insiste, su tono se suaviza ligeramente, buscando una brecha en la resolución de Fonseca—. Con el dinero que le ofrezco, podría financiar investigaciones, tratamientos para cientos de personas. Piense en el bien que podría hacer.

La doctora Fonseca se queda en silencio, sus pensamientos se agitan. El dilema moral es profundo. La oferta de Constanz es tentadora, no por el dinero en sí, sino por el potencial impacto positivo que podría tener. Pero también sabe que acceder a esa petición comprometería sus principios.

—Señora Dorr —dice finalmente, la voz más baja, casi un susurro—. Usted me pide que haga algo que va en contra de todo lo que he jurado como médica. No puedo decidirlo así.

Constanz asiente lentamente, sus ojos nunca abandonan los de la doctora. Puede ver la lucha interna, la batalla entre la moralidad y la tentación, y sabe que ha tocado una fibra sensible.

—Tómese su tiempo —dice Constanz con un murmullo suave pero imperativo—. Llame a su pareja, si lo desea. Hable con quien necesite.

La médico se da la vuelta para irse, pero Constanz añade algo más.

—El trabajo de mi vida pende de un hilo. Si no consigo este tiempo, todo a lo que he dedicado mi esperanza y mi esfuerzo desaparecerá. Piénselo.

La doctora Fonseca sale de la habitación con pasos pesados. La tensión en sus hombros es evidente, y Constanz la observa mientras se marcha. Sabiendo.

Constanz lo sabe todo de ella. Ha hecho su tarea con meticulosidad. Sabe que Alicia Fonseca está soltera, dedicada en cuerpo y alma a su profesión. Sabe que su vida gira en torno a su trabajo en la clínica, que su pasión es salvar vidas y que ha sacrificado mucho de su vida personal por su carrera. Sabe que ha tenido ofertas para trabajar en hospitales de renombre en el extranjero, pero que ha decidido quedarse en España para cuidar a su madre enferma hasta su fallecimiento hace un año. Sabe que, en el fondo, Alicia anhela hacer algo más grande, dejar un legado que vaya más allá de las paredes de la clínica.

Constanz sabe lo que va a contestar.

La humanidad de la doctora, su deseo de hacer el bien, ha sido cuidadosamente analizado y calculado.

Pesado y medido.

Sabe que la doctora Fonseca tiene una debilidad: su deseo de marcar una diferencia significativa en el mundo.

Está harta de tratar a hombres gordos de blancos vientres que lucen sus genitales como trapos viejos mientras esperan lo inevitable.

Y Constanz está lista para explotar esa debilidad al máximo.

Por eso, cuando la doctora vuelve, al cabo de unos minutos, Constanz sonríe por dentro.

Es una victoria pequeña.

También cuenta.

En su estado, una tiene que conseguir todas las que pueda.

TERCERA PARTE

HALLAZGOS

Toda verdad pasa por tres etapas.
Primero, es ridiculizada.
Segundo, es violentamente rechazada.
Tercero, es aceptada como algo evidente.

ARTHUR SCHOPENHAUER

Perdón, pero se me ha caído
un pendiente en oro.
Ustedes me lo vais a devolver
porque mi trabajito me costó.

LOLA FLORES

1

Unas cámaras

—No corras tanto, marichocho. Que no aparezca aquí la hora de la muerte no significa nada —intenta razonar Sere.

Aura la ignora, mientras trata de pensar.

Gerald Palmer, o Noah Chase, no es sólo un hombre; es la pieza central de un rompecabezas mucho más grande y oscuro. La manipulación de los registros médicos, la desaparición de un cuerpo: todo apunta a fuerzas que operan en las sombras, controlando los hilos desde lugares invisibles.

Aura se da cuenta de que están lidiando con algo mucho más peligroso de lo que jamás habían anticipado.

—Sere, ¿crees que podrías acceder a los registros de seguridad del hospital? —pregunta de repente—. Quizás haya cámaras de seguridad que nos den más pistas sobre lo que pasó esa noche.

Sere levanta la vista del portátil y asiente.

—Es una buena idea. Voy a intentarlo. Pero antes voy a ir al baño. Esto va a tardar un rato.

Se levanta, y a mitad de camino se da la vuelta.

—¿Te has dado cuenta de que cada vez que te sientas en el retrete estás conectando el ojete a una red gigantesca de ojetes interconectados?

Aura eleva los ojos al cielo en busca de ayuda.

—Voy a encargar algo de comer.

Varias largas horas —y treinta y ocho euros en comida china— después, Sere se frota los ojos enrojecidos, eructa con sabor a pollo con almendras y levanta la vista del portátil con una expresión de triunfo.

—Vas a querer ver esto.

Aura, que estaba fregando los cacharros, se acerca rápidamente, sacudiendo las manos aún empapadas.

La pantalla muestra imágenes granulosas de las cámaras de seguridad del hospital la noche en que Gerald Palmer fue admitido.

—Mira esto —dice Sere señalando una mancha blanca en la pantalla—. Ahí está. Ésa es la camilla en la que fue trasladado desde Urgencias. Atenta, ¿vale?

Aura observa con atención, los ojos fijos en la pantalla. Ve la figura de un hombre rubio, inconsciente, siendo trasladado a través de los pasillos del hospital. Pero algo más capta su atención.

—¿Quiénes son ésos? —pregunta señalando a dos figuras que siguen a la camilla.

Dos hombres vestidos con trajes negros —o muy oscuros, que las cámaras son en blanco y negro— acompañan a la camilla hasta una puerta lateral del hospital.

La cámara muestra cómo la camilla es llevada a una UVI móvil sin matrícula y, en cuestión de minutos, desaparecen del campo de visión.

—Esto no es un traslado normal —dice Sere, con su mejor voz de espía aficionada—. Esto fue una extracción.

—«Extracción». Te has flipado viendo muchas películas —dice Aura.

—A ver, tía, vivimos en una peli de James Bond desde que nos conocemos.

Y desde antes, piensa Sere, pero no lo dice.

—Esto significa que no sólo está vivo, sino que alguien con mucho poder lo está protegiendo —dice Aura—. Y tenemos que averiguar quién y por qué.

Las cámaras siguen corriendo, y algo llama la atención de Aura.

—Espera un momento… ¿te has fijado?

Apenas un minuto después de la salida de la ambulancia, otro coche abandona el parking.

—Dale a la pausa —pide.

Un sedán oscuro. Grande. Con pinta de caro.

—¿Puedes ampliar la imagen?

—¿Quién se está flipando ahora? Eso sólo pasa en las películas. Puedo ampliar la imagen, pero no vas a ver una polla ni aunque te la metan en la boca. La imagen tiene la resolución que tiene. Una mierda, concretamente.

Aura suspira con fuerza. Es una pena estar en una película

en la que los malos tienen poder y recursos infinitos, y ellas viven ancladas a la tiranía de los píxeles.

—Me gustaría ver la matrícula de ese coche.

Sere hace una captura y amplía la foto, enseñándole un bonito borrón en blanco sobre gris oscuro.

—Ya te lo había dicho.

—Esa matrícula no es normal.

Sere achina un poco los ojos y se da cuenta de a lo que se refiere Aura. En lugar de las habituales letras negras sobre fondo blanco, esta matrícula tiene letras blancas sobre fondo oscuro.

—Podría ser un Uber.

—Podría. Pero… ¿dónde está la pegatina?

Todos los Uber de Madrid llevan la pegatina roja con las siete estrellas blancas, bien visible en la parte de atrás, para que los taxis les piten y se cisquen en su madre cuando les adelantan sin señalizar.

En la imagen no aparece por ningún lado.

—Y además hay un espacio en mitad de la matrícula.

—Parece un espacio.

—Que es un espacio, te digo.

Sere ajusta el brillo y el contraste de la imagen, intentando sacar algo en claro.

—Parece un espacio.

La matrícula no se lee. Pero Aura ha visto espacios como esos antes. Cuando la Antigua Aura se dedicaba a buscar.

—Es del cuerpo diplomático, ¿verdad? —dice Aura con la mente trabajando a toda velocidad.

Sere menea la cabeza, los ojos agotados fijos en la pantalla.

—Tienes mucha imaginación, Aura.

—Dime qué otra matrícula puede tener un espacio ahí.

—Si por lo menos estuviera en color… —se queja Sere.

—Pues no está. Pero sígueme el rollo un momento, anda.

Sere baja la tapa del portátil y se levanta. El kimono de seda le ha dejado arrugas en las pantorrillas. Estira las piernas como puede y bosteza exageradamente.

—Sabes qué hora es ya, ¿no?

—Dos minutos. Te juro que sólo tardo dos minutos.

Sere se conoce de memoria los dos minutos de Aura. Pero está tan cansada que le es más fácil dejarse llevar, y hace un gesto de rendición.

Aura empieza a pasear por el salón, organizando sus pensamientos en voz alta.

—Noah Chase, o Gerald Palmer, es británico. Sabemos que alguien con mucho poder le puso en esa academia de idiomas, que en realidad es una tapadera. Alguien con recursos suficientes para manipular registros médicos y organizar extracciones en hospitales. Sere, esto no es cosa de un simple criminal.

Sere asiente, siguiéndole la corriente aunque aún no esté del todo convencida.

—Aceptamos barco como animal acuático.

—Piensa en ello. La matrícula diplomática indica que estamos tratando con alguien que tiene acceso a ese nivel de privilegio. La embajada británica tiene coches con matrículas como ésa. Y no es casualidad que Palmer fuese extraído de un hospital sin dejar rastro.

Sere se frota la barbilla, empezando a ver la lógica en la exposición de Aura.

—Entonces ¿estás diciendo que alguien de la embajada británica está detrás de esto?

—Exactamente. Y eso explica por qué Noah Chase pudo moverse con tanta facilidad. La embajada británica tiene inmunidad diplomática y muchos recursos. Si Gerald Palmer era parte de una operación encubierta, ellos tendrían los medios para protegerlo.

Sere apoya el culo en la mesa y tamborilea con los dedos en la tapa del portátil.

—Vale, supongamos que tienes razón y esa matrícula no es un puto Uber. ¿Qué hacemos con esa información? ¿Cómo la usamos?

Aura se frota las sienes, con desamparo.

—No tengo ni la menor idea —admite Aura al cabo de un rato—. No soy policía ni criminalista. Sólo soy una señora enfadada.

—Pues yo soy una señora agotada. Así que buenas noches, hasta mañana, los Lunnis y los niños nos vamos a la…

No llega a terminar la frase, porque en ese momento suena el telefonillo.

2

Un tren

A Mari Paz le crecen los enanos.

El único tren en el que encuentra plaza sale de Atocha a las 17.37 y llega a Algeciras alrededor de medianoche. El último barco a Ceuta zarpa a las 23.30, por lo que no le va a quedar otra que pernoctar en un hotel.

Mari Paz sufre la tensión previa al día de Reyes. Lleva meses sin ver a los lejías, tendría que darle lo mismo prolongar la espera un día más. Pero saber que los verá dentro de pocas horas le produce la misma ansiedad que sentía cuando pasaba Nochevieja y se acercaban los Reyes. Las horas se alargaban hasta parecer días, y los días, semanas. La noche después de ver la cabalgata se le hacía interminable.

Así es como se siente Mari Paz, que no para quieta en su asiento, para desesperación de su vecino. La legionaria se encaja los auriculares que le ha dado la azafata en las orejas e intenta ver la película, que es una producción vasco-francesa que no hay dios que se trague. Los auriculares parecen diseñados por los herederos de Torquemada, y Mari Paz se los quita antes de que le dé el parraque. Los cambia por los suyos e intenta oír los MP3 de Serrat que tiene almacenados en la memoria del móvil, pero cuando se está aburrido de verdad, uno tiende a no querer entretenerse.

—¡Qué *carallo*! —masculla en voz alta mientras medio trepa por encima de su compañero de asiento, deseosa de escapar de su encierro.

Por mor de la ley de Murphy, el señor había desplegado en la mesita un portátil, un cuaderno, un par de bolígrafos y un vaso de agua que se tambalea peligrosamente sobre el teclado de membrana. Mari Paz se dice que no va a volver a molestar al ejecutivo, no vaya a ser que le arree dos hostias bien dadas en respuesta a las cejas en ene que le ha puesto cuando ha salido al pasillo.

Nada de follones.

Nada de dar el cante.

Mari Paz sigue los cartelitos de la copa que conducen al coche bar. Decide que la única manera de hacer el viaje más llevadero es echándose un par de cervezas, a ver si con suerte le entra sueño y puede dormir un rato.

—Una cerveza —le pide a la azafata que hace las funciones de camarera.

—¿Cruzcampo o Cruzcampo?

Mari Paz piensa que la azafata está de broma.

—Está de broma, ¿verdad?

—Qué más quisiera yo —responde, desolada.

La legionaria vuelve la cabeza hacia la ventanilla y la empaña con un chorro de juramentos y maldiciones en gallego.

—Pues un whisky cola, que eso siempre se tomó.

Mari Paz paga la cuenta, que una vez más le parece barata después del precio de la cerveza sin alcohol en los garitos escoceses. Contempla durante unos segundos el vaso de plástico con el combinado, y se pregunta cuánto tiempo ha pasado desde que se tomó uno como el que tiene delante.

Meses.

De repente, el recuerdo de las niñas lo eclipsa todo.

Pero las niñas no están. Tampoco Aura.

Ni Sere, pero a Sere que le den, tampoco es tan importante para ella.

La loca la desestabiliza. Como le desestabiliza la visión del cubalibre de whisky que hace ondas en la barra del coche bar, como el vaso de plástico en el salpicadero del todoterreno de *Parque Jurásico*. Esa copa parece un recuerdo del pasado, un remedio casero que siempre funcionó, a pesar de sus efectos secundarios.

La Mari Paz de antes se convirtió en la Mari Paz de ahora.

Pero ¿quién es en realidad la Mari Paz de ahora?

Vuelve a estar sola, sin las gemelas.

Sin sus amigas, que puede que ya no lo sean.

Se plantea la posibilidad de no volver a verlas. A ninguna de las cuatro. Puede que ese espejismo de familia haya sido un paréntesis necesario en su vida para evolucionar hacia algo un poco mejor.

Mari Paz hace girar los hielos dentro del vaso.

La legionaria sabe pocas cosas y rechaza, muequeando, las que le rondan, queriendo ser sabidas.

Pero ésta se la sabe.

La de la suerte que muere.

A su mente vienen las historias de ganadores del gordo de la lotería que han acabado más arruinados que antes de que les tocara. Tal vez ella es uno de ésos, una desgracia andante condenada al fracaso.

Le da el primer sorbo a la copa.

Y le sienta de maravilla.

Se la zumba de dos tragos y exige otra, al más puro estilo del Oeste.

Echa de menos al viejo tocando la pianola y a la fulana con el cancán pidiéndole que la invite a una copa.

Mari Paz alterna la mirada entre el whisky cola y el paisaje que pasa raudo por la ventanilla. El demonio de su conciencia expulsa a su ángel con empellones despiadados, y las reflexiones más oscuras terminan por aflorar.

Durante todo este tiempo he estado jugando a ser buena, a seguir a la persona correcta, intentando convencerme de que hacía lo correcto. Rompiendo el círculo del pasado. Pero no todo lo que hice fue correcto, eso es un hecho.

Ni antes de Aura, ni después de Aura.

¿Sigue enamorada de ella?

Sigue.

Nuestro amor es imposible, como afeitarse con un triciclo.

Lo único que lamenta es la posibilidad de no volver a ver a las niñas, pero ellas son el sidecar de Aura. No puede sustituir a la madre.

Por un momento, se pregunta qué sucedería si Aura muriese.

Porque a estas horas lo mismo está ya en la boca del lobo.

Nueva dosis de lingotazo anestésico.

Mari Paz siente asco de sí misma.

Cómo puedo pensar algo así, joder...

Segunda dosis para apaciguar al monstruo.

—¿Me pones otro, *riquiña*?

Cuando el tren se para en Córdoba, Mari Paz lleva una trompa importante.

Un empleado del servicio de asistencia de Renfe tiene que acompañarla para hacer el trasbordo de tren en la estación de Antequera-Santa Ana, y no se despega de ella hasta que se cerciora de que se sienta en el asiento correcto, dentro del vagón correcto y del tren correcto.

Por suerte para todos, Mari Paz se queda dormida hasta que la despierta el revisor en la estación de Algeciras.

—¿El hotel más cercano? —pregunta con un ojo cerrado y otro abierto.

—El hotel Octavio está justo cruzando la estación, señora.

—Señora, su puta madre —agradece Mari Paz.

Arrastra la maleta de Wonder Woman por el andén y respira hondo. O disimula la borrachera, o le pondrán cualquier excusa para no darle habitación.

Tiene experiencia en eso, así que se pone muy tiesa y camina lo más recto que puede. Tiene miedo de que, si para de moverse, se derrumbará como una torre de ladrillos levantada por un niño.

—Cago en la hostia, qué vendaval…

Para su propia sorpresa, consigue habitación.

Veinte minutos después, está tumbada boca abajo, encima de una cama de matrimonio sin deshacer. Sus ronquidos son draconianos.

En sus sueños, recorre una versión propia e imprecisa del castillo de Harry Potter, con Alex y Cris agarradas de la mano, formando un trío imbatible.

En sus sueños, Mari Paz es feliz.

3

Un pañuelo

¿Hemos dicho que Ceuta sorprende?

—¿Romero?

La excomisaria se vuelve como un perro al que le pisan el rabo.

Lo primero que se le viene a la mente es que uno de los legionarios la ha descubierto antes que ella a él.

Pero cuando comprueba la identidad del dueño de la voz, se tranquiliza y no da crédito a sus ojos, todo a la vez.

—¿Peral?

—Lucio Peral, para los amigos —bromea y la coge de los hombros; le cuesta creer que su vieja amiga de correrías esté realmente allí—. Pero ¿qué haces en el norte de África? Oí que te habían herido y que te habías mudado a Madrid.

—Es una historia larga y aburrida. ¿Y tú? Te hacía en…

Peral se echa a reír y comprueba que no hay nadie demasiado cerca de ellos por el puente del Cristo, el lugar donde se han encontrado por pura casualidad. El hombre —que ronda la edad de Romero, tiene brazos fuertes y luce un bronceado poco habitual en esa época del año— termina la frase por ella.

—En la cárcel —apuesta—. Nunca llegué a pisarla. Increíble, ¿verdad?

Las cejas de Romero se disparan hacia arriba.

—Desde luego. ¿No caíste con el resto de la banda?

—Soy el piloto más rápido del Estrecho, y la Guardia Civil nunca me vio el jeto.

—¿Y qué haces en Ceuta? ¿Ahora trabajas para las mafias de Marruecos?

—Contra ellas —la corrige—. Ahora piloto para la Agencia Tributaria.

Los años de autodisciplina y de aparentar inflexibilidad han enseñado a Romero a no revelar nada, ni en la expresión facial ni en sus palabras, pero esta vez le cuesta disimular dos emociones sucesivas: sorpresa e incredulidad.

—Así que te has cambiado de bando.

Peral le guiña un ojo.

—Bueno, no del todo. Ya sabes… la cabra tira al monte.

—No lo sé, pero bueno es saberlo. ¿Qué hiciste con el dinero que ganaste haciendo pases a la Península?

—Lo invertí en un chalecito, un coche decente, una exmujer, tres hijas y una querida.

—Mal negocio.

—Y que lo digas. Oye, celebremos nuestro encuentro, te invito a una cerveza.

—A un agua con gas. Este calor es asfixiante.

—Sigues siendo igual de rancia que siempre.

—Y tú igual de chaquetero. Recuerdo que cambiaste de banda en un par de ocasiones. No sé cómo no te dieron matarile.

—Sé caer de pie, Romero. Mírame: los demás están muertos o presos, y yo estoy aquí, sirviendo a mi país, como un agente del orden.

Romero reflexiona sobre la diferencia entre héroe y villano, soldado y asesino, victoria y crimen. Las dos márgenes de un río llamado patria.

Lucio Peral tiene una habilidad especial para tener un pie en cada orilla.

—Desde luego, el mundo es un pañuelo —rezonga Romero.

—Y Ceuta es de los pequeñitos, de esos de señora mayor.

—Le falta el perfume estridente.

—Estamos al lado del foso, aquí sólo huele a mar.

Los dos caminan hasta una terraza en la plaza de África, frente al ayuntamiento, y se sientan en la mesa más apartada de los pocos clientes que hay en ese momento. La conversación que mantienen no es para publicarla en redes.

—Y bien, Romero, ¿qué se te ha perdido en Ceuta?

—Tal vez puedas ayudarme. Busco a cuatro legionarios.

—Pues has venido al pajar a por la aguja. ¿Alguna descripción interesante?

—Uno es gordo y sesentón, otro espigado y pasado de moda, otro feísimo y con pinta de yonqui y el último tiene las dos piernas amputadas.

Peral detiene el vaso de cerveza a dos dedos de los labios.

—Espera… El de las piernas cortadas, ¿es uno que dice ser italiano?

—No tengo ni idea. Nunca lo he oído hablar.

—Hay un tipo que vende cupones de la Cruz Roja. Tiene aspecto de haber sido legionario, va en silla de ruedas, no para de hablar y tiene brazos de culturista.

—Podría ser, aunque la masa muscular de la mayoría de los que tienen una minusvalía en las piernas suele ser superior a la media, podría no ser relevante.

—Pero lo reconocerías si lo ves, ¿no?

—Por supuesto. Está en deuda conmigo.

—Los vendedores habituales de los cupones de la Cruz Roja van a primera hora de la mañana a la oficina que hay en la Marina. Allí hacen cola, eligen el número que quieren, lo compran a un precio inferior del marcado y lo revenden a lo largo del día. La mayoría de los loteros son pensionistas de renta baja, parados de larga duración y gente que no tiene otra ocupación.

—¿Queda lejos esa oficina?

—En cuanto nos tomemos esto te la enseño. Está a diez minutos de aquí.

Como todo, piensa Romero.

—¿Puedo hacerte una pregunta? —tantea Peral.

La excomisaria asiente.

—¿Por qué buscas a esos legionarios?

—Ya te he dicho que es una larga historia.

—Tenemos tiempo, y tiene que haber un motivo importante para haber cruzado el Estrecho. Además, ¿quién sabe? Puede que esa historia me interese.

La mirada de Romero parece escrutar el fondo de ojo del piloto de lancha rápida, que esboza una sonrisa de chacal. Ella sabe que está sola en un territorio que desconoce, y Peral ha demostrado en más de una ocasión que es un aliado eficiente. No demasiado fiable, eso sí, que como buen marinero, sabe virar a favor del viento con un golpe de timón.

Decide ser franca.

—Porque me han tocado los cojones —resume—. Lo demás son detalles.

Peral se frota el mentón con aprobación. A veces no hace falta más.

—Contigo al fin del mundo, comisaria.

4

Un paquete

El sonido estridente del telefonillo corta el aire denso del salón haciendo que ambas mujeres se sobresalten. Sere se endereza, sus ojos aún llenos de cansancio pero ahora también de alerta. Aura se queda inmóvil, el corazón retumba con fuerza en su pecho.

Le hace una pregunta a Sere con los ojos.

Sere niega con la cabeza lentamente, su expresión cambia de la sorpresa al recelo.

Se dirige al telefonillo y, con una mano temblorosa, presiona el botón para hablar.

—¿Quién es?

La respuesta tarda un par de segundos en llegar, un par de segundos que se sienten como una eternidad.

—Tengo un sobre para la señora Reyes —dice una voz masculina, neutral y sin inflexión.

—Son las dos de la mañana.

—Tenemos muy buen servicio —aclara el hombre, con la misma voz robótica.

—¿Qué hacemos? —susurra Sere, su tono lleno de urgencia y miedo.

Aura respira hondo, intentando calmarse.

Piensa rápidamente en sus opciones.

No pueden simplemente ignorar el timbre.

Pero abrir la puerta también puede ser peligroso.

—Voy a abrir, pero con cuidado. Quédate detrás de la puerta, por si acaso. Si algo va mal, haz algo útil —decide finalmente Aura, firme a pesar del temblor en su interior.

—Algo útil… ¿como qué?

—Yo qué sé. Algo que haría Mari Paz.

Sere se plantea empezar a fumar, que de todo lo que sabe hacer Mari Paz es lo que se le antoja más fácil. Opta por tragar saliva, y se coloca en un lugar estratégico.

Aura toma aire profundamente y pulsa el botón para abrir la puerta del portal. Espera unos segundos que se sienten eternos, hasta que escucha los pasos acercándose por el pasillo.

La puerta del apartamento se abre lentamente, revelando a un hombre con un uniforme de mensajero y un sobre en la mano. Tiene una mirada profesional, aunque un poco cansada.

—¿Señora Reyes? —pregunta mirando a Aura con expectación.

—Sí, soy yo —responde Aura sin apartar la vista de él.

El hombre le entrega el sobre —marrón, A4, con burbujas— asintiendo cortésmente.

—Aquí tiene, señora. Buenas noches —dice antes de dar media vuelta y alejarse por el pasillo.

—Espere —dice Aura, a la que se le ha quedado cuerpo de anticlímax—. ¿Eso es todo?

El hombre se encoge de hombros y desaparece.

Aura cierra la puerta y lleva el sobre hasta la mesa del salón.

—¿Qué hacemos? —dice Sere—. ¿Lo abrimos?

—¿Y por qué no?

—Yo qué sé. A lo mejor tiene ántrax.

—Tú sí que tienes ántrax.

Aura rasga el papel del sobre, que parece bastante liviano. Lo pone boca abajo encima del portátil de Sere, con el brazo bien estirado —lo del ántrax no se lo cree, pero el brazo lo estira igual—.

Una hoja cae, suavemente, y aterriza encima del plástico.

Es un recorte de periódico.

La fecha es en lo primero que se fija Aura.

Cinco días después de la muerte de Jaume.

La comunidad diplomática da el último adiós al embajador del Reino en España

La comunidad diplomática se reunió ayer en la Iglesia Anglicana de San Jorge para rendir homenaje al fallecido embajador británico, sir Peter Scott, quien murió repentinamente de un ataque al corazón a la edad de sesenta y ocho años. La ceremonia, cargada de solemnidad y emoción, fue presidida por el capellán Aldous Symes, y contó con la presencia de figuras prominentes de la sociedad española y británica.

El embajador Scott, conocido por su dedicación y habilidad en la diplomacia, había sido una figura clave en las relaciones entre España y el Reino Unido durante los últimos años. Su gestión fue elogiada por su enfoque pragmático y su capacidad para manejar situaciones delicadas con mano firme.

En la ceremonia, los asistentes destacaron su compromiso con el servicio público y su contribución a fortalecer los lazos entre ambos países. Entre los presentes se encontraban ministros, embajadores de otros países y altos funcionarios de ambos gobiernos, lo que subraya la importancia de sir Peter Scott en la diplomacia internacional.

La muerte del embajador ha estado rodeada de cierta controversia debido a las circunstancias inusuales en torno a su fallecimiento. Aunque el informe oficial declara que murió de un ataque al corazón, ha habido rumores y especulaciones desmentidas tajantemente por la embajada en una breve nota de prensa.

La ceremonia contó con estrictas medidas de seguridad que, según fuentes del Ministerio del Interior, se incrementaron en las semanas previas al fallecimiento del embajador. Este aumento en la seguridad ha generado más especulaciones sobre la posible existencia de una amenaza a la figura del embajador, que vincularían el suceso con el reciente tiroteo a dos policías municipales en Santa María de la Cabeza.

La ausencia de familiares del embajador en la ceremonia fúnebre —se sabe que tenía una hija y un nieto— ha alimentado aún más la teoría de una amenaza inminente contra la

vida del dignatario antes de su fallecimiento.

Durante la ceremonia, el oficiante elogió
la dedicación del embajador Scott a su trabajo y su capacidad para construir puentes
entre culturas. «Sir Peter Scott fue un verdadero servidor público, cuyo legado vivirá
en las relaciones que ayudó a forjar y en
los corazones de aquellos que tuvieron la
suerte de conocerle», dijo el capellán en su
homilía.

5

Una foto

Aura se lee todo el recorte de periódico entero. Incluso las partes que son sólo peloteo descarado.

Se lee la parte de atrás del recorte de periódico, que es publicidad de Viajes El Corte Inglés, «¡30 % de descuento en cruceros para la Semana Santa!».

Lo vuelve a leer, esta vez en voz alta.

—Se me ha quitado el sueño de golpe —dice Sere cuando Aura acaba—, entre las casualidades imposibles, el susto y el mensajero de madrugada. Creo que me voy a hacer un *ramensito* instantáneo, a ver si remonto.

—Ha sobrado chino —responde Aura, en modo ahorrador automático.

—Ya, pero eso frío no vale nada.

—Tienes razón.

—¿Verdad? Es que ni recalentándolo.

—No, eso no. Bueno, eso también. Me refiero a las casualidades imposibles.

Mientras el microondas zumba, Aura coge boli y libreta y se pone a anotar. No es mucho de hacer listas, pero ésta se la está pidiendo el cuerpo.

1) Jaume Soler, asesinado por Noah Chase.

2) Noah Chase (alias Gerald Palmer), ingresado con un disparo en el pecho, dos días después.

3) Sir Peter Scott, embajador británico. Funeral cuatro días después de Jaume.

—Por cierto, te has dejado quién te ha mandado el recorte de periódico.

—Sobre eso tengo una ligera idea. La única persona que ha estado ayudándome a descubrir la verdad.

—¿Crees que te lo ha mandado Constanz?

—¿Quién si no?

Sere se sienta a su lado, sorbiendo su ramen caliente y observando a Aura con curiosidad.

—Si te paras a pensarlo, todos hemos pateado a una embarazada —dice, sorbiendo un poco más.

Aura no se había parado a pensarlo.

—Entonces ¿qué crees que significa todo esto? —pregunta Sere, su tono más serio ahora, señalando la lista.

—Hay demasiadas coincidencias —murmura Aura—. Demasiadas para ser sólo eso. Tenemos a Jaume, Noah Chase y sir Peter Scott, todos conectados de alguna manera. Y luego está la manipulación de los registros médicos y la extracción encubierta de Noah.

Sere asiente, masticando lentamente su ramen.

—Vale, pero... ¿cómo se relaciona todo esto con la embajada británica? ¿Y qué papel juega Noah Chase?

Aura se inclina hacia delante, apoyando los codos en la mesa, su expresión intensa.

—Noah Chase, o Gerald Palmer, era británico. Y alguien con mucho poder y recursos lo insertó en esa academia de idiomas, que sabemos que es una tapadera. El hecho de que lo sacaran del hospital de esa manera sugiere que estaban protegiendo algo importante. Algo que no querían que se descubriera.

Sere entrecierra los ojos, intentando seguir el hilo.

—¿Y por qué no dejarlo morir, sin más?

Aura se frota la frente con la mano.

—Para no dejar rastro, supongo.

Sere deposita su bol de ramen —casi terminado— en la mesa, mirando a Aura con una mezcla de preocupación y comprensión.

—¿Qué habíamos dicho de no fliparnos, tía?

—Sere, no es la primera vez que leo el nombre de sir Peter Scott —dice Aura mirándola a los ojos.

—Ah —dice Sere.

—Eso me temo.

Cuando Aura se hizo con el manuscrito de los Dorr, tanto Mari Paz como Sere reaccionaron a su propio estilo.

—*La que eres de leer eres tú, rubia. A mí me haces un resumenciño, ¿sí?*

—*A mí, chocho, no me metas en esas mierdas. Que esa movida ha matado a mazo de peña.*

Sere había hecho la del avestruz, y por eso el nombre del

diplomático no había significado nada para ella en un principio.

Por eso ahora Aura se la ha quedado mirando, muy seria.

—¿Quieres que siga?

Sere se levanta, tira el bol de ramen a la basura, maldice un poco al darse cuenta de que la papelera no tenía bolsa, saca el cubo, lo lava, lo seca con un poco de papel de cocina, coloca una bolsa, tira el ramen y se vuelve a sentar, exactamente once minutos más tarde.

—La verdad es que no —dice, por fin—. Pero *from lost to the river*, que diría tu amigo el embajador.

—¿Estás segura?

—Pues claro que no. Prosigue.

Aura respira hondo. Ha aguardado con paciencia, porque ni siquiera ella estaba muy segura de continuar.

—En la última página del manuscrito sobre los Dorr, aparecía una lista. Una que se supone que nadie debía conocer, ¿recuerdas?

Si cometiéramos la imprudencia de pedirle a Sere que resumiera lo que sabe sobre El Círculo en una frase, ¿cuál sería?

Pues a ver, eso es fácil, gente con pasta, o sea, con una cantidad de pasta absurda, de esa que no te puedes ni imaginar, el tipo de pasta que tienes que sacar una calculadora y multiplicar el sueldo que ganas durante toda tu vida, y luego multiplicarlo por el que ganarías si vivieras mil vidas, con trienios y todo, y te empezarías a acercar al dinero que gana gente como Constanz Dorr en un año, pero no es que el dinero importe, el dinero se la suda, no se la suda pero ya me entiendes, tú y yo nos entende-

mos a la primera, el dinero para ellos es como el agua para los peces, la dan por sentada; lo que de verdad le importa a esta gente es el poder, el poder a cualquier precio, hacer el mundo a su imagen y semejanza, y no es una cara bonita, por más guapa que fuese Irma Dorr, que estaba bien buena la so guarra, no como Aura, demasiado alta, pero casi; lo que de verdad odian las Laura Trueba y las Carla Ortiz y los Sebastián Ponzano y los sir Peter Scott de este mundo son los obstáculos, que para eso han hecho pandillita, pero alguien se ha meado en el ponche, y me temo chocho que estamos en medio de un quítate tú pa ponerme yo, lo estamos desde hace tiempo, y ojalá pudiera decirte cómo lo sé y por qué, pero ibas a odiarme y por ahí no paso, así que seguiré haciéndome la tonta y comiendo ramen que por cierto estaba muy rico aunque picaba un poco de más y ahora está pidiendo paso como el café de máquina.

No cometida la imprudencia, todo lo que Sere dice es:

—Me acuerdo, me acuerdo.

—No todos los nombres salían en el manuscrito. Había muchas partes tachadas. Nombres y hechos. Creo que por eso Irma quería el legajo original a toda costa.

—Y tu amigo Mentor —deja caer Sere, como quien no quiere la cosa, mientras se sienta de nuevo frente a su ordenador. Levanta la tapa y empieza a teclear.

—Cierto.

—Al que se la jugaste como la Macarena a su novio en la jura de bandera del muchacho. ¿Te has planteado que a lo mejor podría ser Parka Marrón?

Aura medita un momento, con sólo el sonido del teclado de Sere de fondo.

—No, no es el estilo de Mentor —responde finalmente, negando con la cabeza —creo.

—¿Pero no te extraña que no haya intentado localizarnos?

—Estoy segura de que lo ha intentado. Pero destruí el teléfono. No ha podido seguir nuestro rastro desde Escocia.

—Más a mi favor para que intentase vigilar a tu madre, por si aparecías. Poniendo un perrito parcela.

Aura vuelve a menear la cabeza, pero esta vez con menos seguridad.

—Él es más... meticuloso. No dejaría tantos cabos sueltos. Además, no tiene sentido que se involucre de esta manera tan directa.

Sere la observa por el rabillo del ojo, y calcula que tendría más suerte intentando exprimir zumo de una piedra. Decide darle un poco más de cuerda.

—Para sinsentido el de un embajador en esa lista —dice, de nuevo como al descuido.

—Lo mismo pensé yo cuando lo leí —admite Aura—. Era el único de ese grupo que no es milmillonario. Al menos en apariencia. Pero empiezo a pensar que El Círculo no tiene tanto que ver con el dinero como con el poder.

—Comprendo. ¿Has oído hablar de la búsqueda por imágenes, por cierto?

Aura mira a Sere con extrañeza ante el cambio de registro.

—¿Lo de Google, que subes una foto de los zapatos que quieres y te enseña dónde te lo puedes comprar?

—Algo parecido —dice Sere—. Salvo que hay motores mejores. No hay que ser hacker para usarlos, tan sólo saber qué buscas.

Le muestra las dos imágenes que ha introducido en el buscador, un motor de pago llamado Infinity Images. La primera es una foto de archivo del embajador británico. La otra es el retrato de Noah Chase, con sus ojos amables y todo.

—¿Qué es lo que...?

—Espera.

Sere hace clic en «Buscar» y el motor de búsqueda empieza a procesar las imágenes. Aura observa con curiosidad y un poco de escepticismo, mientras las líneas de código y las pequeñas miniaturas de imágenes parpadean en la pantalla. La búsqueda de diez segundos.

—¿Qué esperas encontrar? —pregunta Aura, impaciente.

—Conexiones, coincidencias... algo que nos dé una pista más clara —responde Sere, con los ojos fijos en la pantalla.

Finalmente, el motor de búsqueda muestra los resultados. Varias imágenes de sir Peter Scott en eventos diplomáticos, recepciones y reuniones oficiales aparecen en la pantalla. Entre ellas, hay una foto que llama la atención de ambas.

—Mira eso —dice Sere señalando una imagen en particular—. ¿No te parece familiar?

La foto muestra a sir Peter Scott en una gala benéfica, rodeado de varias personas. Entre ellas, al fondo, se distingue la figura de un hombre alto, con el pelo rubio y ojos azules, vestido con un esmoquin.

—Es Noah Chase —dice Aura, casi en un susurro—. Está en la misma gala que sir Peter Scott.

Una pestaña despliega nuevas fotos de la misma gala.

Sere marca una de ellas, ampliando la imagen para que puedan verla mejor.

—Fíjate en su oreja izquierda.

Aura se acerca a la pantalla, observando con atención. A medida que la imagen se amplía, se revela un pequeño dispositivo en la oreja izquierda de Noah Chase. Es un auricular discreto, el tipo de aparato que suelen utilizar los guardaespaldas y el personal de seguridad para comunicarse.

—Es un pinganillo —murmura Aura, asombrada—. No es sólo un asistente en la gala. Es el guardaespaldas del embajador.

Sere asiente, impresionada por el descubrimiento.

—Eso explica por qué estaba tan cerca de Scott en todos esos eventos. Pero… ¿por qué meterle en el país a través de una academia de idiomas?

—Porque no era un guardaespaldas normal. O no sólo. Su otro trabajo era como sicario.

Aura se queda mirando la foto.

Noah Chase, al fondo. Con la mano izquierda sujetándose la derecha, la cabeza un poco ladeada, las piernas abiertas y el grueso cuello de toro alzado hacia el techo. Esa pose de tipo duro y silencioso la ha visto en un millar de películas, y Aura se pregunta si él se limitaba a copiar el modo en el que se suponía que debía colocarse un guardaespaldas o era algo natural.

El primer paso para ser un pirata es creérselo, piensa.

Casi llega a decirlo en voz alta. Casi.

El embajador, delante de él, un hombre seco y resuelto, con el pelo quizás más largo de lo que convendría en alguien de su edad. Habla con una mujer que sale de espaldas a la cámara. Sir Peter Scott sonríe, sin una sola preocupación en el mundo.

Aura contiene la respiración.

Por primera vez puede hacer algo que desea desde hace mucho tiempo.

Por primera vez puede mirar a los ojos al asesino de su marido.

6

Un doble cero

En el escalafón de los loteros ambulantes, hay tres categorías.

Primero, los de la ONCE, hombres y mujeres bien pagados que enarbolan el estandarte de una encomiable labor social.

Justo debajo, los de la lotería nacional, comerciales de administraciones oficiales que hacen la labor de calle.

Abajo del todo, los de la Cruz Roja, loteros freelance que adquieren su taquito de cupones diarios al despuntar el día, y si no los venden todos, cenarán los no premiados con sabor a «mañana será otro día».

Ángelo es de estos últimos.

Cada mañana, a primera hora, da un rodeo hasta la estatua gigante de la ninfa Calipso (según él, tiene un polvazo) para enfilar la Marina y no tener que pelearse con cuestas pronunciadas, y en Ceuta eso es más difícil que evitar minas en Afganistán.

Si tuviera la silla de Echenique…

Así que se planta en la puerta de la oficina de la Cruz Roja donde se efectúa el reparto diario de cupones. Ángelo lo disfruta a rabiar, porque no hay día en el que un trío de loteras —siempre las mismas— no se peleen entre ellas a gritos e insultos por los mismos números. La quinta vez que las vio a punto de meterse mano, le preguntó a uno de los vendedores veteranos desde cuándo se enzarzaban en esas discusiones tan candentes.

—Desde 1982, cuando el mundial del Naranjito.

Ángelo no sufre esos problemas, porque, como argumenta él, todos los números están en el bombo. Así que no protesta cuando le endilgan el 100, por novato. Según los eruditos de la ancestral ciencia de la lotería, el 100 es un número muy feo, como si hubiera otros preciosos.

A Ángelo, sin embargo, le encanta que termine en cerocero, porque le permite vocear a todo volumen y cada vez que le apetece:

—¡Los muertos! ¡Llevo los muertos!

Así que esa mañana recoge a sus muertos, da un giro de ciento ochenta grados con su Sunrise Medical plegable («el Dacia Sandero de las sillas de ruedas», Chavea *dixit*) y se dispone a volver a la arteria principal de la ciudad.

No ha avanzado ni cincuenta metros cuando alguien se hace cargo de las asas de la silla desde atrás y le da un cuarto de vuelta, dispuesta a cruzar la calle.

—Ni se te ocurra volverte —dice una voz a su espalda.

Una voz femenina que suena a cuchilla de afeitar.

Por supuesto, Ángelo no se plantea hacerle caso. Si es una

ladrona de cupones —haberlas, haylas— ha elegido al tullido equivocado. Así que se revuelve como un gato para agarrar como pueda a la loca que le ha secuestrado la silla.

El cañón de la pistola en la mejilla le sugiere replanteárselo.

En ese momento, Ángelo adivina quién es la nueva conductora de su Sandero.

La poli Cojiloca, como la bautizó el Caballa en una noche de inspiración poética.

—Mira hacia delante y la boca cerrada, o te pego un tiro aquí mismo.

—¿Tanto valgo para arruinarse la vida, señora?

—Tú no vales una mierda. Lo que sabes sí.

Romero cruza la calle y hace rodar la silla por la acera del paseo de la Marina Española, rumbo a su apartamento de alquiler. Se ha aprendido la ruta de memoria, y por muchas alternativas que ha buscado, ni Dios la va a librar de empujar la Sunrise Medical por una cuesta peor que la de enero, a pesar de tener que dar un rodeo impresionante para evitar otras mucho peores. A esas horas tempranas, se cruzan con dos o tres dueños de perros meones y con corredores mañaneros aislados del mundo exterior por auriculares deportivos.

—¿Por qué no pregunta lo que quiere saber y me deja en paz, señora?

—Es una opción. ¿Dónde está Mari Paz Celeiro?

—Joder, eso quisiéramos saber nosotros.

—¿Ves como no es tan fácil?

—Pero es que no lo sé —protesta Ángelo.

—Ya veremos si eso es verdad o no.

—¿Adónde me lleva?

El cañón de la pistola le golpea justo detrás de la oreja y le levanta la piel en un doloroso raspón. Romero mantiene el arma medio escondida entre su cuerpo y el bolso, para que los viandantes no la vean.

—Si vuelves a abrir el pico, te doy otra vez.

Ángelo agacha la cabeza, sumiso, y recorta un cupón de su taco de la Cruz Roja.

Éste es el cuarto que separa del resto.

Lo deja caer con disimulo, como quien deshoja una margarita.

Su mirada se pierde en el estrecho de Gibraltar. Hace un bonito día de poniente y el peñón se distingue en la otra orilla, en su máximo esplendor.

Una lágrima solitaria rueda mejilla abajo.

Sabe que en cuestión de minutos, ese día hermoso se transformará en uno que le gustaría poder olvidar.

Otro cupón recortado cae a la acera.

En su mente gira una sola idea.

Si catorce toneladas de BMR no pudieron acabar con él, la puta Cojiloca tampoco.

7

Un globito rojo

Unas pocas horas después, Aura ha dormido unas pocas menos.

Apenas raya el día cuando tiene en la mano izquierda el móvil y en la derecha la tarjeta de Constanz Dorr.

Se marcha al extremo contrario de la casa para no molestar a Sere, cuyos ronquidos podrían haber formado parte de los efectos de sonido de *Juego de Tronos*. Ha estado toda la noche oyéndola a través del finísimo tabique de la habitación de invitados —convertida en un vestidor, con sus dos percheros rodantes atestados de kimonos y todo—, sumando a su insomnio un martilleo constante y regular que no dejaba sitio al sueño pero sí bastante espacio para los pensamientos intrusivos.

La imagen de Noah Chase con el pinganillo en la oreja, la figura de su marido, Jaume, tendido en un charco de sangre, muerto. Ella, tendida en su propio charco de sangre, agonizando.

La rabia, el dolor y la impotencia se enredan en su mente, impidiendo cualquier posibilidad de descanso.

Se siente atrapada en una espiral de pensamientos y emociones que la llevan de vuelta al día en que perdió a Jaume. El dolor de esa pérdida, la impotencia y la rabia la inundan de nuevo, haciéndole sentir como si estuviera reviviendo cada momento de aquella tragedia.

Volvió a estar en el suelo del piso superior de su casa, desangrándose sin remedio. En aquel momento en que la muerte se le abrió de brazos, como si la amase, Aura olvidó.

Olvidó lo que había sucedido, y lo reemplazó otra cosa.

Una negación de la realidad.

Aura se sintió, por primera vez, como el objeto inamovible de la paradoja lógica. Muchas veces se la había escuchado a Sebastián Ponzano, a menudo sin venir a cuento.

«¿Qué pasaría si una fuerza imparable se enfrentase a un objeto inamovible?»

Aura nunca había disfrutado de la conversación. En su opinión era un sofisma vacío. Y ella estaba a favor de los sofismas, siempre y cuando los esgrimiera ella.

Pero en ese momento, con el estómago desgarrado por el acero de un cuchillo de caza, y la vida escapándose por la herida, el objeto inamovible apareció en su mente.

Era ella.

La absorbió por completo la necesidad de resistir. De negar la realidad, como si no hubiese motivo ni mandato en el universo, o sus designios fueran irrelevantes.

Todo lo que existía era el silencio y la herida.

Ninguna pregunta que empezase con *por qué, cómo* o *qué*.

No recordaba el motivo de encontrarse en el suelo. Ni siquiera sintió elección entre la vida y la muerte.

Nunca hubo lucha más agónica y al mismo tiempo más insignificante, porque Aura sólo era en la infinita complejidad del universo una hormiga a la que alguien pisa sin darse cuenta por hallarse en su camino.

Eso, por fuera.

Por dentro, Aura se convirtió en el objeto inamovible.

No decidió que iba a resistir.

No dijo «no seré una víctima».

Simplemente, fue.

Al otro lado de una de las puertas donde sus hijas dormían, ajenas a la destrucción de su familia, la luz de noche de Cris se puso a sonar.

Era una de esas del Leroy Merlin, de esas con personaje. Que las pones en un enchufe y desprenden una tenue claridad. También, si aprietas un botón, te cantan una nana.

La nana, en este caso, era una versión lenta del tema de Bob Esponja. La imitación (por sólo 16,95) de una caja de música. Con la infame introducción de la serie, pero a un tercio de velocidad. Te daba tiempo de sobra a marcharte de la habitación —en busca de una copa de vino— antes de saber quién vive en la piña debajo del mar.

La melodía apareció en el cerebro de Aura como un último deseo, un himno en el adiós, o quizás una bienvenida, un hola.

No podía estar sonando. No, porque Cris estaba en su cama, y para que sonase había que apretar el botón.

Y sin embargo, ahí estaba.

Na ni no na ni no, na ni no na ná.

Pero muy, muy despacio.

Aura acompasó sus latidos con la canción. Siguió agarrándose la herida del estómago con las manos yertas y sin fuerza.

Siguió.

Recuerda que alguien le habló.

Una mujer.

Le dijo:

—Aguanta.

Le quitó las manos de la herida y las sustituyó por las suyas. Eran muy pequeñas, pero fuertes. Le salvó la vida.

No recuerda la ambulancia.

Si lo hiciera recordaría un momento dulce, volando, sin preocupaciones. Como Russell Crowe en *Gladiator*, pero sin la misoginia.

La pérdida de sangre dotó a todo —la camilla, el gotero en su brazo, la mascarilla— de ligereza y liviandad.

No recuerda nada de eso.

El objeto inamovible la desposeyó, dejándola hueca, vacía, lista para la tragedia.

Comenzó en el hospital, cuando le dijeron que su marido había muerto.

El suelo se movió, los muros cedieron, el mundo quedó abolido, roto.

Eso, por fuera.

Por dentro sólo pudo pensar: *Es el fin.*

No fue tanto un pensamiento como una visión, en la que Aura Reyes se borraba como el vapor de los cristales al desempañarse. Deseó que se equivocasen con la dosis de morfina, la adormeciesen y dejar de existir. Fue uno de esos momentos en los que uno desea sinceramente no morir sino estar muerto ya, para sortear el sufrimiento y no hacer frente a los cientos de instantes desgarradores que aguardan en las próximas horas, días, semanas. Decírselo a las niñas, para empezar.

Le subieron la dosis, pero no tanto.

Luego hubo mucho ajetreo borroso.

Vinieron a verle dos policías al día siguiente, eso lo recuerda.

Una mujer diminuta y pálida.

Un hombre grande y fuerte, que no gordo.

Habló con ellos y les dijo cosas que no recuerda.

Luego hubo más borrones.

Vinieron más policías.

A éstos los recuerda menos. Aún menos sus nombres.

Aura no escuchaba. Su vendaje sangraba, pero muy poco ya, como cuando deja de llover y sale el sol, y sólo caen gotas de la cornisa. Y arriba, en el tejado, nada.

Su mente había encontrado una cámara de tortura en la que recrearse.

El motivo de seguir con vida.

Estar cachonda aquella noche.

Esa insignificante, irrisoria razón. Se levantó de madrugada a buscar su satisfyer, que estaba en la bolsa del gimnasio, a salvo de miradas indiscretas. Sólo quería hacerse un apaño rápido en el baño de abajo, quizás pensando en el monitor brasileño de Cardiobox.

Si no me hubiera levantado.

La idea la obsesiona durante meses. Permaneció en un hueco de su pecho como una bola de hormigón como las que los ayuntamientos colocan en las aceras para que los automóviles no se suban.

Hubo un día en que la culpa dejó de pesar.

Esa pérdida la vivió como un triunfo.

A todos nos sucede. Tú vas tranquilo por la calle —o te levantas, tan tranquila en tu propia casa, para masturbarte— y la muerte asoma por algún agujero, como el payaso de *It* por la alcantarilla. Te muestra sus ojos plateados y sus dientes serrados y amarillos, dientes de caníbal, y te ofrece un globito rojo.

El globito puede ser un accidente, un cáncer, uno del colegio que ya no va a volver a las reuniones de antiguos alumnos. Cualquiera de las variantes del globito rojo te recuerda la fragilidad de la vida.

O, peor aún, su brevedad.

Tú sostienes el globito rojo y te das cuenta —incluso, si tienes un mínimo de decencia, evitando pronunciar la frase *no somos nadie*—, de que *lo que haces* y *lo que quieres* no se parecen en nada. Que tus objetivos y aspiraciones van por un lado y tus esfuerzos por otro.

Y decides cambiar.

Decides vivir más, vivir mejor. Estar presente, escuchar a

tu pareja, visitar Disneyworld con las niñas. Cualquier cosa que compense —y recompense— que el payaso no te haya pegado un bocado a ti.

Pasa un día o dos, o una semana.

La diabólica velocidad del mundo vuelve a embelesarte. Las niñas tienen pediatra, el jefe tiene prisa, hay que pagar la luz.

Te olvidas de todo, en especial de la idea de disfrutar de otra manera de la vida. Lo cotidiano te desposee de la desdicha, y del duelo, y de tus remordimientos por vivir como vivías, y cuando te das cuenta estás de nuevo en la rueda de hámster, como si lo sucedido no tuviera poso ni consecuencia.

Haces lo más terrible y estúpido que podrías hacer.

Sueltas el globito rojo.

Para Aura el día a día consistió en

- sobrevivir a sus heridas,
- evitar la cárcel,
- intentar recuperar su buen nombre,
- organizar tres robos imposibles,
- sobrevivir a la cárcel,
- robar un maletín y millones de euros en diamantes, recuperar a sus hijas y
- huir.

Soltó el globito rojo.

Su amigas y su historia habían hecho desaparecer la culpa de su estómago. Habían suspendido a Aura en un asombroso paréntesis que la eximía de responsabilidades. A cada instante experimentaba la estupefacción, semejante a una droga suave, de un presente tan intenso que lo dispensaba del futuro.

Sus amigas le habían hecho soltar el globo.

Constanz Dorr se lo había devuelto. Como el dentista que con su aparatito acaricia el nervio más íntimo y entonces provoca un dolor total.

Con sólo dos palabras.

Noah Chase.

Cada pista, cada fragmento de información conseguida la acercaba un poco más a la verdad, pero también la alejaba más de cualquier posibilidad de encontrar paz. La culpa por haber sobrevivido la atormenta, un peso constante en su corazón. Se pregunta una y otra vez por qué ella sigue aquí mientras Jaume ya no está.

Cada vez que cierra los ojos, ve su rostro. Recuerda su risa, su voz, la forma en que la miraba. Recuerda la última vez que lo vio con vida, golpeando con un palo de golf a Noah Chase. Comprando tiempo para que ella y las niñas pudieran sobrevivir.

Se pregunta si de alguna manera podría haber evitado su muerte, si hay algo que podría haber hecho diferente.

Se pregunta si alguna vez podrá encontrar la paz, si alguna vez podrá dejar de sentir que le ha fallado a Jaume.

El descubrimiento de la verdadera identidad de Noah Chase, de su papel como guardaespaldas del embajador, sólo añadía una capa más de complejidad y dolor.

No era más que una pieza de ajedrez.

Y la mano que la movía también está muerta.

Había esperado que encontrar al asesino de su marido le proporcionara algún tipo de cierre, pero en lugar de eso, sólo hallaba más preguntas y menos respuestas.

Es como si el asesino de su marido, ahora con el rostro de sir Peter Scott, estuviera siempre allí, acechando en las sombras, burlándose de sus intentos de encontrar justicia.

Con el corazón pesado y la mente agotada, se dirige al baño, donde la luz tenue del amanecer apenas comienza a filtrarse. Se sienta en el borde de la bañera, mirando la tarjeta de Constanz Dorr en su mano.

Respira hondo, tratando de calmar los nervios. De tragarse el orgullo. No olvida cómo acabó la última conversación.

Marca el número.

8

Un cerezo

El aire de la madrugada en Los Poyatos es fresco, cargado con el aroma de los pinos y la tierra húmeda. El jardín secreto, otrora prisión de Constanz, ahora es su santuario; la cama de hospital, con sus frías barras metálicas y sus sábanas blancas, un símbolo.

Ha convertido su lugar de cautiverio en un refugio, donde su voluntad domina sobre las circunstancias que la rodean.

Envuelto en una manta de lana, el cuerpo frágil de Constanz yace en la cama.

Apenas la abandona ya.

El día en el que la visitó Aura, la doctora Fonseca tuvo que ponerle uno de sus cócteles más potentes (adrenalina, corticoides y no sabe cuántas cosas más), sólo para aparentar delante de ella una fortaleza que está lejos de sentir.

Sus ojos, aunque debilitados por la enfermedad, aún conservan el brillo acerado de su espíritu indomable. Observa el cerezo a través de la puerta con una débil sonrisa.

Los cerezos, conocidos como *sakura* en japonés, son los responsables de que cada año, durante un breve periodo, Japón se embellezca con un distintivo tono rosa. Los japoneses, grandes admiradores de lo estético, celebran la aparición de estas flores con el *hanami*, una festividad que significa «admirar las flores», que apenas duran un par de semanas al año.

Según una leyenda, las flores de *sakura* eran blancas, pero adquirieron su color rosa al absorber la sangre de los samuráis que cometían *seppuku* bajo estos árboles, buscando contemplar la belleza por última vez antes de clavarse una espada en el vientre.

Y esa apreciación de lo efímero es lo que distingue a la persona elevada de los animales, piensa Constanz. *Buena parte de los problemas de salud mental que causan las normas morales y la religión tienen que ver con la eternidad. Para siempre no es más que una cesión al miedo. Una rendición. Creer que algo va a ser eterno es absurdo, una de esas incapacidades, o mejor discapacidades, matemáticas que hacen a la gente echar horas de su vida en la cola de la administración de Loterías.*

La doctora Fonseca aparece antes del alba.

Nunca está demasiado lejos. Le han asignado una habitación a menos de cuarenta metros de su paciente, pero casi todo el tiempo lo pasa sentada fuera, en el jardín.

Bruno —que tampoco anda nunca demasiado lejos— le ha dicho que también observa el cerezo.

Chica lista.

Se mueve con eficiencia alrededor de la cama, ajustando el suero y revisando los monitores. Su expresión es profesional, pero en su mirada hay una sombra de conflicto. La decisión de acompañar a Constanz hasta Los Poyatos y mantenerla con vida ha sido difícil, y cada día que pasa, el peso de esa elección se hace más evidente.

—¿Cómo se siente hoy, señora Dorr? —pregunta la doctora, su voz suave pero cargada de preocupación genuina.

Constanz la mira con una sonrisa irónica. La piel de la comisura de sus labios se arruga como el papel en llamas.

—¿Deseando cobrar el cheque, doctora? —responde.

Su tono sarcástico apenas disimula la debilidad en su voz. Fonseca asiente, acostumbrada ya a la mordacidad de su paciente.

—Deseo merecérmelo —dice, alargándole su medicación.

Constanz extiende una mano temblorosa para tomar las pastillas, y la doctora se las coloca en la palma, junto con un vaso de agua. Constanz toma las píldoras, sus ojos nunca abandonan el rostro de Fonseca. Observa cada reacción, cada gesto, buscando cualquier indicio de duda o flaqueza.

—Pero no cree que se lo esté mereciendo. Siente conmiseración por los pacientes a los que está dejando de tratar —comenta Constanz, probando las aguas, notando cómo las palabras hacen que la mandíbula de Fonseca se tense por un instante antes de responder.

—Hice una promesa.

—Lealtad. Honor. *Primum non nocere*. No causar daño y esas cosas —replica Constanz, recitando como una niña recitaría lo de las golondrinas del poema de Bécquer.

—Y esas cosas —responde Fonseca, su voz apenas un murmullo, pero con una firmeza que intenta reafirmar para sí misma.

El silencio que sigue es pesado, repleto. Fonseca se mueve por la habitación, ajustando diales, ordenando papeles, buscando refugio en las pequeñas tareas que la mantengan enfocada, mientras Constanz la observa con ojos perspicaces.

—Doctora…, todos los grandes ideales de nuestra existencia valen menos de cinco pfennigs.

La doctora se estremece por el profundo disgusto que siente, una sensación que se filtra a través de su profesionalidad bien ensayada.

Incluso vuelta de espaldas, como está ahora.

—Usted describe un mundo en el que yo no podría vivir —responde Fonseca.

—Y, sin embargo, está aquí, conmigo. No costó demasiado convencerla, ¿sabe? —constata la anciana.

El silencio invade el espacio que las separa.

De pronto la mira, y suspira.

Constanz cierra los ojos, la doctora aparta la vista.

—¿Alguna vez se para a pensar en cómo hace las cosas, señora Dorr? —pregunta mientras le arrebuja la manta en las piernas.

—Para lamentar los métodos, antes hay que ganar. Y una vez que ganas…, ¿qué más dan los métodos?

La doctora se ha quedado sin tareas, y sin argumentos.

Pero no se marcha, porque aún no ha contestado la pregunta de cada mañana.

—¿Cuánto?

—No mucho.

Constanz tuerce el gesto.

Tiene demasiado que hacer. Tiene que seguir ayudando a Aura. Asegurarse de que siga con vida, cueste lo que cueste.

Y va a llamar de nuevo. En breve, piensa Constanz.

Va a llamar, y tengo que estar ahí para ella.

A la memoria le desagrada el movimiento. Prefiere mantener las cosas quietas.

Porque recordar es recrear. Y recrear es cambiar.

Piensa cómo abordará la llamada. Sopesa varias opciones.

Está el silencio frío, esperando a que se disculpe.

Está la calidez inesperada, que puede provocar rechazo, por demasiado obvia.

Está la indiferencia, hacer como si no hubiera pasado nada.

Todas tienen pros y contras.

No ha acabado de decidirse, cuando suena uno de los dos teléfonos que aguardan en la mesilla de noche. A éste le ha asignado un tono de llamada particular.

«Dies Bildnis ist bezaubernd schön», su aria favorita de *La flauta mágica* de Mozart.

No necesita mirar quién es.

Sólo una persona tiene este número.

9

Otra llamada más

Descuelgan.

Al otro lado de la línea puede intuir la sonrisa alegre y virtuosa del madrugador.

Y un silencio áspero, soez e implacable.

No se puede pagar al Mal a plazos. Y se intenta ininterrumpidamente, se dice Aura.

—Señora Dorr.

—Aura, querida.

De nuevo, el silencio.

Aura sabe lo que tiene que hacer.

Pero no quiere hacerlo.

—¿Has dormido bien hoy? —pregunta Constanz, su tono aparentemente despreocupado, pero con un filo que no pasa desapercibido para Aura.

—No. No he dormido bien hoy —responde Aura con

honestidad. El insomnio la ha dejado agotada, y la tensión de la llamada no ayuda en absoluto.

El tono de Constanz cambia ligeramente, se vuelve más analítico. Evalúa a Aura sin ambages, la pone en una balanza, la pesa, la valora y le asigna un precio, como si fuera una res en un mercado. Aura puede sentir esa evaluación, y le resulta casi física, como si Constanz pudiera verla a través del teléfono.

—Estás ya más calmada, al menos —observa Constanz, y Aura sabe que no es un cumplido, sino una declaración de un hecho que Constanz considera obvio.

Aura respira hondo, intentando reunir el valor necesario para lo que viene. No es fácil para ella, nunca ha sido fácil admitir que necesita ayuda, y mucho menos...

—Quiero disculparme —dice, sudando ante el esfuerzo de doblegarse—. He sido... precipitada y grosera en nuestra última conversación.

El silencio al otro lado se alarga, y Aura siente como si cada segundo se estirara hasta el infinito. Sabe que Constanz está disfrutando de su incomodidad, saboreando cada momento.

—Continúa, querida —dice Constanz, con una suavidad que casi suena cruel.

—No tengo excusas para mi comportamiento —admite Aura—. He estado bajo mucha presión y... eso no justifica cómo la hablé. Estoy dispuesta a hacer lo que sea necesario para enmendarlo.

Cada palabra es como tragar vidrio. Aura siente una oleada de vergüenza y humillación, pero también una extraña sensación de alivio. Ha dado el primer paso, ha admitido su error, y aunque sabe que no será suficiente para Constanz, es un comienzo.

—Acepto tus disculpas, Aura —responde Constanz, y aunque sus palabras son amables, hay un trasfondo de satisfacción en su tono—. Todos cometemos errores, lo importante es aprender de ellos.

Aura asiente, aunque sabe que Constanz no puede verla. Siente una mezcla de alivio y resentimiento, pero se obliga a mantener la calma.

—Gracias —dice simplemente, aunque en su interior las palabras se sienten huecas. La sensación de alivio es efímera, reemplazada rápidamente por la comprensión de que está de nuevo bajo el control de Constanz.

—Ahora, querida, si eres tan amable, recuérdame de qué estábamos hablando —dice Constanz, con malicia evidente en su tono. Aura puede casi ver la sonrisa en el rostro de Constanz, satisfecha con la dominación que ejerce sobre ella.

—Hablábamos de la verdad —responde Aura, tratando de esconder la humillación.

—¿Y qué aprendiste sobre la verdad? —pregunta Constanz en un tono suave pero cortante, como una hoja de afeitar.

—Que muy poca gente encuentra oportuna la verdad. Ni siquiera conveniente —responde Aura, al instante.

Las palabras de Constanz salen de sus propios labios con una naturalidad tan directa como inconveniente.

—Eso es. ¿Quieres formularme ya tu pregunta?

—Ha sucedido tal y como usted dijo. Encontré el segundo callejón sin salida.

—Sir Peter Scott. —Constanz pronuncia el nombre con exquisita precisión.

Aura se contrae un poco. Escuchar el nombre del hombre que mandó matar a su marido en labios de Constanz es como una suave bofetada.

—¿Ha sido usted la que me ha enviado el recorte?

Silencio. Breve.

—Me preguntó si me preocupaba que Noah Chase estuviese vivo. Le respondí que no. Sin embargo —hace una pausa y traga saliva, sintiendo la garganta seca y el corazón latiendo con fuerza—, con el embajador es… distinto.

El silencio que sigue es insoportable. Aura siente cómo su corazón late con fuerza en su pecho, cada latido una lucha por mantener la calma. Sabe que Constanz está disfrutando con su sufrimiento.

—¿Por qué es distinto? —pregunta Constanz finalmente, su tono más curioso que antes, como un gato que juega con su presa.

Aura cierra los ojos un momento intentando encontrar las palabras adecuadas.

—Porque él no era sólo una pieza en este juego. Él era el que movía los hilos, el que había orquestado todo esto —responde Aura, al cabo.

—Y ahora está muerto —dice Constanz, gélida.

—Salvo que alguien hiciera un truquito como con Noah Chase —replica Aura. Y en la voz no le tiembla sólo el miedo. Quizás otra cosa.

—No es el caso. Sir Peter está muerto —sentencia Constanz, cada palabra como un golpe.

Aura siente una mezcla de alivio y desesperación. Alivio porque uno de los monstruos ha sido derrotado, pero desesperación porque sigue dentro del laberinto.

—Comprendo —murmura, tratando de sonar más fuerte de lo que se siente.

—Sé que lo comprendes. Lo importante no es que lo comprendas. Es cómo te hace sentir —Constanz continúa, su tono incisivo, buscando llegar al núcleo de las emociones de Aura.

Aura se queda en silencio, buscando cómo responder.

—Tengo… más miedo aún. Porque no sé quién me está persiguiendo. Y rabia, por no poder vengarme —admite, al cabo.

—Todo eso es cierto. Pero no es todo —responde Constanz, puntillosa como aguja de entomólogo clavando un insecto al cristal.

—No sé a qué… —comienza, pero es interrumpida bruscamente.

—Ya tienes el nombre del asesino de tu marido —dice Constanz, implacable—. Está muerto. Se ha hecho justicia. Los que te persiguen lo hacen para que no descubras una verdad que poco bien va a proporcionaros a tu marido o a ti.

Las palabras de Constanz son como un mazazo. Aura siente cómo su mundo al completo se tambalea. La idea de que todo esto pueda no tener sentido, que la justicia que ha buscado con tanto ahínco sea inútil, la consume.

—¡No soporto que acabe aquí! —grita Aura con desesperación y rabia—. ¡No soporto ser una víctima sin más!

El eco de su grito resuena en los azulejos del cuarto de baño, pero el silencio al otro lado de la línea es implacable. Constanz la ha llevado al límite, la ha enfrentado a sí misma y la ha dejado desnuda y expuesta.

—No soportas perder, Aura.

Aura aprieta los puños.

—No es sólo perder —responde—. Es ni siquiera poder jugar.

Constanz ríe, con suavidad.

—Eso es, querida. Eso es lo que me atrae tanto de ti. Hay un viejo dicho de la tierra de mis padres: «En la lucha entre el mundo y tú, ponte de parte del mundo».

Jamás, piensa Aura.

No lo dice.

No es necesario.

—Ya se ha divertido bastante. Dígame lo que quiero saber —dice Aura, con una dureza que no estaba allí antes. Ha pasado de la desesperación a una determinación helada, su voluntad endureciéndose bajo la presión.

Constanz baja la voz también, casi susurrando, como si compartiera un secreto íntimo y prohibido.

—Lo que quieres saber ya lo sabes, Aura. Siempre lo has sabido.

La declaración de Constanz deja a Aura sin aliento. Un torbellino de emociones la asalta: confusión, incredulidad y la vieja confiable rabia de siempre.

La certeza de que ha estado luchando contra sombras, buscando verdades que han estado escondidas a plena vista, la llena de un sentido de traición tan profundo que apenas puede contener.

—No entiendo —murmura Aura, más para sí misma que para su interlocutora.

—Sí, lo entiendes —replica Constanz con una suavidad que es casi maternal—. Has estado huyendo de ello, pero en tu corazón, siempre lo has sabido. La verdad no es un misterio que resolver, sino una carga que siempre has llevado contigo.

Silencio.

—Yo sólo te voy a ayudar a recordar.

Aura espera, durante segundos interminables.

Pero no hace falta que Constanz diga nada.

De pronto viene a ella.

Todo.

Un recuerdo repentino

(Donde la pesadilla recurrente siempre se interrumpía)

El cuchillo que tiene enfrente es real.

Es lo más real que ha visto nunca.

El desconocido no habla, no abre la boca, tan sólo avanza un paso, y luego otro, hasta que su rostro queda iluminado por la escasa luz que emana del flexo de lectura de Aura, que se ha quedado encendido.

—No. Tú... ¿Por qué?

El intruso no contesta, sólo echa para atrás el brazo para ganar impulso y lanza una cuchillada que Jaume esquiva por poco. Al hacerlo, su cadera golpea a Aura, que cae al suelo. El móvil se le escapa de la mano, pero apenas se da cuenta. Lo único que le preocupa ahora es apartarse de las dos figuras que se han enzarzado en una pelea en mitad del pasillo.

Jaume es alto y tiene cierta fuerza, pero incluso Aura —que toda la acción que ha visto es en las películas, sin hacer nunca demasiado caso— puede ver que no es rival para el hombre del cuchillo. El desenlace es inevitable, para lo único que servirá la resistencia de su marido será para causar un breve retraso.

Ahora mismo, Aura daría todo lo que posee por unos segundos de tiempo. La casa, los coches, las tarjetas de crédito. Todo por unos segundos más, hasta que llegue la policía.

Jaume tiene agarrado el brazo del intruso, pero no dura mucho. Éste le golpea en la cabeza, luego en el cuello, y finalmente logra liberar el brazo del cuchillo. Se lo clava en el estómago, lo saca y lo vuelve a clavar.

La resistencia de Jaume termina en ese momento. Aura contempla con horror cómo su marido empieza a vomitar sangre —no, no vomitar, sino más bien *derramar* sangre por la boca, como si la tuviese llena y no pudiese contener más—. Se deja caer sobre las rodillas, y su cuerpo se sacude, tiembla, al chocar contra el suelo. Hay un sonido de huesos rotos que trae a Aura imágenes de traumatólogos. Muletas. Una escayola blanca, inmaculada, que sus hijas dedicarán un buen rato a llenar de garabatos.

En otra vida, en otro universo.

Mientras su marido se desploma en el parquet, entre los últimos estertores de la muerte, lo único que logra pensar Aura es en qué poco tiempo ha durado. Qué poco tiempo ha logrado comprarles, a ella y a las niñas.

El intruso —*ahora asesino, es un asesino*, piensa Aura— no deja nada al azar. Agarra a Jaume del pelo, no, no, no, no, no, no con una mano enguantada, y tira hacia arriba para alzarle, exponiendo su garganta. Coloca el filo del cuchillo debajo de la oreja derecha y traza un semicírculo hasta la izquierda. Continúa sosteniendo la cabeza de Jaume hasta que se asegura que el corte es lo bastante preciso y después simplemente abre los dedos, dejándolo caer de nuevo, delegando en la gravedad el final del trabajo.

No grites. No grites. No grites. Las niñas no pueden ver esto, las niñas no pueden verle, no pueden asomarse, no pueden, no pueden, no lo permitas. No.

Aura trata de incorporarse. Tiene los brazos extendidos, cubriendo el espacio de pared que hay entre la puerta de cada una de sus hijas. Por un momento, se imagina abriendo la puerta y entrando en uno de los dos dormitorios para proteger a una de las dos. Pero eso significaría abandonar a la otra a su suerte. La tentación es enorme, inmensa, arrebatadora.

Aura ha conocido muchos tirones en su vida. El tirón del sexo (sin dramas), el tirón del dinero (sin prejuicios) y el tirón de las drogas (sin excesos). Todos, más o menos pasajeros. Por encima de todos ellos, el más incómodo y más presente, el indomable, el tirón de la comida (el más pecaminoso, el que comparte, le consta, con todas sus amigas).

Pero todos ellos juntos palidecen ante el deseo absolutamente irrefrenable, imperioso y brutal de abrir esas dos puertas. Al otro lado de los diez centímetros de muro, sus hijas duermen en sus camas. Cómodas. Tranquilas. Sus cuerpos, pequeños y frágiles, cubiertos por el edredón, la luz de compañía de Cris encendida, la de Alex ya no, porque es mayor. Su pelo conservará aún el olor a champú del baño, tendrán la boca entreabierta y los labios brillantes.

Aura necesita entrar en esas habitaciones a protegerlas, a

abrazarlas. Lo necesita como no ha necesitado nunca nada, jamás en su vida. Pero no puede hacerlo. No puede, porque hay dos puertas. Elegir es imposible, así que se queda parada entre ambas, con los brazos en cruz y la espalda apoyada en la pared, impulsándose con los talones para incorporarse. En un último y patético intento de que su cuerpo sirva de escudo, sirva para comprar unos pocos segundos más antes de que llegue la policía.

El intruso alza el rostro y mira a Aura.

Da un paso por encima del cuerpo de Jaume y se acerca a ella. Está a menos de medio metro. Sus ojos azules, líquidos, miran a las puertas —con los nombres de las niñas escritos con letras de madera pegada, de esas que venden en el Tiger a 1,50 € cada una— y luego miran de nuevo a Aura.

Levanta un dedo enguantado y se lo lleva a los labios, sin hablar. Y luego, con ese mismo dedo, señala a una puerta, a la otra, y por último, le señala a los ojos.

Aura comprende.

Aura asiente.

Cierra los ojos muy fuerte y aprieta los dientes. Cuando el cuchillo se hunde en su estómago, Aura contiene el aullido en su interior

(nogritesnogritesnogrites)

diciéndose que ese dolor es la salvación de sus hijas, es la felicidad, es el tiempo, es Alex recogiendo el diploma de graduación, es Cris consiguiendo el trabajo de su vida, puede verlas a ambas, años en el futuro, siendo felices, a cambio de renunciar a un último abrazo, a cambio de entregar su vida en silencio, sin emitir un solo sonido, sin despertarlas, a cambio de ese dolor, ese dolor es

(insoportable)

vida, aguanta, aguanta, aguanta...
Es justo antes de que todo se vuelva negro, cuando escucha las sirenas.

10

Unas últimas palabras

—No. Tú... ¿Por qué?

11

Unas lágrimas

—Jaume... —admite sin poder contener las lágrimas.

—Es cierto, querida —confirma Constanz, implacable.

—No puede ser —susurra Aura. Su mente lucha contra la revelación, tratando de rechazar la cruel verdad que se despliega ante ella. Las lágrimas fluyen libremente. Cada una de ellas una gota de su alma quebrada.

—¿Recuerdas lo que dijimos sobre la verdad, Aura? —pregunta Constanz. Extrañamente compasiva—. Aún estás a tiempo de dar media vuelta y marcharte.

El *clic* del teléfono al colgar es un aldabonazo.

El silencio que sigue, ensordecedor.

Todo se ha desvanecido en la nada; lo completo se ha fracturado, lo vasto se encoge hasta lo minúsculo, lo diminuto se ha evaporado en la inexistencia, lo esencial se transforma en pérdida, la alegría en polvo, y el futuro ya sólo es pasado.

Aura se queda allí, sola, inmóvil en el frío baño, sintiendo que cae. Como quien conduce a gran velocidad y se da cuenta de que el volante no está conectado a nada: está en caída libre.

Enseguida se resquebraja, y el hieratismo se vuelve un ataque de nervios que la deja sin fuerzas, recalando en el suelo, entre el váter y el bidet, como una marioneta a la que le han robado los hilos.

Se abraza las rodillas.

Las lágrimas siguen cayendo.

Bam.

Un golpe en la puerta.

Bam.

Otro.

No quiere abrir, no puede enfrentarse a nada ni a nadie en este momento. El dolor es demasiado profundo, demasiado crudo. Se siente atrapada en su propio sufrimiento, incapaz de obrar, incapaz de reaccionar.

—¡Aura! —la voz de Sere llega desde el otro lado de la puerta, pero para Aura, suena distante, casi como si viniera de otro mundo—. ¡Aura, abre, me cago en todo!

El golpe se repite, más insistente esta tercera vez, pero Aura no responde.

No puede.

Está demasiado perdida en su propio tormento, en la revelación que ha destrozado todo lo que creía saber. Cada segundo que pasa la hunde más en la oscuridad, la deja más desamparada.

Sere, sin embargo, no se rinde.

Busca algo con lo que pueda abrir la puerta y encuentra un buscapolos sobre la mesa del comedor. Con manos hábiles, se pone a trabajar en la cerradura. Cada giro del metal es una súplica muda, una promesa de no dejar a su amiga sola en este abismo.

Finalmente, la cerradura cede y la puerta se abre con un leve chirrido. Sere entra en el baño, y la escena que encuentra la deja sin aliento. Aura está en el suelo, hecha un ovillo, sollozando sin control. Sus lágrimas crean pequeños charcos en las baldosas frías, cada hipido es un lamento desgarrador que rompe el corazón de Sere.

Sin decir una palabra, se acerca a Aura. Sus propios ojos se llenan de lágrimas al ver a su amiga en tal estado de vulnerabilidad. Se arrodilla a su lado y, con una suavidad infinita, la envuelve en un abrazo. Es un abrazo lleno de calidez, la promesa de estar allí, de no dejarla sola.

Aura no reacciona al principio, demasiado perdida en su dolor. Pero poco a poco, la calidez y el amor de Sere la alcanzan. Los sollozos comienzan a calmarse, la respiración se vuelve un poco más regular. El abrazo de Sere es un ancla en medio de la tormenta, una prueba de que no está sola, de que aún hay alguien que la ama y la apoya.

—Estoy aquí, Aura —susurra Sere, su voz llena de emoción contenida—. Estoy aquí contigo.

12

Unos cupones

El Moquete saca pasta de las piedras.

Trabajar, trabajar, no. El Moquete tiene por cierto que no hay un estado intermedio entre el hielo y el agua, pero hay uno entre la vida y la muerte: un empleo.

Así que trampea.

Nunca se hará rico porque es el mercenario más barato del norte de África.

Nunca, tampoco, se queja.

El silencio es la última alegría de los desgraciados.

«Guárdate de poner a alguien, quienquiera que sea, tras la huella de tu dolor», le decía su padre, en árabe (que suena mucho mejor). «Los curiosos empapan nuestras lágrimas como las moscas sacan sangre de un gamo herido».

Su pensión es de las bajas, pero —por las mismas— se niega a pedir favores.

A lo que no se niega es a cobrarlos. El Moquete se cotiza en efectivo o en cerveza; a partir de las cinco de la tarde en cubatas. Y a Ángelo, por supuesto, también le cobra.

Por dos cupones de un euro, empuja la silla de su amigo por las calles empinadas, además de entretenerlo con su charla y sus historias. Cuando Ángelo se queda afónico, es el Moquete el que grita lo de «¡¡¡LOS MUERTOS!!!» por la acera del mercado, para obligar que los otros loteros entren en competición de berridos.

En el marco del egoísmo competitivo, lo más importante es que nos jodamos todos. El Moquete será moro, pero en esto es más español que Manolo Escobar.

A lo largo de la mañana, algún que otro cafelito cae (a veces hasta churros), y a la hora del ángelus, el Moquete ya empieza a dar la tabarra con la cañita del mediodía. Tiene seca la piel cocinada a fuego lento por el viento de Levante, las retinas quemadas por el resplandor de las fachadas blancas bajo las que camina.

A las 12.30 se desentiende de Ángelo y tira para la Hermandad, que ahí tiene trabajo fijo, birra gratis y orejas amigas para darles el coñazo con sus batallitas.

Quejas nunca, batallitas siempre.

—Yo fui el primer moro que entró en el Tercio de Ceuta...

Y así un día tras otro.

Pero son casi las ocho y media de la mañana, y Ángelo no ha aparecido en la curva del edificio Trujillo, donde está la estatua de Calipso que tanto le pone.

Y Ángelo es puntual, como el cañonazo de las doce.

A las 8.40, el Moquete decide ir a su encuentro y aligera el paso, presa de un mal presentimiento. Busca con la mirada la inconfundible silueta de su colega mientras avanza por la acera, pero lo que encuentra, en mitad de la calzada, es un pequeño papel con un diseño familiar que reconoce al instante.

Un cupón de lotería.

Espera a que pasen dos coches y lo recoge del suelo.

El número 100, y con fecha de hoy.

El Moquete cruza a la acera ancha del paseo de la Marina y sigue caminando, sin parar de buscar a Ángelo, esta vez con más premura al andar. Una chica que hace footing se detiene de golpe, se agacha y recoge algo del suelo. El legionario corretea hacia ella y le hace una seña para que se quite los auriculares.

—Perdone, señorita —la saluda, muy educado, a la vez que comprueba que el cupón de la Cruz Roja que la chica acaba de recoger tiene el número 100 impreso en su cara principal—. ¿Ha visto al lotero? Uno que va en silla de ruedas.

—No he visto a ningún lotero, pero éste es el quinto décimo que recojo —informa—. O se le caen, o los está tirando a propósito.

—¿Dónde encontró el primero?

—Cerca del hospital antiguo —dice—, justo en la curva del Parque de Artillería.

El Moquete le da las gracias y corre que se las pela por el paseo de la Marina en dirección a las ruinas del parque. El corazón le va a cien por hora, no sólo por la edad, sino porque el mal presentimiento ha mutado en un monstruo multiforme compuesto por mil desgracias diferentes. Llega a la calle Juan I de Portugal, y divisa otro cupón junto a la rueda de un coche aparcado.

—Esto es como el cuento ese del *Vulgarsito*... —dice en voz alta.

Los ojos del Moquete se transforman en un par de detectores de cupones detrás de las gafas (pagadas por el ISFAS) y agradece a todos los dioses —menos a los hindúes— que se las hizo nuevas hace dos semanas. El óptico militar se esmeró, porque descubre otro cupón a más de veinte metros de distancia, al principio de la Cortadura del Valle, que asciende en una cuesta muy empinada hasta el Recinto Sur.

Si no llega a ver otro cupón en la cuesta, habría perdido la pista.

Porque esa pendiente sería un reto hasta para la silla de Echenique.

Alguien empuja la de Ángelo, pero ¿quién?

Y lo más importante: ¿por qué está dejando ese rastro de billetes de lotería?

El Moquete reniega en árabe cuando empieza a subir la cuesta, y al esfuerzo físico de las piernas —no olvidemos que es un joven de sesenta y tantos— se añade el mental de no dejar que se le escape ni un cupón. A estas alturas del repecho y la cuestión, el Moquete está seguro de que su amigo ha dejado ese reguero de billetes por una sola razón.

Quiere que lo encuentren.

A veces, el Moquete ha escuchado al Málaga y al Chavea hablar en la cocina de la Hermandad, cuando creen que nadie los oye. Una historia acerca de una policía corrupta que le dio una buena al Chavea con una hebilla, o algo así. El Moquete está seguro de que ésa es la razón por la que se fueron de Madrid. Y si esa policía chunga ha venido a Ceuta a buscarlos, lo más lógico es que vaya a por el que considera el más débil de los cuatro.

A pesar de sus brazos de superhéroe.

El Moquete llega al Recinto Sur más sudado que un jamelgo en el Derby de Kentucky, y con los seis cupones en la mano que ha recogido hasta ahora. A pesar de que está concentrado en su misión, no para de soñar con que le toquen los trescientos setenta y cinco euros del premio. Ahora se enfrenta a un dilema: ir a la izquierda, hacia el Monte Hacho (un lugar perfecto para despeñar a un discapacitado por un barranco) o hacia el centro de la ciudad, que queda lejos y no justificaría el rodeo que han dado para llegar hasta la zona en la que se encuentra. Justo enfrente, ve a dos señores mayores sentados en un par de sillas plegables viendo la vida pasar con una tetera caliente, unos vasos en el suelo y un par de cigarrillos. Son de raza árabe, como él, así que los saluda en su idioma.

—*Salam*. ¿Habéis visto a un hombre en silla de ruedas? *Nasrani* —apunta, para que sepan que busca a un cristiano.

—Hace un cuarto de hora —responde el que parece el mayor de los dos, que señala hacia el centro de la ciudad—. Se han ido para allá.

—¿Iba solo o con alguien?

—Con una mujer delgada, que nos ha mirado mal.

—Ésa no es de aquí —dictamina el otro, con una seguridad aplastante sin base científica alguna.

El Moquete les da las gracias y continúa con su cacería de cupones. Entra en pánico al recorrer un buen trecho sin encontrar ninguno, hasta que localiza uno al principio de la pasarela de la derecha de la calle Molino, medio escondido entre varias bolsas de snacks vacías, un cartón de huevos y dos latas de refresco espachurradas.

Justo sube la cuesta cuando se encuentra a uno de los repartidores de la panificadora, que comparte nombre con la calle, al lado de su furgoneta. El hombre sostiene un taquito con varios cupones sin cortar y parece buscar algo con la vista. El Moquete cruza la calle y se le acerca. El ruido que produce al respirar recuerda a un gato a punto de expulsar una bola de pelo del tamaño de un gremlin.

—Buenos días —jadea—. ¿Ha visto usted al dueño de esos cupones? Uno que va en silla de ruedas…

—Justo estaba buscándolo —confiesa el repartidor—. Se le han tenido que caer. Acabo de encontrarlos justo ahí, al lado de ese portal.

El hombre señala el edificio que hay enfrente de la panificadora, en la misma acera por la que acaba de subir la cuesta el legionario. Es un edificio color crema, mucho más alto y moderno que los que forman el resto de la calle, con dos obeliscos a modo de entrada.

También hay un cajetín con código de seguridad a un lado de la puerta del portal, pero al Moquete, que no ha alquilado en su vida un piso turístico, le pasa desapercibido.

Su sistema de alarma gira dentro de su cabeza con destellos cegadores.

Algo le dice que Ángelo está dentro.

Saca su teléfono —todavía más antiguo que el del Caballa— e intenta llamar al Málaga.

Le contesta la operadora para informarle de que no tiene saldo en la tarjeta.

El Moquete cree recordar que la última vez que lo recargó con diez euros fue durante la pandemia.

—Cuesta abajo más mejor que cuesta arriba —pronuncia en voz alta.

Y empieza a caminar pendiente abajo. No tendrá ni que cambiar de acera.

Porque la Hermandad de la Legión está justo al pie de la imponente cuesta que asciende hasta el Recinto Sur.

13

Un lechecao

Mari Paz despierta con la cara dentro de un pañal usado.

En un primer momento, eso es lo que piensa ella.

Vuelve desde muy lejos. Su sueño es profundísimo, es como si cayese al centro de la Tierra, o al fondo del océano Atlántico, adonde no llegan los ruidos humanos ni un atisbo de luz.

Cuando comprueba que lo que le moja la cara son sus propias babas, lo celebra con una sonrisa adormilada. Tiene resaca, y de las jodidas, pero no de las mortales.

La situación es desesperada, pero no grave.

Alza la mano, intentando bloquear el sol, privarse de su claridad desdeñosa. Sacude la cabeza para despejarse, lo que se prueba enseguida como un error.

¡Como cristales rotos!

Relucientes fragmentos de espejo viajan de un lado a otro en su cerebro.

Son las 11.10 de la mañana en el reloj de su móvil, que ha olvidado cargar y agoniza con un seis por ciento de batería. Lo conecta al enchufe que encuentra junto a la mesita de noche y llama a recepción desde el teléfono fijo que hay al lado.

—Perdone, ¿a qué hora tengo que dejar la habitación?

Una conserje con acento andaluz y voz angelical la informa de que la hora habitual de salida es a las doce.

—Pero puede retrasarla hasta las seis por sólo quince euros más si compra el *late check out*.

Mari Paz, que mira a la cama como si la esperara sobre ella Scarlett Johansson en picardías, piensa que le ha venido Dios a ver.

—Pues te compro el lechecao por quince euros y otros quince para ti, bonita, por darme la buena noticia. Dame tu número de bizum, que te lo hago ahora mismo.

—Puede dármelos cuando se marche —responde la conserje, que se pregunta qué tipo de espécimen se aloja en la 326—, estoy hasta las ocho de la tarde.

—Pues eso y dos besos, por maja.

La legionaria cuelga y comprueba en Google Maps que está a diez minutos a pie de la estación marítima, así que exprime al máximo la oferta y programa el despertador a las 17.30, lo justo para darse una ducha rápida y coger el siguiente ferry a Ceuta.

Va un momento al baño para vaciar la vejiga, se lía un cigarrillo que se fuma a lo galápago, estirando el cuello a través de la ventana abierta, para que no salte el detector de humo, y esta vez sí, abre la cama antes de volver a acostarse.

—Esta noche cenaré pinchitos morunos con los lejías —se dice, antes de volver a caer rendida como un tronco.

No dormiría tan tranquila si supiese la crisis que se ha desatado al otro lado del Estrecho.

14

Un peón

En el pequeño cuarto de baño con azulejos blancos, el abrazo de Sere parece haber detenido el tiempo. Aura se aferra a su amiga durante largo rato. Al cabo, los sollozos cesan y su respiración se calma, aunque el nudo en su pecho sigue oprimiéndola.

Sere rompe el silencio primero.

—¿Qué ha pasado, Aura? —pregunta, su preocupación evidente en cada palabra, el tono amoroso y urgente, como quien pide matrimonio mientras un edificio se derrumba.

Aura, aún temblorosa, se endereza lentamente, aunque mantiene la mirada baja.

Le cuesta encontrar las palabras, cada intento de hablar es como enfrentarse de nuevo a la realidad que tanto le duele.

—¿Con quién hablabas?

Aura duda.

—Constanz Dorr —admite, con la voz quebrada, como si pronunciar ese nombre fuese suficiente para liberar un torrente de emociones contenidas.

Sere la ayuda a levantarse, con cuidado, y la lleva hasta la cocina. Se mueve con rapidez, pero con una delicadeza que sólo una amiga íntima puede tener.

—Ven aquí, chocho.

Aura se tropieza con el buscapolos al levantarse.

—¿Me has rescatado con un buscapolos? —dice, intentando bromear.

—¿Cómo sabes que es un buscapolos?

—Mi padre tenía uno.

—¿Y cuántas veces lo usó?

Aura no responde.

El intento ha sido sólo eso, un intento.

Sere la deja sentada en una silla del comedor y prepara un café bien cargado, sabiendo que Aura necesitará cada onza de energía que pueda proporcionarle.

El aroma del café llena el salón, un pequeño consuelo en medio del tormento. Aura observa los movimientos de Sere, cada gesto familiar y reconfortante. Ve borbotear la cafetera italiana con agradecimiento. Culpable al mismo tiempo por haberla involucrado en esta pesadilla, pero agradecida.

—¿Qué ha pasado con Constanz? —pregunta Sere mientras le tiende una taza caliente, sus ojos buscando respuestas en el rostro cansado de Aura.

Aura toma la taza con manos temblorosas, sorbiendo el líquido amargo que le ayuda a centrar sus pensamientos. Siente cómo el calor del café se extiende por su cuerpo, luchando por disipar el frío que se ha instalado en su interior.

—He estado en comunicación con ella —confiesa Aura, sintiendo la tensión en el aire aumentar con cada palabra.

Sere frunce el ceño, la decepción y la confusión se reflejan en sus ojos. No puede comprender por qué su amiga se ha acercado a alguien tan peligroso.

—¿Qué? ¿Por qué?

Aura se sienta, sus manos rodeando la taza caliente como si fuera el proverbial clavo ardiendo.

El peso de sus decisiones y las consecuencias que pueden traer la abruman, pero sabe que no puede seguir ocultando la verdad a Sere.

—Necesitaba respuestas. Y ella es la única que puede dármelas.

Sere niega con la cabeza, incrédula.

—Esa bruja no da nada gratis.

Su tono es tajante, casi acusador.

—No, no lo da.

—¿Qué te ha ofrecido?

Aura suspira profundamente, sabiendo que la verdad será difícil de aceptar.

—Protección. Ella dijo que podía protegerme a mí y a mis hijas.

Hace una pausa, viendo cómo las palabras afectan a Sere.

La duda cruza el rostro de Sere, una duda que se convierte en una pregunta no formulada, pero claramente visible en sus ojos.

—Y a ti también, por supuesto —añade Aura rápidamente, aunque sabe que Constanz no ha dicho nada de su amiga—. Pero…

—Pero ¿qué? —insiste Sere con la voz temblando de frustración y preocupación—. ¿Qué es lo que quiere Constanz a cambio?

Aura levanta la mirada.

Sabe que está a punto de cruzar una línea de la que no hay retorno.

—Quiere que trabaje para ella. Que me convierta en su aliada. En su… herramienta.

Sere se lleva las manos a la cabeza, su expresión es de puro asombro, sus ojos se abren de par en par mientras intenta procesar lo que acaba de escuchar.

—¿Estás diciendo que te ofreció protección a cambio de convertirte en una de sus peones? —Su incredulidad es palpable.

Aura se encoge de hombros, a falta de un gesto mejor.

—He dicho que no, por supuesto.

Sere se queda en silencio por un momento, asimilando las palabras de Aura. La tensión entre ellas es casi tangible, una barrera invisible que amenaza con romperse.

—Y ha seguido hablando contigo.

Aura asiente, muy despacio.

—Gratis —añade Sere.

Aura no contesta.

Sere espera.

—No… no es lo que crees. Sólo… sólo quería que siguiera hablando con ella.

—Ya.

El monosílabo se queda flotando en el aire como una nube de gas venenoso.

—Me ha… sometido a un juego. A un juego psicológico jodido y manipulador.

Aunque ha funcionado, se calla Aura.

Ahí, debajo de la tortura y la manipulación, debajo de toda la diversión que ha obtenido la vieja a mi costa, había algo más.

Resultados.

—De ahí el refrán.

—¿Qué refrán? —pregunta Aura, confusa.

—Yo qué sé, chica, el que mejor te venga. ¿No es de lo que va todo esto? —replica Sere con un sarcasmo amargo.

Aura menea la cabeza, sintiendo una mezcla de frustración y tristeza.

—Estás siendo injusta.

—*Yo* estoy siendo injusta —repite Sere, el tono subiendo de intensidad, bordeando la furia contenida. Se levanta bruscamente de la mesa, comenzando a pasear por la cocina con pasos agitados.

—¿Por qué sigues aquí, Sere?

Ella se para un momento.

—Estoy en mi casa.

—¿Por qué sigues ayudándome?

Sere lo sabe.

Sere sabe muchas cosas.

Lo que sabe Sere

(en más de una frase)

Si yo pudiera contestarte, si yo pudiera, y no hay nada más que yo quiera ahora mismo, pero no puedo, porque he visto antes esa mirada, Aura, ya la he visto.

Fue la noche en la que morí.

Cuando morí, no fue una muerte fácil.

Mis padres habían salido, mi hermana estaba cuidándome, o eso le dejaron encargado, pero en realidad se marchó, Aura, y me dejó sola.

Yo tenía nueve años y ella, trece. No era capaz de cuidarme sola, pero sabía usar un destornillador. Lo usé en la estantería del salón, en los tornillos que había en los laterales. Uno a uno los fui quitando, para entretenerme y para mi colección de tornillos. Se me cayó encima, claro. La estantería y todos los libros que había en ella. Me aplastaron. Cuando mi madre regresó, se encontró a mi hermana, que había vuelto cinco minutos antes, justo a tiempo, a tiempo para ella. Entre sollozos, que la hacían retroceder y avanzar a través de las frases de esa forma implacable como un viento otoñal se ensaña con una bolsa de plástico contra una valla, les dijo que no sabía nada, que había ido a mear y que me había encontrado así. No le preguntaron por qué llevaba lápiz de labios. Que estaba un poco corrido —se había estado enrollando con un chico del portal de al lado—. Ella le hizo una paja por encima del pantalón, y él le hurgó un poco en las bragas, pero era un zarpas y ella no llegó, aunque fingió que sí como había visto en las películas.

Cuando morí, supe todo esto. Cuando morimos, todo se sabe.

Dicen que yo no respiraba. Que estuve más de media hora sin respirar. Avisaron a mi tío Jacinto, que vivía cerca. Era peluquero y alcohólico, no recuerdo en qué orden, quizás en ninguno. Me hizo la reanimación esa, y volví a la vida.

Recuerdo estar tumbada en el salón, antes de eso. Les recuerdo mirarme desde arriba abajo, hacia mi cara, y yo a ellos desde abajo hacia arriba, hacia sus cogotes. No recuerdo sus caras, recuerdo sus cogotes. Recuerdo a mi tío queriendo volver a la bebida, a mi madre culpándose, a mi padre indiferente, y a mi hermana deseando que no volviese.

Cuando morí, supe todo esto. Cuando morimos, todo se sabe.

Al cabo de un rato, y después de que mi tío Jacinto se empleara a fondo, tosí, volví a la vida.

No me abrazaron, ni nada.

Al día siguiente empezó el desfile de médicos, quienes de forma impecable le aseguraban a mi madre que mi salud era óptima. En cada visita, le reiteraban que estaba equivocada, argumentando que si realmente hubiese dejado de respirar tanto tiempo como ella creía, habrían aparecido complicaciones neurológicas serias, pero no había signos de ellas, y sigue sin haberlos, chocho. Convencida por el pánico de una madre primeriza e inexperta, le aseguraron que el tiempo la había engañado. Según los médicos, probablemente nunca había dejado de respirar. Sin embargo, mi madre estaba firme en su convicción de que yo había atravesado una especie de vacío alarmante, un caos de inexistencia que, de algún modo, albergaba un futuro observable pero indescifrable al que todos estábamos destinados.

Aquella estantería me cambió la vida.

No quiero pensar en ello. Hay hechos que admiten sólo un número de vueltas de tuerca, y si les das más de la cuenta, empiezan a carcomerte y el pensamiento deriva en laberinto. De eso quiero hablarte.

Mi madre cambió por completo ese día, chocho. Cada vez estaba más convencida de que yo había muerto aquella noche y había presenciado misterios implacables y preocupantes, y de que era esencial que los recordara.

También decía que había vuelto distinta.

Qué sabrá ella.

No fue ahí cuando me dio por la magia, eso fue después. Pero me volví más introvertida. Descubrí los ordenadores, en un viejo Amstrad que había por casa. Lo desmonté y lo volví a montar. No se me cayó encima.

Cuando fui mayor, y me apunté a la universidad, fue cuando le conocí.

Era mi profesor en el turno de tarde. Creo que entonces aún no estaba casado, que se casó después. Fue en tercero, o a lo mejor en cuarto. Éramos veinte en su clase, diecinueve tíos y una tía. Yo era mejor que todos ellos, y lo sabían. Se burlaban de mi piel blanca como la leche y llena de pecas, mi pelo rojo zanahoria recogido en una coleta que acababa en un estallido de puntas encrespadas y electricidad estática en mitad de la espalda. Me llamaban «la cuota». Ya entonces había gilipollas.

La asignatura se llamaba algo así como «Programación de sistemas escalable», o algo parecido. El profesor, que por cierto estaba muy bueno, no le hizo ni puto caso al temario. Nos dijo que nos iba a enseñar a defendernos.

El año anterior yo había repetido curso, porque pasé de ir. Me aburría. Con él no me aburría. Con él volví a interesarme por todo.

A unos pocos nos llevó aparte. Los que hacíamos preguntas incómodas de responder. Nos dijo que si queríamos clases particulares. Que no nos iba a cobrar, ni nada.

Nos enseñó cosas que sabía y que se suponía que no debíamos saber. Las cosas de verdad útiles. Nos enseñó a destruir lo que habían hecho otros. «Hackear» era sólo una palabra que no significaba nada. Destruir lo que otros habían creado era sencillo, con suficientes medios.

Pero no era lo mismo hacerlo deprisa, con sólo un teclado —y un ratón del que se olvidan siempre en las películas—, de manera más eficaz, con precisión, sin dejar rastro, ni una sola pista que se pueda seguir fácilmente. Con elegancia y sin tartamudear.

Yo había visto *El laberinto del fauno*, y lo que su profesor le enseñó se parecía mucho. Me regaló una tiza y un reloj de arena, como el fauno a Ofelia. Y me enseñó a pintar una puerta en cualquier sitio.

Literalmente, en cualquier sitio.

Ya fuese la base de datos de Hacienda, el FBI o la CIA.

En todos sitios se puede entrar, chocho, en todos, pero no de todos se sale. Igual que el fauno le avisa a Ofelia de que no toque nada encima de la mesa del comedor, llena de ricos manjares, porque se despertará el Hombre Pálido. Si tocas lo que no debes, se despierta. Y el Hombre Pálido come niños.

No es igual, pero tú me entiendes, Aura. O me entenderías si pudiera contarte todo esto.

Yo no era sólo una estudiante en su clase; era como una discípula escogida para seguir un camino lleno de sombras y luces, entendiendo que cada paso que dábamos podía ser tanto una revelación como una condena. Mi curiosidad, alimentada por la experiencia de haber tocado la muerte y regresado, se transformó en una sed insaciable por desentrañar los misterios no sólo del código, sino de la vida y la muerte misma.

A medida que avanzábamos en nuestro aprendizaje, las advertencias de mi profesor se hacían más intensas, más frecuentes. Nos mostraba cómo los sistemas más complejos podían desmantelarse con las herramientas más simples. No necesitas un ejército cuando tienes una llave.

Pero lo más importante que aprendí no fue cómo entrar, sino cómo salir.

«Siempre debes saber salir antes de entrar», decía.

Esta lección me tocó muy dentro, reviviendo aquellos momentos bajo la estantería, atrapada e invisible, hasta que la muerte casi me reclamó. Sabía que en el mundo digital, como en aquel momento de mi niñez, cada entrada tiene su riesgo, y cada salida, su precio.

El día que terminé mi carrera, mi profesor me hizo una pequeña llave USB con un único archivo en ella. «Tu último examen», dijo con una sonrisa de hijoputa. Era un desafío final, un puzle que requería no sólo habilidad técnica, sino también la sabiduría para reconocer cuándo algo debía dejarse intacto.

Tardé años en resolverlo. Yo ya estaba casada, y él también, cuando lo resolví.

Me escribió un correo a los pocos minutos.

Me ofreció un trabajo.

Uno que yo no podía rechazar.

No podía rechazarlo, Aura, no después de todo lo que había aprendido, de todo lo que había visto y hecho. Era como si todo en mi vida me hubiese conducido a ese momento, a esa decisión. Una parte de mí quería decir que no, alejarse de esa vida de sombras y secretos. Pero otra parte, una parte más oscura y curiosa, anhelaba saber más, experimentar más.

Mientras lo consideraba, me di cuenta de que el trabajo de mi viejo profesor no era sólo una oportunidad. Era un modo. Una forma de poner en práctica todo lo que había aprendido, todo lo que me habían enseñado. No era sólo un trabajo; era una misión. Una que, en lo más profundo de mi ser, sabía que debía aceptar.

La tiza mágica.

La tiza definitiva.

La que permitiría no sólo entrar en cualquier sitio, sino volver sin que te persiga el Hombre Pálido que come niños.

Igual que yo había vuelto de la muerte, según mi madre.

Así que acepté. Entré en un mundo que sólo había vislumbrado desde la distancia. Un mundo donde las sombras eran tanto aliadas como enemigos, donde cada clic del teclado podía significar la diferencia entre el éxito y el desastre. Me convertí en parte de algo más grande, algo más peligroso de lo que había imaginado.

Era un mundo lleno de incertidumbres, un mundo en el que las lealtades eran fluidas y las verdades escasas. Pero también era un mundo en el que finalmente sentí que pertenecía. Donde mi habilidad para ver más allá de lo evidente, para entender los patrones y las estructuras ocultas, era tanto un regalo como una maldición.

El dinero empezó a entrar en mi cuenta corriente, con todos aquellos ceros alineados como huevos en una huevera… Pero no era eso lo importante —aunque no me quejaba, el dinero no puede comprar la felicidad, pero la pobreza no compra una mierda—, lo importante era la impunidad.

Y ahora, aquí estoy, atrapada entre lo que sé y lo que no puedo decir. Entre lo que llevo haciendo para protegerte y la obligación que tengo de ayudarte, chocho. Y cada vez estás más cerca de la verdad y de odiarme para siempre, y yo no puedo apartarte de ella.

Porque si hablo, si revelo los secretos que guardo desde que llamaste a mi puerta, no sólo pondré en peligro mi vida.

Pondré en peligro la tuya, Aura, y la de todos los que me importan. Que ahora mismo sois básicamente tú, tus hijas y Mari Paz.

No puedo decirte para quién trabajaba, ni qué hacíamos.

Para ese entonces yo ya no era alumna, ni él, profesor.

Yo ya no estaba casada.

Pero él sí, Aura.

Contigo.

15

Un poco de suerte

—Sigo aquí porque no tengo nada mejor que hacer, cho-cho —dice Sere con una sonrisa que intenta ser despreocupa-da pero que no logra ocultar del todo el peso de las mentiras que custodia.

Aura acepta la respuesta, aunque una parte de ella sospe-cha que hay algo más. Sabe que Sere esconde secretos, igual que ella, pero hay un entendimiento tácito entre las dos: algu-nas cosas es mejor no decirlas. Al menos no ahora, cuando la carga de lo que no se dice podría aplastar todo lo demás.

—Gracias —responde Aura con sinceridad. Sus ojos bus-can los de Sere, intentando transmitirle su gratitud más allá de las palabras. Ambas saben que están navegando por aguas turbulentas, y el apoyo mutuo es lo único que les da una sen-sación de estabilidad.

Sere le sostiene la mirada por un momento, luego baja la

vista al suelo, incómoda con la intensidad del momento. Toma un sorbo de su café, utilizando el gesto para ganar tiempo, para ordenar sus pensamientos antes de continuar.

—¿Al menos ha servido de algo la conversación con la vieja bruja del Oeste? —pregunta Sere finalmente. Su tono es casual, pero sus ojos están alerta, buscando pistas en el rostro de Aura.

Aura suspira, dejando que su mente vuelva a esa llamada perturbadora. Las palabras de Constanz siguen resonando en su cabeza, un eco persistente que le recuerda que las respuestas que busca están justo al alcance, pero siempre parecen escurrirse de entre sus dedos.

—Sí, creo que sí —admite Aura, con tristeza—. He recordado algo más sobre aquella noche. Algo que hasta ahora no había podido ver con claridad.

Sere la observa atentamente, consciente de que lo que Aura está a punto de compartir es crucial. Se inclina hacia delante, apoya los codos sobre la mesa, temiendo lo que va a escuchar.

—¿Qué has recordado? —pregunta con suavidad, cuidando de no presionar demasiado a su amiga.

Aura toma un respiro profundo antes de continuar, como si al inhalar pudiera reunir la fortaleza necesaria para decir en voz alta lo que ha estado procesando en silencio.

—Jaume… antes de morir se sorprendió de ver a Noah Chase en la casa —dice, finalmente, sus palabras pesadas con el peso del descubrimiento.

Sere se queda en silencio, digiriendo la información. Su mente corre, buscando conexiones, entendiendo las implicaciones de lo que Aura acaba de revelar.

—Eso significa que lo conocía —dice Sere, formulando en voz alta lo obvio.

Aura asiente, sus ojos fijos en la taza de café, como si la simple visión del líquido oscuro pudiera ofrecerle alguna claridad.

—Sí. Lo cual quiere decir que su supuesto trabajo para el Gobierno no era real. Me mintió. Estaba involucrado en algo más.

El silencio que sigue es denso, cargado con las preguntas sin respuesta y las verdades a medias.

—¿Sospechas algo? —pregunta Sere.

Aura levanta la vista. Sus ojos brillan.

—Creo que Jaume estaba involucrado en algo grande, algo peligroso. Y que Noah Chase era parte de eso, pero no sé en qué dirección mirar —admite, frustrada por la nebulosidad de sus propios recuerdos y por la sensación de que todo está conectado de alguna manera que aún no puede ver.

Sere se inclina hacia atrás, cruzando los brazos sobre el pecho.

—Entonces ¿cuál es el siguiente paso?

—Necesito volver a mi antigua casa —dice Aura, con una convicción que la sorprende incluso a sí misma—. Tengo que intentar recordar más. Hay algo allí, algo que podría dar sentido a todo esto.

—Tu casa…, la vendiste, ¿no?

—No me quedó otro remedio. Estaba ahogada por las deudas, por culpa de Ponzano. La compró una empresa. Blacknosecuántos.

—Dame unos minutos —pide Sere, abriendo la tapa de su portátil.

—Hemos tenido suerte —dice al cabo de un rato. Gira un poco la pantalla para que Aura pueda verla—. Al parecer, tu casa está actualmente vacía. La empresa que la compró no ha conseguido venderla ni alquilarla. Es nuestra oportunidad perfecta para echar un vistazo.

Aura siente una mezcla de alivio y aprensión. La idea de volver a la casa que una vez fue su hogar, llena de recuerdos felices y oscuros, la inquieta.

—¿Crees que podríamos entrar sin problemas? —pregunta Aura con una nota de preocupación en su voz.

Sere sonríe, un destello de confianza en sus ojos.

—Déjame eso a mí, chocho. Si hay algo que sé hacer bien es abrir puertas, literal y figuradamente.

Aura siente una punzada de gratitud hacia su amiga, una vez más aliviada de tenerla a su lado.

—Está bien —dice finalmente con decisión—. Vamos a hacerlo.

Sere asiente cerrando el portátil. Se levanta y se dirige al perchero, tomando su abrigo y lanzándole a Aura su chaqueta de ante verde.

—Será como en los viejos tiempos. Una incursión. Un robo. Un asalto.

Aura se pone la chaqueta, deseando que Sere hubiera elegido otras palabras.

16

Unos rabos de pasa

Aura y Sere salen del portal. La luz del atardecer tiñe las calles con tonos dorados, pero el brillo no logra calmar la inquietud que sienten ambas.

Sere cierra la puerta con un leve temblor en las manos, y el sonido metálico parece resonar demasiado fuerte en el silencio del vecindario.

—¿Estás segura de que vamos a encontrar algo allí? —pregunta Sere mientras caminan hacia su coche aparcado al final de la calle.

—No lo sé, Sere. Pero Jaume conocía a quien le mató. Puede que haya algo en casa que me ayude a recordar —responde Aura, su tono firme a pesar del miedo latente.

—Te podías comer unos rabos de pasa, o de lo que fuera —dice Sere, intentando aligerar el ambiente con una broma nerviosa.

—Ojalá funcionara eso —murmura Aura, apretando el paso.

—En Sigüenza te fue estupendamente...

El coche está a pocos metros cuando Aura percibe una sombra en su periferia. Un escalofrío le recorre la espalda y, al girar la cabeza, ve a Parka Marrón a unos pasos de distancia. El hombre alto, con el cabello canoso y la expresión fría, camina tras ellas.

—Sere, apura el paso —susurra Aura—. Parka Marrón nos sigue.

Sere lanza una mirada rápida y asiente, aumentando la marcha junto a Aura. La adrenalina empieza a correr por sus venas, y cada paso parece resonar en el pavimento como un tambor de guerra. Cuando están a pocos metros del coche, su horror se intensifica.

Apoyado en el capó hay un hombre delgado, su rostro demacrado y familiar.

La sorpresa y el terror se mezclan en los ojos de Aura.

El hombre aterrador que irrumpió en su casa, ahora es una sombra de sí mismo. Noah Chase está consumido, con el rostro pálido y ojeroso. Su cuerpo, antes imponente, ahora es frágil. Parece llegar a la fiesta directamente de su entierro, haciendo una excepción.

—Noah Chase... —murmura Aura.

—Esto no puede estar pasando —dice Sere, su tono cargado de incredulidad.

Noah se separa del coche, la mirada fija en ellas. El terror psicológico que las envuelve se vuelve físico cuando él da un paso hacia delante.

—Vamos a tener una charla, Aura —dice Noah, con un susurro gélido y quebradizo.

Aura siente el corazón latiendo con fuerza descontrolada. Mira a Sere, y en un instante ambas entienden lo que tienen que hacer.

No hay tiempo para el miedo, sólo para la acción.

—¡Corre! —grita Aura, empujando a Sere hacia el coche.

Chase se abalanza sobre ellas, pero Aura lo enfrenta, empujándolo con todas sus ganas. Él es más corpulento, incluso en su estado lamentable, pero el miedo le da a Aura una fuerza inesperada.

Los dos forcejean contra la carrocería.

Sere, mientras tanto, logra abrir la puerta del vehículo, sus manos temblorosas mientras trata de mantener la calma.

—¡Vamos, Aura! —grita Sere.

Aura consigue dar un último empujón a Noah, haciéndolo tambalearse. Chase tropieza, pero se recupera rápidamente, sus ojos llenos de una furia salvaje. Se lanza de nuevo hacia Aura, el cuerpo frágil pero impulsado por una determinación inquebrantable. Logra agarrar a Aura por el brazo, tirándola hacia atrás.

Aura cae al suelo, sintiendo el impacto en cada hueso de su cuerpo. Chase se abalanza sobre ella, tratando de inmovilizarla. Sere corre hacia ellos, sin saber exactamente qué hacer, pero decidida a no dejar que Noah gane.

—¡Déjala en paz! —grita Sere intentando apartar a Chase de Aura.

Chase la empuja con fuerza, haciéndola caer de espaldas. Pero Sere no se rinde. Se levanta y, con toda la fuerza que puede reunir, patea a Noah en las costillas. El impacto le hace soltar a Aura momentáneamente.

Aprovechando la distracción, Aura se incorpora y, con un movimiento rápido, golpea a Chase en la cara. Él se tambalea hacia atrás, llevándose una mano al rostro ensangrentado. La desesperación en sus ojos es evidente, pero su cuerpo finalmente cede al agotamiento y al dolor. Chase cae al suelo, jadeando, incapaz de continuar la pelea.

—¡Corre, Aura! —grita Sere de nuevo corriendo hacia el vehículo y abriendo la puerta del conductor.

Aura no pierde tiempo. Se lanza hacia el coche, casi cayendo en el asiento del copiloto. Sere ya está en el asiento del conductor, sus manos temblorosas en el volante.

—¡Arranca, Sere, arranca! —grita Aura cerrando con un portazo.

El motor ruge, y el interior sale disparado dejando atrás a Noah Chase en el suelo y a Parka Marrón que corre hacia ellas. Las luces de la ciudad comienzan a difuminarse mientras aceleran, el miedo todavía agarrado a sus entrañas como una garra helada.

—¿Estás bien? —pregunta Sere, mirando a Aura con ojos llenos de preocupación.

—Sí, sí, sólo sigue conduciendo —responde Aura, la voz quebrada por la tensión.

Avanzan a toda velocidad por las calles, dejando atrás el peligro inmediato pero no la amenaza latente. Aura mira por la ventana, la mente dividida entre el presente caótico y el pasado doloroso que espera resolver. Las palabras de Constanz resuenan en su mente, y el rostro de Noah Chase, demacrado y enfermo, se mezcla con los recuerdos de la noche en que su mundo se hizo pedazos.

—¿Qué haremos cuando lleguemos a tu antigua casa? —pregunta Sere, aún temblando mientras trata de mantener la calma.

—Buscaremos cualquier cosa que me ayude a recordar más detalles sobre esa noche —responde Aura, con determinación—. Jaume conocía a quien le mató. Tiene que haber algo, algún indicio que hemos pasado por alto.

—No puedo creer que Noah Chase esté vivo… y que esté así —dice Sere tratando de procesar todo lo ocurrido.

—El disparo en el pecho… debió de dejarle muy jodido. Pero sigue siendo peligroso, Sere. No podemos bajar la guardia.

Sere aferra las manos al volante.

—¿En qué piensas?

—En nada.

Es mentira, claro. Esa respuesta siempre lo es.

—Aún podemos poner tierra de por medio —le ruega, más que le dice a su amiga.

Aura no responde.

—Ya sé dónde podemos ir a reponernos cuando acabe todo esto.

Silencio.

—A Praga.

Más silencio.

—Porque el que Praga, descansa.

Aura sigue mirando por la ventana.

CUARTA PARTE

CLARIDADES

Sólo dos personas pueden decirte quién eres:
un enemigo que ha perdido los estribos
y un amigo que te quiere mucho.

ANTÍSTENES

No pasa nada, es mejor eso que morirse.

NIÑA VALENCIANA

1

Un cónclave

En el apartamento de la residencia del Casinillo, los lejías celebran una asamblea.

El Moquete los ha puesto al corriente de los hechos, sin soltar en ningún momento los cupones, que considera un pago justo por su labor de espionaje.

Durante toda la asamblea, el Chavea ha mantenido la mirada perdida y no ha abierto la boca. El Caballa ha visto esa expresión en la cara de muchos legionarios en el frente.

Es el rostro del estrés postraumático. Por mucho cante que cante, por muchos porros que fume y por muchas birras que sople, en cuanto el monstruo ha salido del armario ha derrumbado la muralla defensiva del Chavea como si estuviera hecha de arena.

El Caballa intercambia una mirada con el Málaga que éste interpreta en el acto.

«Con éste no podemos contar».

Después de escuchar el relato del Moquete, el Málaga y el Caballa han llegado a las siguientes conclusiones:

Ángelo está en las garras de la Cojiloca.

Está en la calle Molino, frente a la panificadora.

El Málaga se niega a meter a su exyerno en el tinglado.

—Encima que la criatura nos ha dado trabajo y casa, no lo voy a poner en peligro —razona—, que es el padre de mi nieto.

El Moquete, que ha dado su misión por cumplida —de momento—, se dedica a vaciar la nevera de cervezas, y eso que apenas son las 10.10 de la mañana.

—¿Por qué no cruzáis la calle y denunciáis a la policía? —pregunta con toda la lógica del mundo.

—Porque la Cojiloca es policía, y puede ser peor —objeta el Málaga, que aunque no está seguro de lo que piensa, nunca se ha fiado de la autoridad civil—. Prefiero que me maten a que me metan preso.

—Tenemos que decidir qué hacer, y rápido —apremia el Caballa, que parece haber envejecido diez años en diez minutos; su porte garboso es ahora el de un anciano—. Me pongo enfermo al pensar en lo que estará pasando Ángelo en este momento.

El Chavea cierra los ojos con fuerza durante un instante, como si esperara la explosión de un petardo en el oído.

Está aterrado más allá de su propia razón.

El Málaga tiene claro que la cosa está entre el Caballa y él, dos viejas glorias con más pasado que futuro y un presente lamentable. Por diez o quince euros, puede que convenzan al Moquete para que se una al escuadrón de la muerte.

De la muerte propia, porque entre los tres lejías suman más de ciento noventa años y forman un pelotón deplorable.

Mejor dejar al Moquete aparte.

—Lo más razonable es poner las cosas en una balanza y hacerlo por las buenas —resuelve el Caballa, después de meditarlo.

El Málaga se enciende un cigarro y le espeta a través del bigote ahumado.

—Explícate.

—La Cojiloca no nos busca a nosotros —deduce—. Ha estado meses desaparecida, y Mari Paz lleva el mismo tiempo sin dar señales de vida. Mari Paz nos dijo que con la que la Cojiloca tenía asuntos pendientes era con Aura, de la que tampoco sabemos nada. Igual piensa que nosotros sabemos algo de Aura, Mari Paz o de Sere... Y quiere sacárnoslo a su estilo, a hostias.

—¿Y qué quieres que hagamos? —inquiere el Málaga—. Llamamos a la puerta y nos sentamos en su salón, para que nos curta. Que a mí me dio unas cuantas *guantás*, y a éste, ni te cuento.

El Chavea alza la mirada del suelo y recita, como en sueños:

—No puedo olvidar su cara. La cara de esa mujer es como un saco de puñales... la forma en la que aprieta la mandíbula al pegarte, esos ojos completamente negros, de demonio; ese peinado impoluto, que está casi impoluto, que no es lo mismo...

El Málaga y el Caballa intercambian una mirada de asombro.

—Coño, Chavea, parece que te ha poseído el Caballa —dice el sargento, que está impresionado pero a la vez quiere quitar hierro a la situación.

—A mí me ha puesto los pelos de punta —dice el Caballa con guasa.

El Málaga da dos palmadas para poner orden y vuelve a dirigirse al Caballa.

—Después de este arranque poético, ¿qué sugieres que hagamos?

—Ir con Ángelo —dice—. Buscamos la casa donde está y negociamos con la Cojiloca.

—¿Y si la tía puta decide matarnos a los tres?

El Caballa no duda al responder, y lo hace a la gallega, con otra pregunta.

—¿Qué se te ocurre mejor que morir los tres juntos?

El Málaga aspira una calada profunda, estira la espalda e hincha el pecho. Parece más alto. El bigote se le curva en una sonrisa, y los ojos se entrecierran conformando la expresión de alguien que, de repente, ha encontrado el sentido a una vida entera.

—No estaréis hablando en serio —interviene el Moquete, que se ha quedado paralizado con la puerta de la nevera abierta.

El Chavea vuelve la cabeza hacia los veteranos, con ojos de carnero degollado y la boca abierta en una expresión vacía.

—Voy... voy con vosotros —balbucea.

—Tú cállate —le ordena el Caballa—. Te quedan muchos porros que fumar.

El Málaga entra en la cocina y planta la bandeja de plástico llena de cubiertos encima de la mesa del salón.

—¿Sabes qué te digo, Caballa? Que si se ponen las cosas feas, morimos matando. Elige.

—Tú primero, mi sargento.

El Málaga escoge un cuchillo de cocina mediano, con el mango de madera. Hay otros más grandes en el cubertero, pero éste es más manejable. El Caballa va directo a uno que hay en el fregadero. Un modelo de Arcos de gama alta que el legionario compró hará cosa de un mes, y que no deja tocar a nadie.

—Al final, me voy a morir sin conseguir el reto por el que me habría gustado pasar a la historia —dice contemplando el filo de acero.

—¿Qué reto? —pregunta el Málaga, que no tiene ni idea de lo que habla su amigo.

—Cortar la rodaja de queso más fina que uno pueda imaginar, y que me la homologue Guinness. Compré este cuchillo para lograr la hazaña…

—Pues se lo metes por el coño a la Cojiloca, y te homologo el reto yo.

—Por cincuenta euros, voy con vosotros y me cargo yo a la coja —se ofrece el Moquete, calentito por la cerveza.

—Tú quédate aquí, con éste —dice el Málaga, señalando al Chavea con la cabeza—. Vamos a por todas: o ganamos, o palmamos. A Emilito ni palabra, Moquete, ni a ningún otro legionario. Esta mierda es sólo nuestra. Si Emilito pregunta por mí, que hemos ido a hacer un *mandao*.

—Va a preguntar en cuanto te eche en falta en la Hermandad.

—Chavea, ¿tú puedes hacerte cargo de la cocina? Te nombro chef.

El Chavea se pregunta si el cargo es para hoy o para siempre.

—¿Por qué no vais a la policía, por favor? —ruega, con el corazón encogido.

—Antes muerto que en la cárcel —dicen a la vez el Málaga y el Caballa.

Los dos se miran y estallan en carcajadas a la vez.

—Tuve un sargento que decía que en esta vida hay que reírse mientras se está vivo —recuerda el Caballa—, que luego resulta jodidamente difícil.

—¿Y quién fue ese sargento, Caballa?

—Pues quién va a ser, Málaga... Tú.

El Chavea hunde la cabeza entre las manos, hecho una magdalena. Quiere ir con ellos, pero sabe que se quedará paralizado en cuanto se enfrente de nuevo al espectro que lo atormenta cada noche y que lo atormentará en lo que le quede de vida. El Moquete se interpone entre los viejos legionarios y la puerta de la calle.

—Entonces ¿yo me quedo aquí, sin hacer nada? Venga, voy con vosotros, que por esta vez no os cobro...

Los veteranos lo apartan de su camino con dulce determinación.

—Tu misión es cuidar del Chavea y rezarles a todos los dioses que llevas colgados al cuello.

El Caballa, que de repente aparenta veinte años menos, lo señala con un índice huesudo.

—A los indios también, por si acaso.

El Moquete asiente, se pone en posición de firmes y les dedica un saludo militar.

Le pican los ojos, pero no piensa reconocerlo.

Los dos viejos novios de la muerte salen por la puerta de la residencia en una última misión que no saben si van a poder cumplir. El Moquete los ve alejarse cuesta arriba, rumbo a la calle Molino, donde tienen preso a su camarada.

Si ésa es la última vez que los ve, el recuerdo impreso en su memoria será hermoso.

Es la pura estampa de dos héroes.

2

Un interrogatorio

El pretérito pluscuamperfecto es el tiempo verbal más cruel que existe.

El del verbo poder, el peor de todos.

Es el de los sueños rotos, el del ojalá, el del pudo pasar, pero no fue.

Es el de la frustración.

Si Ángelo hubiera podido distinguir una pistola detonadora de una real, habría agarrado a Romero de la muñeca con una mano y se la habría roto por tres sitios con la otra. Le habría hecho soltar la réplica y le habría reventado los dientes con ella, hasta convertirla en la melliza del Chavea. Después, le habría apretado la tráquea hasta romperla por dentro, y sólo la habría soltado cuando brotara una fuente de sangre por esa boca reptiliana que tiene.

Pero Ángelo se intimidó ante la Heckler & Koch falsa,

y cumplió a rajatabla hasta la última orden que le dio Romero.

La Cojiloca lo obligó a sentarse en un sillón de ordenador barato, al que ella le había quitado las ruedas para dejarlo tan incapacitado como él. Ángelo efectuó la operación con agilidad, demostrando que, cuando uno no tiene piernas, las saca de donde no hay. Luego le hizo gastar un rollo de cinta americana en atarse la muñeca izquierda al brazo de la silla. La presencia del arma de fuego mantuvo quieto a Ángelo cuando Romero le inmovilizó la derecha del mismo modo.

La expolicía dejó el cilindro de cartón junto a los otros cuatro rollos intactos que todavía estaban en su envoltorio de origen. La cinta americana es uno de esos objetos cotidianos, con un trasfondo siniestro, que cualquiera puede comprar en un chino por menos de dos euros.

Romero deposita la pistola sobre la mesa, se sienta en una silla y cruza las piernas muy despacio.

A Ángelo le viene a la mente la famosa escena de Sharon Stone.

La mirada de la excomisaria se enfrenta a la del legionario, al que la comparación mental le ha robado una sonrisa. Romero clava sus ojos color negro caos en su prisionero, sin disimular en ningún momento el desprecio que la impregna.

Romero es muy de menospreciar al minusválido, aunque ella, en cierto modo, también lo sea ella.

Tiene la misma actitud depredadora que la orca, divierte

un rato con la foca antes de comérsela, y la misma conciencia que una mantis religiosa.

—Bueno, señora, al lío, ¿no?

Ángelo tiene el síndrome de la sala de espera. Desea que la auxiliar del dentista anuncie su nombre y sentarse cuanto antes en el sillón de la tortura. Como dice el Málaga.

«*Contri* antes empieces, antes terminas».

Romero no parece tener tanta prisa.

El mejor interrogatorio siempre es el silencio.

Quedarse callado es una manera segura de que a la larga se le escape la respuesta correcta al interrogado.

Así es el ser humano.

Ángelo responde la pregunta no formulada.

—No sé dónde está Celeiro.

Más silencio.

El legionario lo vuelve a romper.

—¿Me puede decir su nombre, para referirme a usted? Eso dicen las comerciales que te llaman por teléfono si les das vidilla.

Hasta los grillos están mudos.

—¿Sabe cómo la llamamos nosotros? La Cojiloca.

El rostro imperturbable de Romero se crispa lo que dura un parpadeo en contra de su voluntad. Su dueña recupera el control en un instante y lo obliga a esbozar una sonrisa de papel maché.

—Que tú me digas eso, que has tenido que arrastrar los cojones por el suelo para trepar como un mono a esa silla…

—¿Usted nunca ha oído eso de «siempre tiene que hablar un cojo a la puerta de un lisiado»? Si es que los refranes siempre dicen la verdad.

Romero transforma su sonrisa defectuosa en un visaje paternalista. Se levanta de la silla y empieza a desabotonarse la gabardina con movimientos extremadamente lentos.

—Si me va a hacer un baile erótico, déjeme una mano libre, para que me sea más leve.

La excomisaria deja la prenda sobre la mesa, al lado del pack de cintas de embalar y la pistola. Ángelo ve la funda sobaquera vacía, y algo estrecho y largo que identifica en cuanto Romero lo esgrime a cuatro pasos de él.

—¿Una picha de toro? —exclama, sorprendido—. No me puedo creer que me vaya a pegar con una picha de toro. ¡Eso es un atraso! Yo esperaba algo más moderno, como un chisme de esos que dan calambre…

El aire zumba al nivel de película de kung-fu de los setenta. Ángelo no tiene tiempo ni de cerrar los ojos por instinto.

El trallazo que recibe en el trapecio derecho le duerme el hombro en el acto. El vergajo, flexible y duro a la vez, golpea en más de un punto de golpe. El impacto es tan repentino que el dolor tarda en llegar.

Pero cuando llega, hace una entrada en escena que ni Raphael.

Ángelo aprieta los dientes y reprime un grito. Se niega a darle ese gusto a la Cojiloca. Es la única forma de ganar esa pelea. Quizá sea victoria magra, pero, como el Moquete suele decir, siempre hay que conseguir todas las victorias que uno pueda.

Ésta parece evaluar el golpe del mismo modo que un científico contempla un experimento fallido. Esperaba un alarido, y no ha obtenido más que una mueca.

El brazo de Romero se alza, y la picha de toro se vuelve a follar el aire.

Esta vez, el golpe acierta de pleno en el bíceps, y suena como el nombre del guitarrista de Guns N'Roses.

Ángelo se traga el dolor, pero aguanta sin decir ni mu.

El silencio es la última alegría de los desgraciados.

Romero examina su cara y ve que los ojos brillan como si acabaran de echarle un buen chorro de colirio.

Repite el golpe, en el mismo sitio y con más fuerza.

Esta vez, de los labios del legionario brota un gemido y de los ojos, dos lágrimas. Romero se dirige al sofá, donde ha dejado el pequeño bolso de bandolera en el que el legionario lleva sus cosas y saca el móvil. Al igual que hizo con ella el Málaga, lo pone delante de la cara contraída por el dolor, pero lo único que consigue es que éste se eche a reír.

—Uy, ojalá mi móvil supiera hacer eso de la cara…

Apagados, todos los smartphones parecen iguales, pero es evidente que el de Ángelo es de marca Chinatown.

—El pin de desbloqueo —exige.

—Una polla como una olla.

Nuevo latigazo en el mismo punto del bíceps.

Para sorpresa de la propia Romero, una mancha roja empieza a teñir la manga de la camisa del legionario y a hacerse grande poco a poco. No contaba con que la picha de toro pudiera llegar a abrir la carne. Le prodiga una mirada de admiración a su arma *typical spanish* y se pregunta por qué no se usa más.

Porque deja marcas, se responde a sí misma.

Y arrea otro vergajazo.

Esta vez, sí. Esta vez, el alarido es el adecuado y las lágrimas fluyen como arroyos de penuria.

Romero le pone la mano en la frente y le obliga a levantar la cabeza.

—Puedo estar así todo el día —dice—. Desbloquea el teléfono y llama a tus amigos.

—Le juro que ninguno de nosotros sabemos nada de Mari Paz Celeiro —solloza Ángelo, que se siente muy cercano al punto de fractura.

—Que me lo digan ellos. Llámalos.

—Por favor, señora, le...

Esta vez, es la mejilla lo que estalla en una explosión de dolor que deja sin resuello a Ángelo.

El vergajo no hace sangre, pero el verdugón en la cara es inmediato. Romero se da cuenta de que se ha pasado cuando el legionario pone los ojos en blanco y pierde el conocimiento.

—Mierda —masculla.

Respira aliviada al comprobar que tiene pulso. Para un torturador, que una víctima se muera es similar a cuando un cirujano pierde un paciente en la mesa de operaciones.

Por suerte, no ha sido así.

Intenta reanimarlo sacudiéndolo como si fuera una encina, pero Ángelo transita por los oscuros senderos de la inconsciencia, y no tiene visos de tener prisa por regresar.

Justo en ese momento, suena el portero automático.

No sólo el suyo. Oye muchos más, todo un concierto.

Alguien ha tocado todos los botones a la vez.

Romero se asoma a la ventana que da a la calle Molino y mira hacia abajo, esperando ver a unos chiquillos corriendo.

Cuando descubre a la pareja que hay a pie de calle, mirando hacia arriba con la nariz fruncida y las bocas entreabiertas, como si esperaran que cayera maná del cielo, se queda estupefacta.

¿Por qué demonios ponemos esa cara de idiotas al mirar hacia lo alto?

Romero corre al telefonillo.

—Tercero B —dice a través del auricular.

Todavía no asimila la suerte que ha tenido.

3

Un hogar

Calle Cisne.

Una urbanización de lujo en Aravaca.

Chalets de alto standing a ambos lados de una acera desierta. La mayoría de los habitantes de este lugar privilegiado probablemente estén en sus oficinas, cerrando tratos millonarios, o en alguna reunión que creen importante. O jugando mal al pádel.

Sere ha aparcado justo enfrente del número 21.

La casa parece más pequeña de lo que Aura recordaba, como si el tiempo y el abandono la hubieran encogido. Se detienen frente a la entrada, el silencio entre ellas es casi reverente. Los ojos de Aura saltan el murete de hormigón y la verja de acero, y se detienen en la fachada, con un brillo extraño.

—¿Lista? —pregunta Sere rompiendo el silencio.

—Dame un segundo.

Aura baja la mirada a la acera. Las baldosas básicas del ayuntamiento están vetadas en esta urbanización de lujo. En su lugar pusieron —qué ironía— piedra de Colmenar.

Ésta es cacheada, no por piezas grandes. No había tanto presupuesto como en Los Poyatos. En ésta también hay una mancha de sangre.

Pequeña, casi invisible.

Desgastada por el sol y la lluvia.

Es la primera vez que se fija en ella.

No la habría visto si no supiera que la estaba buscando.

Ahora recuerda sangrar sobre esas piedras.

Recuerda la llamada que hizo.

A los padres de Jaume.

Pidió hacerla.

La olvidó.

—Ha entrado alguien en casa del niño —gritó su suegra cuando su marido preguntó, de fondo, qué pasaba.

Decir niño para referirse a Jaume —como habían hecho siempre, como siempre harían en los meses que les quedaban— daba la idea de que la vida, su vida, era una foto que nunca se volvería sepia, nunca amarillearía.

El niño.

Un hombre que muere a los cuarenta y pico años es en cada momento de su vida un hombre que muere a los cuarenta y pico años. La impronta de la muerte sella de adelante hacia atrás. El sentido de su vida sólo se hace patente desde su muerte.

Ellos le sobrevivieron tres meses escasos.

Causas naturales.

Ja.

Recuerda el bache en la espalda al salvar la acera. Tendida en la camilla. ¿Fue ahí cuando sangró?

A punto de entrar en la ambulancia, que iba a significar el acceso a otra dimensión, que transformaría la Antigua Aura en la Nueva Aura, distinguió una pieza de Lego en el suelo. Llevada por decenas de pies, de un lado a otro, seguramente desde el salón. Cuando las puertas de la ambulancia se cerraron y los destellos de las luces de la calle y las luminarias de emergencia, junto con las sirenas de otras ambulancias y patrullas de policía, se atenuaron, brindándole un momento de calma, se dio cuenta del milagro que significaba seguir viva. En ese instante de reflexión, un pensamiento profundamente triste, pero inequívoco, la abrumó: aunque apenas tenía cuarenta y pocos años, sentía que sus mejores días ya habían quedado atrás.

Pero no era cierto. No lo era.

—Estoy lista —le dice a Sere.

Sere asiente, con seriedad. Sobre el muro, junto a la puerta, hay un cajetín de acero con un código. Uno de esos que se abren para darte las llaves sin que tengas que ver a ningún ser humano cuando haces una reserva en Airbnb. No sabe si su casa estará disponible en la web para que unos extranjeros se corran juergas *low cost* de fin de semana, pero el cajetín está ahí.

Sere reúne todos sus conocimientos adquiridos durante los últimos años en el hackeo y la ciberseguridad. Da un paso adelante, se apoya un poco en Aura para no perder el equilibrio, y le lanza una patada al cajetín, que cae al suelo casi por las mismas.

Una vez en el suelo, Sere continúa pateándolo en el lateral, hasta que los goznes ceden, con un chasquido metálico.

—Bienvenida de nuevo a casa, Aura —anuncia Sere, cogiendo la llave y poniéndosela en la mano.

—Tus conocimientos no dejan de asombrarme —dice Aura.

—Dime que Mari Paz estaría orgullosa.

—Y tanto que sí.

Y ojalá que estuviera aquí para verlo.

Cilindro y placa nuevos en la cerradura.

Abre la mano y contempla las llaves: brillantes, recién cortadas. Parecen de juguete.

Gira la llave más pequeña en la cerradura.

Entran.

Se siente desfallecer de pura indignación. Los nuevos propietarios, el fondo buitre o lo que sea, han cortado el arce japonés que Aura y Jaume plantaron cuando nacieron las niñas.

—Hijos de puta.

—¿Qué pasa? —pregunta Sere.

Todo.

—Nada. Vamos dentro. No quiero correr el riesgo de que nos vean.

Cruzan el jardín.

Entran a la casa.

Aura cierra enseguida.

Un espejo rectangular que alguien había colocado tras la puerta aparece ante Aura como un dibujo animado burlón.

Se asusta al ver a esa desconocida rubia. Sus ojos de color verde guijarroso relucen de inteligencia y no de calidez.

Tarda en darse cuenta de que es ella misma.

Parece irreal.

Como todo a su alrededor.

Jamais vu, el contrario de *déjà vu*.

Nada parece estar en su sitio. Han cambiado el suelo. Los muebles. La pintura de las paredes.

Lo peor es el olor.

Siempre que volvía a casa se deleitaba al entrar. Hinchaba las fosas nasales con el aroma indeleble, eterno, exagerado, de su hogar. Siempre estaba en el aire. Incluso si Jaume había cometido la impertinencia —afortunadamente infrecuente— de freír sardinas, que le encantaban. Debajo de todo, estaba su hogar.

Un paisaje inalterable.

Ahora los suelos nuevos brillaban, reluciendo hoscamente como el fondo de una olla frotada con estropajo y oliendo a algo sulfuroso, metálico.

No es su casa.

Pero no puedes dejar que eso te detenga. Tienes que forzarte a recordar.

Cruza el salón.

Se acerca a las escaleras.

En su día eran el orgullo de la casa. Preciosos escalones volados de cebrano, una madera muy llamativa y cara de importar, algo menos si se usa algún *truqui*, le había dicho el carpintero. El *truqui* consistía en pagar en efectivo, sin molestas facturas. Aura y Jaume, gracias al *truqui*, se pudieron permitir una preciosa escalera, muy firme, con una madera noble muy hermosa. *Y no cruje nada*, añadió el carpintero.

Las han cambiado por unas de metal. Espantosas.

Lo malo que tiene el zebrano es que es poroso. Cualquier mancha se quedará para siempre. Ahí se habían quedado, en los enormes poros abiertos, las manchas de la plastilina de las niñas.

Y sobre esas escaleras, Jaume y ella habían sangrado.

Les apuñalaron arriba. Pero la sangre se escurrió por debajo de la barandilla y goteó sobre la madera, arruinándola para siempre.

A partir de esa noche, todo se había jodido. Era un golpe de vida —o de muerte—, y esos golpes desplazan lo que parecía inamovible, lo que siempre había sido y no concebíamos de otra forma. La verdadera fortaleza de una persona se revela en su capacidad para, con paciencia, redimirse y reordenar todo aquello que es importante y que ha sido desplazado, devolviéndolo a su lugar original.

¿Qué he sido yo capaz de restaurar?

Nada, piensa.

Al igual que la sangre sobre el zebrano, su vida se había derramado sin solución, como el agua que no se puede devolver al vaso tras volcar.

—¿Vas a subir? —pregunta Sere, con delicadeza.

En los primeros días, cuando regresó del hospital a casa, Aura dudaba —como ahora— cada vez que ponía un pie sobre esas escaleras.

Me está esperando arriba. Leyendo, o quizás en el baño, afeitándose.

Se afeitaba siempre al caer la tarde. Nunca por la mañana. Las niñas le preguntaban por qué.

—Para que tu madre me note recién afeitado.

—Para darle besitos, *¡muamamuá!* —remedaba Cris.

Jaume se reía suavemente, como si reservara sus carcajadas para alguna historia mejor que sólo él conoce, y seguía rasurándose.

Ella apreciaba el detalle, sobre todo, si le besaba en la boca. Algo menos cuando lo hacía entre las piernas, donde el roce de la piel sin afeitar le arrancaba escalofríos en los muslos. Por eso los sábados Aura insistía en hacer el amor a media mañana, cuando se aseguraba de que la barba incipiente estuviese como a ella le excitaba.

Aunque en los últimos tiempos, las cosas se habían enfriado mucho.

La crianza de las niñas ya había pasado —con todos sus inconvenientes— pero el fuego no había vuelto. O lo había hecho a rachas. La última etapa había sido bastante insípida, con Aura iniciando los encuentros casi todas las veces. Hasta el punto de que se planteó si habría alguien más.

Nunca se lo preguntó.

Ella seguía enamorada de él.

Su atractivo era el de un hombre austero. Aquellas gafas que centelleaban, y las ventanas de la nariz elegante y aguileña, hinchadas como siempre por una sonrisa cuando la veía. Tenía la piel pálida que parecía demasiado tensa para los huesos de su cara. Vestido siempre con pulcritud, cortés, con un aire distinguido, como si esperara tranquilamente a ser complacido. O quisiera mostrar lo caritativo que podía ser, lo predispuesto a cumplir con sus expectativas, aunque en el fondo se sintiera insatisfecho…

¿Se aburría en la cama con ella? ¿Había quizás encontrado quien le avivase por dentro?

Nunca se lo preguntó.

Incluso cuando ella buscaba una postura algo más exótica, o alguna picardía que trajera algo de novedad, y le veía reaccionar un segundo demasiado tarde. El gemido siguiente, una octava demasiado alta.

Ambos le habían dado la espalda al tema. El silencio se pactó de forma implícita. Como se da por sentado no poner la tele fuerte de madrugada o no meter la mano en la lata del mendigo aunque éste se haya ausentado dejándola en el suelo. El silencio puede ser útil para llegar a acuerdos en un matrimonio.

El silencio interno, aunque captase esa reacción fingida.

Era más fácil seguir adelante. Seguir moviéndose rítmicamente sobre él. Alcanzar su propio placer, y que cada palo aguantase su vela. Esa secuencia de silencios e inexorables rendiciones, que siempre concluían con ella tumbándose, sudorosa y exhausta por dentro y por fuera.

Así era la Antigua Aura.

La nueva...

Si moras en un acertijo, la única forma de resolverlo es llegar hasta el final.

Quizás sea la distancia, quizás sea el hecho de poner los pies de nuevo en ese lugar, pero de pronto siente que nunca tuvo una intimidad real con su marido.

Recuerda, de pronto, a Mari Paz.

El día en el que le contó su relación con *La Isla del Tesoro*. Cómo había construido su vida, su verdad, sobre la idea de que el primer paso para ser un pirata es creérselo.

No soy más que una farsante, Emepé.

Cómo Mari Paz se limitó a asentir, y a apretarle el hombro.

Muchos creen que la intimidad está ligada a la desnudez física o a meter tu cosita en la cosita de alguien. Aura ha echado más de un polvo cuando era joven —y no hace mucho, en Sigüenza— en el que había tanta intimidad como en echar una quiniela.

La intimidad tiene que ver con la desnudez, pero de otra clase.

Es quitarte tus mentiras frente a otro ser humano, y dejar que te vea.

Y que a esa persona se la sude.

Que siga viéndote bella.

Que siga deseando protegerte.

—No, no voy a subir —responde Aura con un susurro casi inaudible, como si temiera que el sonido de su voz pudiera despertar a los fantasmas del pasado que habitan en el piso de arriba—. Ahí arriba no hay nada para mí.

Su mirada se queda clavada en la oscuridad que envuelve la escalera, como si el mero acto de mirar pudiera exorcizar los demonios que se aferran a cada peldaño. Cada uno es un eco de los momentos vividos y perdidos, un recordatorio constante del punto donde su hermosa e idolatrada vida terminó de forma tan abrupta. La idea de enfrentarse al lugar donde todo se desmoronó le resulta insoportable, y quién podría culparla.

Sere, percibiendo la tensión en el cuerpo de Aura, le acerca la mano al antebrazo y lo acaricia por encima de la tela con una suavidad exquisita.

—No tenemos que hacer nada que no quieras.

Aura asiente lentamente, agradecida. Con un profundo suspiro, desvía la mirada de la escalera y se enfoca en el camino que tienen por delante.

—Vamos a su despacho —dice dándose la vuelta y alejándose a toda prisa.

4

Una canción

Romero sabe que el miedo es un arma.

Justo por eso, adquirió la pistola de fogueo.

La excomisaria se la jugó al recibir al Málaga y al Caballa con la puerta del apartamento abierta, expuesta a que cualquier vecino presenciara una escena merecedora de desembocar en una llamada al 091. Desde el descansillo del tercero, los viejos legionarios tuvieron que enfrentarse a la visión de su amigo —con marcas evidentes de tortura— y Romero de pie a su lado, apuntándole a la cabeza, mientras les exigía silencio con el dedo índice sobre sus labios.

—Silencio o...

Todos los presentes sabían cómo se las gastaba Romero. Aura y Mari Paz les contaron cómo ejecutó a Patricio Ginés.

Como quien pisa una cucaracha, pero con más ruido.

Un leve cabeceo de Romero imparte una nueva orden, y el Málaga cierra la puerta.

Se han encerrado ellos mismos con la bestia.

Derrotados casi antes de llegar.

Nadie en el Tercio sabía quién era aquel legionario…

El arrojo y la determinación de los veteranos se disuelven en cuanto ven a su amigo en peligro de muerte. Las armas que llevan escondidas les parecen tan burdas que sólo asustarían a un solomillo del Lidl. O a un queso, en el caso del Caballa.

Tan audaz y temerario que a la Legión se alistó…

—Venimos a hablar —expone el Caballa.

—Vaciad los bolsillos —ordena Romero.

—Señora, sólo queremos…

Nadie sabía su historia, mas la Legión suponía…

La culata de la detonadora golpea la coronilla de Ángelo —ahora consciente— en un punto que puede que sea el más doloroso de la cabeza. Éste cierra los ojos con fuerza, no quiere gritar y asustar a sus amigos. Un trazo de sangre se dibuja desde el cabello hasta desaparecer por el cuello de la camisa.

Que un gran dolor le mordía como un lobo el corazón…

—Vaciad los bolsillos, y no quiero oír ni una palabra.

Los legionarios ponen los cuchillos de cocina encima de la mesa, al lado del paquete de cinta americana. Luego les siguen carteras, llaves, pañuelos de papel y teléfonos móviles. Lo último de lo que se deshace el Málaga es del tabaco y el mechero.

Se pregunta si volverá a fumar.

Mas si alguno quién era le preguntaba, con dolor y rudeza le contestaba…

—Ataos el uno al otro. De espaldas.

El Málaga y el Caballa entrecruzan una mirada que abarca toda una vida, y se disponen a cumplir la orden de Romero, resignados. El Caballa musita un «tranquilo, ahora hablaremos» que es flaco consuelo para su sargento, que sabe que las cosas no van a ir como su amigo piensa.

Están jodidos.

O muertos.

Soy un hombre a quien la suerte hirió con zarpa de fiera...

El Málaga niega levemente con la cabeza.

Soy un novio de la muerte que va a unirse en lazo fuerte...

El Caballa lo interroga con la mirada.

Y el Málaga asiente.

Con tal leal compañera...

—*Cuanto más rudo era el fuego, y la pelea más fiera* —comienza a cantar el Málaga.

—*Defendiendo a su bandera, el legionario avanzó* —se le une el Caballa.

El sistema de alarma de Romero se dispara. Aprieta la pistola contra la sien de Ángelo, pero éste se les ha unido ya.

—¡Silencio! ¡Silencio o lo mato!

—*Y sin temer al empuje del enemigo exaltado...*

—*Supo morir como un bravo y la enseña rescató...*

Romero retrocede cuando el Málaga y el Caballa agarran los cuchillos y se abalanzan sobre ella profiriendo un grito de guerra.

Y al regar con su sangre la tierra ardiente...

Fundido en negro.

5

Un despacho

Nunca entraba ahí.

Aquel espacio de la planta baja era su santuario.

Se pregunta por qué ella lo respetaba tanto.

Jaume trabajaba en casa siempre, excepto cuando daba clases en la universidad. Cuando nacieron las gemelas, abandonó la docencia y se enfocó en sus proyectos freelance.

De los que nunca le contaba nada.

Ahora se pregunta muchas cosas.

Sobre la confianza y el amor.

Sacude la cabeza.

Hacían buena pareja. Todo el mundo lo decía.

Aparentaban la misma edad, casi siempre —algo menos cuando Jaume comenzó a coger peso—. Tenían el mismo carácter, eran inteligentes, aficionados a los libros y al cine, excitables y quizás un poco egoístas, inclinados a la impaciencia, a la exasperación —salvo en lo que a las gemelas se trataba—. Inclinados a pensar bien de sí mismos y mal de la mayoría de los demás. Inclinados a pronunciar frases como «tenemos el récord del mundo en querernos». Aunque Aura sabía esconder estos rasgos negativos, como buena pirata.

Y Jaume quería tanto a las niñas...

A las que tampoco dejaba entrar nunca en su despacho.

Se pregunta, una vez más, cuánto sabía de Jaume. Ella no solía hablar mucho de su trabajo en sí, porque era un coñazo. Mirar números en una pantalla y tomar decisiones. Pero lo que rodeaba a su trabajo, la parte comercial, siempre era motivo de cotilleo, e incluso de divertimento con su pareja. Cuando captaba a un nuevo cliente, más si era una personalidad conocida, le encantaba contarle los detalles a Jaume. Solía describir con entusiasmo las excentricidades de sus clientes, sus gustos y manías, cómo algunos pagaban una fortuna por un par de horas de su tiempo sólo para escuchar lo que ya sabían pero necesitaban que alguien más confirmara. Jaume solía reír con esas historias, pero nunca compartía las suyas. Le gustaba cómo se iluminaban los ojos de Jaume al escucharla, cómo sonreía con orgullo ante sus logros.

Pero Jaume... él no hacía lo mismo.

Su trabajo siempre ha sido un misterio, envuelto en un velo de secreto que ahora, en retrospectiva, parece más sospechoso que intrigante. Siempre había pensado que era simplemente reservado, quizás incluso un poco modesto.

Un hombre atractivo y misterioso que solía moverse hacia los rincones menos visibles de cualquier escenario, como si su vida se desarrollara en un plano inclinado que lo empujara invariablemente hacia las esquinas. Tal vez fuera una estrategia de autodefensa, o puede que tan sólo una aversión a los focos de atención.

Hasta en las fotos era así.

Las odiaba.

Pero ahora, mientras observa la puerta del despacho que rara vez ha cruzado, no puede evitar preguntarse si hay algo más. Si elegía guardar silencio por razones que ella no ha querido ver.

—¿Por qué nunca me contaste nada? —murmura para sí misma, sus palabras flotando en el aire cargado de dudas. Una parte de ella quiere creer que Jaume lo hace para protegerlas, a ella y a las niñas, pero otra parte, más cínica y dolorida, sospecha que tal vez no ha querido compartir esa parte de su vida con ella.

Vacila en el umbral, su mano aferrándose al pomo de la puerta abierta mientras su mente lucha contra la mezcla de emociones. Tiene miedo de entrar y descubrir que el hombre al que ha amado tanto, el padre de sus hijas, no es el hombre que ella pensaba que conocía. El despacho parece un territorio sagrado, un santuario al que no debería acceder, como si al cruzar ese umbral estuviera profanando un espacio que no le pertenece.

Sere, que ha estado observando a Aura en silencio, rompe el momento con una pregunta que parece sincera.

—¿Estás segura de que quieres hacer esto? Podemos irnos ahora mismo, sabes que no tienes por qué hacerlo.

Aura se gira para mirarla, notando el brillo de preocupación en sus ojos.

—Pues claro que no quiero. Pero voy a hacerlo igual.

Sere asiente, aunque Aura nota un destello de algo más en su mirada, algo que parece querer ocultar.

—Entonces no lo vas a hacer sola.

Aura toma una respiración profunda y da el primer paso dentro del despacho. La habitación la recibe con un silencio obstinado, como si estuviera conteniendo el aliento junto con ella. Casi nada ha cambiado aquí. Los suelos de parquet son los mismos que antes, una línea metálica en el umbral marcando la transición entre el suelo nuevo del salón y el suelo viejo del despacho.

Observa esa línea, recordando que en el salón habían tenido que cambiar todo por las manchas de sangre. Aquí, no hay rastros de la violencia de aquella noche, al menos no físicos. Es un pensamiento que le ofrece un extraño consuelo, como si este espacio fuera una cápsula del tiempo donde Jaume todavía vivía.

—Es como si este lugar fuera inmune a todo lo que ha pasado —murmura Aura.

Los nuevos dueños han eliminado del despacho los muebles más personales —la butaca donde a veces Jaume se sentaba a leer, una mesita auxiliar tirando a fea— pero habían dejado dos cosas.

La estantería.

La mesa de caoba.

La primera ha sido vaciada de los libros de Jaume. Todos tenían que ver con la informática. Han quitado todos, incluso el suyo.

Deep learning and high-level programming languages, by Jaume Soler, Ph. D., rezaba en la portada. La ilustración mostraba un sobrio dibujo de un cerebro formado con unos y ceros.

Aún recuerda lo orgulloso que estaba cuando llegó a casa una caja con cinco ejemplares —más de lo que vendió el libro—. Fue poco antes de que nacieran las niñas.

Antes de que la oscuridad descendiera sobre él, piensa Aura.

Los libros que han puesto en su lugar son ediciones baratas, de esas que se compran por metros en las librerías de saldo para decorar.

Debería haber un infierno especial para las personas que ordenan los libros por colores.

Centra su atención en la mesa. Sobre ella reposaba siempre el portátil de Jaume.

Ahora está vacía.

Su ordenador se lo llevó la policía y nunca lo devolvió.

—Aquí no hay nada.

Sere mira a su alrededor y asiente con la cabeza.

—Quizás debamos irnos —dice, con un tono de esperanza que no logra disimular—. Al menos lo has intentado, ¿no?

—No puedo evitar sentir que hay algo aquí, algo que me estoy perdiendo —responde Aura, pasando la mano por la superficie de la mesa de caoba, como si pudiera encontrar una pista oculta en la textura de la madera—. Siempre dejaba un desorden aquí. Papeles, tazas de café, notas adhesivas con garabatos que sólo él entendía. Todo esto es tan... impersonal.

Sere se acerca y coloca una mano reconfortante en el hombro de Aura.

—Lo sé, chocho. Pero tenemos que seguir adelante. No puedes continuar torturándote con lo que ya no está aquí.

Aura asiente lentamente, pero su mirada se pierde de nuevo en la habitación, buscando algo que le ofrezca una conexión con el hombre que solía conocer. Su mente regresa a las noches cuando Jaume se quedaba trabajando hasta tarde, la luz del despacho brillando bajo la puerta cerrada.

—Me pregunto cuántas veces me habrá ocultado cosas —reflexiona en voz alta, con una tristeza que le cala hasta los huesos—. ¿Cuántas veces me habrá mentido diciéndome que todo estaba bien?

Sere no responde de inmediato, sus ojos observan la cara de Aura, viendo el dolor que las palabras no pueden expresar.

—Tal vez pensaba que te protegía —dice Sere suavemente intentando ofrecerle algún consuelo.

Y barriendo un poco para casa, también. Aunque eso sólo lo sepa ella.

Aura se aparta de la mesa, cruzando los brazos sobre el pecho en un gesto defensivo. Sabe que Sere tiene razón, pero eso no mitiga la sensación de traición que ha estado creciendo dentro de ella.

—Quizás —concede, aunque en su corazón sigue latiendo la duda.

—¿Nos vamos, entonces?

Sere insiste, por si acaso.

—No, aún no. Hay un último sitio que quiero mirar. Si no encuentro nada ahí, habrá llegado el momento de rendirse.

Sere cruza los dedos detrás de la espalda.

Pero si supiera lo que va a suceder, lo que cruzaría sería la puerta, corriendo.

Sin mirar atrás.

6

Unos escrúpulos

Romero está sentada bajo la ducha, desnuda y con los ojos cerrados.

El agua caliente no sólo la reconforta. También limpia la sangre. La propia y la ajena.

Las gotas calientes golpean su piel llevándose consigo el recuerdo reciente de la violencia. En el salón, a dos habitaciones de distancia, reina un silencio sepulcral. El ambiente, cargado de tensión y expectación, parece contener la respiración.

Romero tiene un corte profundo en el brazo izquierdo, que ella misma ha suturado con los puntos de aproximación que siempre lleva en el bolso, por si las moscas. Por suerte para ella, la herida no ha afectado ningún nervio y no ha perdido movilidad. Su pulso, firme y decidido, le permitió realizar la sutura con precisión, a pesar del dolor. Se toma un momento para observar la costura improvisada, admirando su propio trabajo con una mezcla de orgullo y resignación.

—Hijos de puta, los vejestorios —murmura casi como una exhalación. Las palabras se pierden en el ruido del agua, llevándose consigo el peso de su ira contenida.

Cierra el grifo, se envuelve el cuerpo con una toalla de baño y usa otra mediana para recoger el cabello mojado. Limpia el vaho del espejo y se enfrenta a esa cara hierática que la acompaña desde la adolescencia y que nunca ha terminado de gustarle. Las cicatrices de su pasado y su presente están ahí, en sus ojos, en su expresión. Recuerda sus fotografías de niña, siempre sonriente, con su madre y su abuela en el pueblo, en un ambiente de bucólica felicidad.

La chiquirrina preciosa. Ay, mi gitanilla..., recuerda escuchar de sus familiares, sus voces llenas de amor y esperanza.

¿Dónde quedó aquella sonrisa, y qué fue de aquella dulzura? ¿Cuándo se convirtió Romero en Romero? Tal vez su mutación comenzó en el instituto, cuando descubrió su capacidad para abusar de otros sin alzar la voz, intimidados por su sola presencia, con la fantasmagórica aura de maldad que la rodea como una nube oscura. Aquellos años forjaron en ella una dureza que pocos podían igualar. Los pasillos del colegio, llenos de susurros y miradas furtivas, fueron su primer campo de batalla.

Una maldad que siguió forjándose en la academia de policía, en Ávila, donde destacó en todas las materias sin hacer amigos, sin una noche de chicas, sin una tarde de cerveceo. Veía a sus compañeros como rivales, y a sus profesores como objetivos a batir. Las relaciones personales eran una distracción, algo que no podía permitirse. Su enfoque era total, su determinación inquebrantable. Mientras los demás celebraban sus pequeñas victorias sociales, ella se concentraba en ser la mejor, en estar siempre un paso por delante.

Después vinieron los concursos-oposiciones en los que estudió sin descanso, hasta la extenuación, lo que le permitió elegir su traslado a Marbella. Cuando ascendió a comisaria, la sensación de haber tocado techo no la dejaba dormir. Había logrado mucho, pero sentía que no era suficiente. Sus noches eran largas, llenas de insomnio y planes.

Así que atravesó ese techo sin pensárselo dos veces, en cuanto vislumbró el infinito sin barreras que se abría en el mundo de los malos. Allí no existen los límites. Siempre que te atrevas, puedes prosperar. Y Romero es de las que no se detienen ante nada. Porque carece de escrúpulos. Y de conciencia. Cada paso que da en el lado oscuro es un testimonio de su habilidad para adaptarse y sobrevivir.

Romero se seca el cuerpo después de comprobar que no queda ni una gota de sangre de los legionarios en su piel. Han sido duros de roer, pero no han supuesto rivales para ella. Tres contra uno, mierda para cada uno, como decían en el patio del colegio, después de un regate afortunado que acababa siendo gol. Las habilidades que perfeccionó en su juventud han encontrado un propósito oscuro en su vida adulta.

Justo termina de ponerse las bragas y el sujetador cuando oye sonar el teléfono rojo. Corre hacia el salón sin vestirse y pasa por encima del Caballa, que se halla tirado en el suelo de costado, inmóvil, con las manos atadas a la espalda. Despatarrado en el sofá, casi envuelto en cinta adhesiva como un paquete mal embalado, está el Málaga, con los ojos cerrados y la cara ennegrecida y ensangrentada. Y en su silla de ruedas, Ángelo parece dormir el sueño de los justos con la barbilla apoyada en el pecho.

—Dígame.

—Cambio de planes.

Romero regresa al cuarto de baño, cierra la puerta y se sienta en el borde de la bañera. Por el tono en el que ha hablado, parece que Mr. Robot tiene muchísima prisa.

—Encontré a los amigos de Mari Paz Celeiro... —comienza a decir.

—Olvídese de ellos —la interrumpe—. Tiene que volver a Madrid de inmediato.

—¿Y qué pasa con Celeiro?

—Olvídese de Celeiro —dice la voz robótica—. Recibirá instrucciones cuando regrese a Madrid.

Romero se da cuenta de que es inútil tratar de recabar más información. No le gusta en absoluto que la mangoneen y la apresuren, y más con todo el percal que tiene por delante. Pero entiende que en esta ocasión no tiene otra opción. El tono imperativo de Mr. Robot le indica que algo importante está en juego. La obediencia, por ahora, es la mejor estrategia.

—Cogeré el primer barco que salga.

Fin de la comunicación.

Romero se queda un momento sentada en el borde de la bañera, contemplando su reflejo en el espejo. La habitación está impregnada del aroma a humedad y del leve rastro de la sangre que ha sido limpiada.

Termina de vestirse en el cuarto de baño, mete sus cosas

de aseo en el neceser a toda prisa y limpia con la toalla las pocas superficies que ha tocado con sus manos desnudas. Cada movimiento es preciso y calculado; no puede permitirse dejar ningún rastro. Antes eso no era un problema, bastaba con descartar sus huellas en un escenario, al considerársela investigadora. Los policías dejan huellas por todas partes.

Pero ella ya no es policía.

Ahora tiene que tomarse según qué molestias.

Vuelve a ponerse los guantes de cuero que ha usado en todo momento.

Deja las armas blancas de los lejías, bien lavadas y bien a la vista sobre la mesa.

Un detalle, por si viene alguien.

Sabe muy bien en quién está pensando.

Mete la detonadora, la sobaquera y el vergajo en una bolsa de basura, junto a la mortaja de celofán que envolvía el pack de cinta americana. No puede pasarlos por el control de policía del puerto, así que acabarán en un contenedor de camino.

Cierra la maleta que no ha llegado a deshacer y se marcha del apartamento, dejando a los legionarios (o lo que queda de ellos) dentro.

En cuanto sale del portal, deposita la llave en el cajetín adosado al muro y marca un número de teléfono.

—Radio Taxi, dígame.

—Necesito que me recojan en el cruce del Recinto con la calle Molino.

La voz de la operadora repite la dirección a través de una emisora. El taxi número 56, el más cercano, acepta el servicio.

Diez minutos después, un Toyota Prius se detiene junto a Romero.

—¿Llegamos bien para el barco de las siete y media? —pregunta al conductor en cuanto se sienta en el asiento trasero.

—De sobra, señora.

La excomisaria dedica un último vistazo a la ventana del tercer piso del edificio que acaba de abandonar.

Ni siquiera se ha cerciorado de si sus interrogados están vivos o muertos. Tampoco le preocupa. Su identidad está a salvo. El pago del apartamento a través de la cuenta fantasma que le proporcionó Mr. Robot, vinculada a una sociedad falsa, no dejará rastro alguno de su identidad.

Sonríe al pensar en la expresión de la cara de la dueña cuando entre a limpiar y se encuentre el cuadro que le ha dejado en el salón.

Digno de una película de Eli Roth.

7

Una sonrisa

Puede que Sere, nombre en clave *Locatis*, tenga razón.

Puede que sea el caos quien ponga orden en el universo.

Aunque a Mari Paz le gustaría estrangular a quien sea que tira los dados sobre el tablero celestial en el que el destino de los mortales se la juega.

Porque el hijo de la gran puta, sea quien sea, ha sacado un crítico.

Un barco que se retrasa lo bastante para que Mari Paz pueda comprar un billete, a pesar de haber salido tarde del hotel y haber llegado al puerto de milagro.

Un retraso que hace coincidir la llegada de su barco con la salida del que zarpa de la orilla opuesta del Estrecho.

La decisión de Mari Paz de dejar salir antes del ferry a un grupo entero del IMSERSO, gesto que la aboca a desembarcar de las últimas.

Si lo hubiera hecho dos minutos antes, el cuento habría cambiado.

Porque por esos dos minutos, no ha pillado a Romero en el vestíbulo de la estación marítima.

La gabardina negra es inconfundible. Su cara de seta también.

Acaba de pasar el control de la policía y está recogiendo la maleta que ya ha salido del aparato de rayos X.

La tiene a cinco metros de distancia, aunque hay un inconveniente.

Un cristal blindado la separa de Romero.

Mari Paz se queda anonadada unos instantes, hasta que la mirada de la policía corrupta se encuentra con la suya y se abre en una expresión de sorpresa.

Romero recupera el control en un segundo, mientras Mari Paz deja atrás la maleta de Wonder Woman y se aplasta contra el cristal, como un animal enjaulado que pretende devorar a un espectador incauto. La legionaria se muerde los carrillos por no gritar. Si llama la atención de los policías del control de embarque, sabe que tendrá las de perder.

—Hija de puta, hija de puta… —masculla en voz baja y la sigue dando pasos laterales y palmadas contra el cristal que hay entre ellas.

Romero finge no verla mientras camina, pero cuando está a punto de entrar en la misma pasarela por la que Mari Paz acaba de desembarcar, su rostro se vuelve hacia la legionaria y se transforma.

Es la primera vez que Mari Paz la ve sonreír, y ahora entiende por qué no lo hace nunca.

Es la sonrisa del diablo. Una máscara del día de la purga. Una sonrisa que es todo un mal augurio.

Romero se despide de ella con un lánguido gesto de la mano y desaparece por la pasarela. Mari Paz corre hacia la puerta de acceso, pero la policía portuaria que acaba de cerrarla con llave le para los pies con firmeza.

—Esa mujer —exclama Mari Paz—. ¡Esa mujer que acaba de entrar en el barco es una asesina, deténgala!

—¿Ha bebido usted? —le pregunta la agente con cara de pocos amigos.

Claro que ha bebido. De alguna forma tenía que luchar contra el mareo. Cuatro cervezas y un chupito de ginebra, que dicen en las rías que es muy marinera. Los ojos de la legionaria siguen con desesperación el rastro de Romero, que se ha perdido definitivamente de vista.

—No olvide su maleta —le señala la policía, con un deje que Mari Paz no sabe interpretar si es de cabreo o de condescendencia.

¿Qué coño ha venido a hacer Romero a Ceuta?

La respuesta le viene rápida, como una bola de béisbol bien tirada, y no le gusta un pelo.

Los lejías.

—Ay, Dios, ay, Dios...

Recoge la maleta a toda prisa y baja la escalera que conecta con la planta inferior de la estación marítima. Pregunta dónde coger un taxi al primero con el que se cruza y corre hacia la parada, que está saliendo a la izquierda.

Se cuela con tal presteza, que nadie en la cola se atreve a llamarle la atención.

—A la Hermandad de la Legión —le dice al taxista.

—¿La Hermandad de la Legión? ¿Sabe por dónde queda?

—Sé que está al lado del Casinillo o no sé qué hostias.

Eso le suena más al chófer.

—Ah, al Casinillo, vale.

El trayecto dura poco más de cinco minutos. Mari Paz encuentra enseguida la puerta de la Hermandad y baja las escaleras de dos en dos. En la terraza presidida por la gran mesa redonda comunal, encuentra a una mujer de rasgos marroquíes que friega el suelo con el ímpetu del grumete que friega la cubierta de un galeón.

—Buenas tardes —saluda Mari Paz intentando disimular el alcohol que lleva encima—. ¿Está el Málaga?

La mujer para de fregar.

—Hoy Málaga no viene. Ni Málaga, ni *il* Chavea, ni *il* Moquete, ni nadie. Hoy nada comida, hasta Emilito marcha casa. Hoy, *roina*.

—Pero ¿cómo que ruina? ¿Pasó algo?

—No sé. Tú *prigunta risidensia*. —El dedo gordezuelo de Sora señala hacia la izquierda—. Pasa Museo *Ligión, sigonda poerta*, tú llama. Suerte.

Mari Paz sube las escaleras que la devuelven a la calle con la maleta a pulso. El mal presentimiento que la embarga desde que se encontró con Romero se ha convertido en un *kaiju* que destroza sus nervios a golpes de zarpa y cola. No tarda ni un minuto en dejar atrás el museo de la Legión y contar dos puertas.

No la aporrea tres veces cuando la puerta se abre para mostrar el rostro asustado de un sesentón con gafas que se la queda mirando, pasmado y sin hablar.

—¿Está el Málaga? ¿O el Caballa?

—Tú eres Mari Paz —acierta.

—¿Y usted?

—Mohamed, pero todos me llaman el Moquete. Pasa.

El pestazo a hachís abofetea a Mari Paz nada más entrar. Echa una ojeada a la estancia y ve la puerta abierta de un dormitorio. Sobre una cama individual, yace el Chavea panza arriba, con la boca abierta y amarillo como un pollo. Si no fuera por el leve ronquido que emite, parecería que está muerto.

—Está *engrifao* —explica el Moquete—. Lleva así desde esta mañana, desde que se enteró de que la Cojiloca se había llevado a Ángelo, y no ha parado de fumar canutos todo el día. Está mal, muy mal —dice, a la vez que se señala la cabeza.

Mari Paz se restriega la cara con las manos y se sienta. Para su sorpresa, los efectos del alcohol se han disipado de golpe.

—Explícamelo todo, Mohamed, por favor, que yo me entere.

El Moquete le explica cómo rastreó a Ángelo y Romero gracias al semillero de cupones (que en un rato sabrá si le han tocado o no) que fue dejando por el camino; también le cuenta la asamblea que mantuvieron los lejías y la decisión del Málaga de no implicar a nadie más en este asunto y de ir a negociar o a cargarse a la bruja.

—Cargársela no se la cargaron, porque acabo de verla irse en el barco.

—Entonces, se ha ido a tomar por culo —celebra el Moquete—. Bien.

Mari Paz está lejos de estar contenta. La última sonrisa de Romero estaba más cargada de veneno que una discusión en Twitter.

—¿Sabes adónde fueron éstos?

—Sí, pero el Málaga me dijo que no me moviera de aquí, que me quedara con el Chavea.

La legionaria desvía una mirada rencorosa en dirección al cuarto donde duerme el lejía.

—Ése mejor que no levante, porque igual lo duermo hasta el mes que viene de una hostia, ¿oíste?

El Moquete calibra la potencia de un hipotético guantazo del brazo de Mari Paz y decide que lo mejor será hacerle caso. Ya se lo advirtió su tío Abdeselam: «No discutas con las *junusiya*, que te calzan una leche antes que un tío».

«Y la vergüenza es peor», añadía el señor, con los ojos en el cielo.

—No está lejos, pero prepárate para una cuesta larga.

Mari Paz y el Moquete llegan al edificio de la calle Molino quince minutos más tarde.

Mientras subían la cuesta del Recinto, se les ha hecho de noche.

—Lo que no sé es qué piso es —dice el Moquete recorriendo con la mirada el panel del portero automático.

La legionaria se fija en el cajetín con combinación que hay al lado de la puerta. Tira de él y, para su asombro, se abre sin problemas. Romero no ha movido los rodillos de clave de apertura y se ha limitado a cerrar el cofrecillo con un *clic*. En el fondo del receptáculo cuelga un llavero con dos llaves y una etiqueta encajada en un marquito de plástico, escrita a mano.

Tercero B.

—¿Llamamos a la policía? —sugiere el Moquete, asustado—. Puede ser peligroso.

—Romero suele trabajar sola —apuesta Mari Paz mientras abre la puerta del portal—. Lo que sea que haya hecho esa zorra, hecho está.

Suben hasta el tercero y Mari Paz abre la puerta blindada con la llave.

Cuando encienden la luz, se quedan sin habla.

La atmósfera huele a orines y sangre.

Dentro hay un silencio de procesión, más fuerte que el ruido.

El Caballa está en el suelo y parece dormido, aunque el color de su tez no es de alguien vivo. El Málaga tiene un disparo a bocajarro justo al lado del ojo izquierdo, con una quemadura terrible que mezcla el negro del hollín con el rojo de la sangre, y la cabeza abierta por varios sitios. Ángelo permanece inmóvil en la silla de ruedas, con más cortes que el cristo de la sábana santa y hematomas de todas las formas y colores. Tiene los pantalones meados.

También ven las armas blancas de los lejías sobre la mesa.

—Joder, no —musita Mari Paz, que siente que el mundo se derrumba a su alrededor—. ¡No toques nada! ¿Oíste? —advierte al Moquete.

—¿Están…?

—No lo sé…

Mari Paz se agacha al lado del Caballa. No es necesario ser forense para saber que está muerto. El Moquete da por perdido al Málaga y se arrodilla junto a Ángelo. Lo sacude, pero lo único que consigue es que el cuerpo bascule un poco más hacia delante.

—Están todos muertos —dictamina el Moquete, al borde del llanto.

Mari Paz se agarra la cabeza con las manos.

Si hubiera llegado antes. Si hubiera cogido el barco de la mañana.

El puto pluscuamperfecto, otra vez.

—Joder, joder, joder, joder...

Pero Mari Paz ya tiene edad para saber que los errores no se rectifican, y que lo único a lo que hay que aspirar es a no cometer otro y a atacarlos con un acierto.

—Joder.

La legionaria vuelve la cabeza hacia el Moquete, que la mira a ella con cara de «yo no he sido». Ambos dirigen la mirada hacia el Málaga, que ha abierto el ojo derecho y hace muecas, como si tuviera la boca seca.

Mari Paz corre hacia él y le examina la herida.

—¿Cómo puedes estar vivo con un tiro en la cabeza? —pregunta, asombrada.

—La hija de puta me disparó con una bala de fogueo —explica el Málaga, que intenta levantarse a pesar de las varias vueltas de cinta americana que lo mantienen sujeto al sofá; tiene el rostro surcado por varios regueros de sangre procedentes de las heridas de la cabeza—. ¿Cómo está el Caballa? Se cayó al suelo en redondo en cuanto la tía guarra me pegó el tiro.

—Está muerto, Málaga —dice el Moquete.

—No, joder, no... ¿Y Ángelo?

—También —dice Mari Paz, que empieza a despegar la cinta adhesiva que mantiene al sargento prisionero.

Los labios del Málaga tiemblan debajo de su bigote, su mirada se pierde en el techo y empieza a llorar con desconsuelo.

—Me cago en mi puta calavera —maldice sin dejar de llorar—. La tía se movió más rápido que una bicha. El Caballa falló la estocada, ella lo echó para atrás de una patada y paró mi *puñalá* con el brazo. Me arreó el tiro en la cara, que me dolió más que si fuera de verdad... y luego el Caballa... el Caballa... Coño, que se me ha muerto de un infarto, mal rayo parta a esa puta —grita.

—Tranquilo, Málaga, por favor, que te va a dar algo.

—Quería que le dijéramos dónde estabas, Mari Paz, pero es que casi no nos preguntó. Enseguida se dio cuenta de que no sabíamos nada de ti, pero le dio igual. No dejó de pegarle a Ángelo, y cuando se cansó de darle, me golpeó con la pistola en la cabeza hasta dejarme sin sentido.

—Cálmate, por favor.

El Málaga agarra la manga de la chaqueta militar de la legionaria con la mano recién liberada.

—Tienes que matarla, Celeiro. Tienes que matarla, por tus muertos.

El eco de la voz de Aura se mezcla con la petición del sargento.

Mátalos a todos.

¿Acaso nací para eso? ¿Para matarlos a todos?

La familia no es esa persona con la que compartes sangre, sino aquella por quien estarías dispuesto a derramarla.

Mari Paz deposita un breve beso en la cabeza herida del Málaga y saca su teléfono móvil.

Por supuesto que va a matar a Romero.

Pero eso tendrá que esperar.

—112, dígame.

—Necesitamos una ambulancia urgente en la calle Molino —dice Mari Paz—, y también que venga la policía. Quiero denunciar un asesinato.

8

Un sótano

La puerta del sótano se abre con un crujido que resuena en el silencio de la casa, como si una boca olvidada susurrara secretos antiguos. Aura se detiene en lo alto de las escaleras, sintiendo una oleada de aprensión que le eriza la piel. El sótano siempre ha sido un lugar opresivo y oscuro, lleno de sombras que se aferran a los rincones como telarañas persistentes. Durante años, lo ha evitado, una decisión basada tanto en la lógica como en una intuición que nunca ha sido capaz de definir con claridad.

—Tengo un mal presentimiento —murmura Sere rompiendo el silencio.

Aura asiente, comprendiendo bien a su amiga. Recuerda las pocas veces que ha bajado al sótano, sólo cuando era necesario, y evitándolo en lo posible. En parte, es por la humedad, ese olor mohoso que parece impregnarse en la piel, pero hay algo más, algo que siempre le ha resultado difícil de explicar.

—Vamos —dice Aura decidida aunque su corazón late con fuerza—. Si hay algo que encontrar, debe estar aquí.

Las escaleras crujen bajo su peso mientras descienden. La luz del atardecer se desvanece rápidamente, y la oscuridad del sótano parece absorber cualquier resto de claridad que intente colarse desde el piso superior. Al llegar al pie de las escaleras, intentan encender la luz, pero el interruptor sólo emite un chasquido vacío. La bombilla está muerta.

—Vale, ¿esto lo está escribiendo Stephen King o qué mierdas? —comenta Sere sacando su móvil y activando la linterna.

Aura hace lo mismo, y juntas iluminan el camino delante de ellas.

—Prométeme que si aparece un payaso nos vamos cagando melodías, chocho.

La luz de los móviles crea sombras alargadas y danzantes en las paredes haciendo que el sótano parezca aún más inquietante. Cosas con muchas patas se arrastran en la oscuridad mientras ellas avanzan.

—Si aparece un payaso no tengo mundo para correr.

La mirada de Aura recorre el espacio. Las paredes de cemento frío están cubiertas de manchas de humedad, y el suelo de hormigón proyectado suena bajo sus pies. Hay estanterías metálicas, vacías desde hace mucho, salvo un par de cajas de azulejos de cuando se hizo la casa, de esas que conservas «por si acaso» y de las que te olvidas durante el resto de tu vida. El aparejador sabe que nunca las vas a usar, tú también, pero aun así las guardas.

En un rincón, donde la penumbra es más profunda, hay

una puerta que lleva al corredor de mantenimiento del sótano.

El móvil de Aura ilumina la puerta —trampilla sería una
palabra más correcta, porque apenas tiene sesenta centímetros de ancho por noventa de alto— y se queda fijo en ella.

—Tienes que estar de coña, ja-ja-ja-ja —se ríe Sere. Salvo
que no es una risa, sino que hace ella los sonidos, pronun-
ciando las sílabas muy despacio.

—A ti también te lo parece, ¿verdad?

Aura abre la puerta.

Sólo se ve un pasillo, diminuto y oscuro. Apenas cabe una
persona. Las paredes no están terminadas. El recorrido traza
una U abrupta, por debajo de los pilares que conectan con los
cimientos. Pero en mitad del recorrido, a unos seis metros de
donde ellas se encuentran, hay un espacio abierto.

—Sere, te presento el corredor de mantenimiento del sótano.

—Un placer, ja-ja-ja-ja, encantada. Aura, ¿nos V-A-M-O-S?
—pronunciado así, separando mucho las letras y abriendo
mucho la boca. Deletreando, como si el pasadizo fuera un
monstruo preescolar que no entendiese demasiado bien.

Siempre debes saber salir antes de entrar, piensa Sere, recordando la lección favorita de Jaume. *Para evitar al Hombre
Pálido que mora en sitios como éste.*

Sere sabe cosas.

—¿Aura? —insiste.

Aura no responde.

Pero recuerda.

Recuerda su desesperación cuando se quedó sin dinero,

cuando Ponzano la dejó en la ruina, cuando los abogados se lo apropiaron todo. Cómo exprimió hasta el último euro que pudo reunir para mantenerse junto a sus hijas, para poder continuar cuidando de su madre, para seguir fuera de la cárcel.

Le dio la vuelta a la casa como un calcetín. Vendió todo lo que no estaba anclado al suelo. Incluyendo su vestuario completo. Lo último fue la tele pequeña de la cocina, entre las protestas airadas de las niñas.

Incluso llegó a bajar al sótano, a ver si había algo que le interesase a Wallapop. Descartó vender los azulejos sobrantes.

Y nunca, ni en sus noches más solitarias y desesperanzadas, se planteó cruzar esa puerta.

Al fondo —se ven desde donde ellas están— hay varias cajas selladas con cinta que parecen llevar allí algún tiempo.

A ella le sonaba un poco siniestro ese término, «corredor de mantenimiento».

Jaume había almacenado en ese espacio, diseñado para el acceso a tuberías y cables, objetos que no quería descartar pero que no preveía necesitar de nuevo: cajas llenas de viejos recibos, comprobantes, copias de la declaración de la renta (de cuando Jaume usaba él solito el programa PADRE, antes de que le llevase las cosas una asesoría) y garantías expiradas, entre un montón de mierdas inservibles. Lo único que ella había visto de este corredor era la puerta —trampilla— de entrada, y sólo mirarla ya le daba escalofríos.

Jaume había logrado escurrirse por entre las húmedas paredes para colocar las cajas en el espacio abierto en mitad de la U, pero ella nunca había tenido el interés de adentrarse.

Aura había cuestionado la utilidad de tener un pasaje subterráneo en una casa, a lo que Jaume respondió que era un espacio extra de almacenamiento y un acceso para técnicos que necesitaban llegar a áreas del sótano inaccesibles de otra manera, como los fontaneros, por ejemplo.

Y eso fue todo.

La vida tenía demasiadas urgencias allí arriba como para prestar excesiva atención a un trastero olvidado aquí abajo.

—Te juro que he visto una cucaracha ahí dentro, tía.

Aura ha visto tres —tiene mejor ángulo que Sere—, pero no dice nada.

—Es todo lo que queda intacto de él.

Aura mira el pasadizo y piensa en Jaume. Solo en casa, todos los días, durante muchas horas al día. Todas las que las niñas estaban en clase o en actividades extraescolares.

Todas las que ella pasaba trabajando, y alguna más.

Un pensamiento viene a ella, como un recuerdo fugaz, que debería ser alegre, pero es una alegría muerta.

Cómo había surgido la costumbre de tocar el claxon mientras guardaban el coche en el garaje.

Fue en la época en la que nacieron las niñas.

—Hagamos que el regreso sea un acontecimiento, una fiesta. El que meta el coche en el garaje, que toque dos veces —pidió él.

Y así lo hicieron.

Era un momento de felicidad. Se hacía siempre. En cuanto la puerta del garaje se abría, se tocaba el claxon. Si las niñas estaban en el coche, lo pedían ellas. Si estaban en el salón, o en su habitación, o en el jardín jugando, acudían raudas a la llamada. Celebrando a quien regresase.

Una tradición hermosa, sí.

La verdad se antoja a sus ojos tan obvia y tan sencilla ahora.

Ahí abajo, la tradición se ve como un cascabel, puesto a un gato silencioso.

Porque lo cierto es que la que más veces tocaba el claxon era ella.

Todos los putos días.

Piensa en Jaume. Ahí arriba, solo, en su despacho.

Con sus pequeños secretos.

Siendo avisado cada día con dos toques de claxon.

¿Tendría tiempo de bajar aquí a toda prisa, cuando la oyese?

Aura no lo cree.

Y, sin embargo, una sospecha cada vez más grande la está devorando.

En un instante, toma una decisión.

9

Un hospital

La desgracia es un pozo sin fondo.

Cuando crees que es imposible hundirte más, el abismo te sorprende.

En eso piensa Mari Paz mientras se lía un cigarrillo en la sala de espera de Urgencias del Hospital Universitario de Ceuta. Mira a través de los ventanales, que mostrarían el mar si no estuviera oscuro, y se apoya en el horizonte que alcanzan sus ojos, como quien se aferra a un pasamanos.

Está sentada en una de las sillas más alejadas de la puerta. A su lado está Emilito, el exyerno del Málaga. Son las doce menos cuarto de la noche, y en la sala adyacente, tan sólo trasnochan los padres de un niño de doce años que se ha roto el brazo haciendo el salvaje con su hermano (palabras de su madre) y una anciana que ha acompañado a su esposo, octogenario, según ella con taquicardia.

Mari Paz ha oído comentar a un par de auxiliares, que aparcaban sillas de ruedas color naranja preso, que estaba siendo una noche tranquila.

Para la legionaria, no.

Tampoco es que esté pasando una noche agitada, las ha tenido peores a lo largo de su vida.

Pero puede que ésta sea la más triste.

Emilito no habla. Está inmerso en sus pensamientos, y de vez en cuando consulta el móvil con desidia para volver a guardarlo.

Mari Paz le ha recargado la tarjeta del móvil al Moquete, para que pueda informar de cualquier novedad que se produzca. El viejo legionario va a pasar la noche en la residencia militar con el Chavea, y tiene instrucciones de no contarle lo sucedido esa tarde hasta que lo vea un médico. Las posibilidades de que el Chavea cometa una tontería cuando se entere del destino de sus hermanos legionarios son altas.

Si al estrés postraumático le sumamos el historial de enfermedades mentales del Chavea, y lo agravamos con el consumo excesivo de estupefacientes —aunque él diga que los porros no son droga-droga—, tenemos una bomba de relojería con la espoleta más floja que el sujetador de una stripper.

La legionaria no deja de pensar en que Ángelo y el Caballa, por muy muertos que estén, están solos. La policía judicial los trasladó al Instituto Legal y Forense de Ceuta, anexo al cementerio de Santa Catalina.

Es un lugar tan frío como los tres frigoríficos que lo dotan.

Al tratarse de muertes judiciales, hay que esperar al resultado de la autopsia antes de poder entregar los cuerpos a los familiares. Que el Moquete, Emilito y Mari Paz supieran, ninguno de los dos tenía familia, aunque el Caballa pagó religiosamente, durante décadas, el seguro de decesos de Santa Lucía. Él lo llamaba «los muertos».

—La Hermandad se hará cargo del sepelio de Ángelo —aseguró Emilito.

Mari Paz informa al subteniente de que va a salir a fumar. Éste mueve la cabeza una sola vez, sin apartar la mirada de sus zapatos. A la legionaria le da la impresión de que el suboficial está al corriente de las peripecias de los lejías desde que Aura, Sere y ella les pidieran ayuda, hace ya una eternidad. El exyerno del Málaga no le ha recriminado nada, pero su silencio y su mirada son más elocuentes que una sentencia judicial.

En cierto modo, la culpa.

En cierto modo, tiene razón al culparla.

Y podemos quitar el «en cierto modo».

El balance no puede ser peor: dos muertos, un herido desfigurado y un suicida en potencia, con el cerebro cortocircuitado, que se ha quedado huérfano por partida triple.

Si ella no hubiera recurrido a ellos, ahora estarían en Cuatro Vientos, pobres como ratas, pero felices: el Málaga amasando albóndigas, el Chavea cantando fandangos y bulerías, el Caballa leyendo a James Joyce (aunque no lo entienda) y Ángelo rememorando historias de una Italia que sólo ha visto en *Callejeros Viajeros* y en *Españoles por el Mundo*.

¿Cómo hemos llegado a esto?, piensa Mari Paz mientras se enciende el cigarrillo y se deja abstraer por el caos de luces

que ilumina la barriada del Príncipe, muy próxima al hospital. Reflexiona apoyada en la fachada de la entrada de Urgencias, cerca de un cenicero que no debería estar ahí (por la ley antitabaco, que prohíbe fumar en las inmediaciones de un centro sanitario) pero que está ahí (por la ley del sentido común).

Si no hubiera hecho el lechecao, se reprocha.

La vida no puede resultar tan aleatoria, se dice.

Se pone a pensarlo —un momento, un minuto, una hora, un día, un año— y se extravía en su propio pensamiento, a semejanza de un niño de cuatro años que se suelta de la mano de su padre, en mitad de la muchedumbre, y en pocos pasos se encuentra perdido, arrojado a una especie de locura demasiado adulta de la que ignora cómo volver.

Se siente más sola que cuando dormía en su Škoda, con el respaldo del asiento trasero a dos dedos de su nariz, oliendo a pies, sobaco y restos de Cheetos. Y a cerveza, por descontado.

¿Cómo he llegado a esto?

Una ola de nostalgia rompe en la escollera de su corazón cuando su mente vuela, sin querer, hacia el recuerdo de Aura. ¿Dónde estará? Y lo más importante, ¿cómo estará? ¿Y Sere? ¿Sabrá Sere algo de ella?

Por un momento está tentada de llamar, pero la voz de Emilito la devuelve a la realidad.

—Celeiro, dice la enfermera que el médico quiere hablar con nosotros.

—A la orden, mi subteniente —responde, a la vez que asfixia al cigarrillo en el arenal del cenicero.

Los dos cruzan unas puertas dobles, capitaneados por una enfermera que los conduce hasta una consulta abierta. Allí los recibe una médico de unos cuarenta años, con una sonrisa cansada que intenta ser amigable y tranquilizadora. Los saluda con un cabeceo y los invita a sentarse.

—¿Son familia de José Luis Pérez Antúnez?

Mari Paz se da cuenta de que es la primera vez que oye el nombre real del Málaga.

—Soy su exyerno —contesta el subteniente Emilito—. Es el abuelo de mis hijos.

—¿Existe algún familiar vivo más cercano?

—Su hija, pero hace años que no se hablan. Y sus nietos, claro, pero son pequeños.

—Que yo sepa, no tiene a nadie más —interviene Mari Paz.

—¿Usted le toca algo? —pregunta la doctora.

—Como si fuera su hija —responde—. Somos legionarios —añade, como si eso lo explicara todo.

—Entiendo.

—¿Va a salir de ésta? —pregunta Emilito a bocajarro.

—Le hemos suturado las heridas de la cabeza y le hemos curado el disparo en la cara, aunque le quedará una cicatriz bastante fea. Su pronóstico, por ahora, es reservado.

—¿Tan reservado es que ni a nosotros puede contárnoslo? —pregunta Mari Paz.

La doctora le dedica una mirada tierna.

—Lo que quiero decir es que lo dejaremos unos días ingresado, a ver cómo evoluciona —explica—. El TAC no ha revelado heridas internas producidas por los golpes en la cabeza, y el disparo, milagrosamente, no ha tenido mayores consecuencias que las estéticas, pero prefiero tenerlo en observación. Dos centímetros a la izquierda y lo más probable es que hubiera perdido el ojo. Pero, de todos modos, lo mantendremos monitorizado y no le daremos el alta hasta que estemos seguros de que está completamente fuera de peligro.

—¿Puedo quedarme con él en la habitación? —se ofrece Mari Paz.

—La normativa sólo permite a familiares o cuidadores, pero tranquila: estará bien atendido.

—¿Podemos entrar a verlo? —pregunta Emilito.

—Mañana, en horario de visita, cuando lo subamos a planta. Ahora mismo está sedado.

—Si me quedo aquí fuera, ¿me comunicarán cualquier novedad? —insiste Mari Paz.

—Sí —responde la doctora—. Aunque deberían irse a casa a descansar: José Luis está en buenas manos, y aquí lo único que harán es acabar con lumbalgia o coger frío.

Emilito y Mari Paz se despiden de la médico, recorren el camino de vuelta y salen del edificio. El contraste de temperatura, después de abandonar los corredores calefactados en exceso, les produce un escalofrío.

—Hueles mal, Celeiro —informa Emilito, arrugando la nariz.

—Es el proceso de duelo, mi subteniente.

—Es porque has estado bebiendo.

—Es el combustible del duelo, mi subteniente.

Emilito se encoge de hombros.

—Voy a pasarme por la residencia antes de ir a casa, a ver

cómo anda el Chavea —vuelve a informar—. Podrías quedarte allí, hay camas libres.

Mari Paz no puede evitar un pensamiento lúgubre.

Hay dos que ella ha contribuido a dejar libres.

—Prefiero pasar la noche aquí, mi subteniente —responde Mari Paz, que guarda unos segundos de silencio hasta que abre los brazos como si entregara su alma a los dioses—. Me siento responsable de lo que ha pasado.

En la mirada de Emilito, por primera vez, centellea un destello que podría ser de comprensión.

Puede que hasta de camaradería.

—Somos legionarios hasta el final, Celeiro. Sabemos dónde nos metemos. ¿Les apuntaste con una pistola en la cabeza cuando les pediste ayuda?

—No, mi subteniente.

—¿Les apuntaste con una pistola para que fueran al apartamento de esa hija de puta?

—Tampoco estuve donde tenía que estar, mi subteniente.

Emilito suspira, uno de esos suspiros de quien tiene en la boca más fantasmas que dientes.

—Esto te joderá, pero la vida son elecciones. Y si todo son elecciones, todo lo demás son renuncias. Si quieres fumar no puedes bucear. Si quieres jugar al mus con los amigos no puedes ir al puerto a beber. ¿Hasta aquí bien?

—Hasta aquí bien, mi subteniente.

—Toda la tontuna moderna esa de «si quieres, puedes» o «tú eres el arquitecto de tu destino» y todas esas mierdas… No sólo es una gilipollez. Es maldad. Maldad profunda.

Hasta aquí también bien, piensa Mari Paz.

—Hoy nos toca llorar a los muertos y celebrar a los vivos. Ruegos y lamentos son el precio de proyectar sombra. ¿Estamos?

Por supuesto que no estamos.

—Estamos.

Hablar se vuelve por momentos una montaña escarpada, traicionera, en cuya cima no hay gran cosa, salvo vistas a la niebla y bajas temperaturas. En esos momentos es mejor dar la razón en todo a quien sea.

—¿Seguro que no quieres bajar conmigo al centro?

—Seguro, mi subteniente. Me quedo aquí.

La mano del suboficial se posa un instante en el hombro de la legionaria.

A ella le reconforta el gesto.

—Vendré por la mañana —promete.

—Gracias, mi subteniente.

Emilito se dirige al coche, lo arranca, y da las largas un par de veces a modo de despedida.

Jeloudarnesmaiolfrend.

Mari Paz valora ir a la máquina a sacar una cerveza —su proceso de duelo se ha quedado sin gasolina—.

Se frota los brazos a través de la sarga de su chaqueta.

Nota su medalla al valor a través de la tela.

Patea la pared del hospital hasta hacerse daño. Como los boxeadores, que propician la lesión como medio para mitigar la culpa, en un intercambio, al estilo Dostoievski, de bienestar físico por tranquilidad de espíritu.

Consulta la hora: la 1.07 de la madrugada.

Saca los aperos de fumar y empieza a liarse un cigarrillo.

Ojalá nos juzgaran por lo que hemos perdido, piensa, mientras echa la lengua fuera.

Está lamiendo la banda adhesiva del papel de arroz cuando divisa un par de luces acercándose por la calle que forma el pabellón de Urgencias. Por un momento, piensa que es el subteniente Emilito, que ha olvidado algo.

El coche se para y apaga las luces. Es un Mercedes, muy distinto al viejo Peugeot del exyerno del Málaga. De él se baja un hombre de unos cincuenta años, delgado, con el pelo canoso.

Mari Paz vuelve a concentrarse en su mayor vicio y acerca el encendedor al cigarrillo, sin prestar más atención al recién llegado.

Pero el recién llegado sí le presta atención a ella.

—Buenas noches. ¿Eres Mari Paz Celeiro?

La mirada de reojo de la legionaria es de desconfianza pura. No llega a chiscar la ruedecilla del mechero.

—¿Quién *carallo* lo pregunta? ¿Te conozco, acaso?

—No nos conocemos. Mi nombre es Lucio Peral.

10

Un pasadizo

—Sujétame la chaqueta, que no quiero que se me roce el ante —dice quitándose la prenda y dándosela a Sere.

—Aurita, mi amor, una pregunta. ¿Tú estás mal de la puta cabeza? Porque yo tengo un papelito con las pruebas médicas que encargó mi mamá, pero tú parece que necesitas que te miren dos veces.

—No te falta razón —dice Aura empujando un poco más la puerta.

—Yo me quedo aquí vigilando mientras tú juegas a *Indiana Jones y el templo maldito*, ¿vale?

—Normalmente el que se queda vigilando es al primero al que se cargan, ¿te acuerdas?

—Okey, pues yo me cago en tu puta madre.

Aura sonríe de través.

Introduce primero una mano, luego la otra con el móvil, y

finalmente su cuerpo se desliza dentro del pasadizo. Se mueve despacio, sintiendo el peso de la oscuridad presionando contra sus espaldas. El corazón le late en los oídos, un tamborileo insistente que marca cada uno de sus pasos.

El pasillo es estrecho, las paredes de cemento le raspan la piel cuando avanza. Cada paso parece resonar en el espacio angosto, y cada sonido se magnifica en su mente: el roce de su ropa, el crujido ocasional del cemento cuarteado bajo sus pies, el eco de su respiración, ahogada por el olor a polvo y humedad.

Hay correteos por el suelo. Audibles. Nítidos.

Se pregunta si esas cucarachas serán de la misma familia que las que vivían aquí. Una vez leyó que las cucarachas viven hasta un año. En ese caso serían las tataranietas.

Las cucarachas son más dueñas de esta casa de lo que tú lo has sido.

Más correteos.

—Si ves algo que se mueva y no soy yo, huye, chocho —bromea Sere intentando aligerar el ambiente desde la seguridad del sótano.

—Lo haré —responde Aura con un amago de sonrisa que se siente vacío.

Mientras avanza, Aura siente que el pasadizo la envuelve y que la claustrofobia se intensifica con cada paso.

A Mari Paz le hubiera dado algo aquí...

El aire está cargado de un olor penetrante y opresivo. Las telarañas se adhieren a su rostro y cabello, envolviéndola en una maraña pegajosa.

Ojalá se le hubiera ocurrido ponerse algo en la cabeza.

La linterna del móvil capta pequeñas partículas de polvo suspendidas en el aire, que flotan perezosamente ante su vista, como un recuerdo de lo inexplorado que está este lugar. Todo en el corredor parece tener un eco de secretos que preferirían permanecer ocultos.

Las sombras parecen moverse en el límite de su visión, creando la ilusión de que no está sola. Un sudor frío le cubre la frente y un escalofrío le recorre la espalda. A pesar de la incomodidad, la determinación de Aura crece con cada metro recorrido, impulsada por el deseo de descubrir lo que Jaume ha ocultado.

—Aura, dime que estás bien ahí dentro —pregunta Sere, a través de la oscuridad.

—Sí, estoy bien. Sólo es… más estrecho de lo que parece desde fuera.

—¿Más?

—Imagínate.

Suena extraña, amortiguada por el espacio confinado.

Respira de manera entrecortada, casi jadeando. Le resulta cada vez más difícil conseguir que sus pulmones reciban suficiente oxígeno.

Un sentimiento de *déjà vu* —contrario al que sintió arriba, pero similar, ni ella misma se entiende— se apodera de Aura, como si hubiese estado aquí antes, aunque sabe que no es así. La luz del móvil ilumina las cajas en el pasadizo, que se ha estrechado más, y Aura toma un momento para respirar profundamente antes de seguir adelante.

Tose.

Vuelve a toser.

Finalmente, alcanza el espacio abierto.

Aquí, las sombras retroceden ligeramente, revelando cajas selladas con cinta, esperando. Aura siente el aire a su alrededor tensarse, como si el tiempo mismo contuviera el aliento —y con lo mal que huele, no le extraña—, aguardando lo que vendrá después.

—¿Estás muerta? ¿Hemos llegado ya? —Sere pregunta desde la entrada.

—No estoy muerta. Hemos llegado.

Aura mira las cajas, su móvil arroja luz sobre las etiquetas descoloridas. La sensación de que está a punto de desenterrar algo trascendental se agita en su pecho, un latido sordo que compite con el ritmo de su corazón. Se prepara para abrirlas, sabiendo que lo que encuentre podría cambiar todo lo que cree saber sobre Jaume y el pasado que compartieron.

Tironea de una de las cajas, tan pesada que no puede moverla.

Sólo hay algo que pese tanto en una caja de cartón, y es el papel.

Jaume no pondría libros aquí abajo, cuidaba mucho sus manuales de programación, algunos oscuras ediciones que a menudo sólo interesaban a un puñado de personas en todo el mundo.

No va a poder arrastrar consigo cualquiera de esas cajas de vuelta a través del pasadizo, por más que desearía volver al frescor y al aire más limpio del sótano.

Voy a tener que abrirlas aquí.

Deja con cuidado el móvil sobre una de las cajas más pequeñas, usando la luz para iluminar el espacio mientras se arrodilla con dificultad, el suelo frío y áspero mordiendo sus rodillas. El aire está cargado de polvo que parece adherírsele a la piel, a los pulmones, haciéndole toser mientras su mente lucha contra el miedo que se acumula como una presión constante en el pecho.

La primera caja cede fácilmente bajo sus dedos, la cinta vieja rasgándose con un sonido quebradizo que resuena en la estrechez del pasadizo. Pero al abrirla lo único que encuentra son pilas de recibos antiguos, amarillentos por el tiempo y la humedad. Multas de tráfico de hacía años, facturas de servicios públicos y documentos tan banales que se siente ridícula por haber esperado algo más.

¿Por qué habría Jaume guardado todo esto?

Cada página parece un insulto a su necesidad de respuestas, una burla cruel y desafiante.

Pero.

A la cabeza de Aura vienen las palabras de Poe en *La Carta Robada.*

—*¿Miraron en los sótanos?*

—*Miramos.*

El detective Dupin nunca se equivocaba. Y la conclusión del relato le da una pista.

Entre toda esta mierda debe de haber algo más, algo que Jaume ha querido esconder disimulándolo como basura.

Con determinación renovada, pasa a la segunda caja, sus manos temblando ligeramente mientras rompe la cinta adhesiva. Dentro, más de lo mismo: papeles y más papeles, documentos que no ofrecen nada útil, sólo un recuerdo de un pasado ordinario que parece no guardar secretos.

Aura siente la frustración crecer, la mente le gira en círculos mientras se pregunta si está perdiendo el tiempo. Pero una parte de ella se niega a rendirse, un susurro persistente que le dice que siga buscando.

La tercera caja está colocada precariamente sobre unas tuberías que cruzan el suelo del pasadizo. Aura se encorva como un mono araña, extendiendo la mano para alcanzarla, los dedos apenas rozando el borde. Con un tirón final logra hacerla caer hacia ella, pero el movimiento descontrolado envía la caja deslizándose hacia abajo.

Y con ella, un alud de papeles y recibos.

Antes de que pueda reaccionar, el contenido de la caja la cubre, un torrente de documentos que la entierra bajo su peso.

Aura chilla, el sonido ahogado por la avalancha de papeles que la rodean, el aire frío y sofocante contra la piel.

Su móvil cae al suelo y la luz parpadea antes de quedar cubierto por los papeles, dejándola sumida en una oscuridad casi total. El miedo la invade, una ola de pánico que amenaza con consumirla mientras lucha por liberar los brazos, por encontrar una salida.

—¡Sere! —quiere pedir auxilio, pero su voz es apenas un murmullo, sepultada por el miedo y los papeles.

El peso sobre ella se siente aplastante, como si el pasado de Jaume intentara asfixiarla, hundiéndola en un mar de banalidad. Intenta respirar profundamente, pero cada inhalación está cargada de polvo, que rasca su garganta mientras se ahoga en un mar de recibos y burocracia.

La claustrofobia se cierra sobre ella como un puño, y Aura siente que está al borde de la desesperación. Pero en medio de su lucha, su mano tropieza con algo duro y familiar, entre los papeles.

Su móvil.

Con dedos temblorosos, lo extrae de debajo de la cárcel de celulosa. La luz estalla en su entorno, la ciega, una chispa de esperanza en la oscuridad.

Inspirada por el rayo de luz, Aura redobla sus esfuerzos, empujando los papeles a un lado, levantando su cuerpo poco a poco hasta que finalmente emerge.

Jadeando, temblando pero libre.

Se incorpora, los ojos recorren el espacio ahora iluminado con un terror latente, buscando cualquier pista, cualquier indicio de que su sufrimiento ha valido la pena.

Y entonces lo ve.

Algo entre las sombras que la deja sin palabras, congela su corazón y detiene su respiración en un instante suspendido de incredulidad.

11

Un despacho, otra vez

Aura emerge de la trampilla con un esfuerzo titánico, cada músculo del cuerpo temblando por el esfuerzo y el terror acumulados en los últimos minutos.

El aire frío y limpio —o menos sucio— del sótano la envuelve como una bocanada de libertad, pero también trae consigo un escalofrío que le recorre la espina dorsal.

Sere, que ha estado esperando con el corazón en un puño, se abalanza sobre ella, sus ojos reflejan el miedo y la preocupación que ha sentido mientras Aura luchaba en las entrañas del pasadizo.

—¿Cómo estás? —pregunta Sere cargada de ansiedad—. Me tenías muerta de preocupación. No paraba de escuchar ruidos…, pensé que algo terrible te había pasado.

Sere ha estado escuchando los ecos de los sonidos que llegan del pasadizo, amplificados por su propia imaginación.

Y porque Sere sabe cosas.

—Estaba a punto de entrar a buscarte —continúa, sin poder ocultar el miedo—. No podía soportar la idea de que estuvieras atrapada... o peor.

Aura sale de la oscuridad cubierta de polvo y telarañas, tosiendo fuerte para liberar el polvo acumulado en sus pulmones. Cada tosido parece arrancarle un poco de la tensión que se ha asentado en su pecho durante su tiempo en el pasadizo.

—Estoy bien —logra decir entre toses—. Sobreviviré.

Sere le devuelve la chaqueta con cuidado. Observa a Aura con atención, buscando signos de alguna herida o daño que no esté a la vista.

—¿Quieres un vaso de agua o un Malibú con piña? —pregunta Sere, aún preocupada.

—*Necesito* un Malibú con piña —responde Aura, intentando sonar más segura de lo que realmente se siente—. Pero va a tener que esperar.

El silencio se instala entre ellas por un momento, sólo roto por la respiración entrecortada de Aura mientras intenta calmarse. Sere espera, cambiando el peso de un pie a otro.

—¿Encontraste... algo ahí dentro? —pregunta Sere finalmente, su curiosidad mezclada con la necesidad de asegurarse de que la peligrosa incursión de Aura ha valido la pena.

Aura se detiene, evitando la mirada de Sere mientras trata de devolver la cabeza a su sitio.

—Te lo diré pronto —dice Aura finalmente, con una vaga sonrisa que no alcanza los ojos—. Pero ahora, necesito que me sigas al piso de arriba.

Sere alza una ceja, sorprendida, pero obedece. Aura tiene su propia manera de enfrentar las cosas, y Sere sabe que presionarla no servirá de nada.

—Está bien —acepta Sere—. Pero me tienes en ascuas, chocho.

—Lo sé —replica Aura mientras se dirige hacia las escaleras, sintiendo el peso del misterio que aún cuelga sobre ellas—. Pero necesitamos ir arriba.

Sere sigue a Aura, con cada paso resonando en el silencio del sótano mientras suben de nuevo. La oscuridad que han dejado atrás en el pasadizo parece acompañarlas.

Regresan al despacho. La casa está en penumbra, y las luces no hacen más que aumentar las sombras.

—Ayúdame. Esto pesa un quintal.

Aura se coloca a un lado de la mesa de caoba.

—Sabes, la gente emplea ese término mal siempre. Un quintal son cuarenta y seis kilos —canturrea Sere—. Pero la gente cree que...

Aura le lanza una mirada que podría rayar el cristal, hasta que Sere se interrumpe solita.

—Ya voy, ya voy. Qué humos, la presidiaria.

Ambas se preparan para el esfuerzo, flexionando las rodillas y ajustando sus posiciones para lograr el máximo apalancamiento.

—A la de tres —dice Aura.

—Espera un momento. ¿Es «uno, dos y tres» o «uno, dos, tres y ¡ya!»?

Aura suspira.

—¿Cuál quieres que sea?

—Creo que el *¡ya!* le da un extra de fuerza.

—Uno… dos… tres… ¡ya!

Con un esfuerzo conjunto, tiran de la mesa hacia arriba, tratando de alzarla.

No se mueve ni un poquito.

—Es por los cajones. Prueba a quitárselos —dice Sere.

Aura asiente, y se agacha para tirar de los cajones de la mesa. Cada uno de ellos ofrece resistencia, atascado por los años de desuso, pero finalmente logra liberarlos, dejándolos a un lado. El sonido de la madera rozando contra la madera resuena en la habitación, un susurro en medio del silencio expectante.

—Bien, ahora lo intentamos de nuevo —dice Aura, tomando su posición anterior.

—Cuando digas —confirma Sere, preparándose para el esfuerzo.

—Sí. Uno… dos… tres… ¡ya!

Esta vez, sin el peso adicional de los cajones, la mesa se mueve lentamente, deslizándose hacia delante con un chirrido que hace que ambas mujeres contengan la respiración. El esfuerzo las deja jadeando, pero cuando miran hacia abajo, el suelo que ha estado oculto durante años se revela ante ellas.

El parquet original del despacho es de tablillas pequeñas, cuidadosamente ensambladas, formando un patrón que apenas ha cambiado con el tiempo. El color es más oscuro en la zona que quedaba bajo los cajones, un tono cálido, cercano a la miel, que contrasta con el resto del suelo, que ha sido descolorido por el sol y el constante ir y venir de los pies y las ruedas de la silla de Jaume.

Aura se arrodilla, pasando la mano sobre la superficie pulida del parquet, sintiendo la diferencia de textura bajo sus dedos. Hay algo hipnótico en el contraste, un testamento silencioso del tiempo transcurrido y de los secretos guardados.

—¿Se puede saber qué coño estás buscando, Aura? —dice Sere observando sus movimientos con extrañeza.

Aura no responde, enfocándose en encontrar cualquier irregularidad, cualquier pista que le indique que hay más de lo que parece. Con dedos cuidadosos, palpa cada tablilla, buscando una que no esté firmemente asegurada.

Después de lo que parece una eternidad, sus dedos tropiezan con una esquina que cede bajo su toque.

Un

clic

resuena en la habitación como un disparo.

—Lo sabía —dice Aura apenas conteniendo su excitación.

—¿Cómo...? ¿Cómo lo has adivinado, tía? —pregunta Sere, boquiabierta.

Aura se toma un momento para responder. Sus pensamientos vuelven al pasadizo de mantenimiento.

—Ahí abajo vi una forma... estaba tapada por las cajas de cartón en el pasadizo —explica recordando la visión fugaz de algo metálico—. Cuando me cayeron encima, la vi, en el techo. Una especie de caja metálica. Y entonces recordé que el trastero improvisado quedaba justo debajo de este despacho.

Sere mira a Aura.

Luego mira la tablilla en el suelo.

Sere sabe cosas.

Sere sabe de la afición que tenía Jaume por dibujar con tiza puertas en las paredes.

Aquí no hay tiza, pero esto se le parece mucho.

—¿Qué crees que hay ahí dentro? —pregunta Sere, temerosa.

—No tengo ni idea. Pero no va a ser bueno —responde Aura mientras extiende la mano hacia la tablilla. Sabe que está a punto de desenterrar algo que podría alterar irrevocablemente todo lo que ha creído saber sobre Jaume.

Sere la agarra de la muñeca, el toque firme pero lleno de incertidumbre.

—¿Entonces? —pregunta, buscando en los ojos de Aura una confirmación.

—Si moras en un acertijo… —empieza Aura, una sonrisa leve y temerosa jugando en sus labios.

—Mira, te suelto con tal de que no sigas con esa vaina —interrumpe Sere con resignación.

Aura sonríe, un momento de complicidad en medio de la tensión, mientras con cuidado tira de la tablilla.

Ésta se levanta con una facilidad sorprendente, como si siempre hubiera estado esperando ser descubierta, revelando un hueco oscuro de unos treinta por treinta centímetros.

Ambas mujeres se inclinan para mirar, la sombra del secreto palpable en el aire alrededor de ellas.

12

Una charla

La sonrisa del desconocido transmite una sensación similar a la quietud.

Su mirada, en cambio, expresa muchas emociones a la vez.

Puede ser efecto de la luz que alumbra la entrada al pabellón de Urgencias, o tal vez sea cosa de la imaginación de Mari Paz, pero a ella se le antojan dos bolas de discoteca de los setenta.

—¿De qué *carallo* me conoces tú a mí, eh? —pregunta con el cigarrillo apagado en la comisura de los labios.

—Te conozco por la comisaria Romero.

Mari Paz actúa en una milésima de segundo. Agarra a Peral por el cuello de la cazadora de cuero que viste, lo estrella contra la pared sin miramientos y hace retroceder el brazo, que termina en un puño con unos nudillos que dan miedo.

Está dispuesta a cambiar un poco de dolor ajeno por tranquilidad de espíritu, para variar.

Peral, que no se defiende, abre las manos en señal de paz.

—Antes de que me des una paliza, me gustaría hablar contigo. Puedes cachearme, si te quedas más tranquila. No soy tu enemigo, todo lo contrario.

Hay algo en la voz de Lucio Peral que hace que Mari Paz lo suelte.

Eso no es óbice para que no sea amable con él.

—Me dices lo que tengas que decirme y te vas a tomar por culo. Y como no me guste lo que oigo te reviento la puta cabeza, ¿oíste?

Es esa clase de frases que te proporciona cierta calma, como cuando Arnold dice en *Terminator* eso de «Volveré». Te quedas más tranquilo después de pronunciarlas.

Peral asiente, se recompone la cazadora y saca un paquete de Marlboro del bolsillo, con gestos lentos y pacíficos.

—¿Quieres uno?

Mari Paz se pone el que ha liado en la oreja y acepta el cigarrillo de Peral.

—Son de contrabando —explica mientras le da fuego.

—¿Qué quieres?

Peral le hace una seña a Mari Paz y se aleja unos metros de la puerta de Urgencias. Es evidente que lo que tiene que decir no es para que lo oiga nadie más.

—Conocí a la comisaria Romero hace años, cuando trabajaba en la UDYCO, en Marbella —rememora Peral—. Como policía era muy buena, y como delincuente, matrícula de honor. En aquel tiempo, yo pilotaba una narcolancha.

Hacía viajes casi todas las semanas: Marruecos, España, Italia...

—Eso está precioso —gruñe Mari Paz, que todavía no ha descartado del todo darle un par de hostias a Peral—. ¿Te dieron una medalla?

Peral sonríe y se encoge de hombros.

—Romero hacía la vista gorda y mis jefes la gratificaban. Un día, una banda rival asomó el hocico por nuestra zona, vinieron a por todas. La cosa acabó como acaban esas cosas, con un tiroteo al más puro estilo del oeste en el chalet de mi jefe. Romero luchó a mi lado. La tía disparaba bien y remataba mejor. No le temblaba el pulso cuando le pegaba un tiro a un herido en la cabeza. Joder, yo no era capaz...

—¿Y para qué *carallo* me cuentas esto?

—Romero me llamó esta tarde para que me ocupara de ti.

Mari Paz esboza una sonrisa torcida, con el Marlboro entre los dientes.

—Mira qué bien, pues ya puedes empezar.

—No voy a hacerlo.

—A ver, que yo me entere: ¿no me conoces y eres mi ángel de la guarda?

Peral sonríe y deja que la mirada vagabundee por la constelación de luces asimétricas de la barriada del Príncipe.

—Fueron años intensos. Y sangrientos, Paz. Es difícil escapar de una vida criminal y conseguir cambiarla por otra decente, pero me lo propuse, y lo conseguí. No creas que soy un santo: si puedo beneficiarme de algo, me beneficio. Como de ese cigarro que acabo de darte. En casa tengo dos cajas. No cartones: cajas enteras. Requisadas a un contrabandista de La Línea a cambio de dejarlo marchar con el resto del alijo.

—Pues sigue siendo un delito, a mi entender.

—Sí, pero no de sangre, Paz. Romero siempre fue una mala bestia, y ahora se ha convertido en algo que ni ella misma es capaz de entender. Cuando me llamó esta tarde, me contó con todo lujo de detalles lo que había hecho con unos pobres legionarios retirados. Disfrutó haciéndolo, pude oler su sadismo a través del teléfono, sentí asco. Un amigo policía me describió el horror que encontraron en ese apartamento, y me dijo que uno de ellos había sobrevivido. Por eso he venido, supuse que te encontraría aquí.

—Me extraña mucho que Romero sólo te llamara para contarte su hazaña.

—Ya te lo he dicho. También me llamó para que me ocupase de ti.

—¿Y por qué no se ocupa Romero solita?

Peral suelta una risa seca.

—No puede: ya no está en Ceuta. Alguien muy importante la ha convocado en Madrid. ¿Sabes algo acerca de eso?

Mari Paz niega con la cabeza y asimila la noticia como un jarabe espeso, mal removido y lleno de grumos. El mal presentimiento se dibuja en su imaginación como una sombra alada que oscurece las figuras de Aura y Sere hasta rodearlas y engullirlas. El sentimiento de urgencia se mezcla con el de encierro. Ceuta es Ceuta, y uno no sale de allí cuando quiere.

Tiene que tomar el primer barco.

Peral tira la colilla de su cigarrillo y se enciende otro. Le ofrece uno a Mari Paz y ésta vuelve a aceptarlo sin mirar, como si estuviera ida.

Lo cierto es que esos cigarrillos saben mil veces mejor que el tabaco liado.

—Romero se ha dejado poseer por el demonio, Paz —prosigue Peral con cierta tristeza en sus palabras—. Hasta para ser malvado existen grados, y el odio que Romero destila, esa crueldad... —Vuelve la mirada hacia la legionaria—. Romero es un monstruo, Paz. Y por lo que veo, tenéis asuntos pendientes entre vosotras.

—El día que la encuentre, sólo una de las dos saldrá viva.

—Ganarás tú —dice Peral encogiéndose de hombros—. Porque has estado en el fondo del pozo.

—¿Cómo lo sabes?

—Porque yo también he estado.

Mari Paz se calla.

—¿Qué vas a hacer?

Mari Paz podría seguir callándose. No conoce de nada a Peral, pero por algún motivo que escapa a su entendimiento, le dice la verdad.

—Coger el primer barco e ir a por ella.

Él asiente con movimientos lentos de cabeza.

—Entre la estación marítima y la del tren hay un restaurante: el Marea Alta. Pregunta por Valdo y dile que vas de mi parte. Tiene algo para ti.

—Valdo —repite ella—. ¿Qué es lo que tiene? ¿Una bolsa de comida para el viaje?

Peral tira la colilla al suelo y la pisa.

—Algo mucho más útil. Buena suerte, Paz.

El ceño de la legionaria se frunce.

—Como esto sea una trampa de Romero…

—No lo es. Es hora de que alguien acabe con esto, y creo que tú tienes lo necesario para hacerlo.

Peral saca un paquete de Marlboro precintado del bolsillo y se lo tiende a Mari Paz.

—¿Me puedo marchar ya?

La legionaria se le queda mirando a los ojos, haciendo sus cálculos. Mucha resta y poca suma.

El resultado va por un lado. Sus palabras por otro.

—Tienes suerte de que no abofetee muy bien a estas horas de la noche.

Peral extiende un poco más el brazo con el paquete de tabaco. Mari Paz lo coge e intercambia una mirada tan leve como elocuente con el antiguo piloto de narcolancha, que se despide con un gesto y regresa a su coche. Un minuto después, las luces traseras del Mercedes desaparecen al dar la curva.

Mari Paz se queda sola en el exterior del pabellón de Urgencias.

Sólo una cosa le consuela: los lejías supervivientes están a salvo, al menos por ahora.

Pero su mente regresa a Aura y Sere.

Algo en su interior le dice que la llamada que hizo que Romero saliese escopeteada de Ceuta tiene que ver con ellas.

No espera a coger un taxi.

Son las dos de la madrugada, y calcula que tardará una hora, más o menos, en llegar al centro.

Le sobrará tiempo para tomar el primer ferry.

13

Un agujero en el suelo

Hay una portezuela metálica. Acero pulido.

Una pantalla LCD.

Y un teclado alfanumérico.

—O mucho me equivoco, o esto es una caja fuerte —dice Aura.

—No te equivocas ni un pelo —dice Sere torciendo el morro.

Las dos se quedan mirando el teclado.

—¿Tu marido estaba cachas?

—Era extrañamente fuerte, pero no Superman. ¿Lo dices por la mesa?

—Tenía que estar muy mazas para poder mover ese mostrenco cada vez que quisiera acceder a la caja fuerte —añade Sere, señalando al mostrenco.

—No le haría falta. Le bastaría con quitar el último cajón de la cajonera —dice Aura, tras pensarlo un momento.

—Vamos, que no tenía que hacerlo a lo bruto como tú y yo. No sé qué dice eso de nosotras.

Aura no está segura de que diga gran cosa.

Tampoco están más cerca que antes de abrir eso que tienen delante.

Aura mira el reloj.

—Vamos a por un martillo. Si nos damos prisa pillamos el Leroy Merlin abierto —dice incorporándose con impaciencia.

Sere la retiene por la chaqueta.

—No es una buena idea.

Aura se queda mirando a Sere, expectante.

Sere mira la puerta de la caja fuerte.

Duda un momento.

¿Cuánto puedo decir?

¿Y cómo?

Luego mira a Aura.

—Eso no es una caja fuerte normal. Esa pantalla LCD... la he visto antes.

—¿Dónde?

—Adivina —dice Sere mordiéndose el labio inferior.

Aura tiene un flashback repentino. Un regreso al cobertizo en Escocia. El taller era poco más que una mesa y dos sillas. El resto, un cúmulo de cachivaches, placas base, destornilladores y toda clase de trastos electrónicos. Todos con un único objetivo.

Abrir un maletín muy concreto.

El maletín de Constanz Dorr.

—No —dice Aura cerrando los ojos.

Es un no con veintisiete oes. Un susurro y un cagarse en su puta vida, al mismo tiempo.

—Me cago en mi puta vida —dice, en voz alta, después de todas las oes.

—Me temo que sí.

Si la tecnología es la misma, es un blanco y en botella.

—Entonces es cierto —dice Aura, las palabras pesando en su lengua mientras confronta la verdad que siempre ha temido.

Aura se detiene, temerosa de lo que va a decir a continuación. Sabe que, al verbalizarlo, todo se hará más real, más definitivo.

Sere aguarda, muy consciente de que las palabras que están por venir cambiarán la dinámica de todo aquello que ya conocen.

—Jaume trabajaba para El Círculo —dice Aura, al fin, sus palabras resonando en el silencio de la habitación, una sentencia irrevocable.

Jaume, la mosquita muerta.

Jaume, el padre atento y entregado.

Jaume, que era incapaz de mentir, o eso parecía.

Las veces que lo hacía, por asuntos casi ridículos, se mostraba tan nervioso que confesaba enseguida. Las mentirijillas le pesaban en la endeble conciencia como atroces asesinatos por la espalda, feísimos. Aura sólo tenía que mirarle fijamente para que se viniese abajo en décimas de segundo.

Ese Jaume. El mismo que se derretía por tonterías como no haber sacado la basura.

Ese Jaume. Ese Jaume era el que había mantenido oculto

que trabajaba para una organización secreta de poderosos que manejaban el país a su antojo.

«No puedo hablarte de mi contrato con el Gobierno», le había dicho él, cuando la cosa empezó. «Son proyectos de alto impacto. Y alta confidencialidad, también».

Aura había convertido en un juego privado el sacarle algo acerca de su trabajo. Le lanzaba preguntas en los momentos más inesperados. Comprando garbanzos. Recién levantado. En el dentista. Incluso en una memorable ocasión, practicándole sexo oral, con todas las ventajas que suponía en términos logísticos.

Nunca había soltado prenda.

—Te dijo que trabajaba para el Gobierno, ¿no? —dice Sere.

—Eso dijo, sí.

—Si lo piensas bien, no fue una mentira. Los pavos estos son los que cortan el bacalao, ¿no? Pues tachán, tachán, tu marido muerto se acoge a un tecnicismo —dice Sere.

Sin creérselo ni ella.

Pero con tantas ganas de ayudar…

El tecnicismo en cuestión acabó con mi marido desangrado en el suelo, piensa Aura.

Pero ahora mismo tiene una pregunta más importante.

—¿Podrás abrirla? —dice mirando a Sere.

—No sin que nos pillen.

Aura chasquea la lengua con disgusto.

—Explícamelo todo otra vez, como si acabara de salir de un túnel lleno de telarañas.

—Si es esta tecnología, la misma del maletín… tendrá un

sistema de alarma. Un «llamar a casa». Puede que quien contrató a Jaume no sepa dónde está la caja. Y estoy segura de que tiene algo dentro que quieren. Y que han estado buscando la caja como locos.

—Para un momento —dice Aura, levantando la mano.

Esto empieza a cuadrar con todo lo que le ha estado sucediendo últimamente.

El sabotaje del avión.

La persecución de Parka Marrón.

Los avisos de Constanz Dorr.

—Si esto es como dices... puede que quien matase a Jaume y quien le contrató para lo que fuera en lo que estuviese trabajando sean personas distintas. Con intereses distintos.

Alguien que quisiera impedir que siguiese con su trabajo. Alguien que quisiese ese trabajo a toda costa.

Hay una guerra por el poder dentro de El Círculo.

—Eso no lo sé —miente Sere con una sonrisa impecable—. Lo que sé es que no podemos abrir esto sin que alguien se entere.

Aura se frota el pecho, en el mismo punto en el que las cajas de cartón le cayeron encima.

No.

No puede aceptarlo.

—Podemos darle unos cuantos martillazos y salir corriendo en cuanto tengamos lo que hay dentro —propone a la desesperada.

Sere menea la cabeza.

—¿Recuerdas el maletín de Constanz? Tenía un sistema de autodestrucción.

—No sabemos si aquí dentro hay una cosa de esas.

—No sabemos que no lo haya.

Sere se pone en pie y camina alrededor de la habitación, intentando explicarse. A sí misma y a Aura.

—Si yo tuviera una caja de estas para guardar mi trabajo, lo haría en un disco duro. No sería muy complicado. Sólo tendría que colocar un electroimán de veinticuatro voltios. En AliExpress cuestan tres pavos.

Se hace un rulo con el pelo con los dedos, y camina un poco más.

—Qué coño, no haría falta ni comprarlo. Con alambre y un clavo grueso y la alimentación correcta te puedo fabricar uno en media hora.

Otra vuelta alrededor de la habitación.

—Si alguien intentase entrar en la caja sin el código, activaría el imán y… —Hace un gesto con la mano, como el que unta mantequilla en el pan—. *Bye bye, miss American pie.*

—En Escocia pudiste abrir el maletín.

—En Escocia tardé un huevo en construir un cacharro que me permitió abrir el maletín.

Aura, que seguía aún de rodillas, mirando la caja, se deja caer sobre los talones, exhausta. Apoya la mano en el suelo, y da una palmada frustrada —y dolorida— sobre la caja fuerte.

—Ha llegado el momento de rendirse, Aura. Has hecho lo que has podido —dice con suavidad, apoyándole una mano en el hombro.

Aura empieza a pensar que Sere tiene razón. Haciendo un balance de pérdidas y ganancias:

Ha encontrado a quien mató a Jaume (Noah Chase).

Ha encontrado a quien lo mandó matar (Peter Scott).

Ha descubierto que a Jaume lo mataron para quedarse con su trabajo o para impedir que saliera a la luz.

Ha descubierto que Jaume era un mentiroso y un manipulador (la caja fuerte y el claxon).

Ha recibido una oferta de trabajo (Constanz Dorr).

Y, lo más importante de todo, siguen vivas para contarlo.

Allí mismo, por primera vez, quizás, en toda su vida, Aura Reyes se rinde, o está a punto de hacerlo.

Está a milímetros de hacerlo y de cambiar esta historia para siempre.

Sin embargo, justo cuando está a punto de levantarse…

Pasa la mano por encima de la puerta de la caja fuerte.

Y sus dedos encuentran algo.

Aura se sorprende.

Se inclina.

Tiene que inclinarse bastante, porque a su edad ya le han empezado a hacer falta las gafas de cerca, pero es coqueta y finge que no.

Bajo el teclado hay unos números grabados.

$$12 \times 05 = 04$$

—¿Has visto esto? —le pregunta a Sere.

14

Un acertijo

La cosa es que sí, la cosa es que Sere lo había visto.

Ella tiene una visión de 20/20 en sus saltones ojos azules.
Y además lo estaba buscando.

Porque, llegados a este ámbito de la vida del finado, podríamos decir que Sere conocía mejor al marido de Aura que
ella misma.

Jaume Soler no dejaría un acertijo sin los medios para su
solución. Ni una puerta sin cerradura.

Sí, Sere había visto los números. No tenía ni la más remota idea de lo que significaban, pero los había visto.

Y también, sin conocer su significado, intuía su utilidad.

Sere se encoge, en su interior, mientras por fuera intenta
poner la mejor sonrisa que puede.

Desde el principio contaba con que la investigación de

Aura muriese al llegar allí. No tenía ni idea de quién había matado a su marido. No sabía por qué.

Ella no era más que una asalariada al servicio de un asalariado. Ni poniéndose de puntillas llegaba a peón. No podía ver el tablero ni a los jugadores. Sólo sabía de la existencia del tablero.

Lo cual, por sí mismo, ya es más que suficiente, chocho, que por cada millón de manolitos y charos que hay en este país, novecientos noventa y nueve mil novecientos noventa y nueve no saben ni que existe el juego, se creen que lo que hacen cada cuatro años sirve de algo, se creen lo que les cuentan a las tres y a las nueve, se creen que sus tuits van a algún sitio, nadie sabe de la existencia del juego, chocho, y los pocos que sabemos algo es como si no supiéramos nada, que tampoco me voy a creer yo especial porque no soy más que la mierda en la suela de los zapatos de alguien de El Círculo que un día decidió que Jaume tenía que hacer lo que estaba haciendo, que se suponía que había desaparecido, y luego llegó ese tarado, ese tal White, y empezó a amenazarle, y eso es lo último que supe de él antes de que se volviera paranoico del todo, de que bloqueara toda comunicación y que me dejara tirada, creo que para protegerme, como yo estoy intentando protegerte a ti, y eso sí se le daba bien, se le daba bien fingir, se le daba bien poner cara de póquer, incluso al final, cuando ya no podía más, cuando fue a pedir ayuda a quien no debía, y puso en marcha su propia muerte, incluso entonces tuvo que fingir de cojones, de ganar tres Óscar, el hijoputa, porque se lo llevaron por delante sin que tú, su propia mujer, tuvieras la más mínima sospecha de que iba más de culo que

San Patrás, y mira que hasta cierto punto lo entiendo porque tú, chocho, eres tirando a ensimismadita, enfocada, mission oriented y toda esa mierda que os enseñan en las escuelas de negocios, y además madre, así que primero estarían tu trabajo y tus hijas, en ese orden, que nos conocemos, chochete mío, y luego el último en la lista de tus preocupaciones estaría tu marido, después de tantos años de casados, con que no viniera de noche borracho con un tanga ajeno colgando de la oreja ya ibas que te matabas, pero algo tuviste que notar, que incluso yo me di cuenta, y eso que conmigo era reservado de la hostia, pero tenía esa mirada, esa mirada oscura, tan distinto a ti: tú, luminosa y ligera como el aire; él, oscuro y pesado como una borrasca; y tenía esa mirada, esa mirada insatisfecha, como de haber abierto los regalos de Papá Noel y haber encontrado carbón, y no del dulce precisamente, sino del que no se come, como me puso una vez la muy zorra de mi vieja, diciendo que estaba gorda, y hablando del tema, Aura, chocho, estabas tan ocupada con todo que no te dabas cuenta de que lo que andaba mal no estaba dentro de ti, sino fuera, de que no te sobraban tres kilos, te sobraban ochenta y seis, con forma de guapo informático catalán, que era un genio pero también era un cabrón, ahora lo sé, porque dejar ahí ese mensaje bajo el teclado, que me juego el kimono a que lo descifras, es de ser un egoísta y un cabrón, y lo peor es que yo también quiero lo que hay dentro, yo también quiero la tiza mágica, pero dejar un mensaje que tú entendieras para abrir eso es de ser un cabrón hijoputa, no tengo pruebas pero tampoco dudas, o igual es porque me he ido encabronando yo sola, que me pasa mucho, jajaja, si es que no tengo remedio, en fin, que has encontrado lo que no debías y ahora nos van a matar fijo.

Piensa Sere.

Pero Sere contesta:

—No, no lo había visto. ¿Qué crees que significa?

15

Otra canción

La cosa es que sí, la cosa es que le suena mucho.

—Doce por cinco no es igual a cuatro —apunta Sere, cautelosa—. Son sesenta.

—No, Sere... No es una operación matemática.

Se lleva la mano al bolsillo y saca el móvil.

Abre la aplicación de Spotify.

Teclea «The Rolling Stones».

Abre la Pestaña «Álbumes».

Los ordena por fecha.

Ahí, el segundo.

12 × 05.

Play.

Comienza a sonar un organillo de iglesia. Le sigue la voz chillona de Mick Jagger y una pandereta, proclamando

Time is on my side, yes it is
Time is on my side, yes it is

12 × 05 era el título del disco. 04, la cuarta canción. Era la favorita de Jaume. Lo cual no deja de ser irónico, teniendo en cuenta que el tiempo no estaba, ni mucho menos, de su parte.

—Menudo santo coñazo —dice Sere.

—Calla un poco —le responde Aura.

No es que Jaume pusiera la canción a todas horas, de eso ya se encargaba hasta el último productor de serie de televisión con poca imaginación. Pero esto le está trayendo recuerdos.

Jaume, siempre tan eficiente.

Jaume, siempre tan puntual.

Jaume, que cuando le decías: «Vamos a llegar tarde al aeropuerto/estación de tren/cine», se ponía a cantar esto y sacudía la muñeca…

—Sere. Lo sé. Creo que lo sé —dice Aura, a la que la piel del rostro le ha descendido dos tonos, desde el paliducho escocés al blanco folio.

Sere la mira, con los ojos entrecerrados y un toque de desconfianza en el gesto. Se cruza de brazos, como si el mero acto de cerrar el cuerpo pudiera protegerla de la creciente incertidumbre que rodea la figura de Jaume.

—¿Qué? ¿Cómo lo sabes? —pregunta, sus palabras cargadas de curiosidad y un ápice de desconfianza.

Aura toma un momento para calmar el tumulto en su pecho antes de responder. Su mirada se posa en el suelo, hacia la caja fuerte, como quien descansa en una pared.

—Jaume siempre sacudía la muñeca cuando decía que el tiempo estaba de su parte —explica Aura. Tiembla un poco al recordar el gesto familiar de su esposo, casi como un tic nervioso—. Era un gesto suyo, casi inconsciente, como si su reloj fuera la clave de todo.

Sere frunce el ceño, tratando de encajar esta nueva información en el esquema que había formado en su mente sobre Jaume.

—¿Su reloj? —pregunta, incrédula—. ¿Y eso qué tiene que ver con la caja fuerte?

—Sí, su Omega Seamaster. Era su orgullo y alegría desde que se lo compró con su primer sueldo de freelance. —Aura sonríe con melancolía, recordando las discusiones y las reconciliaciones que siguieron a la compra impulsiva—. Recuerdo que al principio me enfadé muchísimo, porque teníamos muchos gastos, pero él siempre decía que era una inversión. Que era un símbolo de éxito. Símbolo para quién, si no sales de casa, le dije. Le dio igual.

La mirada de Aura se pierde un momento en los recuerdos, momentos dulces y amargos entrelazándose en su mente, mientras Sere la observa con una mezcla de comprensión y escepticismo.

—Y fue justo en la época en la que debió de instalar este artefacto infernal —añade Aura señalando con un gesto hacia la caja fuerte. Su voz se endurece, cargada de emociones reprimidas—. Aprovecharía alguno de mis viajes.

Sere procesa la información con cautela. Hay una tensión palpable en el aire, una mezcla de incredulidad y algo más oscuro.

—Espera un momento. ¿Te das cuenta de lo egoísta que suena eso? —dice Sere entre la precaución y la acusación—. No sólo montar este tinglado en tu casa… Dejarte un mensaje para que tú, y sólo tú, pudieras entenderlo, sabiendo el contenido potencial de esa caja…

Aura se queda en silencio un momento, sopesando las palabras de su amiga. La idea —no es hipótesis, es realidad— de que su marido haya planeado todo esto le provoca un nudo en el estómago.

—Quizás sí, o quizás nunca pensó que le fuera a pasar nada —responde Aura encogiéndose de hombros con un gesto que pretende ser indiferente, en vano—. O simplemente no le importaban las consecuencias. Ahora mismo, no estoy segura de haber sabido nunca quién era realmente mi marido.

Sere la observa, su rostro una máscara de emociones contradictorias, mientras trata de encontrar las palabras adecuadas para responder.

—Vale, entonces ¿cuál coño es el código? —pregunta Sere procurando mantener la calma, aunque los ojos van por su lado.

Aura respira hondo, su mente trabajando frenéticamente para encajar las piezas del rompecabezas que Jaume ha dejado atrás.

—El código debió de dejarlo oculto en lo único que nunca se quitaba —dice Aura pensando al tiempo que habla—. El puto Omega. Lo llevaba hasta para follar, tía.

Sere la mira con escepticismo, sus labios se curvan en una mueca de duda.

—¿Y cómo demonios estás tan segura de eso?

Aura se encoge de hombros.

—Quizás no supiera quién era Jaume, pero lo conocía bien —responde Aura, con seguridad—. Y sé que es así.

Sere suspira, resignada ante la certeza de su amiga.

—Vale, ¿no tendrás idea de dónde está el reloj? —pregunta Sere, ahora más intrigada y un poco desalentada.

Aura toma una respiración profunda antes de responder, su mente ya trazando el camino que deberán seguir.

—Tengo una idea bastante precisa de dónde está —dice con un tono sombrío—. Lo enterraron con él.

16

Un hobbit

Mari Paz zarpa de Ceuta con los deberes hechos.

Y con esa sensación de tarea cumplida, se queda sopa en cuanto se deja caer en la butaca acolchada del ferry.

No es de extrañar, la pobre no ha pegado ojo en toda la noche.

Mari Paz fue directa del hospital a la residencia militar. Allí encontró dormidos al Chavea y al Moquete, cada uno en una habitación distinta. El Moquete se había quedado roque con las gafas puestas, tal vez para vigilar mejor al Chavea, y roncaba como un jabalí. Lo más seguro es que no se despertara aunque su amigo se volara el tarro con una magnum 44.

La legionaria cerró la puerta del Moquete con cuidado y entró en la habitación del Chavea. Sintió que el corazón se le encogía al verlo allí, tan indefenso, con los ojillos cerrados y la boca abierta sobre la almohada. En cierto modo, el Chavea no es más que un niño, sometido primero por sus padres, luego por la droga y después por la mala suerte. Aunque ésta le ha dado un respiro al dejarle vivo al Málaga, que es toda la familia que le queda.

—Chavea... Chavea.

El Chavea, con los ojos pegados (no se diferencian mucho de cuando los tiene abiertos), sonrió al ver a la legionaria sentada al borde de su cama. Las musas que habitan en lo más profundo de las latas de cerveza tuvieron que inspirar a Mari Paz, porque tuvo la delicadeza suficiente para poner al corriente a su compañero de armas de los sucesos del día anterior sin matarlo de un disgusto. El pobre legionario se tomó las malas nuevas con calma y resignación. Derramó lágrimas por Ángelo y el Caballa, pero también lloró de alegría al saber que el Málaga saldría de ésta.

—Mañana subiré al hospital y no me moveré de allí hasta que se venga de vuelta, aquí, conmigo.

También lo tranquilizó saber que Romero se había marchado de Ceuta, para nunca más volver.

—*Vou matar a esa filla de puta* —prometió la legionaria—. Vengaré a vivos y muertos. Aunque pase el resto de mis días en el talego, voy a matarla, y si puedo, lo haré con saña.

El último gesto que tuvo Mari Paz con los lejías antes de irse fue dejarles dos fajos de billetes, sujetos con una goma elástica, que ni siquiera se molestó en contar.

Si los hubiera contado, el resultado habría sido seis mil setecientos euros.

—Ya os enviaré más —prometió—. Esto es para el Málaga

y para ti. Si queréis tener un detalle con el Moquete, es cosa vuestra, que demostró ser buen tío, además de un desastre. No te me lo gastes todo en birras y porros, ¿oíste? Que vengo aquí y te hincho a hostias.

El Chavea guardó el dinero dentro del cajón de la mesita, debajo de un par de revistas de mujeres *encuerás*, como él las llama.

—Te juro que no tocaré ni un euro hasta que vuelva el Málaga.

Mari Paz, que no es muy de dar besos, le dio uno en la frente al Chavea, recogió su maleta de Wonder Woman y se marchó caminando a la estación marítima.

Mari Paz cruza el control del puerto de Algeciras a las 7.45 de la mañana.

A pesar de haber dormido menos de dos horas, no se siente cansada.

Debe de ser la adrenalina, piensa.

Una vez que atraviesa las puertas de salida de la zona portuaria, camina con los ojos muy abiertos para no pasar de largo el Marea Alta.

Imposible pasar de largo sin verlo.

El letrero de neón podría anunciar un puticlub de carretera a dos kilómetros, y el aspecto del café-restaurante, al menos por fuera, le habría ahorrado a Robert Rodríguez tener que construir «La teta enroscada» en el desierto de California.

El sitio más hortera no puede ser, me cago en mi puta vida.

La legionaria encuentra el restaurante petado de gente que bebe cafés en vaso y muerde tostadas acompañadas por envases monodosis, que siempre resultan insuficientes y siempre hay que pedir más. Los hay de aceite, tomate, mantequilla o zurrapa de lomo.

También divisa alguna copa de coñac sobre la barra, y presuntos carajillos, sostenidos por parroquianos de nariz enrojecida y mejillas venosas.

Por las vestimentas, las pintas y los uniformes, hay personal del puerto, taxistas, repartidores, una mesa con tres fulanas que comentan sus desdichas, un lotero ambulante y un par de amas de casa, vestidas con bata y zapatillas, que se arruinan gota a gota al ritmo de las tragaperras. La clientela parece un simposio de la ONU. Hay negros, moros, cristianos, un par de paquistaníes que parecen clones y un matrimonio chino que discute a una velocidad que ya quisiera Roberto Leal en *Pasapalabra*.

—Sólo faltaba una gallega bollera para completar el cuadro —murmura Mari Paz.

Se abre paso hasta la barra y hace una seña a una de las tres camareras que la atienden con una coreografía hostelera merecedora de premio.

—Buenos días, hermosa, busco a Valdo.

—¿De parte de…?

—De parte de Lucio Peral.

Mari Paz nota que algunas miradas convergen con disimulo hacia ella. Cuando intenta devolverlas, éstas regresan raudas a cortados y cruasanes.

Es evidente que el apellido Peral suena en el Marea Alta.

La camarera señala una puerta al fondo, con un rótulo de PRIVADO.

—Por esa puerta de allí.

Mari Paz arrastra la maleta a través de las mesas con la impresión de tener clavados en la nuca los ojos de toda la clientela. Entra sin llamar. En lugar del despacho que esperaba, encuentra un almacén atestado de cajas de refrescos y de cervezas, bidones para el grifo de las cañas y entrepaños a rebosar de género enlatado. Oye voces al fondo.

Voces con acento sudamericano.

Se interna en el extraño laberinto que forman las estanterías hasta desembocar en un patio interior, donde encuentra a un par de hombres. El que parece mayor de los dos es el más pequeño que Mari Paz ha visto en toda su vida.

Del metro cuarenta no pasa. Treinta y cinco kilos, como mucho.

Y no sufre acondroplasia.

—Carajo, qué vieja más alta —exclama el pequeñajo ante el metro ochenta de Mari Paz, que frunce el ceño y se contiene para no agarrar al tipo por el cuello y hacerle un Darth Vader.

—Más viejo serás tú. ¿Se te quemó la *seseira* al tirar el anillo al volcán, o qué *carallo*?

El pequeñajo se echa a reír.

—Perdón. En mi país, decir viejas es como aquí decir tías, no fue mi intención ofenderla. —Se vuelve hacia el más joven, que se muerde los carrillos para aguantar el tipo—. Luis, déjame un momento con la joven. —En cuanto el otro desaparece, le guiña un ojo a la legionaria y la señala con el dedo—. Sé quién es usted. Usted es Paz, Peral me avisó de que vendría.

—Usted es Valdo —deduce Mari Paz.

—Para servirla. Venga conmigo, por favor.

Valdo aparta unas cajas y descubre una trampilla oculta. En un agujero en el suelo, vivía un hobbit.

Mari Paz desciende los veinte escalones que llevan al sótano, convencida de que en breve será atacada por una horda de vampiros mexicanos.

Si entre ellos hay alguno como Salma Hayek, ni tan mal.

El sótano, de tamaño considerable, es un híbrido de oficina y almacén. Hay varias mesas de madera, sobrecargadas de chismes, además de un escritorio metálico de los que amueblaban las oficinas en los años setenta. El sillón de dirección que la preside está cuarteado y descolorido. Detrás de él, hay estantes con archivadores de cartón rotulados a mano y viejos libros de contabilidad que nadie en la empresa se ha molestado nunca en leer.

Y muchos armarios que cubren todos los testeros. Armarios de seguridad, cerrados a cal y canto.

De esos que es mejor ignorar su contenido.

—Qué acogedor —dice Mari Paz, que no puede estarse callada ni debajo del agua.

Valdo encaja la ironía con otra risita y se dirige a un armario situado al otro extremo del sótano. En la mano sostiene un aro de metal cargado de llaves de pala. Cuando gira la llave en la cerradura, el sonido pesado de los cierres revela que el armario está más blindado que un Panzer.

Lo que hay dentro de la caja de plástico que Valdo coloca

encima de una de las mesas, al lado de la máquina contadora de billetes que todo delincuente ha de tener en su guarida, es más que evidente.

—Espero que le guste, Paz.

La legionaria abre los cierres —del mismo plástico que el resto del estuche— y observa el revólver que yace sobre un lecho de espuma negra, junto a una caja de veinticinco cartuchos.

—Smith & Wesson 637, dos pulgadas, acero inoxidable, con una capacidad de cinco disparos del 38 especial —recita Valdo de memoria—. No está registrada, carece de marcas de banco de pruebas y tiene el número de serie borrado. Un arma que no existe.

—¿No tiene una pistola? Me gustan más que los revólveres...

—Un revólver no deja casquillos, Paz —argumenta Valdo.

—¿Y sólo tiene cinco tiros? Me parecen pocos.

—Si precisa de más de cinco disparos, no estará asesinando a alguien, sino en la guerra... y entonces necesitará algo más que una pistola.

—Visto así... ¿Y no tiene una que tenga el calibre más gordo?

—¿Le parece insuficiente un 38? Eso basta para perforar un cráneo.

—¿Nunca pensó en trabajar en la teletienda?

—¡Justo trabajé en eso, en mi país, antes de venir a España!

—¡No me joda!

Valdo le guiña un ojo.

—No se agache.

A Mari Paz se le escapa la risa. La ha pillado, pero bien.

—Es usted muy gracioso, pero ahora tengo un problema: ¿cómo *carallo* viajo a Madrid? Esto va a pitar más que un árbitro borracho en cuanto lo pase por la maquinita de Dios.

—Hay un autobús que sale alrededor de las once de la mañana y que llega a Madrid sobre las nueve de la noche. No hay que pasar el equipaje por el escáner.

—¿Nueve horas en un bus? Ni de coña.

—También puede alquilar un coche. Hay una oficina de Hertz en la estación de tren.

A Mari Paz le parece una idea excelente.

—Me parece una idea excelente: mejor que un BlaBlaCar, más barato que un taxi y sin tener que aguantar a nadie. Es usted un fenómeno, Valdo.

—Ahora es usted la que parece de la teletienda.

El hombre la mira desde su metro cuarenta y le sonríe.

La gallega gigante le cae bien.

Él a ella también, y eso que empezaron con mal pie.

—Gracias, Valdo. Dígale a Peral que lo informaré cuando todo esté hecho.

El hombre rodea las manazas de la legionaria con sus dedos cortos y le da un apretón.

—Tenga usted cuidado, Paz. Y que Dios guíe su mano cuando llegue el momento.

Dios no me va a hacer falta.

17

Un plan maestro

Sere se queda en silencio por un momento procesando las palabras de Aura. Finalmente, rompe el silencio con un suspiro pesado, frotándose las sienes como si intentara aliviar un dolor de cabeza repentino.

—Los muertos me dan mal rollo —dice Sere. Su aprensión es inconfundible, como si la simple idea de profanar una tumba pudiera traerles mala suerte eterna.

Aura asiente, comprendiendo perfectamente la reticencia de su amiga. Pero también sabe que el miedo no es una opción en este punto.

—Lo entiendo, pero no tenemos muchas opciones —responde Aura, llena de una determinación que le sorprende incluso a sí misma—. Está enterrado en el cementerio de Aravaca. No está lejos, son sólo tres minutos en coche.

Sere la mira, incrédula, y deja escapar una risa sardónica.

—¿Y cómo piensas desenterrarlo? ¿Qué vamos a hacer, pasearnos por ahí con una pala como si fuéramos jardineras de noche? —replica Sere, tratando de inyectar un poco de lógica en el plan descabellado de Aura, aunque en el fondo sabe que su amiga ya está demasiado comprometida.

Aura se muerde el labio inferior, evaluando los aspectos prácticos de su plan mientras su mente traza un mapa logístico: desde el tiempo que tardarán en llegar al cementerio, hasta la compra de herramientas que necesitarán.

—El Leroy Merlin de Pozuelo está a unos diez minutos de aquí si no pillamos tráfico —calcula Aura, la voz más firme a medida que estructura el plan en su cabeza—. Si nos damos mucha prisa, todavía podemos llegar antes de que cierre. Necesitaremos un par de palas, guantes… quizás una linterna potente.

Sere la observa con una mezcla de asombro y preocupación, sus ojos reflejan el mismo pánico que siente Aura.

—Dos linternas potentes —dice—. Palanquetas, al menos tres, una para encajar y dos para que las movamos tú y yo, mientras otra hace punto fijo. Un gato de coche, para levantar la lápida cuando podamos meterlo debajo. Unas cuantas mantas de transporte para ayudar a deslizarla hasta el suelo. Y albahaca para ahuyentar a los espíritus.

—El Leroy de Pozuelo tiene sección de jardinería —propone Aura.

—Estás loca, chocho. Completamente loca —dice Sere, negando con la cabeza—. Vamos a abrir la tumba de tu marido muerto. ¿Te das cuenta de lo absurdo y macabro que suena eso?

Aura se queda callada un momento.

Se va bastante lejos, tan lejos que nadie puede seguirla. Vuelve, al cabo.

—Lo sé. Pero si hay una mínima posibilidad de que ahí esté lo que necesitamos... no me importa. Tengo que saber qué es lo que Jaume guardaba y por qué.

Sere observa la determinación en el rostro de su amiga y, aunque le asusta la idea, no puede evitar sentir una oleada de admiración por su valentía.

—Vale —dice Sere finalmente, aunque con cierto recelo aún—. Pero que conste que esto es una locura.

Aura sonríe, una sonrisa tensa que no disfraza la gravedad de la situación.

—La mayoría de las cosas importantes lo son —responde, mientras se dirigen hacia la puerta, su destino sellado por el reloj de su marido muerto.

En el trayecto hacia el coche, la mente de Aura continúa girando en torno a los detalles prácticos: cuánto tiempo les llevará cavar, cómo evitar ser vistas, y si Jaume realmente pensó que éste sería el final de su historia juntos.

Sere, a su lado, murmura para sí misma, como si intentara convencerse de que todo esto es sólo una parte del caos cotidiano en el que se han visto envueltas.

—Vas a tener que explicarle esto a tus hijas, si volvemos —bromea Sere, tratando de aliviar la tensión que siente en el pecho—. «Hola, niñas, el otro día desenterré a vuestro padre, y tengo que decir que ya no se parece en nada a las fotos».

Aura suelta una risa seca, agradecida por tener a Sere a su lado en este momento imposible.

—Bueno, siempre puedo decirles que fue por una buena causa —dice Aura, llevando la mano hacia el contacto del coche.

Justo en ese momento, suena el teléfono.

18

Otra sonrisa

Mientras Mari Paz cruza la Península por carretera, Romero hace lo mismo a bordo de un tren.

Está en la cafetería, apoyada en la barra mientras degusta un agua con gas, si es que eso puede hacerse. Una joven que lleva un bebé en brazos y un biberón en la mano se abre paso hacia la barra y se roza con el brazo izquierdo de Romero, sin querer.

La excomisaria ve las estrellas y le dedica una mirada a la madre que la devuelve a su coche y a su asiento.

Ya calentará el biberón más tarde.

El recuerdo de los lejías late al son de la puñalada en el brazo de Romero.

Hijos de puta...

Romero comprueba su móvil rojo.

No se ha separado de él ni un segundo.

Espera una llamada.

Una llamada que recibe poco después de pasar por Córdoba.

SPVB

Abandona su tercer agua con gas en la barra y contesta la llamada en la plataforma, en la que no hay nadie que pueda oírla.

—¿Sí?

—Ha llegado el momento —dice Mr. Robot—, escuche con atención.

Romero es toda oídos.

Sin que sirva de precedente, sonríe. Su segunda sonrisa en mucho tiempo.

19

Un mensaje

—Aura, no contestes —dice Sere, angustiada.

Ha tenido un presentimiento. Uno más.

Pero Aura ya ha deslizado el dedo por la pantalla, conectando la llamada.

—Hola, Aura —dice una voz fría y controlada al otro lado de la línea. Una voz que no necesita presentaciones.

—¿Quién eres? —pregunta Aura, aunque ya sepa la respuesta.

—Ya lo sabes. También sabes que has llegado demasiado lejos.

El estómago de Aura se encoge. Mira a Sere, cuyos ojos reflejan el mismo pánico que siente ella.

—No entiendo de qué hablas —dice Aura tratando de mantenerse firme.

—Oh, creo que sí lo entiendes. Te han dado muchas oportunidades para que retrocedas. El avión, la cafetería. Antes en casa de tu amiga. Pero parece que no comprendes las indirectas. Así que voy a mandarte un mensaje mucho más claro.

Hay un momento de silencio, un vacío oscuro que llena el coche con una tensión insoportable.

—Escucha —dice Noah Chase.

Aura escucha, su corazón late con fuerza en el pecho. Lo que oye a continuación manda un escalofrío por su espalda.

—¿Aura? ¿Eres tú, hija? ¿Vas a venir? Dile a tu padre que traiga pasteles.

—Mamá. Mamá...

—Señora Reyes...

—No... —susurra Aura, sus ojos llenándose de lágrimas—. No, por favor.

—Has tenido tu oportunidad, Aura. Ahora es el turno de tu madre.

El sonido de la respiración se hace más fuerte, seguido por un gemido de dolor. Aura siente como si le estuvieran arrancando el alma del cuerpo. El horror se va adueñando de su rostro como el ocaso del sol, a cámara rápida.

—¡No! —grita, quebrada por el terror y la desesperación—. ¡Déjala en paz!

—Es demasiado tarde para eso —responde Chase con una calma que es más aterradora que cualquier amenaza.

Aura puede escuchar a su madre luchando por respirar, cada jadeo es un cuchillo que se clava en su corazón. Sere intenta tomar el teléfono, pero Aura se aferra a él como si fuera su única conexión con la vida de su madre.

—Por favor, no hagas esto —suplicando, sus lágrimas cayendo libremente—. Haré lo que quieras. ¡Por favor!

—Todo lo que quiero es que escuches —dice Chase.

Entonces comienza. El sonido de las manos apretando una garganta, de la lucha desesperada por aire. Aura grita, el dolor y la impotencia la desgarran por dentro. Puede escuchar a su madre jadeando, ahogándose, luchando por cada respiro. El mundo se reduce a esos sonidos, y cada uno de ellos es una tortura indescriptible.

—¡Mamá! —grita Aura—. ¡Resiste, por favor! ¡No te rindas!

Pero sabe que es inútil. Está demasiado lejos para hacer algo, y esa impotencia es lo peor de todo. Sere trata de sostenerla, pero Aura apenas nota su presencia. Todo su ser está concentrado en esos terribles sonidos.

La lucha continúa, cada vez más débil. La respiración de su madre se vuelve más irregular, más desesperada. Aura sabe lo que va a pasar, pero no puede aceptarlo.

—¡Basta! —suplica, rota por el llanto—. ¡Basta, por favor!

No hay respuesta.

—¿Qué tal si hacemos un trato? —propone Aura, a la desesperada—. Haré lo que quieras, dejaré de investigar, desapareceré. Pero, por favor, deja a mi madre.

—Aura, no seas ingenua —dice Chase con una risa seca—. No puedes negociar conmigo. Esto no se trata de lo que quieras. Se trata de lo que necesitas entender.

La respiración de su madre se vuelve cada vez más irregular. Aura siente que su corazón se rompe en mil pedazos con cada jadeo ahogado.

—¡Por favor! —grita Aura con desesperación—. ¡Te lo ruego, no lo hagas!

Chase se ríe de un modo extraño, invisible. Le suena una especie de *ja* en la garganta que no alcanzaba la boca.

—Demasiado tarde para ruegos, Aura —responde, gélido—. Demasiado tarde para todo.

Hay un último jadeo, seguido de un silencio sepulcral. Aura siente que el mundo se derrumba a su alrededor.

—¿Ves lo que has hecho? —dice, cruel—. Te lo advertí. Como se lo advirtieron a Jaume. Pero esto es culpa tuya y sólo tuya. Tienes una última oportunidad, Aura —sentencia antes de que Sere corte la llamada—. Vuelve a Escocia. Si no, las próximas serán tus hijas.

Aura no puede hablar, apenas puede respirar.

Sere le quita el teléfono y lo apaga, pero el daño ya está hecho. El dolor en el pecho de Aura es insoportable, un agujero negro que amenaza con consumirla por completo.

El silencio que sigue es devastador. Aura se queda mirando el teléfono apagado, su mente en blanco. Las palabras de Chase resuenan en su cabeza, mezclándose con los últimos sonidos de la vida de su madre.

—Aura... —dice Sere, suave pero urgente—. Tenemos que irnos. Ahora.

Pero Aura no puede moverse. Su cuerpo está paralizado por el dolor, su mente atrapada en un bucle de horror y culpa. Han matado a su madre, y es su culpa. Ha llevado a su familia a este abismo y ahora pagan el precio.

Sere la sacude suavemente, sus ojos llenos de lágrimas y miedo.

—Aura, por favor.

—No puedo... —susurra Aura, las lágrimas rodando por sus mejillas—. Es mi culpa, Sere. Todo esto es por mi culpa.

—No es tu culpa —insiste Sere tratando de mantener la calma—. Ahora no tenemos tiempo para esto. No podemos quedarnos aquí.

Las palabras de Sere logran penetrar el velo de dolor que envuelve a Aura.

—Vamos —dice, casi susurrando.

20

Una gran superficie

Aura se abre paso por los pasillos del Leroy Merlin con la mirada perdida. El bullicio de la tienda la envuelve, pero apenas lo registra. Su mente es un tumulto de pensamientos caóticos, cada uno empujando al otro en un intento de reclamar su atención. Al pasar por un cartel que proclama

SI NECESITA AYUDA DE CUALQUIER CLASE,
HAY UN EXPERTO DE LEROY DISPUESTO A AYUDARLE

no puede evitar un pensamiento amargo. *¿También tendrán expertos en profanación de tumbas?*

Se detiene, inmóvil, entre dos pasillos, su mano aferrada con fuerza al mango del carro de la compra. El metal frío es lo único que la conecta con la realidad en este momento. Alrededor de ella, la gente sigue con sus quehaceres cotidianos, ajena a la tormenta emocional que está viviendo.

Un remolino de recuerdos y emociones la envuelve. El entierro de Jaume, al que no pudo asistir porque estaba atrapada en una cama de hospital luchando por su propia vida. La imagen de su madre, siempre fuerte y presente, ahora transformada en un instante. Una sensación de pérdida tan profunda que amenaza con ahogarla.

Las lágrimas comienzan a acumularse en sus ojos antes de que pueda detenerlas. No puede evitarlo. Siente como si un dique se hubiera roto dentro de ella, dejando salir toda la pena y la desesperación acumuladas. Un sollozo se escapa de su garganta, y pronto las lágrimas fluyen libremente por sus mejillas. Su pecho se sacude con el esfuerzo de respirar, y los hombros tiemblan mientras intenta contener lo incontenible.

El peso de las expectativas y el dolor de la ausencia la aplastan.

Sin dejar de llorar, se ríe con amargura de sí misma, por lo bajo, para que no llamen a seguridad. Se ríe de sus planes de niña, de sus esfuerzos de adulta. Se ríe de sus convicciones.

Se ríe, sobre todo, del extraño demiurgo que escribe su destino.

El mundo a su alrededor se desdibuja, y Aura se siente aislada, como si estuviera viendo todo a través de una pantalla lejana. Sin embargo, un toque suave en el hombro la devuelve al presente. Parpadea, confundida, mientras las lágrimas siguen cayendo por sus mejillas.

Un hombre de unos setenta años, con una expresión amable y una mirada cálida, la observa con preocupación. Lleva una chaqueta de lana que parece haber visto mejores días, y hay una cierta dignidad en su porte que recuerda a un abuelo cariñoso.

—¿Se encuentra bien, señorita?

Aura intenta hablar, pero las palabras se le atascan en la garganta. Todo lo que puede hacer es negar con la cabeza, en un gesto que encierra toda la frustración y el dolor que lleva dentro.

—No, no estoy bien —logra articular—. Hace mucho que nada está bien.

El hombre asiente, como si entendiera perfectamente lo que ella está pasando. Con un gesto tranquilo, toma una de las botellas de agua que lleva en su carrito —entre sacos de fertilizante— y se la ofrece.

—Aquí, tome esto.

Aura acepta la botella con manos temblorosas, agradecida por la simple amabilidad del gesto. El agua fresca le alivia un poco la garganta y le da un respiro, un momento para intentar recuperar el control.

El hombre busca en el bolsillo de su chaqueta y saca un pañuelo de algodón, uno de esos que ya no se ven mucho, con unas iniciales delicadamente bordadas en una esquina.

—Tome, puede quedárselo —dice ofreciéndole el pañuelo.

Aura lo acepta, presionándolo contra los ojos mientras intenta detener las lágrimas que aún luchan por salir. El tejido suave y familiar le recuerda a su infancia, a momentos de consuelo y seguridad. El simple gesto la conmueve de una manera que no esperaba.

—Gracias —dice, ahora con más firmeza—. Esto significa mucho para mí.

El hombre sonríe, un gesto lleno de calidez.

—¿Sabe lo que le digo siempre a mis nietos? Todos necesitamos un poco de ayuda a veces. No es nada.

—Hablando de ayuda... No sabrá por casualidad si esta palanqueta servirá para mover una piedra de unos trescientos kilos, ¿no?

Señala al azar una frente a él.

—Ésa es pequeña —dice el hombre—. Llévese esta otra, mejor —indicándole una más larga, de color rojo.

Aura la coge. Luego recuerda lo que le dijo Sere, y mete otras tres en el carrito de la compra, ante la divertida mirada del hombre, que no dice nada.

Le vuelve a dar por llorar.

Se seca las lágrimas.

Aura estudia el pañuelo, deteniéndose con curiosidad en las iniciales. Siente un impulso de devolverlo, consciente de que debe de tener un valor sentimental para el hombre.

—¿Tiene alguna tarjeta? Me gustaría devolvérselo. Debe de ser importante para usted.

El hombre se encoge de hombros, quitándole importancia.

—No se preocupe por eso. Los pañuelos están para usarse, y si le sirve de ayuda, entonces está en el lugar correcto.

Aura le coge por el brazo.

—Quien le bordó este pañuelo debía de quererle mucho.

—Lo hacía, señora, lo hacía. Por encima de mis méritos.

Mientras el hombre se aleja, dejándola con el carrito repleto, Aura siente que brilla una pequeña chispa en su interior.

De pronto, casi al mismo tiempo que suena el móvil de Sere ahí fuera, lo hace el de Aura.

Es Constanz Dorr.

—Escúchame y atiende, querida. —La voz de la anciana suena agotada—. La otra parte ha activado a Romero. Va hacia Madrid.

Aura escucha y atiende.

Su corazón se salta un par de latidos.

Por si no era suficiente con los problemas que tenía ahora mismo.

La mismita hija de la gran puta se suma a la fiesta.

No se puede negociar con ella. No se puede razonar con ella. No siente lástima, ni remordimiento, ni miedo. Y no se detendrá ante nada, jamás, hasta que Aura esté muerta.

Así se lo prometió.

—Romero… ¿Sabe dónde estoy?

—No lo sé. Si quieres acabar lo que empezaste, más te vale darte prisa. Y ten cuidado.

—Señora Dorr, yo…

La anciana cuelga.

21

Un aparcamiento

Sere mastica un chicle al que apenas le queda sabor.

Aura está dentro del Leroy Merlin, haciendo la compra.

Hecha un flan y un basilisco.

Le ha dicho si podía acompañarla, pero Aura le ha pedido que la espere fuera. Quizás pensando que el enfrentarse a una tarea pequeña como comprar palas para desenterrar a su marido asesinado le ayudaría a superar el shock de que alguien acabe de asesinar a su madre.

¿Era de menta?

Ya no podría decirlo.

Masticar aquel chicle muerto, o herido grave, le hace más leve la espera.

Lo saca de la boca, hace una pequeña bola con los dedos índice y pulgar, y lo pega bajo el asiento del coche (es de alquiler), según las normas de la infancia. Esa forma de abandonarlo, cruel, la deja más sola de lo que ya se creía.

Sere recuerda a Carlitos, su amado de los once años, para hacerse compañía. A veces cogía los chicles que Sere acababa de pegar bajo el asiento en el colegio y se los metía en la boca.

Fue el primer chico al que besó.

Se lo encontró hace un par de meses. La miniatura sutil que era en los tiempos del chicle compartido se ha convertido en un tráiler con triple juego de neumáticos.

Era —como todos los amados de los once años— más tonto que un litro de Mimosín. Le tiró del pelo después de besarla. Dios y su mujer le hayan perdonado.

Sere no está bien.

Se siente como un dado en un cubilete que se agita, llevado de un lado a otro, a la deriva.

En los últimos tiempos, ha desarrollado una extraña teoría según la cual los individuos secundarios son, secretamente, los protagonistas, los grandes de la historia, pero lo suficientemente inteligentes como para no caer en el error de acarrear con la gloria y eclipsar al resto.

Mientras está esperando, suena el móvil.

No quiere cogerlo.

Sabe quién está llamando.

Y ni una sola vez han sido buenas noticias.

Lo coge, igualmente.

—Cada vez están más cerca —dice la voz al otro lado del teléfono.

—Lo sé. Acaban de matar a la madre de Aura.

No hay reacción al otro lado de la línea.

Al menos, el silencio no puede interpretarse como una reacción.

—Ya no puedo ayudarte más.

—Estamos muy cerca.

—No me importa. Tu trabajo era mantener a Reyes fuera de problemas. A salvo.

—Y lo he cumplido. Todo lo bien que he podido, que la muy carroña no se está quieta. Pero necesito...

La voz la interrumpe en seco.

—Te ayudamos a abrir el maletín. Compramos la casa de Reyes para que tuvieras acceso franco a lo que ocultaba su marido. Has estado jugando a dos barajas demasiado tiempo, Quijano.

—Ya estamos muy cerca. Pero estoy sola.

Otro silencio.

—Hay alguien a quien aún puedes llamar, ¿verdad?

—Sí, pero...

—Hazlo. Es vuestra última esperanza. La otra parte ha movido pieza. Y ya va hacia vosotras.

Silencio.

—¿Qué pieza?

—Asegúrate de que Reyes no se quite la chaqueta.

Cuelgan.

—¿Qué pieza? —grita Sere, estremecida.

El coche vacío sólo le devuelve el eco de su propio grito.

22

Un móvil secreto

Treinta y cinco minutos después de despedirse de Valdo, Mari Paz conduce por la A-7, rumbo a Madrid.

Ha comprado un soporte de móvil y un cable de mechero en un chino que ha encontrado de camino a la estación de tren. En la pantalla de su smartphone de siempre, el Google Maps le indica que le quedan seis horas y veinte minutos hasta Atocha, donde tiene que dejar antes de las ocho de la tarde el Opel Corsa que ha alquilado.

Serrat suena en los altavoces del coche, por obra y gracia del Spotify. De vez en cuando se traga un anuncio o un regguetón, pero es un precio bajo que pagar por la tranquilidad del viaje, que está dispuesta a disfrutar.

Poco antes de llegar a la provincia de Jaén, una vibración procedente del bolsillo de la pierna izquierda de su pantalón cargo rompe el hechizo.

Se había olvidado del móvil secreto.

El que sólo conocen Sere y Aura.

La rueda de la fortuna gira, con un cincuenta por ciento de probabilidades.

Ojalá sea…

Al tacto, abre los botones de presión del bolsillo y saca el teléfono.

—Doscientos euros y seis puntos si me pilla el helicóptero Pegaso, cago en todo…

Sere

Gracias por concursar, siga jugando.

—Dígame usted —la saluda.

Ni buenos días, ni hola, ni hostias.

—¿Estás en Madrid?

—Voy de camino. ¿Pasa algo?

—Se trata de Aura, tía…

—Pero ¿ha pasado algo?

—Se le ha ido la olla, tía. Pero totalmente. Y además…

De repente, silencio.

—¿Sere? ¿Sigues ahí?

Se oye un ruido de fondo a través del auricular del teléfono.

—Tengo que colgar.

Sere ha pronunciado las tres palabras en apenas un segundo.

Mari Paz mira el teléfono mudo durante dos segundos y lo tira encima de su chaqueta de sarga, que yace sobre el asiento del copiloto.

—Monto un circo y me crecen los Valdos —dice en alto.
Y acelera, con toda su alma.
A pesar del paisaje, a pesar de Joan Manuel Serrat.
De repente, el viaje no le parece tan divertido.

Unos días antes, en Los Poyatos

El eco de los pasos de Aura se desvanece en la distancia, dejando un silencio espeso y denso en la mansión. Se marcha, en dirección a Madrid, con la chaqueta de ante verde que Constanz le acaba de regalar.

Constanz permanece inmóvil por un momento, contemplando la puerta por la que Aura acaba de salir.

Luego se gira lentamente hacia Bruno, que está de pie junto a la entrada del vestidor, con los brazos cruzados y una sonrisa sardónica dibujada en el rostro.

—Debo de tener muy mala memoria, abuela.

—No me gusta que emplees esa palabra.

—Es lo que eres.

—No la utilices —sentencia Constanz con dureza.

Bruno primero se extraña.

No es propio de Constanz.

Irma disfrutaba emitiendo opiniones tajantes, afiladas, que casi servían para cortar el pan.

Constanz es dulce, casi siempre.

Bruno luego asiente, despacio.

No es que se haya hecho ilusiones con respecto a su posición. Su talento va por otras vías. Pero le sobra la aspereza.

—Como usted diga —responde con una sonrisa forzada.

Constanz lo observa con una mezcla de lástima y desaprobación. Aunque Bruno es su nieto —cosa que él ha descubierto hace muy poco—, siempre ha sentido una distancia insalvable entre ellos, una desconexión que va más allá de los lazos de sangre. Nunca ha sido otra cosa que una herramienta útil, una pieza en su tablero de ajedrez. Y, al mismo tiempo, ha estado más cerca de él que quizás de cualquier otro ser humano.

—Tienes buena memoria —concede Constanz.

—Irma era al menos cinco centímetros más alta que Aura Reyes —continúa Bruno intentando cambiar de tema—. Y bastante más ancha de hombros. Esa chaqueta de ante verde que acabas de regalarle debería haberle quedado como un saco.

Constanz esboza una sonrisa sutil. La sonrisa de una paciente e industriosa araña. Conseguir que la gente haga lo que quieres pasa por comprender qué es lo que necesitan.

—He tenido tiempo suficiente para ajustar los trajes y todas las prendas del vestidor a la medida de Aura —responde, con calma—. ¿No te parece un bonito detalle?

Bruno arquea una ceja, intrigado por el doblez de sus palabras.

—¿Y qué más detalles le has dejado?

Constanz se acerca al vestidor y acaricia suavemente una de las chaquetas colgadas. Su mirada se vuelve fría.

—En cada prenda, incluyendo la que se ha llevado, se ha colocado una pequeña sorpresa —dice, su voz apenas un susurro venenoso—. Microdispositivos de seguimiento y escucha. Quiero saber cada movimiento que haga, cada palabra que diga.

Bruno asiente, admirando la astucia de Constanz. Es una jaula volando en busca de un ave.

—Siempre un paso por delante.

Constanz lo mira directamente a los ojos para asegurarse de que le comprende. Con él el problema no es su inteligencia, sino su escasa capacidad de atención.

—No hay margen para errores, Bruno. Aura es nuestra última esperanza para recuperar lo que perdimos con tu madre.

—¿Lamentas que la matase?

El aire se vuelve más pesado al instante.

Constanz guarda silencio por un momento, sus ojos se pierden en algún punto del pasado.

Bruno le dijo una vez que los muertos proporcionan identidad. Que en ocasiones sólo consigues saber quién eres a partir de tus cadáveres. Los muertos te hacen grande. O pequeño. Te hacen alguien.

Contempla la pregunta de Bruno bajo esa luz.

No vemos el mundo como es, sino tal como somos nosotros. Un santo ve el mundo lleno de gente a la que ayudar, un asesino sólo ve homicidas y víctimas. Ella ve piezas.

Finalmente, responde con una frialdad que estremece.

—Sé que no buscas que te exonere.

Bruno calla.

—Sé por qué lo hiciste. Creías que me había matado. Creías que me estabas vengando. Y de algún modo lo hiciste.

Bruno calla, y aguarda.

—Tres años. Tres años completos. Y tanto trabajo deshecho. Podríamos haber culminado ya tantas cosas. Habernos librado de los débiles. Y de ese absurdo proyecto de tu bisabuelo. Esa especie de agencia secreta encubierta... nunca fue otra cosa que una serpiente en una bota. Antes o después, te morderá en los dedos.

Bruno asiente.

—Sé que no buscas que te descargue de culpa. Te eduqué mejor que eso.

Bruno asiente de nuevo.

—¿Qué es lo que quieres, entonces, Bruno?

—Simple curiosidad.

Constanz reflexiona un momento.

Amaba a Irma con todas sus fuerzas, que no son pocas. La convirtió en el ser humano más perfecto y evolucionado que fue capaz de lograr.

De algún modo, la traición de su hija, que la drogase y la aprisionase, fue una pequeña victoria.

Si algo lamentaba era no haber podido decirle que estaba orgullosa de ella. Y de ello.

—Tal vez... —dice, enigmática, entre pausas—. Tu madre y tú seáis mi mejor testamento. La forma más elevada de arte.

Bruno tuerce el gesto.

—Aun así...

Se interrumpe.

Algo acaba de cruzar por su diminuto espacio de atención, borrando todo lo demás.

—¿Qué pasa con Celeiro?

—La legionaria sigue creyendo en Aura Reyes. Por eso la he apartado de ella.

—La persona que sigue creyendo en algo incluso cuando supone un inconveniente es una cosa extraña y peligrosa —recita Bruno.

Constanz sonríe.

—Te está sentando bien tu nueva afición a la lectura, Bruno.

Su nieto ignora el cumplido.

—Podría arruinarlo todo.

—Está previsto. De hecho, cuento con ello.

Regresan al despacho de Irma. Ella apenas tiene que apoyarse en las paredes esta vez. El cóctel que le ha puesto la doctora Fonseca para la visita de Aura hace maravillas... momentáneamente. Mañana tendrá que pasar el día postrada en la cama.

Quizás ya no vuelva a levantarme, piensa, no sin una pizca de miedo. *Tendré que asegurarme de que me lleven todas estas cosas junto a la cama.*

De un cajón, Constanz extrae un teléfono móvil y un distorsionador de voz.

—¿Has conseguido la información que te pedí?

Bruno asiente.

—Buen soldado. El orden de llamadas de hoy será el siguiente. Primero, la comisaria, hay que mandarla a Ceuta para que entretenga a Celeiro. Después, Noah Chase, para que se pegue a la madre de Reyes hasta que Reyes descubra la caja fuerte. ¿Tienes claro lo que debes decirle a cada uno?

Bruno asiente.

—Todos tienen que sentir que forman parte de un juego en el que hay dos partes. Aunque sólo estemos nosotros.

—Estupendo —dice Constanz—. Por último llamaremos a Sere Quijano, pero con ella hablaré personalmente, como siempre.

Sonríe, con afectación.

Ha llegado la hora de seguir moviendo las piezas sobre el tablero. Unas piezas que no saben que existe una única mano.

La suya.

Le llevará unos cuantos días tener las piezas en su sitio. Pero cuando lo estén, sólo habrá un resultado posible.

Chase y su cómplice serán sencillos de mover. Romero también. Quijano no es más que un corderito desde hace meses.

La única duda, el único caballo impredecible, es la legionaria.

Ni los sabios como ella ven todos los finales. Pero el corazón le dice que Celeiro tiene aún un papel muy importante que cumplir, para bien o para mal, antes de que todo esto acabe.

El dolor en el costado le recuerda que puede que esta partida de ajedrez sea en solitario, pero sigue existiendo un tiempo límite.

Tan sólo espero que sea suficiente.

Antes de que todo se desmorone.

QUINTA PARTE

MUERTES

And if a double-decker bus
Crashes into us
To die by your side
Is such a heavenly way to die.

THE SMITHS

La apretaría, llena de emoción,
contra este pecho ardiente
y entonces será mía para siempre.

MOZART, *La flauta mágica*

1

Un cementerio

—No sé por qué ponen vallas en el cementerio.

—No lo digas, Sere.

—No es que la gente se muera por entrar.

Aura suspira. Ha visto venir el chiste a kilómetros.

Pero el humor de Sere, por más oscuro o predecible que sea, es justo lo que necesita para evitar que la gravedad de la situación la hunda por completo.

Ambas están apoyadas en el coche, observando la valla metálica que rodea el cementerio. La estructura, alta y austera, se extiende en ambas direcciones, cortando el paisaje nocturno en dos. La luna arroja una luz pálida sobre el terreno, y las sombras de las lápidas crean patrones inquietantes en el suelo.

El aire está cargado de una tensión palpable, y cada una de las mujeres lucha con sus propios demonios internos, intentando mantener una fachada de calma frente a la otra.

Sere está cagada de miedo. Gestionando lo que le han dicho. Sabiendo que no puede decir nada. Temiéndose cuál es la pieza que se ha movido. Esperando que no sea Romero —esa zorra es mala como un cargador de AliExpress—. Gestionando el otro pecado que ha cometido, que ha sido llamar a Mari Paz. Haciendo, por cierto, ruido como si se acercara alguien, a ver si así se da más prisa. Pero son lentejas.

Pobre Sere.

Aura, por su parte, intenta procesar la llamada de Constanz. El nombre de Romero le provoca un escalofrío en la espina dorsal.

Es consciente de que viven de prestado.

Si Romero las encuentra, se acabó.

Aun así, sabe que no puede flaquear, no ahora, cuando están tan cerca de desenterrar lo que podría ser la clave de todo.

Literalmente, ja, ja.

Siente flaquear su cordura un instante.

Aún más.

No está segura de que nada de lo que ha vivido en los últimos días sea cuerdo, o sano.

Cada vez le cuesta más aferrarse a la realidad.

Podría... podría pararlo todo. Pararlo ahora.

Pero no puedo. No quiero.

Constanz tiene razón. No soporto perder. Y menos ahora, que estoy tan cerca de desvelar la verdad.

Mira a Sere por el rabillo del ojo.

Sabe que Sere teme a Romero, y si le dice lo que Constanz le advirtió, le preocupa que su amiga se las pire.

Así que se calla.

Estoy tan cerca.

Ambas permanecen en silencio durante unos momentos, permitiéndose un respiro mientras contemplan el siguiente paso. En la distancia, una lechuza ulula, y el viento hace crujir las ramas de los árboles cercanos. La atmósfera sacada del inicio de *La noche de los muertos vivientes* alimenta su creciente sensación de urgencia.

—¿Crees que podríamos trepar por ahí? —pregunta Aura finalmente rompiendo el silencio. Mira la valla, evaluando su altura.

Sere frunce el ceño, como si estuviera considerando seriamente la posibilidad. La idea de escalar una valla en un cementerio para desenterrar un cadáver no es algo que habría imaginado hacer jamás. Pero esta noche, todo parece posible.

—Podría ser. Aunque no sé cómo vamos a escalar eso sin rompernos la crisma —responde Sere, con una mueca. Su tono es ligero, pero Aura detecta el nerviosismo subyacente en su voz.

—Siempre podemos lanzar el coche contra la puerta y reventarla —sugiere Aura, con una sonrisa cansada.

—Mucho riesgo —replica Sere—. Me niego a que la portada de mañana sea: «Dos mujeres arrestadas por profanación de tumbas».

Aura asiente, reconociendo la lógica. Por mucho que éste sea el diminuto cementerio de Aravaca —y la seguridad, mínima—, alunizar la puerta principal es una malísima idea.

El viento sopla más fuerte, y Aura se estremece a pesar de la chaqueta que lleva puesta.

El tiempo apremia.

—Tenemos que movernos ya. Cuanto antes lo hagamos, mejor.

Sere asiente, su semblante serio ahora.

—Creo que tengo una idea. Pero antes respóndeme una cosa.

Aura la mira, intrigada.

—¿Cómo estás?

Aura se para un momento.

Y luego estalla.

Primero en lágrimas.

Y a medida que habla, en furia.

—Me siento como la mierda. Me siento como la mismísima mierda, Sere. El mismo hijo de puta que apuñaló a mi marido acaba de matar a mi madre. Y la única forma que tengo de joderle la vida es coger lo que sea que haya dentro de esa caja. Por mí... por mí, sobre todo, pero también por él. —Respira hondo—. Porque a Jaume lo mataron para que se callara y a mí para que me aleje de eso. Así que cuando abra esa puta caja, Sere, cuando abra esa puta caja, Noah Chase vendrá a por nosotras. Y voy a reventarle la puta cabeza con esa palanqueta que llevamos en el maletero.

Sere silba, con admiración.

—Pues se ha quedado muy buena noche.

Aura se limpia los churretes de la cara usando el pañuelo del viejecito del Leroy, sorbe fuerte, se suena.

—¿Vas a contarme ya tu idea?

—Podemos pegar el coche a la valla, subirnos al techo y saltar desde ahí.

—¿Y a la vuelta?

Sere apunta con la linterna. Unos metros más a la izquierda hay una tumba con una lápida espantosa y altísima, angelotes incluidos. No será difícil subirse a ellos para hacer el viaje en dirección contraria.

—Muy bien visto. Peguemos ahí el coche.

—Éste era tu trabajo, lo de planificar.

—¿Has hackeado tú la caja fuerte?

—Cuando tienes razón, tienes razón, chocho.

Con el coche pegado a la valla, Aura y Sere se preparan para la osada escalada. La luna brilla intensamente, bañando el cementerio en una luz fría y fantasmal que realza las sombras de las lápidas. El viento susurra entre las ramas de los árboles cercanos, y el murmullo parece contener secretos olvidados que aguardan ser revelados.

—Primero subimos al techo del coche, luego trepamos la valla y, con suerte, caemos sin rompernos nada —dice Aura mirando la estructura metálica que se erige imponente frente a ellas.

Sere asiente, pero las manos le tiemblan. Ambas se suben al capó del coche con cuidado, sintiendo el metal hundirse un poco bajo su peso. Luego, con un esfuerzo combinado, logran encaramarse al techo del vehículo, el cual cede levemente con un crujido ominoso.

—No mires abajo —advierte Sere, más para sí misma que para Aura, mientras se prepara para el salto final.

Aura se aferra a la parte superior de la reja, sintiendo el frío del metal calar a través de sus dedos. Con un impulso bien calculado, logra pasar al otro lado, cayendo con un ligero golpe sobre el suelo. El césped húmedo amortigua su caída.

Sere le pasa primero los sacos vacíos que han comprado. Y después las herramientas, una a una, a través de los agujeros de la reja.

Después sigue el camino de Aura, con la agilidad de un gorrino tuerto de tres patas, logrando finalmente aterrizar junto a Aura con un jadeo de alivio.

—Lo logramos —susurra Sere enderezándose y mirando a su alrededor.

Aura ha ido llenando los sacos con las herramientas, y le pasa el suyo.

—Me siento como un extra de *Thriller*.

—Pues esperemos que no haya más.

—A ver, el baile me lo sé.

Las sombras de las tumbas se alargan bajo la luz de la luna creando un escenario ligeramente perturbador.

—A partir de ahora, todo depende de encontrar la tumba de Jaume —murmura Sere apagando su linterna momentáneamente mientras observan el paisaje fúnebre.

Empiezan a avanzar entre las lápidas, la grava crujiente bajo sus pies rompiendo el silencio sepulcral. A su alrededor, los nombres grabados en las piedras parecen observarlas. El aire está impregnado de un olor terroso, mezclado con el perfume de las flores marchitas que adornan algunas de las tumbas.

—¿No te acuerdas de dónde está enterrado tu marido? —pregunta Sere en un susurro irónico, intentando aliviar la tensión que siente en el estómago—. Menuda viuda doliente estás hecha...

Aura se detiene un momento, sus ojos recorren las hileras de lápidas, cada una más similar a la anterior. Siempre ha agradecido el humor de Sere —tan negro que Disney podría darle un papel protagónico en sus películas modernas—, pero éste en concreto le ha dolido, por acertado.

—Nunca vine a verlo —admite, cargada de una mezcla de culpa y tristeza—. Me dijeron que estaba junto a la iglesia. No soportaba la idea de venir a ver la tumba de Jaume sin haber estado en el entierro.

Sere asiente, comprensiva.

—No me extraña que tengas tantos problemas sin resolver.

—Y los que no te cuento.

Avanzan entre las lápidas, guiándose por las sombras de los árboles y las formas oscuras de las cruces que se alzan como guardianes silenciosos. La quietud se rompe de repente cuando un ruido de pasos se escucha en la distancia, haciéndolas detenerse en seco.

—¡Apaga la linterna! —susurra Aura.

Ambas se agachan tras una lápida alta, su respiración contenida mientras los pasos se acercan. El corazón de Aura late con fuerza en sus oídos, y puede sentir la adrenalina pulsar en sus venas. Permanecen inmóviles, el frío de la noche muerde su piel mientras esperan que el peligro pase.

El sonido de los pasos se aleja finalmente, dejando el cementerio sumido de nuevo en su calma espectral. Las dos mujeres se incorporan lentamente, aún alerta.

—Debe de ser un vigilante —murmura Sere, apenas audible mientras reanuda la expedición.

—Vamos, tenemos que seguir buscando —responde Aura, poniéndose en marcha, con la linterna apagada.

—Nos vamos a matar.

Y es probable. En ese punto del cementerio, que hace vaguada, la oscuridad es casi total.

—No seas tan dramática.

Sere se mete la linterna por dentro del vestido, y la enciende. A través de la tela fina se cuela algo de luz, que les permite ver si hay una tumba abierta delante, o algo.

—Prefiero vivir dramática que morir calmada.

2

Una de hormigas bala

El dolor ha pasado a formar parte de Constanz.

Si lo contemplamos desde una abstracción estoica, el dolor es una sensación más, que no tiene que ser desagradable si lo afrontamos como una simple señal de alarma de nuestro cuerpo. Los faquires consiguen dominarlo. Muchas tribus de la Amazonia lo controlan.

Una en especial.

En el ritual de iniciación masculina de la tucandeira, los sateré-mawé se ponen unos guantes de paja llenos de hormigas bala y tienen que aguantar un mínimo de quince minutos antes de quitárselos.

En el índice de dolor de Schmidt, la mordedura de este tipo de hormiga ostenta el récord mundial frente a sus competidores, con un terrorífico 4 que la califica como la más dolorosa del mundo.

Según este entomólogo del Instituto Biológico de la Universidad de Arizona, la picadura de esta hormiga causa un «dolor puro, intenso, brillante, como caminar sobre carbón en llamas con un clavo de tres pulgadas penetrando el talón del pie».

Un dolor que dura de doce a veinticuatro horas.

Imaginad un guante lleno de estas hormigas.

Cuando los muchachos sateré-mawé se los quitan, tienen las manos completamente deformadas por el veneno.

Pero aguantan.

Saben cómo reducir el dolor al absurdo.

En occidente, suplicamos un analgésico en cuanto nos duele la cabeza un poco más de la cuenta.

Constanz no tiene forma de medir el nivel de dolor que le causa el cáncer, pero soporta horas de calvario antes de pedirle a la doctora Fonseca que le inyecte una dosis de propina a través de la vía que, al igual que el dolor, ya forma parte de su ser.

Pero no sólo es el dolor lo que atormenta a Constanz.

Hay algo peor, aunque no duela.

Constanz Dorr se ríe cuando culpa al karma.

¿Y si esa trola oriental fuera cierta?

Cuando uno se encuentra cerca del final, las paparruchas se envuelven en un aire de realidad apabullante. Santos, ángeles, demonios, cielo, infierno…

Todo parece terroríficamente real.

Se pregunta si tendrá tiempo de arrepentirse delante de algún dios.

¿Pero cuál?

No le gustaría equivocarse.

«No adorarás falsos ídolos» es, de hecho, un mandamiento típico de cualquier dictador hacia sus súbditos.

Lo irónico es que los cristianos tardaron en darse cuenta. No percibieron el truco debajo del monigote. La enorme cantidad de esfuerzo y de *dondedijedigodigodiegos* que ha permitido que una creencia de este tipo sobreviva durante dos mil años, aunque ya esté completamente muerta, salvo para quienes la usan como manipulación de un puñado de locos que van a gritar a mujeres a la puerta de las clínicas abortivas, para olvidarse del bebé en cuanto nace. Constanz conoce muy bien el truco bajo el monigote, porque los suyos lo han usado para su beneficio, al igual que han usado los de otros monigotes. El de la hoz y el martillo, el morado, cualquiera que sirviera para polarizar.

Pero el que le preocupa ahora es éste. No puede creer que este cuento haya durado tanto, un cuento en el que la salvación estaba reservada exclusivamente para aquellos afortunados de haber nacido en un lapso que apenas constituye un parpadeo en la historia de la humanidad, y que, además, residieron en esa pequeña fracción del planeta que tuvo la oportunidad de escuchar el Evangelio y comprar —¡tan sólo siguiendo estas diez reglas!— la fugaz oferta del cielo.

Qué real parece, hoy.

Al menos, piensa Constanz. *Al menos, si hay infierno al otro lado, no será mucho peor que este dolor.*

Y si hay una eternidad, aunque sea de dolor, al otro lado, la pasará sabiendo que antes de irse ha triunfado en éste.

3

Un cementerio

—¿Te enteraste de lo del tío que murió de sobredosis de Viagra?

—¿No pudieron cerrar su ataúd?

—Ah, ya te lo sabías —dice Sere decepcionada.

Aura y Sere avanzan con cautela entre las lápidas, sus sombras proyectándose en las piedras frías y ásperas que se alzan como antiguos guardianes del lugar. El cementerio está envuelto en un silencio repleto, apenas roto por el susurro del viento que agita las ramas de los árboles cercanos. La noche parece haber engullido cualquier rastro de luz, sumergiendo el paisaje en una penumbra casi tangible.

A medida que se adentran más en el corazón del camposanto, la silueta de la iglesia comienza a materializarse en el horizonte, una sombra monumental recortada contra la contaminación lumínica del cielo de Madrid. Su presencia imponente absorbe la oscuridad, y su campanario emerge como un faro diminuto sobre las tumbas. Aura siente un escalofrío recorrerle la espalda mientras contempla la estructura, consciente de que están a punto de alcanzar su destino.

—Por aquí debe de estar —susurra Aura señalando hacia la izquierda mientras intentan orientarse en la penumbra.

La ansiedad se agita en su pecho como una bestia enjaulada, y cada paso que da hacia la tumba de Jaume es un acto de desafío contra el destino que le ha arrebatado tanto. Sere la sigue de cerca, su linterna aún dentro del vestido, emitiendo un brillo tenue que apenas sirve para que no se rompan las narices.

De pronto, Aura se detiene.

No dice nada.

Sere se atreve a sacar un poco la linterna del vestido, tapándola con los dedos, e ilumina la lápida

JAUME SOLER ROCA
DEVOTO MARIDO Y PADRE.
«YO SOY EL CAMINO,
LA VERDAD Y LA VIDA»

Aura se queda inmóvil ante la tumba. Cada palabra de ese epitafio, una daga que se clava más profundamente en su corazón ya desgarrado. Las lágrimas comienzan a deslizársele por el rostro, cálidas y amargas, como un río de emociones contenidas que finalmente ha encontrado su cauce.

Sabe que está al borde de un ataque de pánico. Su respiración se acelera, y siente que el mundo a su alrededor comienza a girar, un torbellino de dolor y rabia que amenaza con consumirla. Cierra los ojos con fuerza, tratando de aferrarse a algo.

Lo que encuentra es a Sere.

Sere, que ha extendido la mano.

Sere, que está ahí. Que sigue ahí.

—¿Quieres chiste o compasión, chocho?

—Chiste —dice Aura agarrándose a su mano con fuerza—. Por favor.

—La culpa es del tipo de letra —dice Sere—. Las lápidas siempre las graban con una Trojan o una Palatino. Por eso te echas a llorar. Si estuviera en Comic Sans no te afectaría tanto.

Aura no llega a reírse.

Pero algo le sube a la garganta.

No es una risa, pero casi.

Es suficiente, en cualquier caso, para provocar una reacción alquímica. La rabia, que desde hace tiempo ha sido su único combustible, comienza a arder nuevamente en su pecho. Un fuego oscuro y peligroso. Pero no tiene otro.

Aura se limpia las lágrimas con el dorso de la mano y levanta la cabeza.

—Pongamos a trabajar esas palanquetas.

Aura y Sere preparan los avíos.

—Espera un segundo —dice Sere deteniéndose justo antes de que comiencen.

Aura observa a su amiga mientras saca su móvil, los dedos volando sobre la pantalla antes de mostrar un vídeo de You-

Tube. Aunque el volumen está casi al mínimo, Aura puede escucharlo con claridad en la quietud del camposanto:

«Buenas tardes amigos, bienvenidos a mi canal en este vídeo, bueno pues les muestro cómo es la forma más segura para abrir una tumba...».

—¿Estás de coña? —Aura parpadea, incrédula.

Sere menea la cabeza, muy seria.

—Siempre puedes contar con que un latino se haya grabado haciendo algo y te enseñe cómo —dice mientras el vídeo continúa.

A pesar de la extrañeza de la situación, ambas se inclinan hacia la pantalla, absorbiendo cada detalle. Las instrucciones son claras, y aunque la idea de seguir un tutorial para algo tan macabro resulta surrealista, no deja de tener su utilidad.

Siguiendo el ejemplo del vídeo, posicionan las palanquetas en la esquina de la lápida, ajustando el ángulo para maximizar el esfuerzo.

—A la de tres —dice Aura con tono firme a pesar de la tensión en la mandíbula—. Uno, dos, tres... ¡ya!

Las dos empujan con toda la fuerza que pueden reunir. El panteón es bajo, y ambas tienen que encorvarse un poco para hacer fuerza. Los músculos de los brazos se tensan, y el esfuerzo hace que les arda el pecho mientras aplican una presión constante. Con un crujido sordo, la lápida se desplaza unos milímetros, un avance minúsculo pero significativo.

—¿Quién pagó esta tumba? —pregunta Sere jadeando mientras reajustan las palanquetas para un segundo intento.

—Los padres de Jaume, supongo —responde Aura, la respiración entrecortada—. Yo estaba en el hospital, luchando por no desangrarme.

Sere lanza una risa entrecortada.

—Pues menos mal que son unos cutres. Esta lápida es de las finitas. En vez de trescientos kilos, serán doscientos y pico sólo.

El comentario de Sere trae un momentáneo alivio, pero la realidad del esfuerzo físico necesario no se disipa. Con cada movimiento, sienten el peso de la piedra combatir su avance, como si el mismo cementerio conspirara para mantener oculto lo que yace debajo.

—¿Has estado calculando pesos de lápidas mientras me esperabas en el aparcamiento? —pregunta Aura entre exhalaciones pesadas.

—Sí, por si tenía que darte alguna instrucción de última hora. En plan, no te olvides de los aguacates —responde Sere jadeando aún más.

Aura deja escapar una risa.

No sabe si en este momento está dentro o fuera de la raya de la locura.

Pero la raya la ve, sin duda.

Las dos mujeres toman un breve respiro. La luna se esconde tras una nube, sumiendo el lugar en una oscuridad aún más densa. Aura siente el frío del metal en las manos.

—Vamos, de nuevo —dice Aura, y ambas vuelven a la carga.

Esta vez, con un renovado esfuerzo, la lápida cede más, desplazándose lentamente hacia un lado. El sonido del raspar de la piedra contra la tierra y el eco de su respiración en el aire frío llenan el silencio. Sienten cómo el sudor se les acumula en la piel, mezclándose con el polvo y la suciedad del cementerio.

Finalmente, con un último empujón, la lápida se inclina lo suficiente como para superar el punto de equilibrio y caer contra la tumba de al lado. Al hacerlo se parte por la mitad, con un crujido siniestro.

—Te lo dije...

Cof, cof.

—... una lápida...

Cof, cof.

—... de las cutres, chocho.

Aura alumbra a la oscuridad de la tumba, en lo que Sere tose y se reafirma.

El ataúd se encuentra ahí, tangible y real, una puerta directa al pasado que Aura ha intentado desentrañar.

—Buuufff —logra decir Aura con la voz rasposa por el esfuerzo y la emoción.

—Lo mismo pienso yo.

La caja tiene pinta de cara. Madera maciza, quizás fresno, con asas cromadas y adornadas en ambos lados. Con su cristo metálico encima, aunque ni Jaume ni ella eran creyentes. Pero sus padres sí.

El barniz reluce, brillante e intacto, bajo la linterna de Sere. Después del ruido que acaban de hacer arrastrando la lápida —y ésta al partirse—, la premura sustituye a la precaución.

Aura respira hondo mientras observa el ataúd cerrado ante ellas. La luna, alta en el cielo, lanza una luz pálida que baña el escenario con un brillo espectral. El aire está impregnado del aroma terroso de la tumba abierta, mezclado con un hedor que se escapa desde el interior.

—¿Decía algo tu vídeo sobre cómo abrir esto? —pregunta Aura tratando de infundir cierta ligereza en la voz, aunque sus ojos reflejan el terror que siente.

—Lo pausé antes del final. Si quieres, sigo.

—Déjalo, ya nos apañaremos. —Aura agarra la palanqueta con más fuerza sintiendo el metal frío que muerde su piel.

La tapa del ataúd está encajada, atrapada por los efectos de los años y los cambios de temperatura. Pero tras el esfuerzo que han hecho con la lápida, esto no les va a detener. Aura introduce la palanqueta en el hueco y la presiona.

Con un chirrido desgarrador, la tapa se suelta y el ataúd se abre.

El cuerpo de Jaume yace ante ella, un eco retorcido del hombre que fue.

Tres años han dejado su huella en la carne que una vez estuvo viva.

La descomposición ha reducido sus rasgos a una sombra de lo que fueron. La piel tensa y de un color apagado. Un pergamino viejo.

Su cabello está más ralo, como si incluso los restos de vida que quedaron hubieran decidido abandonarlo.

Aura se queda mirando, paralizada, atrapada entre el dolor del pasado y el horror del presente. El corazón le late con fuerza en el pecho, cada pulsación un recordatorio de la vida que aún tiene, del aliento que aún puede tomar.

Dentro de ella, las palabras comienzan a formarse.

Cinco minutos con Jaume

Lo que sigue es demasiado íntimo.

Demasiado privado.

Cualquier conversación cara a cara de una pareja lo es. Pero ésta, con todo lo que tienen que decirse los dos —y sólo uno puede—, lo es mucho más.

El resumen sería:

Te amé. Te odié por dejarte matar. Te odio por mentirme. Pero también te doy las gracias por nuestras hijas. Por esos momentos de felicidad que me diste, incluso cuando sabías que esto podría pasar.

4

Un reloj

Las emociones se agolpan en la garganta de Aura, sofocándola, y finalmente se aparta, girándose hacia un lado.

La bilis le sube, y no la puede detener. Vomita en el césped, sintiendo que cada espasmo es un intento de su cuerpo por expulsar el dolor que la consume.

—Yo ya lo hice hace un rato —dice Sere con un tono casi de disculpa—. Mientras tú te quedabas así, como hipnotizada.

Aura se limpia la boca con el dorso de la mano, percibiendo el sabor amargo en la lengua.

—¿Cuánto llevo aquí parada?

—Más de diez minutos —responde Sere mirando su reloj de reojo.

Aura siente que la capa de cordura que la separa de la locura se está desgastando a toda prisa. Cada minuto que pasa, cada nueva visión macabra, la lleva un paso más cerca del abismo.

—No puedo tocarle. —Las palabras salen antes de que pueda detenerlas. Mira a Sere, sus ojos suplicantes—. No puedo.

Sere asiente, su expresión se suaviza. Sabe lo que le está pidiendo. Aunque la idea le repugna, no duda en ofrecer su ayuda.

—Tranquila, puedo hacerlo. Al fin y al cabo, esas manos tienen que acariciar a tus hijas —dice Sere tratando de infundir una nota de normalidad en su voz.

Se acerca al ataúd, sus movimientos lentos y cuidadosos. Antes de inclinarse, se detiene y le dice a Aura:

—Tú agárrame.

Aura se mueve, aferrando con fuerza la ropa de Sere mientras ésta se inclina sobre el cuerpo. Sere siente el frío que emana del cadáver, y un escalofrío le recorre la espalda. Aguanta la respiración mientras extiende la mano hacia el brazo izquierdo de Jaume, atrapado bajo el derecho.

La tela del traje de Jaume se deshace bajo sus dedos, frágil como el papel. Con un esfuerzo controlado, Sere logra alzar el brazo lo suficiente para alcanzar el reloj. El metal está frío, pero el mecanismo sigue intacto. Con cuidado, logra desabrochar la correa y liberar el reloj de la muñeca.

Se endereza sosteniendo el Omega Seamaster.

Aura la sujeta con fuerza mientras Sere se aparta y, por un instante, ambas se quedan mirando el objeto, conscientes de lo que representa.

—Lo tenemos —susurra Sere, aliviada.

—Y nosotros lo agradecemos —dice alguien tras ella.

Aura no se gira.

No le hace falta.

Reconoce perfectamente la voz que acaba de sonar a su espalda.

Es la voz del hombre que puso a su marido dentro del ataúd.

5

Otro agujero en el suelo

Son dos hombres contra dos mujeres.

En un cementerio, de noche.

Sin nadie alrededor.

Sin ayuda que pedir.

El aire nocturno se aquieta. El viento mismo se ha tomado un descanso, expectante de lo que va a suceder.

Noah Chase y Parka Marrón emergen de entre las sombras, sus figuras imponentes recortadas contra el brillo fantasmal de la noche. Han estado allí todo el tiempo, silenciosos y observadores, esperando el momento exacto para hacer su jugada. El miedo recorre el cuerpo de Aura como una corriente eléctrica, pero también lo hace una oleada de rabia incontrolable. No puede permitirse el lujo de sucumbir al pánico, no ahora.

Son dos hombres contra dos mujeres.

Ahora vendrán las amenazas y las bravatas.

Son dos hombres contra dos mujeres.

La aritmética es insoslayable.

Son dos hombres contra dos mujeres.

Pero esta vez Aura Reyes tiene una palanqueta en la mano.

Aura se da la vuelta, y su mirada se encuentra con la de Parka Marrón, quien la observa con una sonrisa desdeñosa, como si ya hubiese ganado la batalla.

Y quizás lo hubiese hecho con la Antigua Aura.

Pero ésta es otra.

Sin dudarlo, alza la palanqueta y, en un movimiento rápido y preciso, la descarga con todas sus fuerzas en el costado del cuello de Parka Marrón.

El impacto apenas suena. La carne absorbe el ruido, pero no ahorra sufrimiento.

Parka Marrón se tambalea, su expresión de sorpresa se transforma en una mueca de dolor. Su cuerpo se queda parado por un instante. Su cerebro todavía está procesando lo imposible: que alguien le haya enfrentado con tanta ferocidad.

Pero Aura no le da tiempo a recuperarse. La adrenalina la impulsa a actuar de nuevo. Esta vez, dirige la palanqueta hacia la sien. El metal se encuentra con la carne con un sonido sordo, un golpe que parece detener el tiempo alrededor de ellas.

Parka Marrón cae al suelo, su cuerpo se desploma en una maraña de extremidades desarticuladas. La linterna que llevaba en la mano rueda y acaba su trayectoria proyectando su luz sobre el rostro inerte del hombre.

Una vez soberbio.

Ahora, el de una muñeca absorta.

Aura siente que su corazón late con una furia descontrolada, su respiración es rápida y superficial, como si hubiera corrido una maratón. A su lado, Sere observa la escena con los ojos muy abiertos, incrédula ante lo que acaba de suceder. Pero no hay tiempo para la duda, no ahora. Ella también se da la vuelta y agarra a Noah Chase por la ropa.

Es más alto y más fuerte que ella. En otro tiempo la matemática habría sido insoslayable del todo. Pero Noah Chase recibió un tiro en el pecho —disparado por una mujer que ya no está con nosotros—. Pasó en coma diecisiete meses, y nunca volvió a ser el mismo.

Sí, camina y respira. Y sigue siendo más fuerte que Sere. Pero no lo bastante para librarse del agarre desesperado de ésta.

Noah intenta zafarse, pero ella no flaquea. Cada movimiento es un tira y afloja constante, un baile frenético entre la vida y la muerte. Sere siente el tirón de los músculos, el ardor en los brazos mientras lucha por mantener su posición.

En cualquier otro lugar, habría perdido un momento después.

Pero están al borde de una tumba.

Y una tumba no deja de ser un precipicio.

El pie de Noah Chase tropieza con el borde de granito del panteón. Los dos bailan por un instante en el aire.

Sere siente el vértigo en su estómago, el frío del aire alrededor de la piel mientras cae. Pero, afortunadamente, lo hace encima de Noah, usando su cuerpo como colchón.

El golpe es brutal, el aire escapa de sus pulmones en un suspiro forzado mientras aterrizan. Noah queda inmóvil bajo ella, aturdido por la caída y el impacto.

Toda la pelea —desde el momento en el que Aura se ha dado la vuelta hasta que Noah Chase ha caído sobre el cadáver de Jaume Soler— ha durado menos de seis segundos.

Contar estas cosas lleva su tiempo.

6

Una afirmación

Sere, aún jadeante, se incorpora lentamente, las manos le tiemblan mientras trata de recuperar el aliento.

—Dame la mano —le dice Aura alargándole la palanqueta.

Sere se agarra al metal. Luego al borde de granito de la tumba. Se impulsa hacia fuera, poniendo un pie sobre la hierba con un suspiro aliviado.

—Joder, tía —dice agarrándose las rodillas.

Se incorpora.

Busca el aliento. Se busca a sí misma.

—¿No te preocupa —tose— que haya más aviones —tose— en el mar que submarinos en el cielo?

Aura la ignora.

—¿Tienes el reloj? —pregunta Aura, temerosa de tener que bajar a buscarlo.

Sere se lo muestra, aún cogido entre los dedos.

Aura se lo arrebata de las manos.

Le da la vuelta.

En la parte de atrás hay una inscripción.

Aura la lee, y contiene las lágrimas.

Mientras Aura inspecciona el reloj, Sere se dobla sobre sí misma de nuevo y vomita por segunda vez esa noche. Lo poco que le queda en el estómago, que es bilis y miedo.

Cuando paran los espasmos y las arcadas, los sustituye una risa temblorosa.

—¿Te das cuenta de que nos hemos saltado todos los protocolos? —dice.

Aura frunce el ceño, intentando comprender.

—¿Qué protocolos?

Sere se incorpora de nuevo, agarrándose a Aura.

—Yo qué sé, normalmente en las pelis los malos sacan un arma, amenazan, «dame esto o te mato» y tal. Hay unas normas.

Aura suelta una risa seca, un sonido que es tanto de incredulidad como de amargura.

—Esto no es una peli —dice guardándose el reloj en el bolsillo. Reflexiona un segundo—. Pero sí, éstos venían muy de sobrados.

El momento de alivio es breve.

A sus pies, Noah Chase comienza a removerse, los ojos parpadean mientras la consciencia vuelve a él. Aura se tensa de inmediato, sus instintos afilados por la adrenalina y la necesidad de protegerse.

Rápidamente, Aura busca una de las palas, la mano se cierra firme alrededor del mango de madera. Sin dudarlo, se acerca a Noah Chase, presionando el filo de la pala contra su cuello.

Es una mujer contra un hombre.

Sesenta y cinco kilos de peso.

Más la diferencia de altura.

Más el filo metálico contra la garganta del hombre.

La matemática es insoslayable.

—No te levantes —advierte Aura, fría y autoritaria. Su mirada advierte que no dudará en usar la pala si es necesario.

Chase traga saliva con dificultad. Trabaja a toda velocidad en busca de una salida. Intenta una sonrisa conciliadora, aunque su expresión traiciona su nerviosismo.

—Podemos… podemos negociar —ofrece, la voz rasposa por el esfuerzo—. No tenéis por qué hacer esto.

Aura no responde de inmediato. Mira a Sere, que ha recuperado la compostura a su lado.

—Sere, coge la otra pala y haz lo mismo que yo —le pide Aura manteniendo los ojos en Chase.

Sere asiente, su confianza renovada por el éxito del enfrentamiento. Se acerca a la otra pala, la levanta y la coloca con firmeza contra el pecho de Chase, replicando la postura de Aura. Ambas mujeres se colocan sobre él, asegurándose de que no pueda moverse.

—Ahora ya puedes soltar todas las bravatas que quieras —dice Sere.

El miedo en los ojos de Chase se transforma en rabia, y por un momento parece que va a intentar otra táctica para salvarse. Rodea con las manos el mango de la pala de Sere, dispuesto a dar un tirón.

Pero Aura no es partidaria de arriesgarse.

Con un movimiento de los hombros, alza la pala, calcula y la descarga contra la rodilla izquierda de Chase.

Crac

El impacto es seco y brutal, el sonido del hueso rompiéndose reverbera en el silencio de la noche.

Chase grita, un sonido que es más de sorpresa y dolor que de miedo.

Eso vendrá después.

Aura no se detiene.

Levanta la pala de nuevo, y esta vez la dirige hacia la otra rodilla. La determinación en sus ojos es implacable, una promesa de que no se detendrá hasta haber neutralizado la amenaza.

El segundo golpe es menos certero que el primero. No suena tanto. Pero la efectividad es similar. Chase se retuerce en el ataúd, su cara una máscara de agonía mientras trata en vano de contener un grito.

—Ya no va a poder salir de ahí —dice Aura con calma—. Pero tú no le quites la pala del pecho, por si acaso.

Chase intenta apoyar las manos en el lateral del féretro, intenta impulsarse, pero el peso de la pala sobre el pecho no le deja moverse y el dolor de las rodillas es insoportable.

—Hagamos un trato —propone Chase, temblando—. Te lo contaré todo. Te contaré lo de tu marido, te contaré qué es lo que le…

Aura le interrumpe. Con unas palabras que no se le han olvidado.

—No seas ingenuo —remeda con una risa seca—. No puedes negociar conmigo. Esto no se trata de lo que quieras. Se trata de lo que necesitas entender.

—Créeme, Aura... necesitas saber...

—No necesito nada de ti.

—Yo sólo hice lo que me dijeron. ¿Estás loc...?

Se interrumpe cuando Aura levanta la pala.

—No estoy loca. Estoy hasta el coño.

Aura gira un poco la pala, y la descarga con toda la fuerza que su rabia acumulada le permite. Sin embargo, el primer golpe se desvía y resuena contra algo debajo de Chase, un sonido sordo que le recuerda brutalmente la presencia de los restos de su marido bajo el cuerpo del hombre.

Aura se detiene un instante, su corazón roto al darse cuenta de lo que acaba de hacerse añicos bajo su pala.

Quizás el cráneo de Jaume.

Ya no le duele.

Ya no le duele nada.

Por culpa de este cabrón.

La confusión momentánea de Chase se convierte en un desesperado intento por incorporarse, pero el dolor en las rodillas lo deja postrado, vulnerable. Aura apenas se da cuenta del balbuceo que sale de sus labios, palabras rotas y deshilachadas que ya no tienen poder sobre ella.

—¡No, por favor! —suplica Chase.

Aura siente el peso del momento, el equilibrio precario entre la furia y el abismo. Un instante de duda la asalta, pero la imagen de su madre, de Jaume, de todo lo que le ha sido arrebatado, se impone con más fuerza que cualquier vacilación.

Constanz tiene razón.

La piedad y la cobardía son lo mismo.

No hay recompensas por ser bueno. Ni aquí, ni en el cielo, ni en ningún otro sitio. La vida es una asquerosa hija de puta que trata bien a los que cogen lo que quieren. El derecho está a favor de los más despiadados, los más traidores, los más sangrientos.

Hasta el coño.

Con un grito ahogado, descarga la pala de nuevo, esta vez asegurándose de dirigir toda su fuerza hacia el lado de la cabeza de Chase. El impacto es brutal, un crujido húmedo que parece detener el tiempo. La sangre brota con una violencia que mancha el interior del ataúd y el borde de la pala. El cuerpo de Chase se sacude convulsivamente.

Sere, a su lado, observa con horror y fascinación, incapaz de apartar la vista mientras Aura levanta la pala una vez más, su expresión ahora transformada por una mezcla de dolor y liberación. El último golpe es crucial, definitivo. El sonido es seco, y Chase queda inmóvil, los ojos abiertos pero ya sin vida, una mirada vacía que se pierde en la oscuridad.

Aura deja caer la pala.

El silencio sólo es roto por la respiración agitada de ambas mujeres mientras contemplan lo que han hecho.

Sere aparta la pala del pecho de Chase, de donde no la había retirado, y la tira también.

Se gira hacia Aura, sus ojos dilatados por la mezcla de adrenalina y miedo.

—Aura… —comienza, pero las palabras se le escapan, incapaz de dar forma a lo que está sintiendo.

Aura asiente lentamente, comprendiendo más allá de las palabras. Ha cruzado una línea que nunca pensó cruzar, pero al mismo tiempo, una carga que ha llevado durante tanto tiempo parece aligerarse.

—Lo sé —responde Aura con un susurro quebrado en la noche.

Se obliga a respirar profundamente.

—Lo sé —repite.

7

Un ganar tiempo

La noche avanza con una lentitud exasperante mientras Aura y Sere trabajan en el cementerio, dedicando cada fragmento de energía a borrar las huellas del enfrentamiento que acaba de tener lugar.

Arrastran el cuerpo de Parka Marrón, su peso muerto un recordatorio constante de lo irreversible de sus acciones. Aún se mueve, un espasmo inconsciente que Aura decide ignorar. Se esfuerzan por mantener la calma mientras lo conducen hacia la tumba, sus movimientos torpes y urgentes bajo la pálida luz de la luna.

—Aún se mueve —dice Sere.

—No mires su cara —murmura Aura, la voz tensa mientras luchan por maniobrar el cuerpo por el borde de la tumba.

Sere asiente, su mente fija en la tarea.

Se concentra en el trabajo físico. El esfuerzo mantiene

a raya el remolino de emociones que amenaza con desbordarse.

Juntas, logran alinear el cuerpo con el borde del agujero y, con un arreón final, lo arrojan dentro.

Un sonido sordo marca su caída sobre los otros cuerpos.

Thud

No hay tiempo para detenerse.

Buscan una carretilla que han visto abandonada cerca de una tumba recientemente excavada. La cargan de tierra apilada junto a ella, acumulando un montón que parece tragarse la escasa luz de las linternas. El metal de la carretilla resuena en la quietud del cementerio con cada palada, un eco que parece retumbar más de lo que debería.

El sonido de la tierra cayendo, suave y amortiguado, es casi hipnótico, una repetición monótona que les invita a perderse en la acción y olvidar, aunque sea por un momento, el horror de lo que están haciendo.

—¿Crees que podremos cubrirlo todo? —pregunta Sere, preocupada.

—No lo sé —responde Aura, su mirada fija en la tierra que cae—. Pero tenemos que intentarlo.

—Más nos vale que podamos —murmura Sere—. No podemos dejar esto así.

Cómo consiguen seguir adelante y acabar la tarea, agotadas como están, Aura no lo sabe.

Pero lo hacen.

—Echa más en ese lado —indica Aura señalando un rincón donde la tierra parece más delgada—. No queremos que nada se asome.

Sere asiente y ajusta su posición, redoblando sus esfuerzos mientras la tierra sigue cayendo, lenta pero implacable, cubriendo lo que nadie debería ver jamás.

Logran tapar los cuerpos con una capa de tierra lo suficientemente gruesa como para ocultarlos temporalmente.

Aura se endereza, su respiración pesada, mientras estudia el resultado, pasando el foco de la linterna por encima.

—¿Qué hacemos con los trozos de lápida?

—Dejarlos. No vamos a poder con ellos.

—¿Y con la tapa del ataúd? —pregunta Sere mientras hace cálculos—. No va a caber.

Un problema más.

Demasiado grande para volver a colocarla en su sitio.

Demasiado pesada para moverla muy lejos.

Cogiendo una de cada extremo, logran arrastrarla detrás de unos arbustos cercanos a la valla, donde al menos quedará fuera de la vista inmediata.

—Esto no va a engañar a nadie por mucho tiempo —dice Sere con preocupación—. Nuestras huellas están por todas partes.

Por no hablar de que han ocultado el cuerpo del asesino de su marido —y de su madre— en la tumba del marido.

—A ti será a la primera que busquen —añade Sere.

—Lo sé —responde Aura con una determinación acerada—. Pero sólo necesitamos ganar un poco de tiempo. Si tenemos suerte, pensarán que es vandalismo y no mirarán debajo de la tierra durante un rato.

—Eso a lo mejor nos da unas horas.

—Después de esta noche, nos vamos para no volver —promete Aura, su tono solemne mientras observa el resultado de su trabajo.

Sere se limpia las manos llenas de tierra en la ropa.

—¿Vamos a ser felices? Después de… esto.

Aura piensa un momento. Ella se estaba haciendo la misma pregunta.

—¿Has visto Halloween?

—Toma, claro —dice Sere.

A los labios le aflora la música del casiotone de John Carpenter, pero luego se piensa dónde está y lo que acaba de hacer, y sufre un extraño ataque de cordura.

—¿Te acuerdas de cuando Jamie Lee Curtis sale del armario y ataca al malo, y lo deja tirado en el suelo? —pregunta Aura—. Sólo tenía que haberlo apuñalado, y eso habría sido todo. Estaba ahí, indefenso, a sus pies. Podía haberse ahorrado una vida de sufrimiento. En lugar de eso, dejó caer el cuchillo y fue a llamar a la policía. Se convirtió en víctima eterna.

Aura da un último repaso, y apaga la linterna.

—No sé si seremos felices. Pero estaremos vivas.

8

Una inscripción

El viaje de vuelta a la antigua casa de Aura son tres minutos en coche.

Tres minutos en silencio.

Es de madrugada, y las luces de las farolas pasan desapercibidas, como si fueran destellos en una realidad lejana. Aura mantiene la vista fija en el camino, su mente, a centenares de kilómetros. Sere, sentada a su lado, echa miradas discretas a su alrededor, sin decirle nada a Aura. Ignorante de que las dos saben lo mismo. Las dos tienen el mismo miedo.

Pero Aura no se permite el lujo de distraerse.

Es una manera de verlo.

Otra manera de verlo es que se ha convertido en un caballo con orejeras, un caballo cuya grupa no dejan de espolear a latigazos.

Se bajan del coche.

Sin decir una palabra, ambas mujeres se dirigen al despacho, donde la caja fuerte las espera con su misterio sellado.

Sere se arrodilla a su lado mientras Aura tira de nuevo de la palanca para desvelar la puerta de la caja.

Aura saca el reloj, el frío metal de la correa le recuerda las decisiones que Jaume tomó, las decisiones egoístas que los llevaron a este momento.

Vuelve a mirar la inscripción.

Lo siento, mi amor.

Aura pasa el pulgar sobre las letras, maldiciéndole despacio y en silencio. Maldiciendo su premeditación. El hecho de haber grabado esto era una admisión de culpa. Y una maldición.

¿Qué clase de hijo de puta se disculpa a través de un mensaje en un reloj?

Y debajo, la clave:

NCC1701A

No es sólo un puñado de letras y números.

Jaume siempre había sido un fanático de Star Trek, y el código alude al USS Enterprise, un detalle que la hace sonreír con tristeza. En su mente se entrelazan imágenes de noches viendo episodios de la serie juntos, disfrutando de las aventuras de la tripulación. A Jaume le hacía gracia algo en particular. Los personajes de camisa roja, a los que se le daba un par de líneas de diálogo para presentarlos, para a continuación asesinarlos violentamente, para enfatizar el peligro de los protagonistas (y para no matarlos a ellos, obviamente).

—¡Y otro camisa roja! —decía, entre risas, cuando mataban a uno.

Con una respiración profunda, Aura comienza a teclear el código en el teclado alfanumérico. Cada pulsación, cada pitido, aumenta su incertidumbre.

Al llegar a la última letra, hace una pausa, su dedo suspendido sobre el botón de confirmación.

Maldito seas, Jaume.

Finalmente, presiona el botón verde.

La caja fuerte emite un leve *clic*, un sonido que resuena en el silencio de la habitación. Aura contiene el aliento mientras observa la puerta abrirse lentamente.

Aura mete la mano en el interior de la caja fuerte con cuidado, como si el mero contacto con su contenido pudiera desvelar secretos demasiado pesados para soportar. Los dedos rozan primero la superficie de un teléfono, frío y silencioso, apagado desde hace quién sabe cuánto tiempo. Lo toma y lo saca, observando su forma familiar pero a la vez desconocida.

—Tenía un segundo teléfono.

—Normal, si se dedicaba a lo que se dedicaba —responde Sere desde detrás, su tono una mezcla de curiosidad y ansiedad.

Aura asiente, consciente de las posibilidades. Sin embargo, el teléfono es el último en importancia entre los objetos que descansan en el interior de la caja fuerte. Lo deja a un lado con cuidado y vuelve a meter la mano, tocando el siguiente objeto.

Sus dedos encuentran un sobre. El papel es grueso y crujiente, del tipo que se utiliza para guardar documentos importantes. Lo saca y lo sostiene un momento, contemplando el sobre cerrado, con su nombre escrito en el anverso.

Sólo cuatro letras. A-U-R-A.

Nada más.

Luego, aparta el sobre y vuelve a la caja.

Un disco duro emerge a continuación, su peso metálico una presencia sólida en su mano. Aura lo observa, imaginando los datos que puede contener, los secretos que guarda. Es un testimonio mudo de la vida que Jaume llevó en secreto, de las cosas que nunca compartió con ella.

—Ese disco... probablemente tenga más respuestas de las que queremos saber —dice Sere mirando el objeto con desconfianza.

—O más preguntas —responde Aura colocándolo junto al teléfono.

Finalmente, Aura alcanza la caja de fieltro negro. La sostiene con cuidado, sabiendo perfectamente lo que contiene.

Cajas como éstas sólo guardan una clase de objetos, y teniendo en cuenta que cuando Jaume murió faltaban más de cinco meses para su cumpleaños, tiene la certeza de que este objeto no era para ella.

—¿Qué es eso? —pregunta Sere observando la caja con suspicacia.

Aura la abre con manos temblorosas, revelando un anillo de diamantes que brilla bajo la luz de la habitación. La joya es exquisita, hermosa, pero ahora sólo provoca un sentimiento de traición en su pecho.

—No puede ser para mí —susurra Aura sintiendo el peso de la verdad hundiéndose en su estómago.

Aun así, la extrae e intenta colocársela en el dedo. Pero es al menos dos tallas más pequeña de lo que debería.

—Pero… ¿es auténtico?

Aura se encoge de hombros.

—Bisutería no es.

—Jaume… tenía otra vida, ¿verdad? —pregunta Sere, llena de compasión y tristeza.

No responde.

Lo que piensa es que eso va más allá del engaño.

Quizás más allá del perdón.

—¿Vas a abrir el sobre con tu nombre?

—No —dice Aura—. No tengo ningún interés en nada que quisiera decirme. Ya no.

Coge un lado del sobre con cada mano, e inicia el gesto universal de «voy a partir esto en mil pedazos», con adelantamiento del hombro izquierdo incluido, cuando Sere le agarra por la muñeca.

—Suéltame.

—No puedes hacerlo.

—He dicho que me sueltes.

Sere agarra aún más fuerte.

—Tienes que leer la carta, Aura.

9

Un sobre

Aura suelta el agarre de Sere retrocediendo un paso.

Las sospechas que hasta ahora eran sólo un tenue parpadeo en la oscuridad, ahora se han vuelto intensas, como las largas de un coche que viene de frente de noche.

—¿Por qué tengo que leer esa carta? —pregunta Aura, cargada de una mezcla de incredulidad y resentimiento—. Esa carta se supone que es de Jaume para mí, y para nadie más. ¿Qué sabes tú que no me estás contando?

Sere traga saliva. Sus ojos reflejan una mezcla de culpa y aprensión. Se siente atrapada, como un animal acorralado sin salida. La presión de los últimos eventos y el secreto que ha guardado durante tanto tiempo pesan sobre ella, y ahora, enfrentada a la mirada acusadora de Aura, sabe que no puede seguir callando.

—Aura, no es lo que piensas —dice Sere levantando las

manos en un gesto conciliador—. Esa carta no es sólo para ti, pero no es lo que crees, chocho.

—¿Qué significa eso? —Aura estrecha los ojos, su desconfianza creciendo—. ¿No es sólo para mí? ¿Qué estás diciendo, Sere?

—Lo que quiero decir es que Jaume dejó cosas que no… no quiso contarme. —Sere titubea, buscando las palabras adecuadas—. Y yo tampoco entendía, hasta ahora…

La paranoia en la mente de Aura toma el control, sus palabras se elevan con un tono cortante.

—¿Eras tú quien tenía algo con él? ¿Era contigo con quien me estaba engañando? —Las palabras salen como un disparo y la habitación parece encogerse a su alrededor.

Sere da un paso atrás, el dolor de la acusación visible en su rostro.

—¡No! —exclama Sere negando con la cabeza—. Nunca haría eso, Aura. Jamás. Jaume era un mentor para mí, nada más. Sabes que lo único que he querido siempre ha sido ayudarte.

Aura observa a Sere, su expresión una mezcla de rabia y desesperación.

—¿Ayudarme? —repite Aura con una risa amarga—. Todo lo que he descubierto hasta ahora me demuestra que nadie me ha ayudado. Ni siquiera tú. Has estado guardando secretos, Sere.

Sere cierra los ojos un momento, reuniendo el coraje para continuar.

—Jaume y yo trabajábamos juntos. —Sere suspira.

Aura siente una punzada en su pecho al escuchar esas palabras.

—¿Por qué no me lo dijiste antes? —pregunta Aura finalmente, más bajo, pero aún cargada de dolor—. ¿Por qué
guardaste ese secreto?

—Porque ya te había jodido la vida cuando acepté el trabajo de Ponzano. Aunque no sabía que lo iban a usar contra
ti. Cuando escuché tu nombre al otro lado de la puerta...

Se interrumpe a mitad de frase.

—Lee la carta, Aura.

Aura toma el sobre con manos temblorosas. Siente la tentación de seguir adelante con su plan inicial.

En lugar de ello, abre.

Y lee.

Querida Aura:

Si has encontrado esto es porque me ha sucedido algo. Si ese algo os hubiera puesto en peligro de alguna forma a ti o a las niñas, te pido perdón.

Perdón va a ser la tónica general de esta carta, aunque no espero encontrarlo. Soy un hombre egoísta. He buscado mi propia felicidad y mi propio placer, en modos que no creí capaz cuando nos comprometimos. Quizás hayas descubierto esa parte de mí. Nada que te diga va a hacer que me perdones. Sólo te diré que lo necesitaba para sentirme vivo, que no tiene nada que ver contigo, y que no me arrepiento.

La parte de mí que sí tiene que ver contigo y con las gemelas no ha cambiado. Sigo queriéndoos con locura. Te preguntarás cómo he sido capaz entonces de poneros en riesgo de esta forma, por mi propio egoísmo.

No tengo una respuesta a eso. Simplemente, tenía que hacerlo. He perseguido mi propio sueño, el sueño de hacer una llave que abriera todas las puertas. Y lo conseguí. No solo, por supuesto. Nadie puede hacer algo tan enorme solo.

Por favor, no intentes averiguar por qué han acabado conmigo. El hombre que va detrás de mí es muy peligroso. Y los que están por encima de él, más aún. Intentar averiguar algo sólo te pondrá en peligro mortal. Te ruego que intentes olvidar los motivos, y que te centres en ser feliz.

Quiero pedirte un último favor, aunque no tenga ningún derecho a ello. Pero es por tu propia seguridad.

Dale el disco duro que hay dentro de la caja a Irene Quijano. Ha sido mi colaboradora principal en mi creación. Ella sabrá qué hacer con él. Tienes una dirección de correo electrónico apuntada en un papel en el interior del sobre. No intentes contactar con ella por ningún otro medio, no es seguro.

Una vez más, te pido perdón.

Te quiere,

Jaume

10

Un césped artificial

Aura arruga la carta entre los dedos. Aprieta la mano, con todas sus fuerzas, hasta reducir el papel a una bola del tamaño de un dedal.

—Lo siento mucho.

—Sí, Jaume también lo sentía. Lo ponía muy claro en su preciosa carta.

Lo bueno de tener un pasado tan negro es que combina con todo.

Deja caer al suelo la bolita de papel.

—Sólo quería protegerte.

—Todo el mundo quería protegerme. Pero sin contar conmigo.

—¿Me darás eso?

Aura levanta la mirada, su expresión mezcla de incredulidad y furia. Siente como si el suelo hubiera desaparecido bajo sus pies, dejándola caer en un vacío sin fin.

—¿Que si te daré esto? —repite, su voz cargada de sarcasmo y dolor—. ¿Te refieres al disco duro con el último secreto de mi marido, que se supone que te pertenece porque, sorpresa, también estaba trabajando contigo?

Sere baja la cabeza, la culpa reflejada en sus ojos. Intenta encontrar las palabras adecuadas, pero nada parece suficiente.

—Aura, por favor, tienes que entender...

—¿Entender qué, Sere? ¿O debería llamarte Irene? ¿Que la única amiga que me quedaba en realidad ha estado mintiéndome todo este tiempo? ¿Que has estado esperando este momento para quedarte con lo que Jaume dejó atrás?

Aura da un paso hacia Sere. Su mirada de acero.

Sere retrocede uno, pero se topa con la mesa.

—Todo este tiempo he pensado que podía confiar en ti. Pero ahora me doy cuenta de que había algo más. Siempre había un interés oculto, ¿verdad?

Sere se estremece ante la acusación, tratando de mantener la compostura.

—No, Aura, no es así. No tenía un interés oculto más allá de... de intentar protegerte de lo que sé que podría hacerte daño.

—¿Protegerme? —Aura se ríe, un sonido hueco y amargo—. ¿Protegerme como lo hizo Jaume? ¿Escondiéndome cosas y tomando decisiones por mí?

Sere alarga la mano intentando conectar con Aura, pero ella se aparta.

—Jaume y yo estábamos trabajando en algo grande, algo que podría cambiar muchas cosas. Nunca quise que te enteraras así.

—Y ahora estoy atrapada en medio de esto, sin saber qué es real y qué no. ¿Cuánto más me has ocultado, Sere? ¿Cuántos secretos más hay?

—No puedo decírtelo todo, Aura. No es seguro para ti. Hay cosas que…

La frustración de Aura está a punto de romper a hervir.

—¿No es seguro para mí? ¿Te hago un resumen?

Se abre la chaqueta y se levanta la camisa.

La cicatriz de la cuchillada de Noah Chase queda al descubierto.

Veintitrés puntos. Y una línea fina, finísima, surcada por otra. De la segunda operación que tuvieron que hacerle, para arreglar el desastre que eran sus tripas.

Sere aparta la mirada.

—Sé que parece que te he traicionado, pero siempre he estado de tu lado, Aura. Intenté protegerte de la única manera que sabía, manteniéndote fuera de esto.

Aura coge a Sere por la barbilla y le obliga a mirar la vieja herida.

—Lo hicisteis de puta madre, amiga.

Sere se zafa del agarre de Aura y da un paso atrás.

—¿Podemos arreglar esto? —pregunta en un tono de súplica.

Aura la observa durante un largo momento. Finalmente, suspira, un sonido lleno de resignación y dolor.

—No lo sé. Ya no sé qué creer o en quién confiar.

El silencio se instala entre ellas. A ambos lados de una grieta insalvable creada por secretos y mentiras.

Aura toma el disco duro y se lo guarda en el bolsillo de la chaqueta.

—Nada va a cambiar lo que Jaume hizo. Ni lo que tú hiciste. Pero, si quieres esto, será bajo mis condiciones.

Sere asiente lentamente.

—Haré lo que quieras.

Aura respira.

Intentando calmarse.

Intentando, por encima de todo, quererla.

—Vámonos. Volvamos a Escocia. Y por el camino, me lo contarás todo.

Sere la sigue, dócil como el corderito proverbial.

Aura y Sere abandonan el despacho, el sonido de sus pasos turba el silencio de la casa. El eco parece llenar los espacios vacíos con una extraña sensación de despedida, como si la casa misma fuera consciente de su partida definitiva. Al cruzar el umbral, dejan la puerta abierta de par en par. Para qué molestarse.

El aire nocturno del jardín las envuelve, fresco y cargado de promesas rotas. Sere se mantiene en silencio, caminando al lado de Aura, que parece perdida en sus propios pensamientos. La noche empieza a clarear.

Han dado apenas diez pasos cuando Aura se detiene de repente.

Se da cuenta de dos cosas al mismo tiempo.

La primera —no se había fijado al entrar— el precioso césped que Jaume y ella cuidaron con tanto ahínco ha sido cambiado por uno artificial.

La segunda es que, en mitad de éste, emergiendo desde las

sombras del muro, y en su camino a la puerta principal, está la comisaria Romero.

Aura piensa en correr, piensa en gritar, piensa en regresar a la casa.

No hace ninguna de esas cosas.

El efecto de encontrarse otra vez a un intruso en su casa es demasiado para ella. Está exhausta, agotada.

Romero está demasiado cerca.

Incluso cojeando, tarda apenas un par de segundos en alcanzarlas.

Todo sucede en un instante, un destello de movimiento que Aura apenas registra hasta que es demasiado tarde.

Romero no dice una sola palabra. No hay advertencia, ni amenaza. Sólo una determinación silenciosa en sus ojos que presagia el desastre.

Sere se da cuenta un segundo antes. Sus ojos se agrandan por la sorpresa y el miedo, y da un paso hacia delante, como si pretendiera proteger a Aura.

Romero no anda fina, pero de las manos va muy bien.

El brillo de una hoja en su mano apenas visible hasta que se sumerge en el pecho de Sere. El cuchillo entra con una facilidad escalofriante, atravesando la carne y el hueso hasta el corazón. Es un golpe certero y letal, ejecutado sin un solo titubeo por alguien que sabe lo que hace.

El mundo se para.

El aire se congela.

Y todo lo que Aura puede escuchar es el sonido de su propia respiración acelerada.

Sere se tambalea hacia atrás, sus labios formando un *oh*

silencioso mientras el dolor y la incredulidad se reflejan en su rostro. Su mano se eleva, como si intentara tocar la herida o empujar a Romero, pero el gesto se queda en un intento fútil.

Aura ve cómo Sere se desploma, el impacto amortiguado por el césped artificial bajo sus pies. Todo su mundo se desmorona junto con ella, la realidad se hace añicos mientras Aura intenta recomponerla, inútilmente.

—¡Sere! —grita, su voz un eco desesperado que resuena en el jardín vacío.

Se arrodilla junto a su amiga, sus manos temblorosas buscan inútilmente detener el flujo de sangre que mancha la ropa de Sere. Los ojos de Sere, que una vez brillaron con vida y humor, ahora se van apagando.

Aura siente una ola de ira y desesperación recorrer su cuerpo, una furia que no sabe cómo contener. La figura de Romero sigue allí, inmóvil como una sombra ominosa que observa desde arriba.

En una mano lleva una pistola.

En la otra, el cuchillo.

—¿Me entregará el disco sin rechistar, señora Reyes? —pregunta Romero con calma.

Lo que sabe Sere

Cuando morí, no fue una muerte fácil.

El cuchillo atravesó mi carne, y sentí mucho dolor.

La herida se dirigía hacia abajo, hacia atrás y hacia la derecha, perforando la piel, el tejido subcutáneo, cortando a través del esternón a nivel adyacente al quinto espacio intercostal, perforando el pericardio y la pared anterior del ventrículo derecho y entrando en el ventrículo a un nivel de nueve centímetros por encima de la parte inferior. Eso pondrá en mi autopsia, de la que alguien borrará mi nombre.

Cuando morí, supe todo esto. Cuando morimos, todo se sabe.

Lo del nombre es doloroso, porque si de algo he tenido miedo es que mi vida se redujese a un número de años, morirme y haber pasado por la vida como un coche por la plaza de Nicolás Salmerón: sin dejar rastro.

Cuando morí la sangre de mi cuerpo estaba viva, pero ya no me pertenecía. Era, es, de otra persona, o de algo. Es estupendo morir ahora. Es estupendo morir. Posee cierta luminosidad, un dejarse llevar, como en el amor.

Estoy cruzando una puerta. Sin la tiza. Al otro lado no está el Hombre Pálido. No puedo decir qué es lo que hay, no me lo permiten.

Cuando morí, supe todo esto. Cuando morimos, todo se sabe.

11

Un final

Todo lo que queda cuando has perdido —tus recuerdos, a tu familia, a ti misma— es rendirte.

Aura, intentando inútilmente taponar la herida por la que se escapa la vida de su amiga por el césped artificial, llora lágrimas de rabia. No hay posibilidad alguna de ganar, no la hubo nunca.

—¿Cuál es su respuesta, señora Reyes? —dice la comisaria Romero, cuando Aura se incorpora, con la sangre goteándole entre los dedos.

Aura mira con detenimiento el filo del cuchillo que sostiene la mujer. Un trozo de metal serrado en las proximidades del mango, curvado y puntiagudo en el extremo contrario de la hoja.

Ha conocido antes la mordedura gélida de ese cuchillo, en esta misma casa. El mismo que mató a su marido, seccionándole la tráquea. El mismo que acaba de matar a su amiga. El mismo que se hundió en su abdomen, dejándola al borde de la muerte.

Y que ahora apunta al mismo sitio, dispuesto a concluir el trabajo.

—Lo reconoce, ¿verdad? Recién salido de la sala de pruebas. Sabía que apreciaría el detalle —dice Romero dando un paso adelante.

El extremo del arma está rozando la camisa de Aura. Tan sólo un milímetro de suave algodón protege la piel del metal. El tejido cicatrizado palpita, como queriendo abrirse, con el recuerdo del dolor.

Aura respira hondo.

Todo lo que queda cuando has perdido es rendirte.

—¿Cuál es su respuesta? —insiste Romero con una voz más fría e inhumana que nunca.

—Mi respuesta.

Aura aparta la vista del cuchillo y la clava, a su vez, en los ojos de la comisaria. Dos cruces negras que no han hablado nunca claro. Un esbozo de sonrisa cruel anticipa su victoria.

El problema de Aura —y su superpoder— es que nunca ha sabido cómo rendirse. Y menos ante quienes dan el triunfo por sentado.

El problema de Aura es que nunca ha sabido ceder al miedo. Ya una vez se dejó apuñalar por ese cuchillo para salvar la vida de sus hijas.

El problema de Aura es que nunca ha sabido resistirse a unas buenas últimas palabras.

—Mi respuesta —dice con la voz quebrada porque es valiente pero humana, caray.

Carraspea para aclararse.

—Mi respuesta es que me puedes comer todo el cepo, zorra.

La media sonrisa se borra de la cara de Romero.

Echa el brazo hacia atrás, dispuesta a apuñalar.

Aura cierra los ojos aguardando el golpe.

12

Un fósforo

El golpe no llega.

Lo que llega es una pausa muy larga, o así se lo parece a Aura.

Así que Aura se obliga a sí misma a abrir los ojos.

Lo que ve, a la pálida luz índigo que precede al día que se insinúa en el horizonte, es a Romero con los brazos bien abiertos.

Como si todo estuviese olvidado y fuese a darle un abrazo.

La sensación de irrealidad de Aura se incrementa por diez.

El alambre por el que transita sobre el abismo de la locura se tambalea un poco más.

Por un momento se plantea dar un paso adelante y abrazar a Romero. Abrazar la muerte y acabar con todo.

Entonces, una voz clara la devuelve al mundo.

—Rubia, da un pasito hacia atrás y otro hacia la derecha, ¿sí?

Aura no se da cuenta, pero suelta una risa que es más un quejido. Violento, profundo.

Obedece a la voz, la voz que ha estado esperando escuchar tanto tiempo.

Entonces la ve.

Mari Paz está detrás de la comisaria Romero. Y tiene un revólver Smith & Wesson del 38 especial apuntado contra la nuca de la comisaria.

Justo debajo del moño ese tan apretado que tiene.

Aura da otro par de pasos más hacia la derecha.

La cara de Romero es lo segundo más hermoso que ha visto en ese día que amanece.

Lo más hermoso es, por supuesto, la cara de la legionaria. Tensa, pero tranquila.

Una de las cosas que aprendió Mari Paz hace décadas, con su instructor de pelea cuerpo a cuerpo, fue a mantener la calma cuando llevase las de ganar.

«La rabia puede ser un estimulante, pero es muy onerosa en energía. La mayoría de las veces resulta poco práctico encolerizarse», decía el instructor.

Algo que no debieron enseñarle a la comisaria Romero. Su máscara hierática habitual ha caído al suelo, junto a sus armas y el cadáver de Irene Quijano.

—Voy a dar un paso atrás, comisaria. Y tú vas a dar tres hacia delante y luego vas a darte la vuelta.

Romero obedece.

Es imposible no obedecer a esa voz calmada.

—¿Ahora los héroes hacen esto? —escupe la comisaria, cuando se gira y mira a los ojos a Mari Paz.

—Yo no soy un héroe —dice la legionaria.

Romero aprieta los labios durante un segundo larguísimo antes de contestar.

—El héroe es quienquiera que gane, Celeiro. Ya deberías saberlo.

Mari Paz no dice nada.

Sin dejar de apuntar a la comisaria con la pistola que sostiene en la mano derecha, se saca con la otra un cigarro del bolsillo de su chaqueta de sarga. Uno de los Marlboro que le había dado el bueno de Peral.

Se lo coloca con lentitud en la boca.

Después busca en el bolsillo, con la misma parsimonia.

Extrae un librillo de cerillas. Se lo coloca contra el muslo, lo abre, arranca una, la apoya contra el rascador.

La habilidad es digna de mención.

Mari Paz sigue sin decir nada.

Deja que hable el fósforo, que desgarra con vértigo la atmósfera. El fuego produce una música precipitada, antes de estabilizarse en llama. Le sigue una gran calma, similar a la que se siente al cerrar un libro.

Mari Paz deja caer, con el mismo gesto, el librillo al suelo y levanta la mano, protegiendo la llama con cuidado.

Aura piensa que hay pocos gestos tan hipnóticos como acercar la cerilla al extremo del pitillo muy lentamente, sugiriendo que, al apagarse, también podría acabar el mundo.

—Hazlo ya —dice la comisaria.

Mari Paz da una calada, prendiendo el cigarro.

Exhala el humo, que sabe a fósforo.

Después, aprieta el gatillo.

Romero cae al suelo, con la frente destrozada.

No se puede pagar al Mal a plazos. Y se intenta ininterrumpidamente, piensa Aura.

Mari Paz avanza hacia el cuerpo de Romero y le mete otros dos balazos en la cabeza, sólo por asegurarse.

Sin prisas.

Luego se vuelve y mira a Sere.

Se agacha para cerrarle los ojos, con cuidado, y murmura una breve despedida que sólo escucha ella.

Dos pasos a su izquierda, Aura tiende la mano a Mari Paz.

Mari Paz no ve la mano tendida, porque no se vuelve a mirar a su antigua amiga. La legionaria se limita a caminar hacia la puerta.

La deja atrás, clavada en el sitio, como el que abandona un palo de helado en la playa.

Eso es lo malo de las personas buenas. Que siempre salen muy caras, piensa Aura.

Sigue inmóvil, en el mismo sitio. Poco a poco consigue ordenarle a su cuerpo que baje la mano. Su alma y su corazón son dos huecos, en los que no queda nada salvo el mismo silencio que habita en el interior de los cajones vacíos en invierno.

Es entonces cuando suena el teléfono.

13

Una última llamada

Aura descuelga.

Ya no siente nada, nada le importa.

—Enhorabuena, Aura. Lo has logrado.

Constanz suena débil, consumida.

Aura no suena mucho mejor.

—Es a usted a quien debería darle la enhorabuena.

—Puedes hacerlo viniendo a despedirte. Me queda muy poco. Y tienes un coche en la puerta.

Como si eso hubiera activado una señal, unos faros iluminan la madrugada, colándose en la finca a través de la verja, arrojando la figura de Aura sobre la hierba y sobre el cadáver de Romero.

—¿Otro de sus peones? ¿Como los que me ha mandado para asegurarse de que llegase hasta aquí?

—¿Mis peones?

Constanz intenta reír, en vano.

Tose. Una vez.

Otra.

Al fondo se la escucha pidiéndole agua a alguien.

Su voz es tan fina y quebradiza como el hielo sobre un charco.

—Todos esos… todos esos no eran nada. No son nada.

Puede que la anciana no logre reír. Pero la sonrisa se intuye en este postrero esfuerzo. Su último discurso. Su último triunfo.

—Tú eres el peón, querida. El que con arrojo y tesón, y una estricta observación de las reglas, avanza hasta el otro lado del tablero. ¿Y qué le sucede al peón que llega hasta el otro lado del tablero?

Aura lo sabe.

Se convierte en Reina.

La figura más poderosa del juego.

La única a la que todos temen.

—¿Con qué color jugamos?

—Con blanco, querida. Siempre con blanco.

Una fábula

(En Grecia, hace veintisiete siglos)

En la antigua región de Corídalo, ubicada entre los grandiosos olivares que separan Atenas de Eleusis, se encontraba una pequeña y peculiar hospedería, regentada por un hombre de malévola fama llamado Procusto. Este posadero, cuyo verdadero nombre se perdía entre rumores de ser Damastes o Polifemo, tenía una interpretación singularmente retorcida de la hospitalidad.

Cuentan las voces antiguas que Procusto, cuyo apodo significaba «el Estirador», se deleitaba en una macabra rutina con cada viajero que se aventuraba a buscar refugio en su morada. Llegaban agotados, cubiertos de polvo del camino, y llamaban a su puerta, de la que colgaba la rama de olivo y la sandalia que servían entonces como letrero.

Tras ofrecer una generosa cena, colmada de los más suculentos manjares y embriagadores vinos, guiaba a sus huéspedes hacia una cama de hierro que prometía descanso y protección.

—Tumbaos en esta cama y descansaréis como nunca habéis descansado —decía.

Pero, oh, qué engaño mortal encerraba tal promesa, pues esta cama guardaba un secreto cruel: debía ajustarse perfectamente al tamaño de quien en ella yacía.

Aquellos pobres viajeros demasiado altos para el lecho de Procusto encontraban su fatal destino bajo el frío tajo de un hacha que amputaba sus piernas hasta lograr la medida exacta. Y los desdichados demasiado bajos sufrían un tormento diferente: eran estirados con despiadada fuerza hasta igualar la longitud de aquel sombrío lecho.

Mas como toda fábula nos enseña, la justicia a menudo brota de las raíces mismas de la injusticia. Y así, en un giro del destino tan poético como brutal, la cruel fortuna que Procusto dispensaba a otros, a él mismo le fue servida.

Un día, un viajero no como cualquier otro cruzó el umbral de su hospedería.

Era Teseo, el intrépido héroe que, en su vasta y legendaria carrera, acabaría con el terror del Minotauro.

En la penumbra de la hospedería de Procusto, el ambiente se saturaba con el aroma de la cera ardiente y las especias que aún flotaban en el aire después de la cena. Las sombras danzaban sobre las paredes de piedra mientras la lumbre del hogar chisporroteaba suavemente, proyectando un tenue resplandor sobre los rostros de los dos hombres sentados frente a frente. Fuera, el viento de la noche murmuraba entre los árboles de olivo, como si intentara advertir o quizás sólo contar historias antiguas.

Teseo, cuya fama de héroe aún estaba en sus primeros capítulos, observaba curioso los alrededores. La posada era un lugar que parecía detenido en el tiempo, con vigas de madera que crujían con el peso de los años y utensilios de cobre colgados que reflejaban la luz del fuego. Todo en aquel lugar hablaba de una ruda sencillez, salvo por el brillo de algo más siniestro: el hacha de Procusto, que reposaba a su lado, reluciendo ominosamente bajo la luz.

Procusto, el anfitrión y carcelero de aquel dominio, rompió el silencio mientras acariciaba el mango del hacha con una mano que conocía demasiado bien el peso del hierro y el precio de la sangre.

—Dime, Teseo, ¿qué es la verdad? —preguntó con una voz que parecía tan suave como el vino que había servido, pero con un filo oculto.

Teseo, cuyo semblante revelaba una mezcla de cautela y franqueza, respondió:

—Verdades hay muchas, mi anfitrión. Cada hombre, cada camino y cada corazón albergan la suya propia.

Procusto frunció el ceño, sus ojos destellaban una certeza forjada en hierro.

—Eso es demasiado inconveniente, demasiado... disperso. Es mejor tener una única verdad, una medida para todos. Una verdad que no admita disputa.

Teseo contempló la leña ardiendo, buscando en las llamas la mejor forma de explicar su pensamiento.

—¿Y si el mundo nos desmiente? ¿Si cada paso en el camino nos muestra una forma diferente? —preguntó el héroe, mientras su mano se posaba instintivamente sobre la empuñadura de su espada, como si presintiera la necesidad de defender no sólo sus ideas, sino su vida.

Procusto sonrió, un gesto que no alcanzaba a tocar la dureza de sus ojos, y con un movimiento lento y deliberado, acarició el mango de su hacha.

—Para eso está el metal —dijo con una voz que resonó como un presagio—. La verdad puede ser cortada o estirada, moldeada para encajar en el lecho que hemos preparado para ella.

Teseo, sintiendo la gravedad del momento y la oscuridad de la filosofía de su anfitrión, se inclinó ligeramente hacia delante, las sombras jugando sobre su rostro decidido.

Con palabras firmes y mirada penetrante, le dijo:

—Oh, Procusto, gran anfitrión de los desdichados, esta noche te invito a probar la hospitalidad de tu propio lecho. Veamos cómo se acomoda el creador a su creación.

Procusto se abalanzó sobre su hacha, pero era demasiado tarde. Teseo, raudo como los rayos de luna que entraban por la ventana, había sacado su espada, cuyo filo estaba apoyado en la garganta de su anfitrión.

Sin lugar para escapar ni súplicas que valieran, Procusto fue colocado en la cama que había sido su instrumento de tortura. Y Teseo, con la misma medida de perfección que el posadero había usado tantas veces, descubrió que para que Procusto encajara adecuadamente en su lecho, le sobraba un palmo y medio.

Y, en lugar de quitárselo por abajo, se lo quitó por arriba.

Mientras la cabeza de Procusto rodaba por el suelo —y el resto de su cuerpo encajaba a la perfección en la cama—, Teseo sonrió.

14

Un final

¿Quién es quién en esta fábula?, cabría preguntarse.

No lo sabemos.

Sabemos que Aura no es Teseo.

Aura es, quizás, uno de los infortunados viajeros que llegaron hambrientos y cansados, cubiertos del polvo del camino. O lo es su verdad, mutilada por el lecho que Constanz Dorr creó para ella.

—Apenas le quedan unos minutos —la recibe la doctora Fonseca cuando Aura llega a Los Poyatos.

—Lléveme junto a ella cuanto antes —dice Aura mirando fijamente a la doctora.

Unos minutos después, alcanza la cama de Constanz.

—Está sufriendo mucho. Pero quería esperarla para despedirse —dice la doctora.

La anciana se retuerce en el lecho. Su frente está perlada de sudor. Su piel blanca como las sábanas, arrugadas a sus pies.

—Has venido —dice tendiendo la mano.

Aura la coge.

Lo que vuelve a su mente, en ese momento, mientras aferra la mano de Constanz, no es su oferta. Sino la parábola del genio (espíritu, demonio, lo que quieras):

> Tu vida, tu vida tal y como la vives y la has vivido, la tendrás que vivir otra vez y después incontables veces más. Y no habrá nada nuevo ni distinto en ella, sino que todos los dolores y placeres y tristezas y todas las cosas indeciblemente pequeñas y grandes de tu vida volverán a ti en el mismo orden y lugar; incluyendo esta almohada sobre la que posas la cabeza, incluyendo este momento, y a mí mismo.

Y comprende, al fin.

Cuando llega la verdad crucial, la comprensión total y absoluta sobre sí misma, ésta golpea como un puñetazo.

No existe una Antigua Aura ni una nueva.

Aura Reyes no ha sido nunca nada más que Aura Reyes.

No es una pirata ni una ladrona.

Ni una secundaria de su propia historia.

Ni nunca, jamás, una víctima.

Aura siente un vértigo extraño, una sensación de euforia y libertad que no había experimentado nunca antes.

Aura Reyes es el objeto inamovible. Nunca fue otra cosa.

La realidad que se producía a su alrededor, un trámite. La verdad, la justicia, incluso la venganza, directrices.

La comprensión absoluta de sí misma es dolorosa, cegadora y nítida. Como muros que se derriban a su alrededor dejando entrar la luz.

Aura Reyes nunca fue otra cosa que Aura Reyes.

Y nunca hubo elección. Sólo la fantasía de su existencia. Nunca hubo oferta.

Sólo destino.

—¿Querida?

—Acepto —dice Aura con lágrimas en los ojos.

Constanz sonríe. Una sonrisa tan dulce y beatífica como si el destino inmediato de su alma saliente fuese el contrario al que va a ser.

—Todo está listo ya, hija mía —dice.

Su voz es tan tenue como una brisa.

Alguien, a la espalda de Aura, pone sobre la cama un legajo con unos documentos y señala un punto en blanco. Aura firma sin volverse, con la izquierda, la derecha sujeta firme a su benefactora.

El legajo desaparece, y también la fantasmal figura que la traía. Pasan unos instantes, muy breves, antes de que la moribunda alcance a decir, entre estertores.

—¿Cómo te sientes ahora, querida?

—Agradecida, por tanto amor —responde Aura besando la mano de Constanz.

La anciana nunca llega a escuchar su respuesta.

15

Un cerezo

—Por aquí, por favor.

La doctora la conduce al despacho de Irma, en la que aguarda una sesentona muy seria, de facciones diminutas y arrugadas, sentada tras una mesa blanca. Viste gafas de gruesos cristales, mono negro, guantes blancos de látex y la expresión de aburrimiento más intensa que Aura haya visto nunca.

Al menos desde la última vez que la vio, en la sede del Value Bank, hace lo que parece un millón de años.

Culo de Vaso.

La jefa de seguridad de Ponzano.

Aura siente una punzada de algo parecido a la ternura al verla.

—¿Qué hace usted aquí?

—La señora Dorr me contrató para ser su nueva asistente, señora Reyes.

—¿Con esa ropa?

La mujer mira su mono y luego esboza algo parecido a una sonrisa.

—No espero que me lo agradezca, pero hay que cuidar los pequeños detalles.

Aura no puede evitar sonreír. Ése era el mono que Culo de Vaso obligaba a ponerse a las visitas comprometidas de Ponzano. Cuando se aseguraba de que no llevasen ningún instrumento de grabación. La mujer tenía el detalle, oscuramente perverso y a la vez humano, de vestirse con la misma ropa para aliviar el humillante trago al que eran sometidos.

El hecho de que se lo haya puesto de nuevo, precisamente hoy, es un gesto de una clase que no esperaba encontrar.

Toca aligerarla del mote, al menos.

—¿Cómo se llama?

—Puede llamarme señora López.

—Está bien.

—Creo que tiene algo para mí.

Aura duda un momento, y luego extrae el disco duro del bolsillo interior de la chaqueta.

—¿Esto?

La señora López asiente.

Aura va a dárselo, pero retira la mano en el último momento.

De sus labios brota la pregunta más importante.

—¿Mis hijas?

—Me he tomado la libertad de mandar un equipo a recogerlas al internado. Estarán aquí dentro de unas horas.

Aura asiente, con serenidad.

Al menos estarán seguras. Pase lo que pase.

Conmigo.

Y esto también.

—¿Qué es lo que hay dentro?

—La clave para ganar la guerra. ¿No se lo dijo Constanz?

Aura niega con la cabeza, y vuelve a guardarse el disco duro en la chaqueta.

—Creo que está usted mejor informada que yo. Y también creo que esto lo miraremos juntas cuando yo pueda descansar un poco.

La señora López se cruza de brazos.

—Por eso estoy aquí. La señora Dorr dijo que usted necesitaría ayuda para adaptarse a su nueva posición. Alguien con experiencia en hacer cumplir… órdenes ejecutivas.

—Órdenes ejecutivas.

Suena mucho mucho más oscuro cuando Aura lo repite.

—Lo que le espera no va a ser fácil —advierte la mujer.

Aura suspira.

—Constanz sigue manipulándome, incluso después de muerta.

—Me trajo aquí hace un par de semanas. He estado trabajando con ella para intentar que usted se mantenga viva al menos ese tiempo.

—¿Tanta gente me quiere muerta?

La señora López se encoge de hombros.

—Ni se imagina. Está todo ahí —dice señalando una abultada carpeta, de casi un palmo de grueso, sobre el escritorio de Irma.

Sobre mi escritorio, se corrige Aura.

—Podemos empezar la tarea cuando guste.

Aura abre la carpeta y ve un documento, escrito con la elegante y anticuada caligrafía de Constanz Dorr.

Mañana.

Debajo hay más, muchos más.

Mañana.

Los hojea, intentando calmar sus nervios.

Uno de ellos llama su atención. Contiene una fotografía de sir Peter Scott. Debajo hay otra de una mujer pálida, de unos treinta y muchos años. Delgada, de ojos verdes. El pelo, en media melena, negro medianoche. El parecido entre ambos es innegable.

Debajo está impreso:

PROYECTO REINA ROJA

Y una nota manuscrita que dice.

Prioridad número uno. Destruir.

Aura cierra el cuaderno de golpe.

Mañana, mañana, mañana.

—Quizás quiera asearse un poco —indica la señora López.

Aura es de pronto consciente de su aspecto.

Sigue cubierta de sangre. Las uñas, llenas de tierra. Su ropa, incluida la chaqueta de ante, arruinada.

—Puedo indicarle el camino a sus habitaciones, si quiere.

Aura se mete las manos en los bolsillos, para hurtarlas a la vista.

—Sabré apañármelas. Antes vamos a estrenar eso de las… órdenes ejecutivas.

Porque Aura ha encontrado en su bolsillo un pañuelo.

Y no quiere empezar su nueva etapa con deudas.

La señora López, con ademán de prestidigitador, hace aparecer un cuaderno y un bolígrafo.

—Quiero que obtenga las grabaciones de las cámaras del Leroy Merlin de Pozuelo de Alarcón de hace dos noches. Verá a un hombre mayor que habla conmigo y me ofrece un pañuelo. Quiero que lo localice. Devuélvale el pañuelo —dice sacándolo del bolsillo y alargándoselo.

La señora López lo recoge, tocándolo lo menos posible —el pañuelo está tan arruinado como el resto de la ropa de Aura—, y lo deposita entre las páginas de su cuaderno.

—Lo pondremos presentable.

—Mándeles de vacaciones a él y a su familia a Disneyworld, en avión privado, con todos los gastos pagados, en un hotel de los buenos, de los de dentro del parque. Me dijo que tenía nietos.

La mujer toma nota de todo, con rapidez y eficiencia.

—Todo anónimo —añade Aura.

La señora López arquea una ceja, como si la advertencia estuviera de más.

—Ah, una cosa más. Hace tres días un Ibiza blanco casi me atropella. En el cruce entre Duquesa de Castrejón y una de las perpendiculares. Al lado de una cafetería llamada Siddharta. ¿Cree que podría localizar ese coche?

—¿Sobre qué hora fue?

—Sobre las seis de la tarde.

La señora López hace una anotación desesperadamente larga.

—Puede hacerse —concluye con un floreo del bolígrafo.

—Encárguese de que le quiten el carnet. No sabía conducir.

La señora López no apunta esa última parte. Pero asiente con gravedad.

—¿Algo más?

—Eso será todo por ahora. Mañana nos pondremos al día con todo esto —dice apoyando suavemente la mano sobre la carpeta que le dejó Constanz.

Aura espera a que la señora López salga del despacho, y luego abre la puerta que da al jardín secreto de Irma Dorr.

La vida es injusta, también cuando nos favorece, piensa Aura, mientras se sienta bajo el cerezo.

Las cosas importantes algunas veces son sólo una suma de minúsculos detalles que requieren un largo periodo de gestación. ¿Cómo puede saber que aquel libro de *La isla del tesoro*, más una canción escuchada cuando no debía, más un levantarse a destiempo para hacerse un dedo en la noche equivocada no la han convertido en lo que está destinada a ser?

Simplemente, no puedo.

Tanto esfuerzo intentando jugar la mano que me habían repartido, cuando lo único que tenía que hacer era ser la dueña de la baraja, piensa.

Durante todo este tiempo he estado jugando a ser buena,

siguiendo el buen camino, intentando convencerme de que hacía lo correcto. Creyéndome lo de ser un pirata. Pero no todo lo que hice fue correcto, eso es un hecho.

La piedad y la cobardía son lo mismo, como decía Constanz, y la rueda sigue rodando, haga lo que haga.

La venganza es imposible, la justicia inalcanzable.

Quizás el poder no sirva para responder a las preguntas que me hago. Seguro que no hará que el mundo sea un sitio mejor ni que el sol caliente más. Pero es mejor que no tenerlo.

Es muchísimo mejor.

TRES SEMANAS DESPUÉS

Todo lo cría la tierra
Todo se lo come el sol
Todo lo puede el dinero
Todo lo vence el amor.

ROZALÉN FT. VIRGILIO

He mezclado ácido clorhídrico
con sulfato de cloro
y ha hecho una reacción que flipas
y, vamos, que la he liao *parda.*

SOCORRISTA

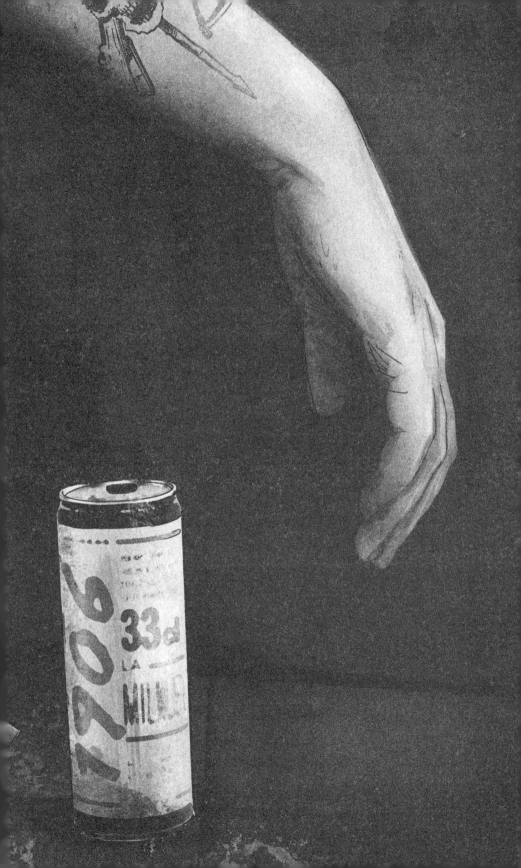

Una puerta

Al despertar, la botella vacía sobre la mesa y la última chusta apagada en el cenicero anuncian que su proceso de duelo se ha quedado sin combustible.

Resulta que la tarjeta de crédito de Sere le está sirviendo para cogerse una cogorza tras otra.

Aún tiene las llaves del piso de Sere, que es un sitio tan bueno como cualquier otro para llorarla. O tan malo.

A ella y a los otros.

Mientras no se acabe la cerveza y el tabaco, cosa que acaba de pasar. Y ambos al mismo tiempo.

Tragedia donde las haya.

Le duele la cabeza por la inminente sobriedad. No llega a resaca, porque aún le duran los efectos del alcohol, pero ya se esfuman como los amigos del rico cuando deja de serlo.

Ya es noche cerrada, pero para eso está el chino Pepe.

Pepe, que abre toda la noche, aunque no deba. Pepe, que cobra las cervezas al triple que el Mercadona. Pepe, que siempre la recibe detrás del mostrador con una sonrisa auténtica. Pepe, que no se llama Pepe, sino Qiang, que significa *fuerte*, aunque no tenga ni media bofetada. Pepe, que es el único amigo que le queda en el mundo.

Pepe, que hace repartos a domicilio si le pones un wasap.

Doce cervezas

Dos de tabaco

Papel de liar

Otras doce cervezas

Aspirinas

Rápido

Envía el sexto mensaje y deja caer el teléfono sobre la mesa, sintiendo que el dolor amenaza con convertirse en un martilleo constante. Se tumba en el sofá cerrando los ojos con fuerza, intentando amortiguar el dolor que se agudiza con cada latido.

Respira hondo tratando de encontrar un momento de paz en el caos de su mente. El silencio del salón vuelve el dolor de cabeza más intenso, como si los recuerdos que intenta ahogar con alcohol y humo se estuvieran rebelando.

Un golpe fuerte en la puerta la saca de su ensimismamiento.

Parpadeando para despejar la visión, se incorpora lentamente, mientras rebusca en el bolsillo un billete que no parece estar.

—No te importa si te pago mañ…

La frase le muere en la boca.

No es el chino Pepe.

Es un hombre alto, de hombros más anchos que la puerta.

No sabía que los fabricaran tan grandes. Tras él hay una mujer menuda, que alza la mirada de su iPad y la observa con una intensidad en la mirada que Mari Paz tampoco hubiera creído posible antes.

—Joder, cari —dice el hombre con su vozarrón ronco—. La que habéis liado.

—¿Perdone, le conozco?

El hombre le muestra una cartera.

—¿Qué se supone que es eso?

—Mi placa de policía.

—Ahí no hay nada.

—Pues te lo imaginas.

Mari Paz le va a cerrar la puerta en las anchas narices de boxeador, pero el hombre pone la mano en el quicio antes de que se cierre.

—Tengo que ponerme hielo antes de que esto acabe como un tomate —dice señalándose la ceja izquierda.

Que está partida —un corte profundo— y sangrando por el rostro redondeado del hombre. De su barba pelirroja gotea sobre un traje que tiene aspecto de caro. O lo tendría si no estuviera rajado por varios sitios.

—El hielo sale muy caro, rapaz. Que está hecho con agua de Madrid.

—No me jodas, *galleguiña*, que con los diamantes que os dieron por el manuscrito te puedes comprar todo el canal de Isabel II.

Mari Paz se pone inmediatamente en guardia.

—Yo no tengo los diamantes.

—Pero tienes una deuda. Con Mentor y con nosotros dos —interviene la mujer.

La sangre está empezando a gotear sobre el felpudo de la entrada. Y Mari Paz no tiene ganas de andar frotándolo luego.

—La cocina es la primera puerta a la izquierda —dice permitiendo el paso—. Coges el hielo y os piráis.

La mujer y ella se quedan mirándose, mientras el hombre grande entra en la cocina y comienza a trastear con el hielo.

Desde la distancia de la puerta, y la que da la altura, que Mari Paz le saca treinta centímetros, y eso que va descalza. Aun así, la mirada de la mujer la intimida. Tiene los ojos verdes, como otros de los que Mari Paz se enamoró en su día. Pero éstos son distintos. Menos bellos, pero más fuertes.

Una fuerza imparable, piensa.

—Os manda Mentor, supongo.

La mujer bajita se encoge de hombros.

—Pues le vas diciendo que yo no os debo nada.

—Le entregasteis el manuscrito a Constanz Dorr. No te imaginas el daño que habéis causado.

La legionaria resopla. Corto y rápido, como un pistoletazo, lo que aumenta su dolor de cabeza. Hasta ese momento se ha arrepentido de

a) abrir la puerta,

b) dejar que el hombre grande le quite el hielo, que la nevera es de las viejas, y hay que andar rellenando la bandeja a mano, lo cual es un lío del copón de la baraja, *carallo*, y además los hielos salen pequeños, son una mierda porque quedan desiguales y

c) de tener que mirar unos ojos verdes que le recuerdan demasiado a otros.

Pero ese plural que acaba de usar la mujer le da una oportunidad de desahogarse.

—*Non fun eu quen llo deu, oiches?* —escupe, con violencia, como si las palabras hubieran estado colgadas de sus labios, esperando la más mínima oportunidad de caérsele—. Fue Aura Reyes. Así que te vas a ella y le tocas a ella los perendengues, con mis mejores deseos, por cierto.

—*Tampouco fixeches nada para evitalo, non?* —responde la mujer con un acento gallego casi impecable de las Rias Baixas. Un poco forzado en los agudos, a lo mejor.

Mari Paz resopla por segunda vez. Ésta es más larga, más pausada. Se muere por un cigarro y una cerveza, pero el cabrón del chino sigue sin venir. El anhelo de alcohol y de nicotina se le pelea en el alma con el anhelo de volver atrás en el tiempo a arreglar los *sihubierahechaestoyaquello.*

Hubo una época en la que el combate hubiera sido más largo. La época en la que las deudas de honor importaban algo. La época de la Antigua Mari Paz.

En esta época, el combate es breve.

Vencen la Estrella Galicia y el tabaco de liar, con la ayuda del hastío.

Al primer asalto.

—No es mi problema.

Ahora que se fija…

—Y, por lo que veo, vosotros dos tenéis bastantes problemas por vuestra parte. Así que, carretera —dice elevando la voz y torciendo la cara en dirección a la cocina, de donde ahora vienen ruidos de masticación.

Y teniendo en cuenta que lo único que queda en la nevera

son los dos trozos de pizza de anteayer, casi se alegra de escucharlo.

La mujer da un paso hacia ella. Va vestida con una camiseta blanca y unos pantalones negros. Cuando entra en el haz de luz del recibidor, se da cuenta de que el costado de la camiseta tiene un tajo bajo la axila derecha, a través del cual se ve una herida vendada a toda prisa.

—No lo entiendes. Me equivoqué. Me equivoqué con mi padre. Me equivoqué con el señor White…

—*Nena, non se o que dis.*

—Me he equivocado con todo.

—Te has equivocado viniendo aquí.

—No tenemos adónde ir. Nos están persiguiendo.

Mari Paz, con una mezcla de irritación y desgaste evidente en su expresión, cruza los brazos sobre su pecho. A pesar del calor de la discusión, el frescor del pasillo parece envolverla, haciendo que la piel tatuada de sus extremidades se erice ligeramente.

—No es mi problema —repite.

Y qué satisfactorio suena, por segunda vez, pronunciar en voz alta esas palabras. Creyéndoselas.

—No, es verdad que no lo es —admite la mujer.

No ha terminado de hablar, cuando el escaso color que tenía su cara —de profesión, enterradora o similar— abandona sus mejillas. La piel se le pone a juego con los ojos: en blanco.

Ay, neniña. No te me caigas, ruega Mari Paz.

En el instante en que la mujer menuda, con una palidez casi espectral, comienza a tambalearse, Mari Paz reacciona instintivamente. Atrapa a la mujer justo antes de que su cuerpo desfallecido golpee el frío suelo de loseta del recibidor. Con un gruñido, Mari Paz la sostiene en sus brazos, más por reflejo que por compasión.

—Ay, por Dios… —murmura mientras arrastra con esfuerzo a la mujer hacia el sofá más cercano.

El hombre grande, alertado por el ruido, aparece en el umbral de la cocina, una pieza de pizza a medio comer en la mano. Su mirada se endurece al ver la escena, dejando caer la comida en un gesto de preocupación y avanzando rápidamente hacia ellas.

—¿Qué ha pasado? —pregunta con voz alarmada.

—No lo sé, simplemente se desplomó —responde Mari Paz, revisando a la mujer para asegurarse de que no haya más heridas visibles aparte de la ya mencionada.

El hombre se arrodilla, comprobando el pulso de su acompañante. Su expresión es grave, pero al encontrarlo, sus enormes hombros se relajan ligeramente.

—Está viva, aunque necesita atención médica pronto. Ha perdido mucha sangre —dice señalando la venda manchada y mal colocada.

—Voy a llamar a una ambulancia —dice Mari Paz volviéndose hacia el móvil que había dejado caer sobre la mesa.

—No, no podemos ir a un hospital —interrumpe el hombre rápidamente, su tono urgente—. No es seguro para nosotros. Nos están buscando.

Mari Paz se queda en silencio, observando la herida en el costado de la mujer, el traje destrozado del hombre grande y la puerta abierta por la que el chino Pepe sigue sin venir.

Sabe que tiene que callarse la puta boca.

Sabe que no tiene que preguntar lo que va a preguntar.

Y entonces llega la verdad crucial, la comprensión total y absoluta sobre sí misma, como un puñetazo.

No ve muros que se caen, ni luces cegadoras, ni zarandajas de esas, porque ella no ha leído libros ni puñetera falta que le ha hecho.

Pero entiende.

De pronto, entiende.

No existe una Antigua Mari Paz, ni una nueva.

Mari Paz Celeiro no ha sido nunca nada más que Mari Paz Celeiro.

Y la cabra siempre tira al monte.

—¿Quién coño os persigue? ¿Y por qué?

El hombre suspira, mirando a su compañera con una mezcla de desesperación y culpa.

—Cari —dice.

La mujer abre los ojos. Se incorpora un poco y extiende la mano hacia Mari Paz.

Esta mano, Mari Paz sí la ve. Es imposible no darse cuenta, por lo *despaciño* que la extiende.

No sin cierto reparo.

Como si un gesto que en cualquier otra persona fuese natural, ella tuviera que forzarlo al máximo.

—Empecemos de nuevo. Me llamo Antonia Scott.

Nota del autor

Ya, ya sé que me odias.
Yo también me odiaría.

Nota del autor (2)

Los lectores del Universo Reina Roja me suelen preguntar a menudo cuál es el origen de esta locura, sin precedentes en el panorama editorial.

Todo comenzó hace muchos años con una frase de mi amigo, el escritor y director Rodrigo Cortés.

—Ningún desenlace de novela de misterio está a la altura de su planteamiento —me dijo.

Estoy seguro de que la frase no es suya, pero Rodrigo lo pronunció como lo pronuncia él todo, como si se le acabara de ocurrir, y al mismo tiempo lo hubiera labrado en piedra hace tres milenios un cantero al dictado de los dioses.

Y a mí me removió algo por dentro.

¿Y si fuera posible resolver el mayor problema de la literatura de misterio?

Trazada sobre el folio, la idea era de una simplicidad aplastante.

Escribir una novela de misterio que fuera independiente,

una historia aparentemente cerrada. Pero que al leer una segunda novela, y una tercera, y así sucesivamente… cambiase el significado —y por tanto, el misterio— de las anteriores.

Eso es el Universo Reina Roja. Este libro cambia los demás que has leído, como ya te habrás dado cuenta. Estoy seguro de que volver a leerlos desde la nueva perspectiva de las nuevas revelaciones te descubrirá un millar de detalles y de huevos de Pascua ocultos a plena vista desde el principio. Si te animas, espero que lo disfrutes y que me cuentes tu experiencia.

Por último quiero pedir disculpas por el capítulo seis. En muchas ocasiones se me han aproximado lectores que aman los caballos, quejándose de la muerte de la yegua en *Reina Roja*. Desde el estreno de la serie, ese número se multiplicó por diez. Es curioso, estoy seguro de que hay muchos más lectores que aman a los niños de los que aman a los caballos, y todavía estoy esperando una sola queja por la exsanguinación —lenta y cruel— del pequeño Álvaro Trueba. En cualquier caso, el Universo Reina Roja es un juego de espejos y de rimas internas, y no es casualidad que en esta novela muera otro caballo de esta forma. Por citar a Constanz Dorr:

—*Nada carece de significado en esta historia, querida. Nada.*

No quiero despedirme sin responder a la pregunta que te estás formulando… ¿Volverán Antonia, Jon, Aura, Mari Paz?

¿Se enfrentarán la fuerza imparable y el objeto inamovible en este conflicto que lleva gestándose quince años?

Depende de ti.

Mientras tanto, tengo alguna que otra historia que necesito contarte.

Y, créeme, estoy deseando hacerlo.

Agradecimientos

Quiero dar las gracias.

A Antonia Kerrigan. Sé que lo estás leyendo.

A Hilde Gersen, Claudia Calva, Sofia Di Capita, Madeleine Dolz y las demás, sois las mejores.

A Sydney Borjas de *Scenic Rights*, por la sabiduría, por el esfuerzo, por soportarme.

A Aurelio Cabra, por restarle tiempo a Frikimalismo para ayudarme.

A Tirso Ruiz, por los vasos de agua.

A Carmen Romero, por creer en mí durante quince años seguidos. A Juan Díaz, por todas las apuestas que te he ganado. A todo el equipo de comerciales de Penguin Random House, que se deja la piel y el aliento en la carretera.

A Irene Pérez, por aguantarme sin las merecidas quejas. Y a Leticia Rodero por lo mismo.

Y, por supuesto, a Clara Rasero, Marta Cobo, Rita López y Jimena Díez.

A Pablo y Blanca, por poner orden, y por las manzanas.

Al departamento de diseño de Penguin Random House, a los que se lo he puesto más difícil que nunca.

A Elena Recasens, que corrigió y maquetó este libro. El primer borrador tenía 3.906 comentarios tuyos. A Rosa Hernández, que la ayudó. Gracias de corazón.

A María José Rodríguez, Adriana Izquierdo, Chiti Rodríguez Donday, Jesús Fernández, Alexandra Cortesía y todo el equipazo de Prime Video, por la temporada dos de Reina Roja, por la temporada tres, y también por lo que nadie sabe aún.

A Amaya Muruzabal, porque tú eres Aura Reyes. Ojalá ser capaz de ser tu Mari Paz.

A Juanjo Ginés, poeta que vive en la Cueva de los Locos y se recrea en el Jardín del Turco, como siempre, sabes que yo estaré aquí igual que tú has estado siempre.

A Alberto Chicote e Inmaculada Nuñez, porque pasan los años y cada vez sois más dulces y maravillosos.

A Dani Rovira, Mónica Carrillo, Alex O'Dogherty, Agustín Jiménez, Berta Collado, Angel Martín, María Gómez, Manel Loureiro, Clara Lago, Raquel Martos, Roberto Leal, Carme Chaparro, Luis Piedrahita, Miguel Lago, Goyo Jiménez y Berto Romero. Tenéis todos más talento, más gentileza y más compañerismo del que me merezco. Me enorgullezco de vuestra amistad.

A Joy Williams, por el genio.

A Arsuaga, por la biología.

A Arturo González-Campos, mi amigo, mi socio. Le mandé el libro el último y se lo leyó el primero. Como siempre, no me dio ni un solo consejo mínimamente útil.

A Rodrigo Cortés, mi segundo mejor amigo (según el día) y el más útil (todos los días). Como siempre, se pegó una paliza corrigiendo este libro mientras montaba su magnífica *Escape*. Si queréis agradecérselo, id a verla.

A Javier Cansado, que todavía no me ha invitado a Cuenca.

A Gorka Rojo, que se ha asegurado de que no meta la pata, otra vez más. Sere te debe mucho.

A Manuel Soutiño, impulsor del veganismo.

A Sére Skuld, por prestarme el alma por última vez.

A mis hijos, Marco y Javi. De nuevo habéis hecho un sacrificio muy grande, que nunca os podré pagar.

A Bárbara Montes. Mi esposa, mi amante, mi amiga. Una vez más, me has ayudado a conseguir lo imposible. Espero que sepas disculparme todas las frases que te he robado en este libro. Te quiero y espero que me dejes seguir robándote otros cuarenta años más. La verdad, no sé cómo evitarlo.

Y a ti, que me lees, gracias de corazón. Es un orgullo y un honor compartir mis historias contigo. Te dejo mi correo electrónico abajo por si quieres contarme cualquier cosa. ¡Te leeré seguro, pero no te enfades si tardo en contestar!

Un último favor: acuérdate de dejar una reseña de *Todo Muere*, *Todo Vuelve* y *Todo Arde* en tu librería favorita o en Goodreads, que ayudará mucho a dar a conocer los libros. ¡Pero guárdame el secreto del final!

Un abrazo enorme y gracias de nuevo por tu compañía en este precioso e imposible viaje.

JUAN
juan@juangomezjurado.com

UNIVERSO REINA ROJA

LA MAYOR TRAMA DE THRILLER JAMÁS ESCRITA

El orden de lectura de las novelas no es necesariamente el mismo de su publicación. La lectura de los libros del Universo puede iniciarse —como de hecho hacen y han hecho cientos de miles de lectores— a partir de cuatro libros: *El Paciente*, *Cicatriz*, *Reina Roja* o *Todo Arde*. A partir de ahí, el lector llega de manera natural a las otras novelas.